BEST 嚴選

奇幻基地出版

狼與守夜人

The Wolf and the Watchman

尼可拉斯・納歐達 著
廖素珊 譯

Niklas Natt och Dag

BEST嚴選

緣起

在繁花似錦的奇幻文學花園裡，你或許還在門外徘徊，不知該如何抉擇進入的途徑；也或許你已經置身其中，卻因種類繁多，或曾經讀過不合口味的作品，而卻步、遲疑。

BEST嚴選，正如其名，我們期許能透過奇幻基地對奇幻文學的瞭解，以及對讀者的理解，站在出版者與讀者的雙重角度，為您精選好作家與好作品。

他們是名家，您不可不讀：幻想文學裡的巨擘，領域裡的耀眼新星。

它們最暢銷，您怎可錯過：銷售量驚人的大作，排行榜上的常勝軍。

這些是經典，您務必一讀：百聞不如一見的作品，極具代表的佳作。

奇幻嚴選，嚴選奇幻。請相信我們的眼光，跟隨我們的腳步，文學的盛宴、幻想世界的冒險，就要展開。

excellent bestseller classic

欺騙導致欺騙，暴力孕育暴力。

——湯姆斯．托里勒（Thomas Thorild，瑞典詩人），一七九三年

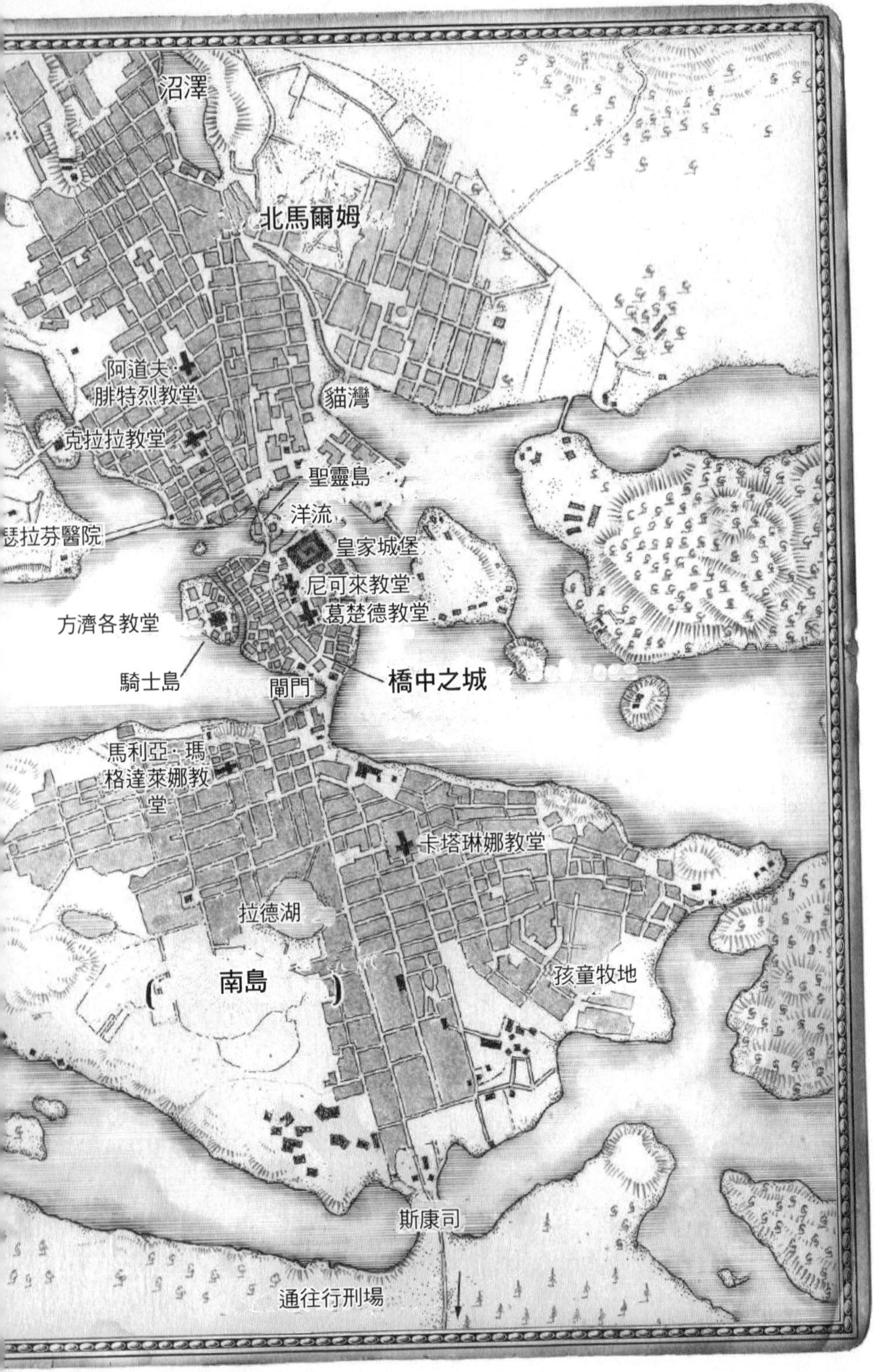
沼澤
北馬爾姆
阿道夫·腓特烈教堂
貓灣
克拉拉教堂
聖靈島
洋流
瑟拉芬醫院
皇家城堡
尼可來教堂
葛楚德教堂
方濟各教堂
騎士島
閘門
橋中之城
馬利亞·瑪格達萊娜教堂
卡塔琳娜教堂
拉德湖
南島
孩童牧地
斯康司
通往行刑場

瑞典皇家首都
斯德哥爾摩地圖
一七九三年
國王島
鍍金灣
史卡
一英里

第一部

英德貝杜的鬼魂

一七九三年秋季

一場大災難已降臨在我們身上。千百種謠言縈繞，一個比一個更為荒誕不經，甚至連旅人都聽聞到不同的故事，但對我而言，那些故事都過於異想天開，所以不可能從中得到值得信賴的訊息。傳說中的犯罪暴行太過殘酷，就此而言，我不知道自己該怎麼想。

——卡爾・古斯塔・阿夫・列奧波（注），一七九三年

楔子

麥可・卡戴爾正在冰水裡漂浮，他用完整的右手一把抓住約翰・西傑恩（*Johan Hjelm*）的衣領。西傑恩一動也不動，橫躺在他旁邊，嘴角冒出紅色泡沫。鮮血和髒鹹的海水使西傑恩的制服變得滑溜。一道浪打過來，沖得卡戴爾的手放開原本抓住的最後一塊布料。他想尖叫，但唇邊只逸出一聲啜泣般的嗚咽。

西傑恩迅速往下沉。卡戴爾的頭往水下潛，有那麼片刻，他追隨西傑恩的身體往深處而去。冰水使得情緒激動的他渾身顫抖，而他在感官感知的極限內，認為自己看到水的深處有某種詭異之物——那是數不清的水手，他們的殘肢斷腿慢慢墜往地獄之門。死亡天使戴著死人顱骨形狀的冠冕，在它們四周收攏翅膀。在急流的漩渦中，祂的下巴隨著嘲諷的大笑而上下移動。

注 Carl Gustaf af Leopold（一七五六～一八二九年），瑞典詩人。

1

「小麥！守夜人（注）小麥！請醒醒！」

一陣大叫和劇烈搖晃將卡戴爾自沉睡中喚醒，不再存在的左手臂傳來短暫的痛楚。他遭到截肢的手臂套著雕刻細膩的木手，剩下的殘肢插在山毛櫸義肢的洞裡，手肘處用皮帶綁住，皮帶緊緊嵌入他的肌膚。都這麼久了，他早該知道在打盹前應該要把皮帶鬆開。

卡戴爾百般不願地張開眼睛，目光往寬闊但污漬處處的桌面猛瞪過去。他嘗試抬起頭時，一邊臉頰黏在木頭手臂上。他連忙站起身，卻在不經意間將假髮扯掉。卡戴爾咒罵一聲，撿起假髮抹抹額頭，然後塞進外套裡。他的帽子滾落地面，頂部撞得凹陷。他將頂部打回原狀，戴到頭頂。這下他的記憶開始恢復了，現在在漢堡酒館（Cellar Hamburg），剛才一定是喝得不省人事。他轉頭掃視，看見其他人都處於類似狀態。少數幾個被老闆認定是有錢的醉鬼沒被丟到排水溝裡，正四肢攤開躺臥在長椅或桌子上，等到天亮時，他們會蹣跚地走回家，準備承受枯等整夜的人一頓痛罵。卡戴爾可不會落得如此下場，他是一位殘廢的退休老兵，目前獨居，沒人管他怎麼支配時間。

注 Watchman，或稱 night watchman，守夜人在十八世紀時隸屬於執法單位，通常在夜間維持秩序，逮捕滋事份子，有一大部分成員為退休或殘障老兵。

「小麥，你得過來一趟！拉德湖（Larder）裡有具屍體！」

叫醒他的兩位小孩來自貧民窟，衣衫襤褸。他們的臉似曾相識，但他想不起他們的名字。他們身後站著蘭恩（Ram），那位為酒館老闆娘諾斯特倫寡婦（Widow Norström）工作、吃得滿腦肥腸的經理。蘭恩臉色通紅，醉醺醺地站在少年和一堆蝕刻玻璃杯子間。那些酒杯可是酒館的鎮店之寶，平常都鎖在藍色櫥櫃裡。

死刑犯在前往斯康司關卡（Sconce Tollgate）的半路上，會在漢堡酒館這裡小歇。關卡再過去就是行刑場。他們會在漢堡酒館的門階上灌下最後一杯酒，之後酒館會小心收回杯子，蝕刻上名字和日期，當成紀念杯好好收藏。想用這些杯子的酒客得在嚴密監視下喝酒，並根據死刑犯聲名狼藉的高低程度付錢。據說這會帶來好運，但卡戴爾從來無法理解這背後的思考邏輯。

卡戴爾揉揉雙眼，仍舊醉意未消。他嘗試說話，卻發現聲音沙啞。

「該死，究竟發生了什麼事？」

回答的是年紀較大的女孩。男孩有兔唇，從五官上判斷，應該是女孩的弟弟。卡戴爾的酒氣讓男孩皺起鼻子，急忙躲到姐姐身後。

「湖裡有具屍體，就在湖邊。」

她的腔調混合著恐懼和興奮。卡戴爾感覺前額的血管好像快要爆裂，心臟怦怦跳得飛快，威脅著要淹沒他試圖集中的微弱思緒。

「這和我有啥關係啊？」

「拜託，小麥，我們一直找不到別人，只知道你在這。」

卡戴爾揉搓太陽穴，很清楚無法藉此舒緩悸痛。

南島（Southern Isle）上方的穹蒼尚未開始綻放光芒。卡戴爾踉蹌地走出漢堡酒館的大門，搖搖晃晃地走下門階，尾隨小孩沿著空蕩的街道前行，興趣缺缺地聽著口渴的母牛如何在湖邊猛地用後腿站立、驚恐的往丹托（Danto）方向狂奔的故事。

「牠的嘴巴跟鼻子碰到屍體，嚇得轉身就跑。」

他們走近湖邊，石頭路慢慢變成爛泥。卡戴爾的職責使他沒有越過拉德湖湖畔好一段時間了，但看得出來這裡沒有絲毫改變。當局長期計畫要拆掉湖邊的雜亂建築，建造突堤碼頭，但始終沒有實現諾言。這毫無任何讓人驚異之處，因為斯德哥爾摩（Stockholm）這座城市和國家都瀕臨毀滅邊緣。原先圍著湖邊建造的精緻住宅早就改建成工廠，直接將廢棄物傾倒入湖中。特地圈起來處理人類糞便的區域已滿得流出來，但大部分的人卻視若無睹。卡戴爾在靴跟一腳踏進糞肥堆、畫出一道溝痕時，不禁罵了句髒話。他還得揮舞著剩下的那隻手臂以維持平衡。

「你的母牛是被自己熟得快爛的同類嚇跑的。屠夫都把剩餘的殘骸丟進湖裡，不過是腐臭的牛或豬的肋骨架，你們竟然為了這種事把我叫醒。」

「我們看見水裡有一張臉，那可是一張人臉哪！」

浪頭輕輕拍擊湖岸，攪起淡黃色泡沫。某種腐爛的黑色塊狀物漂浮在離岸邊幾公尺外。卡戴爾的第一個想法是那不可能是人類。太小了。

「就像我說的，不過是屠夫丟的殘骸。動物屍體。」

女孩堅持自己沒有搞錯，男孩點頭表示同意。卡戴爾只好投降，但哼了一聲。

「我喝醉了，你們聽到了沒？喝得死醉，爛醉如泥。當別人問起你們把守夜人騙出來在拉德湖裡游泳，而當他浮出水面，全身濕透、火冒三丈地痛揍你們的確切時間時，你們絕對會終生難忘。」

他用殘餘的那隻手笨拙又費力地脫下外套。他早就忘記的羊毛假髮從內襯掉出，滾進爛泥裡。算了，那寒酸的東西只值一點錢，反正樣式也快過時了。他戴假髮的唯一理由是那會讓他看起來比較體面，能增加別人請退休老兵喝一兩杯的機率。卡戴爾望向天際，蒼穹高處一排遙遠的星星照得鄂斯塔灣（Arsta Bay）閃閃發光。他閉上眼睛好將這片美景牢牢鎖在心扉，然後抬起右腳踏入湖中。濕軟的湖邊承受不住他的重量，往下一沉就到膝蓋處，感覺湖水淹過靴沿，靴子卡在爛泥裡。他身子不由自主地往前傾，拉著腿奮力前進。他的姿勢介於匍匐前進和狗爬式之間，開始慢慢往前深入。手指間的湖水渾濁，滿是連南島居民都不願留下的垃圾。

他酒醉到判斷力受損，腳丫踩不到湖底時驚慌像刀般刺透心底。湖水比想像中還深。他發現自己瞬間回到三年前的斯溫斯克松德戰役（注），大浪的沖打讓他驚恐萬分，那時瑞典軍隊的前線正在撤退。

卡戴爾踢著水，等靠得夠近時便一把抓住屍體。他第一個想法是被他料中了，這不可能是人類，不過是被屠夫的學徒丟棄在此的殘骸。一旦內臟開始腐爛，腫脹的氣體便將它撐起來浮出水面。然後那個塊狀物翻個身，他看到它的臉。

它完全沒有腐爛，空洞的眼窩回瞪著他，被撕爛的嘴唇後方沒有牙齒，只有頭髮還殘留昔日光輝

——黝黑的夜晚加上渾濁的湖水使得髮色黯淡，但毫無疑問，那是一頭淡色金髮。卡戴爾忍不住陡然吸口大氣，嘴巴頓時被湖水灌滿，猛嗆起來。

他的劇烈嗆咳終於平息後，便原地漂浮在屍體旁，研究它毀損的五官。在岸邊的小孩們默不作聲，安靜地等他回來。卡戴爾攫住屍體，在湖水裡轉圈，開始用赤裸的腳丫踢水，準備回到岸上。

他抵達爛泥堤岸，湖水不再能支撐他們的重量，想拖回屍體因此變得頗為吃力。卡戴爾轉身面朝上，兩腿猛向上踢，揪著包著屍體的破爛布料，拖著屍體前進。孩子們沒有伸手幫他，反而是畏畏怯怯地倒退好幾步，一手捏著鼻子。卡戴爾將喉嚨裡骯髒的湖水咳出，大口大口吐在爛泥裡。

「快跑去閘門通知城市警衛隊（Corpses）。」

孩子們沒有馬上聽命行動，反倒是待在一定距離外，一臉渴望的想仔細瞥瞥卡戴爾拖上來的屍體。他對他們丟了一把爛泥後，他們才跑開。

「快跑去守夜崗哨，給我找個天殺的警察過來，該死！」

等聽不到他們小小的腳步聲後，他走到旁邊彎腰嘔吐。闃靜籠罩，孤獨的卡戴爾感覺到一個冰冷的擁抱想擠壓出肺裡的所有空氣，緊到簡直不可能再吸氣。他的心臟怦怦跳得更加飛快，血液在喉嚨的血管裡奔流，一股讓一切感官麻木的恐懼襲來。他太清楚接下來會發生什麼事。不再屬於他的左臂在周遭的黑暗中又具體成形，直到他軀體的每一部分都告訴他，左臂又回到原處了。劇痛撕扯他的靈

注 Svensksund，一七八八至一七九〇年爆發俄羅斯——瑞典戰爭，一七九〇年兩軍在斯溫斯克松德發生海戰，瑞典打敗俄羅斯波羅的海艦隊。

魂，程度大到足以使眼前的世界消失，彷彿有鐵牙的下巴啃咬著肉骨和肌腱。

一陣驚慌下，他用力扯掉皮帶，木頭義肢遂掉入爛泥。他的右手抓住殘臂，按摩疤痕累累的肌膚，強迫五官接受它們現在所感知到的左臂不再存在的事實，而且傷口早已癒合。

癲癇持續不到一分鐘便恢復呼吸。先是淺淺喘氣，然後是較平緩、較慢的吸氣。恐懼逐漸消退，世界又恢復熟悉的輪廓。自從他從戰爭回返，少了一條手臂和一位朋友後，過去三年來他就飽受恐慌症之苦。但現在，那些都是很久以前的事了。他以為自己已經找到將夢魘拒於門外的方法：酗酒和酒吧爭吵。卡戴爾環顧四周，彷彿想找能平復心境的事物，但眼前只有屍體為伴。於是他緊抓住殘肢，緩緩地左右搖擺身軀。

2

瑟西爾・溫格（Cecil Winge）面前的桌子上放了一張紙，紙上畫了整整齊齊、方方正正的格子。溫格將懷錶放在面前，將它從鍊子上拆解下來，再把劈啪作響的蠟燭拉近。螺絲起子整齊地排成一排，旁邊是鑷子和老虎鉗。他伸出手靠近蠋火，沒有明顯的顫抖。

他以一絲不苟的態度開始作業，打開懷錶轉鬆固定指針的螺栓，將指針從錶盤上拿起，分別放在紙中的方格裡。他移開錶面，露出裡面的機械。他現在可以絲毫不受阻力，逐一取出裡面的零件。他慢慢拆解機械，一個又一個齒輪，將每個零件放進墨水畫成的方格裡。平坦的細彈簧掙脫牢籠後，伸展成長條螺旋。下面是齒輪，然後是轉軸。幾乎和縫衣針一樣細的工具將螺絲從固定的巢中誘騙而出。

溫格在拆解懷錶時，只能從教堂鐘聲追蹤時間的流逝。越過草地，海德維格・埃萊奧諾拉教堂（Hedvig Eleonora Church）的大鐘響徹雲霄。從海邊傳來卡塔琳娜教堂（Katarina church）鐘塔的微弱回音，教堂棲坐在山丘頂端。好幾個小時就這樣轉瞬即逝。

他一旦將懷錶拆解完畢後，便以相反的次序重複每個步驟，每個零件歸位時懷錶再度成形。他纖細的手指禁不住抽搐，中途得不斷暫停，好讓肌肉和肌腱休息，恢復生機。他張開手指又握成拳狀，再摩擦雙手，於膝蓋上方伸展關節。不舒適的工作姿勢開始敲起警鐘，他最近常感到臂部越來越痠痛，現在疼痛感一路延伸到腰背，不斷強迫他改變坐在椅子上的位置。

指針歸位後，他將小鑰匙裝入鎖中轉動，感覺到裡面彈簧的阻力。他一放手便聽到熟悉的滴答聲。數不清這是第幾次了，他不由得想起自夏季以來就有的同一種想法：這是世界理應運作的方式。在理解的範圍內，又合乎理性，每個零件都在既定位置，並可以精確預測其軌道效應。

然而安寧和幸福的感受一閃即逝，心靈又不得平靜，剛才短促暫停的世界再次在四周浮現成形。他的思緒開始飄向遠方，手指則按在手腕上數著心跳。錶盤的秒針上刻著製造者的名字：波林（注1），斯德哥爾摩。一分鐘心跳一百四十下。他按順序將工具放好，調整心情，準備再重新開始整個拆解過程。這時他聞到食物的香味，聽到女僕咚咚敲門，請他去餐廳用餐。

一只有蓋的青花湯碗放在他們面前。他的房東，即製作繩子的工匠歐洛夫．羅賽流斯（Olof Roselius）低頭說了段簡短的禱告後，伸手打開蓋子。不料他的指尖被把手燙傷，他按捺住一聲咒罵，猛甩手掌。

溫格坐在房東右邊的椅子上，假裝專心瞪著桌上的食物。蠟燭在桌面投下夢幻交織的光與影，女僕拿著茶巾衝過去幫忙房東。蕪菁和水煮肉的香味撫平了製繩工匠眉毛間的皺紋。七十年來，他頭髮和鬍子的顏色逐漸退去，慢慢變成坐在椅子上的駝背老人。羅賽流斯素以品格正直聞名，長年來經營海德維格．埃萊奧諾拉的濟貧院，也分得大筆財產，數目之大，讓他得以買下史潘伯爵（注2）在草地近郊的避暑別墅。他的老年因不當投資北部一座碾磨廠而蒙上陰影，那是他和鄰居，一位叫鄂克曼的商務部高級官員一起做的投資。溫格感覺到羅賽流斯認為自己投入數十年的慈善工作卻好心沒好報。

如今，苦澀像個鐘罩般倒扣在別墅上。

作為房客，溫格不由得認為他的存在就證明了財務的慘澹。今晚羅賽流斯比平常還要更顯得悲傷，每咬一口就嘆口氣。等到他清清喉嚨打破沉默時，碗底只剩幾湯匙。

「要給年輕人建議很困難，而且通常也只會得到無禮的回答。雖然如此，瑟西爾，我希望你一切如意。請靜下心來聽我說。」

羅賽流斯深吸口氣，然後繼續說該說的訓斥。

「你現在在做的事違反自然，丈夫理應守在妻子身邊。你不是發過誓無論好壞都要與她終生廝守嗎？回到她身邊吧。」

血液猛然衝上溫格的臉龐，他的反應迅速到連自己都驚訝。有理性的男人不該允許他的判斷力遭到蒙蔽，讓憤怒佔上風並不合乎禮數。他深深吸一口氣，聽到心跳在耳邊的怦怦跳動聲，努力集中精神控制情緒。在此同時，他什麼話都沒說。溫格知道，歲月並沒有磨鈍羅賽流斯的精明和觀察入微，那使他在同輩中出類拔萃。他幾乎可以聽到房東腦中的思考。他們之間的緊張漸增，然後在持續的沉默中又如退潮般消退。羅賽流斯嘆口氣，往後靠坐，伸出雙手做出和解的姿勢。

「你和我，我們一同進餐好多次了。你博學多聞又機敏睿智。我知道你不是壞人，也不是無賴。恰恰相反。但你被新思想沖昏頭了，瑟西爾。你相信心靈的力量可以解決任何事，尤其是你自己的心靈力量。然而你大錯特錯，感情並不允許自身受到這樣的束縛。為了你們倆好，回到你妻子身邊吧。

注1 Beurling，斯德哥爾摩波林鐘錶製造廠創立於一七八三年。

注2 Count Spens，瑞典古老貴族世家之一。

如果你曾對不起她，你該懇求她的原諒。」

「我這麼做是為她好。我曾仔細考慮過。」

「瑟西爾，無論你原先的初衷是什麼，結果卻是事與願違。」

溫格無法停止雙手的顫抖，於是放下湯匙，試圖隱藏激動的情緒。他在萬般挫折中聽到自己的聲音輕如馬兒的低語。

「原本應該會奏效的。」

連他自己聽來，這回答都像是小孩頑固又不肯認錯的藉口。羅賽流斯回應時，聲音變得更溫和。

「我今天看見她了，瑟西爾。你的妻子。在貓灣（Cats' Bay）的賣魚攤。她懷孕了，已經有好幾個月，肚子都藏不住了。」

溫格猛然一驚，這才首次直視羅賽流斯的臉。

「她單獨一個人嗎？」

羅賽流斯點點頭，手伸過去擱在溫格的臂膀上，但溫格迅速將手臂抽離，離得老遠。這本能反應甚至讓他自己也感到驚訝。

溫格緊閉雙眼想重新控制情緒，有那麼瞬間，他發現自己置身在內心的圖書館裡，成排的書依照順序排放，絕對的靜謐統治一切。他挑了奧維德（注）寫的一本書，隨意唸出幾個字：*Omnia mutantur, nihil inherit*。

萬事已變，但什麼都未曾失落。他在那句話裡找到夢寐以求的慰藉。

他再次張開雙眼時，他的目光沒有背叛他，未洩漏任何情緒。他費了點勁，控制住顫抖的雙手，小心將湯匙放回適當位置，接著將椅子往後一推，在桌邊站定。

「謝謝你的湯和關心，但從現在開始，我想我會單獨在房間內用晚餐。」

羅賽流斯的聲音跟著他一起飄出餐廳。

「如果你的心靈說著一件事，現實卻是另外一件事，那一定是思想出了差錯。受過古典教育薰陶的你，為何不覺得事實明擺在眼前呢？」

溫格沒有答案，但逐漸拉開他倆間的距離。他假裝沒有聽見。

溫格邁開軟弱無力的雙腿，蹣跚地走進走廊，拾階而上，回到從夏天以來就承租的房間。他很快就發現自己喘不過氣來，於是強迫自己停下腳步，站在門柱旁等呼吸平穩下來。

他房間窗戶外的花園寂靜無聲，夕陽已然西下，一個格局散漫無章的果園就位在通往海灘的斜坡上。他看見島上造船廠的朦朧光線從樹後照射過來，水手們急著完成工作，希望如此一來，夜晚便有牆壁和屋頂可遮風擋雨，睡個好覺。遠處可隱約看見卡塔琳娜教堂的鐘塔，晚風徐徐吹拂。

日復一日，斯德哥爾摩這座城市彷彿每早從海上深吸口氣，然後在傍晚用力吐氣，將每個風向標猛然轉回朝向海灘。近處老舊的風車因被繩子綁住而動彈不得，頻頻發出抗議的呀呀呻吟。在更內陸處，風車的姊妹以相同的語言回應。

注 Ovid（公元前四三～一七年），古羅馬詩人。

溫格在窗玻璃上看見自己的倒影。他還不到三十歲，黑色頭髮用緞帶在脖子上綁起，髮色與慘白的臉形成強烈對比。白色布料緊緊繞著脖子，然後打結。他無法再看清地平線和天堂的分界線，唯有在高處出現的點點星星背叛了蒼穹的祕密，而這就是世界本身：如此繁多的黑暗，如此稀少的光芒。他的眼角餘光在窗戶上方角落，捕捉到流星的身影。一道光芒在眨眼間高速飛越天際。

在下方花園的菩提樹林旁，溫格看見一盞提燈，儘管他沒在等待訪客，但聽見有人呼喚他的名字，便緊緊裹上外套，走近時發現有兩個人在原地等待。羅賽流斯的女僕提著提燈，身邊站了一個矮小的人影，彎著腰，雙手放在膝蓋上急促喘氣，嘴唇上掛著一抹唾液。人影走得更近，女僕將提燈一把塞進他手裡。

「你的訪客。看他這副模樣，我才不會讓他跨過我的門檻。」

她轉身堅定地邁開大步走回主屋，對世界的愚蠢大搖其頭。男孩很年輕，聲音仍舊稚嫩，骯髒的臉頰肌膚依舊平滑。

「找我有什麼事？」

「你是『英貝杜』的溫格嗎？」

「更正確的說法是位於『英德貝杜宅邸』（注）的皇家警察局（Chamber of Police）。但我的確是瑟西爾．溫格沒錯。」

那男孩頂著一頭髒兮兮的金髮，仔細端詳他，似乎提心吊膽，不願意在沒有證據的情況下就貿然相信他。

「城堡山丘（Castle Hill）的人說，最快趕到這裡的人有賞可領。」

「哦？」

男孩咬嚼著從帽子底下鬆開來的一綹頭髮。

「我跑得比其他人都快，害得我現在側腹痙攣，嘴巴裡嚐得到血腥味，還得穿著濕衣服在外頭睡覺。我這麼費功夫，應該賞我一德國法尋。」

男孩屏住氣，彷彿他的大膽要求頓時轉為鎖喉招數，死勒住脖子。溫格以銳利的眼神瞄他一眼。

「你說了還有別的男孩也正為相同任務往這裡跑來。我只需耐心等待，然後就可以開始競標。」

他可以聽見男孩咬牙切齒，氣得咒罵自己的錯誤。溫格打開錢包，拿出男孩要求的銅板，但用食指和拇指夾住不放。

「你今晚運氣很好，耐心不是我的美德。」

男孩綻放微微一笑，他的舌頭從缺了門牙的縫探出，舔掉從鼻子流下來的鼻涕。

「找你的人是警察總監，先生，他要你馬上趕去斧匠巷。」

溫格點頭，伸出拿著銅板的手。男孩往前走幾步靠過來，一把攫走。他立即轉身跑開，在跳過低矮圍牆時差點失去平衡而摔落。溫格在他身後大叫。

「把錢花在麵包上，別去買酒！」

注 Indebetou House，原位於老城區的豪宅，一七六一年蓋成，後來因過於老舊，在一九一〇年拆除。

男孩停下腳步，迅速褪下長褲，讓溫格正眼看他蒼白的臀部。他大聲拍兩邊屁股一下作為回應，並轉頭狂吼。

「再多跑幾趟這種任務，我就是有錢人啦，不用選擇。」

男孩發出勝利的大笑，越過草地後消失，迅速被闇影吞噬。

好幾個月以來，官方一直承諾警察總監約翰．古斯塔夫．諾林（Johan Gustaf Norlin）會有公家住宅，但直到現在卻連個影都沒見到，他仍和家人住在同一間公寓裡，離交易所（Exchange）三條街遠。溫格爬到三樓停下來喘氣歇息時，時間已經很晚。他可以聽到一位稍早來的訪客不但弄醒總監，也驚動了全家人。在房間某處，女人正在哄嚎啕大哭的小孩。諾林在前廳等他，沒戴假髮，一小塊睡衣在諾林的制服外套和及膝馬褲間探出頭來。

「瑟西爾，謝謝你在緊急通知下趕過來。」

溫格點點頭，諾林擺出歡迎的姿勢，溫格順從地坐在諾林為此次會面而擺在火爐旁的椅子上。

「卡達琳娜（Katarina）在煮咖啡了，很快就會煮好。」

諾林在溫格對面坐下來，有些不自在地清清喉嚨，彷彿這樣能幫助他清楚說明緊急召見的理由。

「今晚在南島的拉德湖裡發現一具屍體。兩個小孩成功說服一位喝醉的守夜人將它從湖裡拖出來。屍體的情況……向我報告的人做了十年警察，在這期間他一定有很多機會見證人類的彼此相殘，但他卻站在門階上彎腰喘著氣，在向我描述屍體的狀態時，還得努力不將晚餐吐出來。」

「那種人我清楚得很，可能只是因為喝多了酒。」

他們倆都沒迸出微笑，溫格揉揉疲憊的雙眼。

「約翰・古斯塔夫，我們都同意上次幫你是我的最後一次任務。我多年來提供皇家警察局許多協助，但你也知道，現在已經到了我料理私事的時候了。」

「沒有人比我更感激你的協助，瑟西爾，你每次都超越我的期待。說到警察局的破案紀錄，從去年冬天以來改善了不少，都要多虧你的鼎力相助。任何明眼人都看得出來，你提供給我的幫助居功厥偉。但如果我說錯了，請糾正我，瑟西爾，在你進行調查的同時，我難道不是也在幫你嗎？」

諾林的目光隨著杯緣望過去，但卻白費功夫，溫格不肯看他。警察總監嘆口氣，放下咖啡。

「我們都曾年少輕狂，瑟西爾。當年我們剛從法學院畢業，一心想讓自己的名聲在法院裡如雷貫耳。你一直是個理想主義者，堅持自己的信念，準備不計代價的去付出。你沒多大改變，但我的銳氣卻在現實世界中被磨損殆盡，我憑靠妥協才能爬到這個職位。這一次，我們似乎角色對立，而現在我是那位在跟你說這些話的人：我們會有多常碰上這種慘絕人寰的案件，而且恰好手裡握有力量能為死者伸張正義？你曾關注的那些案件和此相較下根本微不足道。不會寫字的貪污犯，甚至沒費神從鐵鎚上抹掉血跡的殺妻犯，各種暴力犯罪者和惡棍在烈酒的後續效應下、於盛怒中犯下罪行。但這個案件獨樹一格，你和我都沒見過這種層次的案件。如果我能把這個案件託付給其他人，我絕對不會猶豫，但我沒有除你之外的恰當人選，而外頭有個披著人皮的怪物正逍遙法外。屍體已經運到馬利亞的墓園。就幫我這個忙吧，我以後不會再對你開口。」

溫格抬起雙眼，這次是警察總監無法直視他。

3

卡戴爾走下米勒山丘（Miller's Hill），將一口嚼爛的棕色菸草吐進排水溝。他盡可能在朋友的水井旁將自己打理乾淨，還換上借來的襯衫。他在經過那些雄踞面朝鍍金灣（Gilded Bay）的山坡上、以白色灰泥塗抹的建築時，可以依稀辨識出島上城市。一個黑暗、巨大的輪廓從水中昂然浮起，偶爾有幾道光芒穿透而出。

他還沒離開社區就看見一個男人。男人的臉因天花而坑坑疤疤，脖子上掛的項鍊有著表明警察身分的銀色警徽，正往波橫閘門（Polhem's Lock）的方向走去。

「抱歉，你知道拉德湖那具屍體後來怎麼樣了嗎？我叫卡戴爾，是一小時前將屍體撈上岸的那個人。」

「我聽說那件事了。你是個守夜人，對吧？屍體現在在馬利亞教堂（Maria Church）的屍骨存放室。可真慘——我從未見過更糟糕的事。你既然將它打撈上岸，那和它的事就該結束了，但現在你知道它的下落了。至於我，得回英德貝杜趁天亮前趕出報告。」

他們分道揚鑣，卡戴爾開始走下山丘，穿過馬利亞教區那片滿是露水的骯髒之地。他很快便走到山丘腳下的教堂圍牆前。馬利亞教堂一片殘缺不全，就像卡戴爾。就在他出生的那年，烘焙師傅的工作坊有道閃爍火星點燃了一場火風暴，將整個山坡燒成廢墟。特辛塔轟然倒塌，壓垮穹形石膏屋頂，即使已過了三十個年頭，尖塔到現在仍舊沒有重建。

在大門另一邊等著他的是墓園。墳墓似乎在默默觀察他，但一個令人不悅的聲響干擾了此地的寧靜。在黯淡的光線中，卡戴爾花了一點時間才搞清楚他聽到的是什麼。那是人類的聲音。起初聽起來像在地穴裡狂吠的狗，但之後他瞄見一個黝暗黑影。他看見一個用手帕掩口咳嗽的孤單身影，站在教堂馬廄和挖墳人住處前的碎石院落裡。

卡戴爾不知道下一步該怎麼做，只好等那位不知名人士咳完嗽，後者往地上吐了吐才轉過身來。他身後的建築有扇窗大開，刺眼光線傾洩而出，亮得卡戴爾瞬間失去夜視能力，但卻給對方看見他的機會。對方剛開始時以不比馬兒的低語還大的聲音打破寂靜，發出的聲音後來隨著每個字變得越來越強勁。

「你是那位尋獲屍體的人，卡戴爾？」

卡戴爾點點頭。

「那位警察不知道。卡戴爾應該不是全名？」

卡戴爾摘下濕答答的帽子，僵硬地頷首示意。

「的確不是。我的全名是尚．麥可．卡戴爾（Jean Michael Cardell）。我父親看到他的第一個孩子出生時，心中滿漲著自命不凡。如你所見，他對我的期望有很多都沒有實現。大家都叫我小麥。」

「謙卑也是種美德。如果你父親沒看出這點，我認為那是他的損失。」

陰影往前一走，進入光線中。

「我是瑟西爾．溫格。」

卡戴爾仔細端詳眼前這個男人，發覺他比他粗啞的聲音所暗示的年紀還要年輕。他的衣著非常體面，儘管是老式風格：黑色外套、腰部線條收緊、羅紋織法的衣尾有馬毛滾邊，還有高高的衣領。外套裡面可見精心刺繡的背心，黑色天鵝絨及膝馬褲在膝蓋上有環扣，白色寬領巾纏繞脖子幾圈。長髮漆黑，在頸背處用紅色緞帶束起。皮膚白得幾乎發光。

溫格身材高瘦，甚至可說是瘦得不自然。他和卡戴爾有著天壤之別——卡戴爾這種男人在斯德哥爾摩的街道上隨處可見，被飢荒和戰爭剝奪青春，精力消耗殆盡，看上去比實際年齡蒼老。卡戴爾肩膀很寬，當過士兵的厚實背部撐得外套露出難看的線條，雙腿像木頭，右拳有如火腿一樣大。突出的耳朵不知承受過多少次毆打，沿著耳廓布滿疤痕腫塊。

卡戴爾在另一個人的細細審視下，尷尬地清清喉嚨。對方從頭到腳緩緩打量著他，但卻給他一個印象：他沒有將注意力從卡戴爾的麻花臉上移開分毫。卡戴爾立即本能地轉向左邊以掩飾肢體的殘缺。溫格似乎對眼前的古怪靜默感到很自在，但卡戴爾卻惶惶不安，不禁脫口而出。

「我在山丘上碰見那位警察。你也是從英德貝杜的皇家警察局來的嗎？」

「是也不是。你也許可以說我是額外人力，是警察總監派我來的。你呢，尚．麥可？你大半夜跑來馬利亞的屍骨存放室有何貴幹？一般人可能會認為你和那位死者已經毫無瓜葛。」

卡戴爾吐了一口不存在的菸草殘渣到地上，好爭取一點時間，因為他發覺自己提不出這個問題的合理答案。

「我的錢包不見了。我將屍體打撈上岸時，可能將錢包掉在屍體身上。裡頭是沒多少錢，但值得我費點功夫在大半夜回頭來找。」

溫格稍微停頓後才回答。

「我是來這裡檢查屍體的，得趕在它最後被清理前進行驗屍。我正要和挖墳人談談，跟我來吧，尚・麥可，我們去看看找不找得到錢包。」

挖墳人就住在圍牆旁的建築裡，聽到敲門聲立即來開門。他年紀老邁，身材矮小，長著弓型腿，駝著背，一邊肩膀上好像長了個肉峰。他說話時帶著些許德國口音。

「溫格先生？」

「是的。」

「我是狄特・史瓦伯（Dieter Schwalbe）。你是來檢查屍體的？天亮前屍體任憑你處置，但牧師會在早晨彌撒時為他唸禱文。」

「那請你帶路。」

「稍候一下。」

史瓦伯用一根長火柴點燃兩盞提燈，然後揮揮火柴，火花瞬間熄滅。一隻長得福態的貓端坐在附近的桌子上，正用剛舔過的貓掌抹臉。史瓦伯將一盞提燈遞給卡戴爾，關上門，稍微猶豫後便跳到他們前面。院落另一側是一棟低矮的石砌房舍。

史瓦伯將手挪到嘴前，在打開門鎖前發出一聲很大的叫喊。

「為了趕老鼠，」他解釋說：「我喜歡把牠們嚇走，而不是反過來。」

房間的所有角落都堆滿物品——長釘和鏟子、新舊不一的棺材材料、被冬天的霜凍成碎屑的墓碑。屍體被布包裹著，平躺在低矮的長椅上。房間內冷冽，但瀰漫在空氣中的確實是死亡的氣味。

挖墳人指指一個勾子，卡戴爾將提燈掛上。史瓦伯低下頭，雙手合十彷彿在禱告，身體重心不斷從一腳換到另一腳，顯然很不自在。溫格轉向他。

「還有別的事嗎？我們還有很多事要做，時間很寶貴。」

史瓦伯低頭直瞪著地板。

「沒有比我更資深的挖墳人，我看過的場面比其他人還多。死者也許沒有自己的聲音，但他們有其他的說話方式。躺在這裡的人很憤怒，我從未看過像他這樣的屍體，好像我們周遭石牆裡的灰泥都在他的盛怒中砰然倒下。」

卡戴爾覺得這番迷信之語使他心煩意亂。他正要開始在胸前畫十字架，但在看到溫格給史瓦伯懷疑的一瞥時瞬間停下動作。

「死者的定義就是沒有生命，所有的意識離開軀體，我不知道意識現在住在哪裡，但讓我們希望他現在住的地方好過他所失去的。剩下的軀殼無法感覺到潮濕雨水或燦爛陽光，我們現在做任何事都無法再干擾到這個男人。」

史瓦伯緊皺著臉，顯然反對這個說法。他皺緊濃密的眉毛，沒有要離開的跡象。

「他得有個名字才能埋進墳墓，埋葬無名屍體會讓幽靈播種。在你查到他的真實姓名前，可以考慮給他一個暫時的名字嗎？」

溫格思索了一會兒，卡戴爾不禁忖度，溫格大概會想個能盡快打發挖墳人的答案，就算經過仔細考慮，但說到底不過是種搪塞。

「他有個名字對我們來說可能也比較方便。你有任何建議嗎，尚．麥可？」

卡戴爾沒料到會有這個問題，愣了一下後遲疑起來。史瓦伯意有所指地清了清喉嚨。

「習慣上沒受洗的人會取國王的名字，對吧？」

卡戴爾背脊一陣發冷，恨恨地吐出那個名字。

「古斯塔夫（注）？這個可憐的靈魂承受的痛苦還不夠多嗎？」

史瓦伯瞇起眼睛。

「那就取卡爾如何？有十二位瑞典卡爾國王可以選。如果我沒搞錯的話，這名字的瑞典語意思是『男子漢』，應該很適合這個案例。」

溫格轉向卡戴爾。

「就叫卡爾？」

老舊記憶在死亡面前被攪動翻起。

「是的，卡爾。卡爾．約翰（Karl Johan）。」

史瓦伯對著他們倆綻放微笑，露出一排只剩棕色肉瘤的牙齦。

「太好了！現在即使我萬般不願，也得向兩位道晚安了。溫格先生，嗯……？」

注 這裡指瑞典國王古斯塔夫三世（一七四六～一七九二年），最終遭瑞典貴族暗殺。治內發動瑞俄戰爭，廢除貴族大部分特權，實施開明專制。

「卡戴爾。」

史瓦伯在跨過門檻時稍微停下腳步，轉頭又說：「還有卡爾．約翰先生。」

溫格和卡戴爾被單獨留下，提燈光暈照亮兩人。溫格掀開布的一角，露出一隻被鋸斷的殘腿，長度離大腿大概兩個手掌長。端詳片刻後，他轉身面對卡戴爾。

「靠過來點，告訴我你看到什麼？」

卡戴爾定睛一瞧，眼前腿的情況比他對屍體的整體記憶糟糕許多。這個無名的殘肢無法馬上讓人聯想到任何人類軀體。

「一隻被鋸斷的腿？能說的不多。」

溫格點點頭，若有所思。他的沉默使卡戴爾覺得自己像個傻瓜，然後怒氣陡然整個冒上來。今晚似乎漫長地看不到尾聲。溫格的目光仍舊盯著卡戴爾的臉，指指他的左邊身軀。

「我注意到你缺了一隻手臂。」

卡戴爾知道自己很善於掩飾自身的殘障，他練習的時間多到自己都數不清。從遠處乍看，淡色山毛櫸很容易被誤認為皮膚。他也學會將手臂藏在臀部後方，這樣就不會顯眼。除非他揮舞手臂，很少有人會在更熟識他之前注意到他的痛苦來源，尤其是在夜晚。但眼下他別無選擇，只能點頭確認這份觀察。

「我很遺憾。」

卡戴爾哼了一聲。

「我是來找錢包的，不是憐憫。」

「從你對前任國王古斯塔夫名字的厭惡，我可否大膽猜測，你是在戰爭中受傷的？」

卡戴爾點點頭，溫格便繼續說。

「我會提到這點，只是因為你對截肢的知識遠大於我。可否請你幫個忙，再仔細觀察殘肢的情況？」

這次卡戴爾依言仔細審查屍體的腿部，儘管經過肥皂和水的清洗，還是留有一層髒垢。他突然恍然大悟，那答案就明擺在眼前，他剛才應該馬上就能看出來才對。

「這不是新的傷口，傷口已經完全癒合了。」

溫格點頭表示同意。

「沒錯。當我們發現這種狀況的屍體時，通常會推測傷口要不就是死因，要不就是凶手試圖藉此湮滅證據，但在這個案例中兩者皆非。如果我們接下來發現四肢的情況類似，不會讓我感到驚訝。」

在溫格的授意下，他們繞到平台的對角各處掀起布料、角對角折起。屍體有股酸甜和土壤的臭味，溫格不禁用手帕掩住鼻子，而卡戴爾只能以袖子遮掩。

卡爾．約翰的四肢殘缺，凶器是刀和鋸子，挑的截肢處都盡可能地靠近軀幹，又能在不傷及根部的情況下順暢地鋸斷。臉頰凹陷，眼睛消失無蹤，眼球被從眼窩中挖除，剩下的只有營養不良的軀體，瘦骨嶙峋，肋骨暴突。肚子因飽含氣體而脹起來，肚臍翹出，兩側皮膚下的盆骨清晰可見。胸部薄瘦，仍因年紀輕輕而窄細，尚未發育到成年男子的厚實。這位曾經生龍活虎的年輕人身上僅剩的生氣勃勃之處是他的頭髮，那一頭濃密的淡金色頭髮仍舊完好無缺，由謙卑的教友清洗乾淨，梳理整齊。

溫格從掛勾上取下提燈，以便更靠近審視。他慢慢在屍體旁繞圈。

「你在戰爭中一定看過很多泡過水的屍體吧？」

卡戴爾點點頭，還無法習慣眼前這種場景——對死人的分析和冷靜檢視——但緊張使他卸下心房，侃侃而談。

「許多在芬蘭灣（Gulf of Finland）裡喪生的人到了秋天又回到我們身邊。我們在芬蘭堡（Sveaborg Fort）砲台下的圍牆發現他們。我們之中逃過熱病的人被派去將屍體撈出來，鱈魚和螃蟹大肆啃食過屍體，牠們常會被我們驚嚇得到處亂竄，那才是最糟糕的，牠們發出打嗝和呻吟聲。屍體裡全是吃得肥壯的鰻魚，在我們打斷牠們的饗宴後，才不情不願地蠕動著離開陸地。」

「那和我們的卡爾．約翰相比之下如何？」

「一點也不像。我們一般能很快就搶救死者，在小規模戰鬥後，也就是在他們落水的同一天。通常是蒼白、有點皺縮和泡過水，眼前這具屍體也是。如果要我判斷的話，卡爾．約翰沒在湖裡待太久，時間不會超過幾個小時，他一定是在太陽下山後才被丟入水中。」

「你的手臂花了多久時間才癒合？」溫格若有所思地問。

卡戴爾在拿定主意前回瞪著他。

「我們得好好交換訊息，這樣我們才能從盡可能相同的高度來偵辦此案。」

卡戴爾伸出左臂，溫格幫忙把袖子往上捲，直到套住手肘處的木製義肢的皮帶露出來為止。卡戴爾從容自在、熟練的鬆開皮帶，抽出手臂，在光線下舉高殘肢。

「你曾看過別人被截肢嗎？」

「沒看過活人的。我曾去觀摩過解剖教室的公開解剖一次，當時外科醫生在解剖一具女性屍體。」

「我自己的手術遠遠算不上是教科書裡的經典範例。動刀的是一位水手，他以笨拙的手法，用短劍切掉手肘以下的部分。我後來被帶去給外科醫生檢查，他得削掉更多肉，否則會長滿壞疽，那樣就沒救了。你得用包著皮革的鐵鍊綁住病人，這樣他才不會因痛苦扭動或抽搐而使手術進行不下去。柔軟的肌肉得用刀切除，骨頭則用鋸子。幸運的人會喝下足夠的酒而失去知覺，但我是緊急手術，當時我是清醒的。主要血管必須盡快封死，如果止血鉗滑掉，鮮血會像噴泉一樣噴得老遠。男人在剎那間就會完全喪失精力，慘白無比。如果手術順利，醫生會留下一塊大到足以蓋住殘肢的皮膚，邊緣則用針線縫起來。你看這裡，疤痕繞傷口一圈，還可以瞧見針的痕跡。如果殘肢沒有腐爛，你要做的就是等肉再長回來。」

他對溫格微笑，但一臉嚴肅，溫格聽得很專心。

「你曾比任何人都更仔細觀察癒合的每一個階段，你能說出卡爾．約翰的截肢日期嗎？」

「請把提燈遞給我。」

現在輪到卡戴爾圍著死者繞圈。他在屍體的四個角彎下腰，逐一審視殘肢。他用健全的那隻手臂提著提燈，所以無法遮住鼻子。他改用嘴巴呼吸，細細喘氣，慢慢吐出惡臭。

「就我所知，他最先失去的是右臂，然後是左腿、左臂和右腿。如果卡爾．約翰的癒合速度和我一樣的話，我估計右臂遭截肢的時間是三個月前。至於右腿？也許是一個月。」

「所以這個男人的手臂和腿是輪流遭到截肢，每個傷口都經過包紮，給予時間癒合，接下來再切除下一個肢體。眼睛顯然是故意弄瞎的，順便一提，牙齒一顆不剩，舌頭也不見蹤影。從傷口的情況判斷，將他變成如今我們眼前這副模樣的殘酷過程是從夏天開始的，於幾週前完成，死亡則是在昨天或前天才降臨。」

卡戴爾弄懂溫格話中的含意時不禁毛骨悚然。溫格用拇指指甲敲著門牙，稍作思索，接著又說：「我猜想他歡迎死神的到來。」

他將布蓋回屍體，突然中斷動作，小心翼翼地在手指間搓揉布料。

「我很感激你的協助，尚．麥可。遺憾的是，你高估了卡爾．約翰的偷竊技巧，你的錢包還在你的外套底下，那裡鼓得很明顯。如果這樣還嫌證據不夠的話，在你彎腰提著提燈時，錢包也不慎露了出來。但你早就知道了吧，因為你昨晚處於酒醉狀態的時間，沒有你想要我相信的那麼久。」

卡戴爾聞言畏縮一下，內心咒罵自己在衝動下撒了謊。現在憤怒席捲他全身，醉意逐漸被噁心想吐的衝動所取代。溫格對死者的冷血態度和他形成強烈對比——他目睹的死亡人數多過他最糟糕的敵人總數——這態度讓他不安。他轉頭吐口口水，彷彿這動作可以驅逐惡魔。

「你真冷血，瑟西爾．溫格，難怪你在死者前面這麼自在。也讓我以自己的觀察力回敬你吧：你吃得不夠。如果我是你，我會試著多花點時間在餐桌旁，而不是在廁所裡。」

溫格對這個侮辱毫不在意。

「你今晚來此是為了其他目的，確切是什麼，我們就不必明講，但能否請你繼續提供觀察？你想看見這個男人在入土後完成復仇嗎？我可以代表警察當局提供特定資源，我會很感激你的協助，而且會補償你為調查此案所可能會有的損失。」

溫格的大眼直直看著卡戴爾，那雙眼睛突然有了剛才缺乏的火苗，那讓卡戴爾既驚恐又困惑，他感覺疲憊向全身擴散，正茫然地站立時，溫格又繼續說。

「你不必馬上給我答案。我現在會去英德貝杜聽取晨間簡報，我已經知道會聽到什麼了。那位警察會向大家彙報，接下來就是地方檢察官的責任，而他已滿手都是比這更為簡單、更能帶來榮耀的案子，他最多只會督促馬利亞教區的警察去諮詢社區警官，打聽當地是否有能為此案提供破案曙光的謠言。我對那方面會有的進展不抱任何希望。這具殘缺的屍體會被繼續剝奪真實姓名，市政府會出錢將他埋進墓園的北方坑洞裡，而我們現在就站在那塊墓園上。沒有人會哀悼他的離世。警察總監要求我全力偵辦此案，但只靠我自己的話，恐怕力有未逮。」

卡戴爾需要更多自制力才能將剛才被攪起的怒氣壓下。他心頭混雜著相互矛盾的情緒，正要轉身離開。溫格沙啞的聲音飄在他後頭。

「假如你願意幫我，尚．麥可．卡戴爾，請再來找我。我在羅賽流斯的史潘莊園租了個房間。」

4

破曉的曙光一如往常的為端坐在城堡山丘頂峰的英德貝杜宅邸，帶來一片混亂和鬧烘烘的騷動。溫格揉搓雙眼，試圖忘卻昨晚未曾闔眼的事實，並納悶在這些房間裡，是否會有只咖啡壺還殘留幾滴咖啡供他飲用。

樓梯間滿是進進出出的人，而其他樓梯間旁的人就只是在等待被調到更好的職位上。這些警察人員仍在掙扎著適應新環境和新主人，大家還沒成功將各個房間和最適合的用途成功配對。

搬來英德貝杜宅邸只不過是不到一年前的事，而根據居心不良的傳聞，皇家警察局從花園街大費周章又引發爭議地搬遷過來的唯一原因，是要挽救市政府的面子。房舍的前任屋主不知用什麼辦法跑去古斯塔夫國王的臨終床榻旁帶走一張房契，上面有著幾乎無法辨識的國王簽名。房契上承諾以兩萬五千塔勒（注1）來購買一棟棄置已久的建築。建築因為會漏風又過於老朽而長期無人居住，夏天過於炙熱，冬天則過於嚴寒。

房舍格局古怪、極不對稱，倚靠山丘而立，位於大教堂和一片空地之間。那片空地仍舊散布著最近夷平的大網球場廢墟。

在黯淡的晨光中，熟悉的臉和陌生人混雜並列。溫格滿心不悅地認出圖勒（Teuchler）和尼斯特（Nystedt），皇家警察局裡的兩名惡棍。他們當時正半拉半扛著一個眼睛被揍黑、嘴唇打裂的男人進門。他這副慘狀顯示剛剛一定招認了自己被指控的任何罪行。布隆祕書在人群裡經過溫格身邊，他們倆的目光短暫交會，布隆翻了個白眼。官方已經禁止這類偵訊手法超過二十年，但圖勒和尼斯特仍舊是另一個時代的產物。

聽聞過溫格大名，但和他只有泛泛之交的警局人員在溫格走近時紛紛低頭望著地面，而一旦走過他們，就可以感覺到炙熱的眼光在他的背部燒灼。他上樓時，發現還沒有人把前任總監的盾徽從牆壁上搬下來，這是自從古斯塔夫國王加入其先祖的行列後，皇家警察局缺乏秩序的另一個徵兆。

自從安卡斯特魯（注2）的槍聲在化妝舞會響起後，已過了快兩年，但在皇家警察局裡，回音似乎仍在迴盪。只有十三歲的王儲尚未成年，權力的爭奪戰甚至在國王輸掉與死神的漫長搏鬥前就爆發。前任警察總監尼爾．亨利克．阿斯罕．利傑斯帕爾（注3）是古斯塔夫國王的寵臣，一手建立斯德哥爾

注1 daler，是十七世紀引進斯堪地那維亞的銀幣，兩萬五千塔勒在當時是天價。

注2 Anckarström（一七六二～一七九二年），出身貴族，一七九二年三月十六日在化裝舞會上以槍暗殺古斯塔夫三世，之後被處決。國王於三月二十九日駕崩。

注3 Nils Henric Aschan Liljensparre（一七三八～一八一四年），一七九二年他奉命偵辦古斯塔夫三世暗殺案，一七九三年被遠調去瑞屬波美拉尼亞創立警察組織。

摩的警察組織，並親自帶領其運作將近三十年時光。他是那種不會放過晉升機會，且不怕公開展示野心的權貴之一：也就是讓國王那位怯懦軟弱的弟弟，卡爾公爵（注1）被任命為王儲的監護人，成為傀儡攝政來統治國家。

但這份對權力的飢渴卻成為利傑斯帕爾垮台的主因。羅伊特霍爾姆男爵（注2）奪取了利傑斯帕爾為自己選擇的職位，而在男爵透過公爵的名義統治國家時，利傑斯帕爾就被遠遠貶去瑞屬波美拉尼亞（注3）。在年初時，羅伊特霍爾姆男爵任命皇家律師約翰・古斯塔夫・諾林為警察總監，但傳聞男爵已有確切理由對這份任命深感懊悔。就像其他看得清局勢的人一樣，溫格知道箇中原因：諾林不巧是位正義感強烈的人。

椅子沿著三樓的走廊牆壁排放。溫格將雙臂繞胸，拍打自己的肩膀，強迫血液流入凍僵的指尖。冷冽潮濕的空氣弄得他喉嚨發癢，他得淺淺吸幾口氣，免得狂咳起來。他被迫在漏風的窗戶旁吹風等了十五分鐘，諾林的房門才打開，有人領他進去。

就像房子的其他地方，諾林的辦公室混亂不堪。優雅的辦公桌壓在成堆的文件下面，幾乎看不見桌面，諾林則站在窗邊。諾林並不比溫格的年紀大多少，但一年來無數無眠的夜晚摧殘著他，使他外表看起來比實際的三十歲還要老邁。正式外套衣領旁的皮膚紅通通，留下指甲老是試圖去搔癢的擦傷痕跡。一隻花斑貓棲坐在窗台上，在諾林撫摸牠脖子時，發出低沉的喵喵叫。

「牠是這房子裡少數還有理性的人之一，知道什麼才是該優先處理的事務。」

他溫柔地將貓放在地板上，背靠向窗台，雙臂抱胸。

「嗯，你的調查還滿意吧？」

「我知道在此指出那位警官喝醉酒是不太厚道。他的反應完全可以理解，那是個非常罕見的犯罪案件。」

「除了信任你的能力外，我要求你偵辦這個案子還有另一個原因，瑟西爾。你不是皇家警察局的正式人員，可以祕密行動。羅伊特霍爾姆盯著我的一舉一動，若發現我真的在辦案，可是會激怒男爵的。男爵情願我執行他的審查制度，而不是為一般大眾維持城市安全。過來看一下。」

諾林舉起一張折起來的紙，封蠟才剛被扳開。

「這是古斯塔夫．阿道夫．羅伊特霍爾姆署名的信，咄咄逼問為何他要求調查的傳聞，也就是傳說他試圖毒殺王儲的傳聞，到現在還毫無進展。那傳聞還聲稱，他對權力的飢渴來自性無能和一長串的變態傾向。男爵認為他已經等得夠久了，他想看到那些得為傳播謠言負責的人受到懲罰，現在他要求我提供他一份正在努力偵辦此案的完整報告。」

「你會依照要求呈送他一份嗎？」

「既然我什麼都沒做，最好什麼都別送。那個男人瘋了。羅伊特霍爾姆不過是個暴君，缺乏朋友

注1 Duke Karl，卡爾十三世，一八〇九至一八一八年間的瑞典國王。

注2 Baron Reuterholm（一七五六～一八一三年），為瑞典政治家，一七九三年成為樞密院的一員。

注3 Swedish Pomerania，一六三〇至一八一五年瑞典王室統治下的自治領，位於德國和波蘭的波羅的海沿岸。

和家人來提供他安全感。他試圖請算命師阿威德森（注1）為他和死者溝通。這人自大虛榮、暴躁易怒、憤恨不滿。隨著時間推移，他展現的這些特質和古斯塔夫國王如出一轍。他恐懼革命和背叛，深怕它們會像瘟疫一樣散播到所有離王位太過接近的人。陛下曾要求我的前任招募告密大隊，祕密通報百姓間的八卦和陰謀。結果問題並非民眾不快樂，而在於利傑斯帕爾的密探被要求在錯誤的地方尋找不滿。古斯塔夫國王的夢魘是法國大革命會傳播到遙遠的北方來，因此盡其所能地想辦法偷聽共和派人士在咖啡館裡的誇誇之談，結果他的殺手卻偷偷在自己宮廷的成員周遭打轉。他如此恐懼素未謀面的群眾，竟然蠢到相信眼前的貴族們不會謀害他。」

諾林比比辦公桌。

「即使我盡力忽視利傑斯帕爾的八卦，我仍得收下他們的報告，真是一個比一個還要荒謬。有個叫奧曼的人抱怨一個叫尼森的人，一晚在斯特蘭奈斯市（Strängnäs）喝多了酒後，高唱起〈馬賽進行曲〉（*Marseillaise*）。一位騎士軍官展現可疑的同情心，讚美惡名昭彰的陰謀策劃人朱林的領帶夾。庫瑪和艾根為討好威納和法克，因此穿長褲上教堂。卡倫在枕頭底下藏著詩人托里勒（注2）的著作，諸如此類。我被這些搞得心力交瘁時，真正重要的事卻沒人理。但那位老暴君利傑斯帕爾，覺得這些事情是當務之急。你一定有聽說過警察局裡的人給他取的綽號吧？『大屁股』（注3），來自他的中間名，阿斯罕。」

溫格注視著那疊信，拿了一封，漠不關心地匆匆一瞥便放回去。諾林舉起假髮，用力丟在信堆上，然後搔著頭髮抓癢。

「透過那些愛散播謠言的人，我聽說羅伊特霍爾姆已經在找我的接任人選了。」

「你知道是誰嗎？」

「我聽說有人詢問過馬格諾．烏霍姆（Magnus Ullholm）的意願。你很清楚他這個人。」

「你知道你還能撐多久嗎？」

「不知道。但當男爵下定決心時，事情通常發生得很快。烏霍姆不會允許你繼續辦案子，所以這個案子很緊急，瑟西爾。」

溫格將手舉到鼻梁，按摩腫脹的雙眼。他昏昏欲睡，因此視野裡有模糊的光點亂舞。

「我是你最不用提醒這案件緊急程度的人。」

諾林請溫格坐進一把空椅子。他把門打開一條縫，對著走廊叫人送咖啡過來，無論最靠近門的人是誰，都會立刻服從命令。諾林沉重地嘆了口氣，在溫格對面坐下。

「嗯，我們回到從湖裡撈上岸的那具屍體吧。你對抓到凶手有多大把握？」

「我認為屍體是在被發現前幾小時才落水的，我有理由如此相信。我計畫尋找目擊者，看有沒有人在入夜前的社區裡看到什麼。」

注1 Arvidsson（一七三四～一八〇一年），瑞典古斯塔夫三世國王時期的專業女算命師。

注2 Thomas Thorild（一七五九～一八〇八年），瑞典的詩人、評論家、女性主義者與哲學家。

注3 The Arse，又可譯為討人厭的人、飯桶或笨蛋。

「那聽來似乎是毫無希望的做法。就這樣而已嗎？」

「還有一件事。屍體是赤裸的，但有部分被一塊黑布包著，而我從未看過那種布料。那布料似乎很昂貴，在正常情況下應該不會就這樣被丟棄。布料專家也許能提供更多線索。」

諾林似乎陷入沉思，點著頭。

「低調辦案，不只是因為羅伊特霍爾姆。外面的不滿情緒正在高漲。今年年初時有群激動的暴民聚集在城堡大門前，高喊著要血債血還，不過是因為一位貴族不小心用劍劃傷了一位市民。每個暴行和罪案都必須以極端審慎的態度處理。請你幫這個忙。」

女僕敲門後端著咖啡壺和錫杯進來。諾林倒了咖啡，溫格將薄唇靠在杯沿，迫不及待地要喝下能讓他恢復生氣的咖啡。貓咪不自覺地往上一跳，想蜷縮在諾林的大腿上，諾林對溫格投來關心的一瞥。

「我很抱歉得這麼說，瑟西爾，尤其在我很清楚自己是罪魁禍首之一的情況下，但該死的，你的臉色看起來糟糕透頂。」

5

酒館的名字是「墜落地獄」（Perdition）。牆壁上覆蓋著一層薄薄的煤煙，但任何人只要肯凝神細觀的話，就會看到下面有一幅壁畫。死亡之舞——農夫和市民、貴族和教士，手牽著手圍著一個正在拉小提琴的骨骸。小提琴黑如焦油。那幅畫使許多人感到不安。能保持清醒到深夜的酒客屈指可數，而喝得酩酊大醉的客人則越看這畫越覺得忐忑惶然。醉鬼總能看穿掩飾真實的裝飾。酒館老闆葛塔（Gedda）努力抗拒所有企圖說服他將牆壁塗上灰泥的壓力。這壁畫是大師霍夫布羅（注）的作品，他低吼著，這可是一幅傑作。

卡戴爾厭惡這幅畫，尤其是他與葛塔的協議意味著他得保持一個合理程度的清醒。卡戴爾是酒館的保鏢，一星期的薪資是一先令左右，被僱來攆走將製造麻煩的人，在每次成功趕走人後，還可領額外的佣金。他作為守夜人的薪水微薄得可以，而這份額外的收入勉強可以讓他三餐溫飽。他坐在門旁的長椅上，已經數不清是第幾次感覺到那個骨骸的存在：空蕩蕩的眼窩尋找著自己的目光。卡戴爾不禁打個寒顫，將菸草塞滿嘴巴。

他有預感今晚不會有好事，心裡隱約帶著一分期待。自從日落後，大禍當頭的氣氛就在醞釀著。

注 Hoffbro（一七一〇～一七五九年），瑞典畫家。

喝酒的友伴為啤酒和開胃酒阿夸維特爭吵。群眾裡爭搶很快演變成毫不留情的爭辯。他得一再從椅子上起身化解紛爭，試圖和不肯聽他話的男人講道理。可惜總是要等到他掐住他們的脖子，將他們舉高到揮舞的腳跟搆不到地面、丟到街上去後，這些人才會聽懂。

一群水手挽著手臂擠進酒館大門，直到有最不勝酒力的人掉隊，其他人開心地對他大肆嘲笑。他們扯開嗓門，高唱著低俗淫蕩的歌曲。在那首胡言亂語的歌中，卡戴爾聽到征服處女的厚顏吹噓。現在他確定今晚不會好好收場。

粗魯無禮的年輕男人喝得爛醉，相互扶持是他們這類團體的榮譽信念。卡戴爾很清楚他們的心態，他曾有一度就像他們，他對他們愛恨交織。從門邊的座位上，他宛如一隻偷偷觀察一群兔子的狼般注意他們的一舉一動，對後者早晚會是他的獵物此事了然於胸。

沒多久事情就爆發了。一位挺著大肚腩的矮小男人被自己的鞋扣絆倒，將酒整個倒在水手背上。說時遲那時快，水手們就將矮個子抬到桌子上，強迫那可憐的傢伙跳舞。他們圍著他，將桌面搖來晃去，直到木頭開始發出呻吟。一位水手拔出刀子，試圖刺那矮個子的腳指。

卡戴爾看見葛塔從酒館另一端射來的目光。葛塔不在乎酒客潑酒或發生流血事件，但家具倒是值幾個錢。卡戴爾甚至連想都沒想，右手就伸過去將左手臂的皮帶套緊。

戰爭教導卡戴爾——儘管戰役中毫無榮譽可言——還是得遵循一種儀式，但這份儀式既老套又毫無意義。他非常熟悉這種程序。一隻手放在水手的肩膀上，在叫囂中循循勸誘，那是讓人冷靜下來的姿勢。有人湊近他的耳朵叫他下地獄去，別的人吐口水到他臉上。心跳在耳際狂跳如鼓，世界轉成一片通紅，但他仍舊控制自己，在他們勝利的咧嘴而笑前，擺出投降姿勢，低垂肩膀。

第一拳落下時，他們還不明白發生了什麼事。左手從腰的高度舉起，因為手部雕刻得像張開的手掌，乍看之下，彷彿他正愛撫著最靠近的男人的臉。牙齒飛過空中，鮮血噴飛，如同紅色瀑布。卡戴爾順著手臂的動作擊出下一拳、再一拳，感覺對方手臂斷裂，鼻梁劈啪作響，肋骨凹陷，眼睛從眼窩飛出。每一拳都讓他的殘肢感到劇痛，而這只讓他更為憤怒。

酒客紛紛抱頭鼠竄。最後一位雙手雙腳在地上爬行，流著鼻涕，卡戴爾的靴子再補上幾腳，催促他趕快爬到門檻。卡戴爾轉身，先前那位受害者仍站在桌上拍手，咧嘴大笑。

他的感激大到難以表達。他堅持要慶祝，為救他一命的人買一壺萊茵白葡萄酒，乾了一杯又一杯。至於卡戴爾，他則判斷這晚的騷動已經結束，直到打烊時刻酒館都會維持平和。地板還殘留著血跡，源頭指向他這邊，那是提醒所有人都要當心的警告訊號。他對葛塔不表贊成的眼光視而不見，猛灌美酒。打架是讓他覺得生氣勃勃的少數事物之一。他以前總會主動找機會打架，在每次勝利後細細品嚐人生操之在我的感受，儘管那種暢快感非常短暫易逝，而隨著時間流逝，效果變得越來越微弱。他的手臂劇痛，他覺得自己老邁到不堪再過這種生活。酒才是唯一慰藉。那個男人自我介紹說他是伊薩克·萊霍·布隆（Isak Reinhold Blom）。

「我是個詩人，聽候您差遣。」

卡戴爾抬起一邊眉毛，那男人清清喉嚨。

「哦，英雄！我們在你的勝利下顫抖，你的敵人四散潰逃。你踏著兄弟的屍體，染上最深的紅！」

「你就是靠這養活自己的嗎？」

布隆抿緊嘴唇，用燭火點燃陶製煙斗。

「這就是詩人的詛咒：每個人都可以提出批評，但好在我不是。我白天坐在英德貝杜裡，就在城堡旁。我在皇家警察局服務，事實上我是個祕書。那是說，從今年一月以來。」

卡戴爾原本一直沒想起瑟西爾．溫格和他的臨別之詞，直到現在。

「你不會剛好認識一位瑟西爾．溫格吧？」

布隆好奇地打量著卡戴爾，吐出一口煙。

「他是那種讓人難忘的男人。」

「他是誰？你能告訴我任何有關他的事嗎？」

「在諾林於今年年初被任命為警察總監後，溫格就開始在英德貝杜悄悄走動。他們好像有某種協議。只要在合理的範圍內，溫格有絕對的自由做任何調查。他對某些罪案有興趣，但也對某些興趣缺缺。」

卡戴爾點頭，陷入沉思。布隆深吸一口煙斗，發出咯咯聲響，然後他繼續說。

「我和溫格同時在烏普薩拉大學（注1）攻讀法律，儘管我年紀大個幾歲，也從來沒有和他在同一個社交圈裡出入。他總是在唸盧梭（注2）的書。溫格是自盧德貝克（注3）以來的偉大天才，那個男人有過目不忘的記憶力。也許問題就出在這裡，有些人讀太多書後，腦袋裡就會有奇怪的想法。在他執業早期，他堅持要在法庭上質問被告，而大家對這種事通常能免就免，因此他變成頭痛人物。他的所有案件都讓原告律師痛苦不已，涵蓋的細節無止無盡。儘管任何心智正常的人都不會懷疑溫格經手的被告的罪證或清白，他卻從未成功贏得同儕的欣賞。大部分被指派到下級法院的律師只想看到正義儘速得到伸張，甚至到親自插手好加快速度的地步，但他們都非常努力想阻止溫格，因為溫格是邏輯辯論大師，他們最後只能訴諸輕蔑和嘲笑，結果發現溫格輕易就能破解他們的論證。既然溫格有諾林在背後撐腰，因此在過去一整年中，他為皇家警察局服務，創造了許多豐功偉業，那些軼事多得講不完。別的男人會犯錯、會心不在焉，就算能專心投入辦案，也會常常不夠勤奮，但溫格可不會如此。」

布隆揮舞煙桿，用來強調他說的話。他在抽下一口煙前打住話很久，接著煙斗熄了。他放下煙斗，微微聳肩。

「如果一定要我說他有哪裡不討人喜歡，我會說他這人從來就沒什麼魅力。」

「這點很明顯。」

「我去年在歌劇院碰到他妻子。當我聽到她的姓氏時，才察覺她丈夫是誰。我那時還確定自己一定是聽錯了。那是一位非常迷人的女人，卡戴爾。美麗，當然也和藹可親，風趣又熱情洋溢，我可不會用那些字眼來形容她的丈夫。追求她的人一定多如過江之鯽。我永遠不會了解她為何選擇溫格。因此當他成為那位選擇離開她的人，而不像大家預料的相反過來時，只能說命運還真是諷刺……」

布隆陷入沉默，他的好心情彷彿突然完全熄滅，就像他的煙斗。酒館的喧囂聲沉寂下來。角落有個男人穿著到處是補丁的外套，面前的桌子上擺只乞丐的碗，正用簡單的木笛吹奏一曲哀傷的曲調。

注1 Uppsala，創立於一四七七年，北歐最古老的大學。

注2 Rousseau（一七一二～一七七八年），出身於瑞士日內瓦，是法國著名的啟明思想家、哲學家、教育家與文學家，更是十八世紀法國大革命的思想先驅，啟蒙運動的代表人物之一。

注3 Rudbeck（一六三〇～一七〇二年），瑞典科學家和作家。

噔噔噔，三個節拍。噔噔噔，三個節拍。

「對，我們講到重點了，卡戴爾。我也許該一開頭就提到這點，但我得喝點酒才能打開話匣子。瑟西爾．溫格羅患肺結核，他快死了。他的身子從來就不是很硬朗，但那病也把他搞慘了。他很擅於掩飾他的蒼白，在公共場合從不咳嗽，就算忍不住也小心翼翼地用手帕遮住。他總用深色手帕，這樣就看不出血跡。謠傳說，他離開妻子是不想讓她看到自己日漸衰弱。他們說，瑟拉芬醫院（注）那些頗受好評的專家斷定他只剩一個月可活。現在他多活一天，就算多賺一天。城堡山丘的人很敬重溫格，但他們已經給他『英德貝杜的鬼魂』這個綽號。」

後來，在布隆以搖搖晃晃的雙腿蹣跚走進斯德哥爾摩的夜晚許久後，當微醺轉為爛醉，獸脂蠟燭一一熄滅，酒客離開顛倒過來作為桌面的橡木桶之後，酒館老闆將手放在卡戴爾的肩膀上。

「我僱用你是要你維持秩序，不是要搞血腥場面。顧客都被你嚇跑了，小麥。我不能再用你了。」

深夜，半夜的鐘敲響後不久，麥可．卡戴爾在房中驚醒，猛喘著氣，心跳加速。手臂傳來劇痛，他的感官拒絕接受手臂已經不在的事實。這是兩天以來，酒精和打架第二度無法再提供他心靈平靜。

注 Seraphim Hospital，瑞典第一座現代醫院，位於斯德哥爾摩。

6

直到疾病本身惡化到大家都明白不可能有轉圜餘地時，眾人才將「肺癆」說出口。只有在所有希望都消逝，死亡被視為無可避免時，人們才敢以適當的名稱去稱呼某種疾病。

去年春天，剛開始時只是輕微咳嗽，連續咳好幾個星期。他小時候也經常咳嗽，但從來就不是什麼大病。然後他夜晚開始發燒，全身冒汗後醒來，躺在濕透的被單和毯子裡。到了夏天，瑟西爾・溫格得用手帕掩飾咳嗽，免得引起注意。六月的某一天，刺繡棉質手帕出現鮮紅斑點。他很容易就喘不過氣，腹側常覺得一陣痙攣，好像剛跑過步。他的胸口彷彿被沉甸甸的重物壓著，後來變得越來越重，肺部好像起不了作用，逼著他呼吸短促。

醫生觸診他頸部的腫塊，診斷是淋巴結核。他們開的處方是難喝的藥汁，成分有榆木、茜草、生薑、甘草和八角。他一天得喝半瓶。當病情沒有改善時，醫生若有所思地擦拭眼鏡片，建議透過引流好將身體裡的壞液體排出。醫生用氫氧化鉀在他左胸燒個洞，開口比他的小指指甲還小。醫生將一顆豌豆塞進傷口裡阻止它癒合。在短短幾天內，膿不斷自傷口流出，醫生向他保證這是好現象，結果並非如此。燒灼的傷口讓他夜晚無法成眠，身體忽冷忽熱，冷時好像快凍僵，熱時汗如雨下。他妻子總是陪在他身邊，耐心地用毛巾輕拭他的額頭，擦乾他消瘦的身軀，唱著歌讓他心情舒緩。在這些時候，他的心思得以飄浮到遠處，得到片刻的安詳和憐憫。

一年逝去，嚴冬轉為春天。醫生試了一個又一個療法。他在加了白堊的醋水盆上彎腰，喝下沒過濾的牛奶，大口呼吸清新空氣。每早他精疲力竭地醒轉，皮膚冷冽潮濕，沒有東西能讓他暖和起來。藍色血管腫脹，眼睛滿是血絲，開始出現黑眼圈。身體一直發疼，並擴展到臀部。一旦開始咳嗽，就沒辦法停止，咳得最凶的時候，死掉的組織會被咳到嘴裡，使得痰發出惡臭。當他放血時，醫生發現他的血液很快就凝結成藍色硬殼，那是感染擴展的確切跡象。他不再能對妻子善盡丈夫的義務，在咳嗽和夜間冒汗開始後，便再也無法忍受和妻子同睡一床。強烈巨大的痛楚折磨著他，他覺得自己的肋骨都快爆裂開來了。

自從溫格放棄醫療專業人士的所有治療建議後，已經過了一個月。每個試圖舒緩他痛苦的嘗試只會讓情況更為惡化。他所能做的只有凝聚所有的自制力，忽視喉嚨的那股搔癢，並發現將心思轉到別的地方比任何療法還有幫助。專心致志使他不再胡思亂想，身體也逐漸放鬆下來。

夜晚，他在羅賽流斯的別墅房間裡倍感孤獨。他靜坐在點燃的蠟燭旁拆解懷錶。將各種零件放在前面，分類排好，然後再將懷錶組合回原狀。齒輪一個接著一個重新團聚，中央固定，彼此嵌合。螺絲釘放進槽中轉緊。不值一提的個體組合成一個深具意義的整體，發條裝置緩慢成形，重新運作。滴答滴答。

溫格握緊在整個人生中作為指引的羅盤，奔赴死亡：那就是理性。他告訴自己，所有的人不是將死，就是正在死亡。這邏輯很有幫助。但當他夜裡又開始冒汗，思緒如脫韁野馬狂野奔騰時，腦海裡揮之不去的是自己的死亡，理性的通則無法再有所助益。他思考著肺結核的所有臨床徵兆。這病會感染擴散到所有關節和骨頭嗎？他會在睡眠中悄然死去，或是在突然發作的痙攣中痛苦輾轉而死？哪種痛苦的滋味正在前頭等待著他？在完全無助下，他告訴自己最後一次看見妻子時，大部分的他已然跟著逝去。但這也僅能帶來些許安慰，因為他身上僅剩下來還繼續存活的部分，似乎仍能清楚地感知到陣陣痛楚。

夜幕降臨，溫格開始著裝準備出門。房間裡的穿衣鏡太窄，他倒退好幾步後，也只能看見半個身體。身上穿的衣服就是他現在僅有的衣服。襯衫和長襪會根據他和女僕安排的時間表固定清洗，其他天則用刷子刷幾下即可。布料已經開始磨損，外套和背心樣式過時，但穿出去還算體面。他選擇保留下來的衣服和他以前穿去下級法院的衣服一樣，目的不是虛榮，而是為了合乎禮數，想傳達給旁觀者一種在極端重要的場合中氣定神閒的威嚴。

他將寬領巾在脖子上纏繞後綁起來，手臂伸進外套裡，從房間角落提起枴杖。枴杖以前的用處只是炫耀，現在他得常常仰賴它。溫格緩慢而安靜地走下樓梯，這樣就不會碰到房子裡的任何人。

他走下斜坡朝海岸而去，手帕掩住嘴巴，抵擋潮濕的空氣。在下坡的造船廠，他沒花多少時間就找到願意以幾枚銅板將他用槳船送進城市的槳夫。他聽到遙遠水流的微弱咆哮，但在這裡海水寂靜無聲，只聽到槳架發出的呻吟和槳滑入水裡時發出的嘩啦聲響。

他們經過造船廠拱橋下，他不斷向後看，槳夫在碼頭區外船隻停泊的迷宮間找到一條路徑。粗如男人大腿的錨繩在船隻周遭不是繫緊，就是鬆垮垮地放著。空氣中瀰漫著明顯的焦油氣味，但也幽幽飄浮著亞力酒、肉桂、咖啡和菸草味。

溫格在坐船半小時後，讓槳夫穩定的手扶了一把，在稅務署長階梯著陸，從那走到巴格羅巷只有一小段路。

巷子像以往一樣人聲鼎沸，妓院櫛比鱗次，恩客展現不同程度的酩酊大醉，漫無目的地閒蕩，不是正要去妓院，就是剛出來。讚美愛神的歡欣歌曲在建築間迴盪，混雜著大聲吹噓，誇口說著已經做過或即將要做的功績。剩餘的其他人則較為謹慎。許多已婚男子像溫格一樣，用手帕掩住鼻子遮住半邊臉龐。

他找到正確入口後走進。從已故阿斯特倫上尉那繼承這個生意的女人，老邁的臉莫測高深，只短促點個頭，沒洩漏出任何認出來人身分的表情。

「她有空嗎？」

老鴇搖搖頭。溫格放下枴杖，重重地坐進椅子。

「我願意等。請換新床單，將房間弄整齊。」

老鴇給他一個難以理解的表情後離開。他沒注意其他人的來來去去。老鴇在過了將近一個小時後回返，揮揮手示意他上樓。他在沒有指引的情況下找到她的房門，敲門後進入。

人稱「芬蘭之花」的妓女正在等他。她坐在床沿雙腿翹起，誘惑性十足。她不容易找。溫格一直想找個和他年紀相仿的人，但在她的行業中，能撐過三十年的很少見。但驚人的是，她仍未受到這個地下世界的摧殘。煙花世界的居民顯然以其他人的兩倍速度在度過人生。他們四目交會時，她臉上閃過認出溫格的表情，她的身體語言馬上改變，放鬆身軀讓肩膀下垂，弓著背展露魅力。

「是你。那個老醜八怪應該告訴我的。」

她的東方口音很悅耳，母音彷彿在高歌。溫格點頭作為回應，環顧房間以確定有按照他吩咐準備。他遞給她一個小布料錢包，準備了一筆他們以前就講定的價錢。她比個姿勢，示意他將錢包放在五斗櫃上。

「你會像往常般過夜嗎？」

「是的，喬安娜（Johanna）。希望錢夠。」

她縱聲大笑。

「就算不夠，我也會給你折扣。你是我最好的客人，你付很多錢，問很少問題，和我習慣的客人相反，或是這次你想玩點別的？」

溫格搖頭。

「不，就像以前一樣。」

他掛起外套，解開寬領巾。他從背心口袋拿出那個小瓶子，小心翼翼地遞給她。她拔出塞子，滴幾滴在脖子和乳溝上。他將襯衫和及膝馬褲掛在椅背上，她脫下幾件衣服，然後他們一起爬進床內。

溫格轉過背，背向喬安娜，她則照他以前教的，從他背後用手臂摟住他。她的手可清晰感覺到他的每根肋骨，他的呼吸淺到幾乎難以察覺。喬安娜像他的妻子，有著相同的長髮和相同的眼睛顏色。現在她聞起來一模一樣，手臂也帶來同樣的溫暖。

喬安娜吹熄床邊的蠟燭，感覺他的脈搏微弱，在睡意籠罩時呼吸變緩。有幾次他在沒有完全醒轉的情況下，變得煩躁不安。她照他教的方法輕撫他的額頭，低唱著他教過的歌。

溫格一如往常地在破曉時醒來，他不知道這該算是恩典還是詛咒，在那些介於沉睡和意識清醒的短暫片刻裡，他休眠的理性允許他重溫往日時光。他默默爬出床，穿上衣服。喬安娜仍然沉睡著，在溫格轉動鑰匙打開門鎖時才醒過來。

「今晚是最後一次。」

她伸個懶腰，試圖揉掉眼裡的睡意。

「你厭倦我們的安排了嗎？」

「不，一點也不，但那些是我的最後一筆錢。」

喬安娜露出小小的微笑，聳聳肩。溫格套上外套，注意到手肘處的布料已經磨薄，薄到可以看透。無所謂，他有自信這套衣服可以撐過剩餘的人生。

7

卡戴爾聽著海德維格・埃萊奧諾拉教堂和雅各教堂（Jakob Church）的鐘聲響了兩下。現在是午後，他在暴雨中跋涉走過新橋（New Bridge）。島民的船桅在造船廠建築後的迷霧中隱沒，八角堡壘則守衛著港口峽灣。海軍軍旗的三道舌頭隨風飄揚，在大雨中淋得濕透。貓灣在腳下攪動翻滾。和拉德湖相較，多虧從海口流進來的淡水，這裡的水比較沒那麼骯髒渾濁。沿著貓灣沿岸，從廁所收集而來的糞肥傾倒於此的好幾個坑，形成厚厚的沼澤，里爾河（Rill）從北方注入，灌入更多的水。雖然水的色調介於黃色和棕色之間，碼頭上仍有一群洗衣婦，身旁是成堆待洗衣物。她們將衣物浸入污泥裡，然後用木板拍打，將髒水逼出。她們的隔壁是魚市。

他得擠過一個乞丐，那個男人伸出畸形的雙手乞討，博取同情。有著銳利三角背脊的木馬刑具屹立在魚市前，上頭趴坐著一個男人，他在哭泣，雙腳綁著重物。從他的衣服判斷，他是馬車車伕，在漫天喊價時被當場抓到。半裸的男人站著，身上套著頸手枷，大聲嚎哭，鼻血流進嘴巴。

卡戴爾漫步走過橋另一端的簡陋棚屋。在這裡，家家戶戶住在櫛比鱗次的單坡小屋和茅舍裡，看起來隨時會崩塌。他們的確有十足理由恐懼即將來臨的季節：一旦冬天來臨，濟貧院的所有角落都會被貧民顫抖的身軀擠爆，擠不進去的人最後會變成凍僵的屍體，高高堆在墓園旁，直到土地融化的季節來臨後才能入土為安。

他繼續沿著街道走到位於新地（Terra Nova）的造船廠，這裡的海岸經過填海造地，為船塢和工作坊製造空間，然後他背向海灣，走上較高的土地。在這，住宅變得較為稀疏。城市在此就快抵達尾端，靠著帶來海水鹹味的微風，才成功地吹走城市的惡臭。卡戴爾沿著街道走沒多久，就瞥見聚集在菩提樹林前排成半圓形的建築群，那就是史潘莊園。在房舍間的院落裡，一位提著紅銅壺的老女僕出來招呼他。卡戴爾解釋來意。

「溫格先生在新的石屋二樓有個房間。歡迎你在廚房等待，火爐點燃了，你可在那裡烘乾。」

女僕走上樓梯宣告訪客來訪。有水井的玄關後方可見麵包在石爐裡烘烤，保母和傭人匆匆忙忙地跑來跑去，卡戴爾發現不管他站在哪都會擋到人。沒多久後，一杯加了香料的熱啤酒便被塞入他手中，有人遞給他剛出爐的小麥麵包，他搖頭婉拒，因為沒另一隻手可拿。女僕很快就回來，從樓梯上向他揮手。她不用告訴他溫格的房間在哪，他痛苦的咳嗽聲在大門口就聽得見。

瑟西爾．溫格的房間陰鬱，沿著牆壁擺放的家具一定是房東給的，一眼就可見溫格的幾件私人物品：有個行李箱，書成堆放著。窗旁有張式樣簡單的桌子，可在日光下書寫，散布在桌上的東西看起來像是拆解到一半的懷錶零件。樓下爐床的熱氣從地板縫隙間升起，由於鋪磁磚的火爐還未點燃，因此那成了唯一的暖氣來源。

過著和卡戴爾不同人生的人可能會很容易將空氣中瀰漫的氣味誤認為鐵，但卡戴爾太熟悉這種味道了——那是血的味道。他看見床下有個容器，邊緣沾滿紅漬，剛剛才在急急忙忙中藏起來。他尷尬地將視線盡快轉開。

溫格一動也不動地坐在床上，臉色慘白，他看起來沒有想咳嗽的衝動。卡戴爾試圖找到自己從昨天就開始就斟酌再三的字眼，但溫格先開了口。

「你和熟悉我情況的人打聽過了。即使你那時不可能知道，你還是很後悔你最後說的話。」

卡戴爾放鬆地嘆氣，點點頭。

「那不重要，尚．麥可，重要的是你來了。我能問是什麼改變你的心意嗎？」

「你提到錢，而老天知道我很需要錢。」

「如果我沒感覺到你對這個案子有股更深沉的興趣，我是不會提供你錢的。你涉水進入拉德湖，打撈卡爾．約翰上岸時，可沒錢拿。」

「在戰爭中……我有個總是陪在身邊的朋友，他一定救過我上百次，我也一樣。但後來不幸降臨，我們都被彈飛入海中。一道木頭橫樑打中他的頭部，我盡力讓他的頭不要淹到水，盡可能努力了很久。前天他出現在我的夢中，他常常如此。我在酩酊大醉中走進湖裡時，彷彿又回到那片海水，但這次沒有海浪將他從我手中拍打掉，我緊抓住他，兩人一起回到乾燥的土地上。我從那時開始就維持清醒，沒再喝酒，但那份感覺揮之不去。」

「謝謝你告訴我這個祕密，尚．麥可，我不僅只是出於好奇而問。我願意提供你金錢補償，但現在我也能支付你薪水，因為我知道你沒去找叫價最高的人，而是對這件案子忠心耿耿。但你的情況是怎樣？你是個守夜人，但很少值勤。」

卡戴爾想到他的守夜人同僚時聳聳肩。那些可憎的男人有各式各樣的缺陷，偏好人們以實物支付賄賂。

「我只是名義上的守夜人。我因為皇室效力而殘廢，官方安插這個職位給我，作為對我這個跛子乞丐的賞賜。在從戰場上返回的老兵中，我想自己算是幸運的。其他人有的乞討，或在街上打零工，或在菸草店裡賣命，宛如奴隸。我透過良好人脈得到守夜人的職位，但該死的，我可不打算浪費時間追捕流浪漢和妓女，把他們關進感化院。他們和我一樣，沒辦法選擇命運。」

天色變得更為昏暗，溫格用火柴點燃桌上的蠟燭。火焰忽隱忽現，幢幢黑影在他倆周遭張狂舞動。溫格走回床上，盤腿而坐。

「我希望你知道幾件事。首先，我是在警察總監諾林的同意下行動，經過他的授權，我們得查出殺害卡爾．約翰的凶手。諾林的任期就快結束了，他說下任繼承者可能是馬格諾．烏霍姆。幾年前，烏霍姆得到任命去監管寡婦們的教堂養老基金，後來官方查帳發現有一大筆錢不見了，想當然耳，懷疑的矛頭指向烏霍姆。那時我還在下級法院當律師，參與了起訴他的行列。我從未懷疑過他的罪行，在他潛逃去挪威（Norway）後更是深信不疑，結果那件案子不了了之。羅伊特霍爾姆男爵現在選擇饒恕他，因為男爵知道如何利用只想發財的男人。烏霍姆可不會忘記那些曾和他作對的人，一等他知道我和諾林的協議，他就會草草結束本案，並盡一切力量阻止我們的調查。」

溫格站起來，開始前後踱步，雙手緊緊握在身後。

「第二，我們面前的這件罪案非常罕見，這不是一般人犯下的罪行，能將一個人囚禁得久到可以逐一切斷他的四肢，而又不會被發現，犯人需要什麼樣的資源？想想這背後所隱含的權力，那股決心和毅力。如果我們不遺餘力地調查此案，翻動每顆石頭，誰知道會有什麼爬出來？你賺來的錢可能會買來一位可怕的敵人，我會提到此點是因為你冒的風險比我還大。」

溫格轉身走到窗前。紛紛細雨慢慢變成厚重的雪花。

「我熬不過即將來臨的冬天，很快就會超越所有的因果關係。在那之後無論發生什麼事，你都得獨自面對。」

卡戴爾看著地板。他才剛認識溫格不久，但現在納悶原本想藉此讓約翰．西傑恩留下來的傷口癒合的嘗試，是否會被新的傷口取代，但他很容易就能下決定。卡戴爾用力拍桌，懷錶的小零件被震得亂七八糟。

「那我們就得好好利用時間，這樣你就有機會恣意享受這狗屎般的風暴所帶來的快感，那是你應得的。」

卡戴爾看見窗玻璃上溫格那扭曲的倒影，好奇自己看到的是否是抹淺淺的微笑。

8

「旗幟」是靠近灣岸的咖啡館，裡面的氣氛隨著夜愈深沉而變得越來越熱鬧。兩位巡迴樂師今晚都搶著想為觀眾演奏，一位在大腿上放著手搖風琴，另一位將弦樂器架在臀部。兩人剛開始時起了點小爭執，後來握手言和、合作無間。民眾像水流般不斷湧入咖啡館裡聆聽他們演奏，沒多久後等著進門的人就多到得排到外面階梯上。外頭氣候陰冷，夜晚從海上升起白色霧靄，摸索著朝城市前進。溫格和卡戴爾在壁爐邊的桌旁共進晚飯，躲避從門口灌進來的冷風。

卡戴爾的胃口很好，溫格則幾乎沒有動過刀叉。從廚房不斷端來各種菜色：梭子魚魚丸、鹹奶油胡蘿蔔冷盤、一盤豬肉香腸、水煮鱈魚、炸鯡魚、清蒸蕪菁、薄脆餅乾和乳酪，外加一盤粥，以橘子切片和甜麵包乾作為配菜。卡戴爾縱情大快朵頤、狼吞虎嚥，彷彿這是他的最後一餐。溫格沒有打斷卡戴爾用暴飲暴食來止饑抑渴，他只是用叉子推著盤裡的食物，不久便放下銀製餐具，悶悶地喝著咖啡。卡戴爾飽餐一頓後，對新鮮研磨的咖啡豆味道皺起眉頭，婉拒了這杯飲料。

「我從來不懂大家為何喜歡喝泥水。」

「味道也許需要習慣，但它能讓腦袋馬上清醒，尚．麥可。你願意告訴我，你是怎麼失去那隻手臂的嗎？」

「我不太愛說那個故事，但我向你保證，如果大家都願意聽聽古斯塔夫的俄羅斯戰爭的真實模樣，也許未來就能避免打類似的戰爭。我的角色既不是英雄也毫無意義，只是在一場超越自己能控制的遊戲中，扮演微不足道的角色，注定與死神擦身而過，恰好被命運拯救。我失去一隻手臂，但它救了我一命。」

儘管軍階只是卑微的軍士，卡戴爾很快就開始懷疑，瑞典是否過於莽撞地進入這場戰爭。他在砲兵單位中服役五年，一七八八年的仲夏時分，他與數千名同袍搭乘斯德哥爾摩艦隊橫越海洋到芬蘭灣。他們在漢哥島加入奉國王弟弟查理公爵（Duke Charles）之命、從卡爾斯克魯納（Karlskrona）出發的風帆戰艦。卡戴爾乘坐**祖國號**（The Fatherland），這是艘由查普曼（Chapman）設計的戰艦，五年前在卡爾斯克魯納建造而成，配有六十門大砲。

「你可以說我們有相同的服役資歷，**祖國號**和我。我認為那是好兆頭，結果證明我大錯特錯。」

七月十七日清早，卡戴爾站在**祖國號**的甲板上，迷霧籠罩，艦隊前線傳來警告，已可看見敵軍。半小時後，卡戴爾親眼瞧見從東方霧靄中冒出的船桅，感覺五臟六腑傳來因恐懼而起的第一道劇痛。兩軍勢均力敵：十七艘俄羅斯戰艦對上大約二十艘瑞典戰艦。

「嗯，溫格，那是我的第一場戰役。在海上，所有的事都進行得非常緩慢。海軍同時看見彼此的身影，開始調度軍隊。你等待風兒和洋流轉為對己方有利，這樣才能靠得夠近，然後進入前線隊形衝向敵人，並給大砲轟擊足夠的距離。命令一下，你發射、發射、再發射。當敵軍重新裝填砲彈和火藥時，我們只能透過砲眼觀察。如果轟擊成功，你會瞥見染血的浪潮和漂浮的殘骸，而在最糟糕的情況下，你則會看見一排大砲準備將我們的甲板轟成碎片。我們自然是敵軍的轟擊目標，那真令人痛恨不已。沒有穿透的砲彈在船殼上彈跳，搖撼整艘船，碎木頭劃過肉和骨頭，彷彿後兩者只是剛攪拌好的奶油。男人們在站立的地方嚇得大小便失禁，而在我們的腳跟下，排泄物和鮮血混雜在一塊，根本分不清。在死神面前，甚至連汗味聞起來都不一樣，你知道嗎？將這些和煙硝味調和，你就能調出死神的獨特香味。如果我們能有充足的彈藥，勝利就會屬於我們。

「二千條性命在霍格蘭（Hogland）犧牲，在其中喪命的俄羅斯人是瑞典人的兩倍。夜幕降臨，兩軍都陷入完全的寂靜。到了早上，瑞典軍隊往赫爾辛基（注1）撤退，因為沒有彈藥就沒辦法繼續打仗。俄羅斯人選擇不加以追擊。一艘戰艦被擊沉、一艘被俘：**瓦拉迪斯拉夫號**（Vladislav）擁有七十四門大砲。

「如果我們早知道後來發生的事，絕對會當場擊沉它。單單**瓦拉迪斯拉夫號**就差點害我們全軍覆沒，那艘船上正流行斑疹傷寒（注2），而我們將疾病帶到芬蘭堡。我在那待到冬天結束，戰艦則返回卡爾斯克魯納。我們得用斧頭和長矛劈開浮冰才能在海港開出一條路，戰艦則將斑疹傷寒載回瑞典。那個冬天芬蘭堡變成活生生的地獄，到處都是罹患疾病和瀕臨死亡的人。我們像蒼蠅一樣卑微地死去，男人被堆在醫院病床上，堆到五個人高，壓在底下的人則躲不過死神。受病痛折磨最劇烈的人開始有幻覺，他們張大布滿血絲的雙眼，看見活人看不見的東西，扯開嗓門高聲尖叫。我看過男人在恐懼萬分下拋棄病床，赤裸地跑進暴風雪裡。我運氣很好，得以免受這類痛苦。到了夏天，我們返回芬蘭灣。我們在斯溫斯克松德遭到大屠殺，在維堡（Viborg）根本毫無獲勝機會，但戰神幾乎沒碰到我任何一根頭髮。我沒被發燒、碎木片或子彈襲擊。一七九〇年五月，援軍從土庫（注3）趕抵，我是被派去幫助新兵的人之一。我被轉調到一艘巡防艦**英伯格號**（Ingeborg）。我從看到它第一眼就痛恨它。查普曼也是它的設計師，但他這輩子從未搭過一艘軍艦，溫格。他是設計軍艦的數學家，但他設計的軍艦根本不適合人類。**英伯格號**長一百二十呎，配置十二門大砲，其中十門可射擊十二磅重的砲彈。它還會漏水，攀附在船殼上恣意生長的霉菌厚達一隻手寬，只能用刀切除。我們一會兒後加入主力軍。」

瑞典軍艦像代宰綿羊般，第二度被部署在斯溫斯克松德，下場是慘遭大屠殺。瑞典軍傷亡慘重，被俄羅斯軍隊一路猛烈追擊，毫無希望，被切斷和芬蘭堡海軍艦隊的聯繫，最後慘到只剩下後翼軍隊，根本無處可逃，戰鬥似乎是唯一的選項，因為國王一心只想打仗。

「他們在清晨七點左右朝我們進逼，花了四小時才進入射程內，要不是後來發生的事更慘的話，我會說那四小時是我人生中最糟糕的時刻。毫無疑問，我們認為死神正在逼近，祂化身成三百艘軍艦。許多人嘗試逃跑，從維堡潰逃時，成千上萬名男人掉入碎浪中。而那早在斯溫斯克松德，許多人說他們可以順著風兒聽見溺斃同袍的聲音，叫喚著要找人陪同上路。等俄羅斯人抵達時，他們直攻我們的右翼，我們拼死捍衛，連轟好幾個小時的大砲。」

「中午天氣瞬間改變：西南方吹起微風，剛開始只是小小低語，後來變成狂呼咆哮。隨著風兒變

注1 Helsinki，是芬蘭的首都和全國最大城市。

注2 Typhus，是由立克次體引起的傳染病，好發於衛生環境差和擁擠的地方，症狀包括發燒、頭痛和皮疹。

注3 Åbo，位於芬蘭西南部，是該國第六大城市，也是最古老的城市。

強，海浪轉為洶湧，在沉重的暴風雲下，捲起陣陣白色浪頭。瑞典戰艦對著下錨地狂轟猛炸，砲彈齊發，比俄羅斯的轟擊遠為有效。俄羅斯軍隊發現自己的轟擊完全徒勞無功，只得任憑翻滾的海浪擺布。一小群瑞典戰艦脫隊，繞到俄羅斯側翼後方發動攻擊，後者在看見瑞典來襲後，陷入巨大恐慌，急忙撤退。左翼軍隊誤以為同袍的撤退是上級命令，立即有樣學樣，中央部隊被單獨留在原本的海域。當夜晚降臨斯溫斯克松德時，他們被轟成碎片，軍艦一艘艘被擊沉，瀕死的士兵和傷兵順著潮水漂浮，海浪現在看過去宛如煮沸的紅色滾湯，而最後剩下的軍艦終於試圖轉向逃離時，為時已晚。暴風雨趕上它們，戰艦一艘接著一艘撞沉在芬蘭礁島上。

「而我呢？**英伯格號**在下午遭俄羅斯大砲擊中。那枚砲彈將我身旁砲架上的十二磅砲轟開，繼續飛去穿透另一端的船殼。十幾名砲兵當場被炸得粉身碎骨，那些沒站在砲彈軌道上的人被翻滾飛來的砲管壓成肉醬。我們的敵人在開火前將砲彈加熱到滾燙發紅，因此砲彈點燃一路彈跳時接觸到的所有木頭。當我們的大砲失去防衛作用時，我衝上一片混亂的甲板。要及時搶救沉沒中的巡洋艦的唯一方法是拉起錨，趕快將它駛上岸。我們掙扎著起錨時，火藥補給卻發生爆炸，整個起錨機被彈飛，我們沒在當下那刻受重傷的人則被拋過船的欄杆。我降落在仍舊完整的甲板上，剎時無法呼吸，鐵製錨鍊鏗鏗甩過來，落在我的左手臂上。錨鍊將我捆縛在甲板上，我在高處眼睜睜看著朋友溺斃卻無能為力。我那晚被折回來加入主力部隊的小帆艇尋獲。他們用繩子當止血帶，從手肘下方切除掉手臂，因此戰爭對麥可．卡戴爾而言是結束了。我在洛維沙的帳棚軍營裡療養，醫院運輸馬車載我回斯德哥爾摩，我隨後在此住了三年，成了你現在看到的模樣。」

卡戴爾用木頭義肢敲敲桌面。

「你當然知道那場戰爭沒有目的，而勝利沒為我們贏得任何東西。但我一直記得一件特別的事，溫格。一九七〇年初夏，我認識了一位年輕軍官席倫。他告訴我那年年初，我們在腓特烈港外打完前哨戰後，發生了一件怪事。古斯塔夫國王和隨從正在返回皇家船艦**阿非恩號**（Amphion）的路上，某位維金船長不請自來，對他自己企圖攻下附近的俄羅斯造船廠卻失敗的行動提出報告，彷彿是要強調他的失敗似的，他讓國王看了他受傷的手，並指指倒臥在甲板上、肚破腸流的大副。國王便指著還抽搐的大副，開玩笑地告訴其他軍官，那男人的屍體讓他想起自己寫的歌劇《古斯塔夫．瓦薩》（注）中的假人。國王和隨從大笑起來，隨從還為國王的機智風趣群起鼓掌。我們竟然是為了這樣的男人戰鬥，而這就是我們得到的感謝。」

溫格慢慢消化他的話，喝下最後一口咖啡。卡戴爾用袖子抹抹額頭。

「現在接下來該怎麼辦？」

「我要給你個名字，尚．麥可。如果我們走運的話，這名字應該可以提供一些線索。我會去調查卡爾．約翰死時包在身上的那塊精緻棉質布料。你知道我住在哪，一有進展就來向我報告。」

注 *Gustav Wasa*（一四九六～一五六〇年），瓦薩王朝的創始者，領導瑞典人反抗丹麥成功。

9

卡戴爾透過溫格和皇家警察局的協助，安排和一位馬利亞教區的社區警官會面。警官一早就喝了不少酒，他出現在門前階梯上時顯然難以維持平衡。他打著嗝，聞起來像酒館地板。人長得虎背熊腰，鼻子可能被打斷多次，已經扭曲變形，皮膚下破裂的血管活像一群在打滾的水蛭。

「亨利克．史塔伯（Henric Stubbe），恭候差遣！大家都叫我『壯漢』（Stubby）。」

那男人壓抑住一聲打嗝，不小心發出微弱的叫聲，然後聳聳肩表達他的歉意。

「我是麥可．卡戴爾，你卑微的僕人，非常謝謝你抽空見我。」

「哦，一點也不麻煩。進來、進來，沒有必要拖延我們的要事，但看在老天份上，我們先來點什麼吧。馬利亞和卡塔琳娜的街道乏善可陳，我甚至不會希望我最兇惡的敵人在清醒的狀態下，被逼著觀賞這片景致。」

卡戴爾在一個酒桶上度過沉悶的半小時，他猜測那酒是好幾桶剩酒調製而成的廉價飲品，特地再加上茴香以沖淡原來的餘味。之後他們再度踏上卡塔琳娜街（Katarina Street），壯漢滔滔不絕地講述他被託付守衛的社區現況。

「沒拖到拉德湖的屎尿就順著斜坡滑向鍍金灣。新生兒也走同一個方向，但會先在墓園停下來。耶穌基督，卡戴爾，馬利亞教區這裡能吹噓的事可能不多，但他們知道怎麼做愛，而且如果你看厭自己的老婆，總是有別人的老婆可以上陣。等處女一在手上套上戒指，就生個不停，直到十年後變成乳房下垂到可以拖在身後的老太婆，出門時後面跟著一大群小孩。只有少數幾個小孩能幸運長大，長成像你或我這樣的優秀人類樣本。話說回來，那些長到二十幾歲的也有可能會因發高燒而難逃一劫。」

壯漢戴著帽子和假髮，冒著大汗。他一屁股坐在木箱上，將假髮扯下放在大腿上，此時才一臉幸福地搔著頭皮，直到頭皮屑像雪花般飛揚。

「賣淫在此地猖獗，當局毫無辦法，實在太可恥了。女孩們兩腳還站不穩，就知道怎麼張開它。她們提著水果籃挨家挨戶地去敲門，竭盡所能誘惑虔誠的男人犯罪。你知道的，賣淫使人形容槁枯，帶來嚴重後果，她們感染梅毒只是時間問題，而她們賺的錢原本就少得可以，又拿去買酒，所以沒錢可以看病。幾年後，還有點理性的人甚至連看都不會看她們一眼。可不是，我們這種慾火中燒的男人還算有點智慧，知道得趕在完全盛開前就採摘玫瑰。」

壯漢對著卡戴爾眨眨眼，表情曖昧。

「但你早就知道了嘛，你是守夜人。看看那邊，那些人是你的同事。」

卡戴爾只消看前面的人影輪廓一眼就認出他們。他知道他們的名字：費雪（Fischer）和提斯特（Tyst），像他一樣的守夜人。他們沿著街道往前走，半路上在敞開的門旁停下腳步，希望當場抓到年輕人正在犯罪。

至於卡戴爾，只當過幾小時的守夜人，就回到司令官前面遞出辭呈。他只去過史卡（Scar）的女子監獄一次，那景象幾乎害他反胃嘔吐：瘦弱的身體被迫執行指定的工作，慢慢餓死，誰引起守夜人的注意就會倒大楣。他瞬間想通，無論這些可憐的靈魂死後被判得下什麼樣的地獄，都會比在這些牆壁間過的生活更舒適，她們會張臂歡迎這個改變。他甚至曾大聲說出自己的想法，上級試圖改變他的心意，但他頑強地保持靜默，直到司令官聳聳肩，吐口口水到碎石地上，轉身離開。

顯然，司令官認為最好讓卡戴爾繼續坐領乾薪，不要和推薦他的人鬧出嫌隙，因此卡戴爾仍舊領著薪餉，他所能回報國家的就是穿穿幾件官方發的制服，反正無論如何制服都比他自己衣服的質料來得好。外套、警靴和皮帶。他早就用膝蓋將警棍劈啪折斷，跟著繩子一起丟進海裡。他領著壯漢走到一個角落，免得和費雪及提斯特照面，但壯漢一直扯得沒完沒了。

「說到拉德湖，卡戴爾，簡直是糟糕透頂的景致。就我所知，你進去撈過屍體。你在我們這裡颳起強風時來過嗎？沒有？從海灣那會吹來強風，風車會拚命轉動，直到木頭冒煙……但等疾風吹到拉德湖時，會掀個天翻地覆。我可以明白告訴你，躺在湖底的垃圾都會被翻出來。人們盡快逃離米勒山丘，或逃到丹托和冬季關卡（Winter Tollgate）。你對我們的南島有多熟悉，卡戴爾？」

「稍微了解，但我的經驗通常是透過酒館的窗戶往裡張望。」

「嗯，那不算真正的經驗！我來告訴你是怎麼回事吧。南島是小偷的溫床。小孩們從還在搖籃裡時就學會偷竊，以免餓死，然後就邁上頸手枷之路，最後進了監獄。如果碰到最糟糕的情況，就是直送絞刑架。才在不久前的一個夜晚，酒館裡有個男人大聲朗讀了《斯德哥爾摩郵報》（*Stockholm Post*）中的一封讀者來信，那位體面的朋友抱怨『橋中之城』（City-between-the-Bridges）的流鶯，還有那些妓女竟然肯為幾先令提供服務。我們聽到那個價碼都大笑，漲得太離譜了。這裡，在閘門的另一邊，不用一先令就可以買到任何人——不管是男人、女人或小孩。」

他們倆走過一個又一個街區，在圍繞拉德湖的街道上閒晃。白色石砌房舍不是工廠，就是好幾代擠著住在一起的家庭。觸目所及仍舊是以木材蓋的木屋，容易釀成火災，但城市當局依舊沒辦法拆除。靴跟和馬車車輪將街面的鵝卵石壓得鬆脫開來。

他們在馬利亞教堂的水井停下來喝水。卡戴爾扭曲著臉，壯漢心照不宣地咯咯輕笑。

「那是海洋吹來的微風，從閘門吹來的鹹水一路滲進我們的水井裡，所以變成那種味道。許多釀酒商如果沒先嚐嚐水的味道，整批酒的味道常會走味。」

壯漢指著建築物，聊著誰住在那的八卦，敲敲窗戶和門，讓卡戴爾提問。答案都很模糊空泛。窮人和沒有權勢的人早已學會要恐懼當局，當局會拖著那些沒有工作許可的人去濟貧院或強迫勞役，而且絲毫不覺得內疚。他們以從孩提時代就學到的模式一貫否認：不聽邪惡、不見邪惡、不言邪惡。幾個小時後，卡戴爾開始懷疑，可能連最簡單的問題都無法獲得答案。壯漢聳聳肩。

「嗯，你能指望什麼呢？我們繼續走下山丘，去找點吃的吧。」

工人將鐵卸在大秤上，從那傳來大聲喧鬧。俄羅斯廣場的莫斯科買主扯開嗓門在一片喧囂中提高聲量，讓大家聽見他們奇怪的語言。在赫曼山丘的佩利根，就在離閘門不遠處，提供蕪菁和鯡魚配上簡單的啤酒和一小杯白蘭地，讓人飽餐一頓。酒館座無虛席，人們擠在長桌旁的長椅上，與旁邊的人手肘相碰。卡戴爾從每張嘴巴裡聽到相同的不滿情緒。卡爾公爵和羅伊特霍爾姆男爵的名字夾雜著咒罵。人們低聲哀嘆經濟的可怕現狀、國家的無能管理和改變的迫切需要。

「如果可以的話，容我冒昧請問一個問題，卡戴爾。你到底在這裡做什麼？你在這個城市裡要煩的事還不夠嗎？我聽說過瑟西爾・溫格的大名，甚至看過他，任誰都看得出他有點不對勁，那人看起來像是從墳墓逃出來的屍體。這麼緊握著生命不放實在是違反自然，他應該要有足夠的覺悟，接受命運的安排。但你呢，卡戴爾？一位有血有肉的真男人，擁有大好的光明未來——為什麼要浪費時間在這種毫無結果的案件上？」

卡戴爾知道怎麼控制自己，他已經習慣了，他的憤怒悶燒了這麼多個年頭，而像眼前這種時刻都在提供他按捺不住、猛烈爆發的機會。好在他沒喝醉，要不然將壯漢歪曲的鼻子打直的誘惑力會太過強烈。他深吸口氣，眼神轉向在外面廣場裡的群眾。

「我們會在適當的時候知道調查會不會有結果，壯漢。我向你保證，當我說自己沒有一整排有錢的贊助者排隊等我時，你得相信我。你記得那晚發生的事嗎？」

壯漢喝了點啤酒，思索這個問題，然後咯咯輕笑起來。

「那晚的確很古怪，卡戴爾。我在半夜醒來時去小便——最近這種頻率越來越高——而夜壺看起來快滿了，所以我走到院子裡去。那花了點時間，我站在那小解，眼睛逐漸習慣黑暗，而我站的地方看起來有點古怪，彷彿圍牆移動過。我一路摸索過去時——我的陽具晃盪著，你懂我的意思吧——我感覺到前面有個有稜有角、堅硬的東西。我想最好還是回頭提盞提燈過來，當我回去時，看見……一個轎子，卡戴爾。一個有頂的轎子，有小窗戶和窗簾，一支把手斷掉了。這些時日我很少會看見搭轎子來的訪客，儘管隨著年歲漸長，我越來越不在乎是否得把陽具遮好。」

壯漢停住話片刻，對自己的妙語如珠開心地笑了起來。

「反正轎子是空的，把手斷裂，被棄置在那，四下無人。我早上醒來時轎子不見了，我沒有多想，它可能是附近小孩的玩具屋，直到某個乞丐決定要加些裝飾，將它永遠搬走。我猜測它的主人在前晚碰到某種麻煩，便先將損壞的轎子藏放在最近的安靜地點，安排乘坐另一種交通工具離開。之後僕人們在破曉前拿著繩子或工具回來，將它收回去。」

「轎子長什麼樣子？」

「全綠，有黃金裝飾。昂貴但有點破舊——這點當然不令人驚訝。在這些日子裡，你很難得會在街角看見轎子，不像幾年前。」

「你家裡可能會有誰看到別的嗎？」

「我太喜歡獨處，所以獨居。我在好奇心的驅使下到處問了一下，但沒人知道任何有關它的事。」

「那我得接著問你這個問題，除了當社區警官外，你以什麼為生？」

「這個嘛，我的朋友，宿醉不是阿夸維特烈酒唯一的後續效應。我經營果肉生意。酒完成釀造後會留些碎屑下來，大部分是莓果和水果皮。這些果肉還有點營養成分，可以拿去餵動物吃。我從釀酒商那邊收集果肉，有時甚至去大點的房舍要，然後賣給農場和馬廄。如果有人舀一匙那種東西給你吃，我會好心地建議你不要嘗試，但豬、母牛和鵝似乎愛吃得很，永遠吃不夠。」

「我懂了。我內心是位砲兵，但砲轟和爆炸毀了一切。如果一門裝載三十六磅重砲彈的大砲在轟擊時，你傻得站在旁邊的話，你會覺得像有人一拳擊中你的臉，而鼻涕會劃過空中。但壯漢，既然你講理又心智健全，你可以幫忙我推理嗎？你能想出將屍體運過城市而不被發現的運送方法嗎？」

壯漢皺緊眉頭，咬著下唇。

「嗯，我想你需要某種有蓋馬車。」

卡戴爾歪著頭，表示些許贊同。

「用大型馬車載運很困難，太顯眼了，而且馬蹄踏在鵝卵石上的噠噠聲也很吵雜，車輪劈啪作響，加上某些海關關員會突然變得很勤快，決定在城市管轄區內察看貨物。」

「所以你是說得是某種安靜和非常低調的方式囉，卡戴爾。我無法想像會是哪種方式。」

「你剛不是說到在你院子裡的發現，而你的院子又剛好離拉德湖不遠？」

「轎子？你該不會是指用轎子運屍吧？」

「不是普通的轎子，你這天殺的笨蛋。是那頂轎子。你拖著我走過半個南島卻毫無收穫，而我覺得最可疑的東西是曾放在你家門前幾個小時的那把轎子。我相信這趟『散步』對你而言也很不愉快，那讓我感到安慰。某人在拉起來的窗簾後運送屍體，用麻袋蓋住它，結果不知出了什麼事，得將轎子留下來，但又盡快折返來取回。在我們說話的這當口，轎子可能就在某個工作坊。現在注意聽我說的話，壯漢。如果你還對這個沉悶屎坑裡的職務有些許留戀，還有想保住位子的些許期望，你會跑回家，跟每個住在你房舍中的人，從老太婆到年紀最小的娃娃，私下仔細詢問。如果有任何人看過那頂轎子，能描述更多細節，或看過那些來取回轎子的人，你會在街燈點燃前跑來告訴我。」

在經過閘門回返的路上，卡戴爾興奮地低聲自言自語，伴隨著洋流的潺潺低語。

「嗯，卡爾．約翰，我現在已經用力抓住你的衣領，你很難擺脫我了。我只要找到有鍍金裝飾、一支把手剛修好的綠色轎子就行了。」

他抬頭瞥瞥馬利亞教堂的矮塔後又說。

「還要加上尿味。」

10

溫格一整天都在追查那塊棉布，那花了點時間，他找到的布商非常熱情地對他描述自己的商品，但卻對別人的貨物提供極少的線索。他收集到的最佳情報讓他跑去找一位英國商人，而後者不確定是否還停留在斯德哥爾摩。沒有人能告訴他船的確切位置，溫格忖度，想找到答案的唯一辦法是自己去翻查登記簿。

海關大樓的較低樓層裡忙亂不堪，各種貨物推來推去，人們說著各類語言。官員們匆匆忙忙地跑來跑去，辦事員拿著鉛筆和帳目在後面猛追。商人、店老闆和船長在交涉稅賦，質疑磅秤的正確度和操作員的道德操守。那些講話讓人摸不著頭緒或不知所云的人，乾脆高聲重複他們的話。溫格花了好幾個小時，總算成功塞了一小筆錢給海關關員，以察看抵達海港的船隻名單。他想找的那艘船叫**蘇菲號**（Sophie），來自英國南安普敦。依照規定，它在靠近城堡山丘的奧非斯區停泊。資料上註明一等方向正確的風開始吹，它就會離開。

溫格離開海關大樓，沿著碼頭快步前進，走下通向海水的階梯時，天色開始轉暗。碼頭區仍舊有麥可瑪斯秋季市場留下來的痕跡，散布著垃圾。他憂慮地望向海洋，但似乎沒有船要駛離的跡象。現在時間已晚，微風輕得連掛在主桅上的三角旗都吹不動。

他的喉嚨有股想咳嗽的感覺，海洋的潮濕，加上想到自己費了那麼大勁的努力，眼見就要白忙一場，讓人滿心憤怒。腹側的痙攣宛如領帶夾卡在肋骨間。他不情不願地放慢腳步，將重心放在銀頂枴杖上。彎曲的木頭提醒他，枴杖是雕刻來作為裝飾，而不是支撐體重。

溫格在船尾看見**蘇菲號**的字眼時不禁鬆口大氣。他嘆口氣。它是一艘縱帆船，前桅比主桅矮，從右舷牽繩綁在碼頭上。就他所見，船上沒有活動跡象。夜間的浪蕩子正在咖啡館和酒館流連，裝貨和碼頭工人返家，水手消失在城島巷弄間尋找伴侶和娛樂。他走過舷梯，看到甲板上只有一個男人，那男人正專心將鉛垂放進鐵箱裡。

「約瑟夫．薩卻？」

那男人以法文回答。他身體壯實，孔武有力，穿著水手外套和牢靠的靴子，戴著三角帽，鬍鬚長得垂到穿著背心的胸部前面。

「我姓柴契爾（Thatcher）。那姓氏聽起來很不適合和瑞典做貿易，我的貨品也是。我猜你不會說我的語言？」

溫格會說流利的法文、不錯的德文、懂初級希臘文、可以輕鬆閱讀拉丁文，但他不怎麼會英文。柴契爾毫不驚訝，只是點點頭。

「我的瑞典文也不好，那就用法文吧。你找我有什麼事？」

「我叫瑟西爾．溫格。聽說你是棉質布料的權威。」

柴契爾在鐵箱上坐下，示意溫格坐在艙口蓋上。溫格將那塊黑色布料遞給他，柴契爾靜靜端詳。

「我的手指已經告訴我很多事了，但要進一步確定的話，得去拿提燈。但首先你可以告訴我，你為何要問有關這個布料的事嗎？」

「這布料被用來包裹一位身體遭到損毀、從湖裡打撈起來的男人。我想查出他生前出了什麼事。」

柴契爾回瞪他半晌，起身離開，從船艙回來時提著點燃的提燈。他再次仔細檢查布料的縫線和四角，溫格安靜地等待，最後柴契爾拿起樣式簡單的木製煙斗，就著提燈的火苗點燃後才開口。

「告訴我，溫格先生，homo homini lupus es，這句話對你有任何意義嗎？」

「普勞圖斯（注1）在布匿戰爭（注2）中寫下這句話：人們如狼般自相殘殺。」

「請原諒我這個沒受過古典教育薰陶的單純商人，我只知道那是伏爾泰（注3）說過的話，但我懂它的意思，我並不驚訝它是來自更早的古籍。你對這句話的看法是什麼？我們是如狼般相殘，總是等待最細微的軟弱跡象，然後選擇攻擊時機？」

「我們有法律和規定來抑制有這類衝動的人。」

柴契爾在煙霧繚繞中大笑。

「那樣的話，法律系統的運作顯然非常不良，溫格先生。我自己就是個好例子。你的國家破產了，溫格先生，如果我能早點聽說這個消息，也許就能及時採取行動避免厄運。這裡沒人想要我的商品，為了不載著沒賣掉的貨返家，我得賤價賣掉商品。別忘了，海關關員很貪婪，許多金幣都流到他們手上，加上競爭對手的聰慧狡詐和我欠債主的債，我完蛋了，溫格先生。你有看見你打斷我時，我正在做的事嗎？」

「有，你正在放重物到保險箱裡。」

「你能猜出來我為什麼要那麼做嗎？」

溫格點點頭，轉開目光。他納悶死亡是否有種味道，或擁有一種讓他如此輕易感知其存在的特徵，而他的敏銳是該歸諸於職業直覺或他已如風中殘燭。

「你打算把它丟進海裡。一個男人的帳目通常比性命值錢。我猜想你打算抱著保險箱，跳過欄杆，而那額外的鉛垂是保證能縮短折磨的方法。」

柴契爾向海面吹了一個漂亮的煙圈，疾風將它吹散。

「我對商品有個人責任，所有的東西都是抵押來的。那些在我身上投資的紳士們希望獲利，如果我這樣回去，會被生吞活剝。我一回家，所有東西都會被拿走。我在離開斯德哥爾摩前就可自我了結，如此可省下疲憊的返鄉之旅和更多的麻煩，而結果也會一樣。我的旅途會縮短到二十呎，在**蘇菲號**的船身下結束。我抱著所有的帳目離世，這樣可以降低債務被繼承的危險。」

柴契爾吐著煙。在旋轉的煙霧中平靜地盯著溫格，眼底閃著一股惡意。

「我為何要幫你？我為何要在人生的最後一個行動中，再次徒勞地嘗試去阻擋兩頭狼中的那匹惡狼？如果我自己曾是匹稱頭的惡狼，我的最終時刻便不會像如今這般近在眼前。那你又是什麼樣的狼呢，溫格先生？好狼或是技巧精湛的獵人？」

「恐怕我根本不是狼。我辦案並不是為了滿足嗜血慾望。然而，不管你最後決定要不要幫我，我

注1 Plautus（公元前二五四～一八四年），古羅馬劇作家。

注2 Punic Wars，是指古羅馬和古迦太基之間的三次戰爭。

注3 Voltaire（一六九四～一七七八年），法國啟蒙時代思想家、哲學家、文學家，啟蒙運動公認的領袖和導師。被稱為「法蘭西思想之父」。

的努力都會成功。」

柴契爾突然顫抖起來、磨搓手臂，煙斗仍舊掛在嘴裡。他已下定決心，而在這種心態下，他似乎已經走到另一個世界的半路上。

「你的臉色慘白，瘦得很不自然，溫格先生。你生了什麼病？」

「我的肺。我有肺結核，不會比你多活多久。」

柴契爾大聲笑起來，如雷般的歡樂聲響滾過欄杆，飄向海洋。

「你為什麼不一開始時就說呢？如果我們這種快死的討厭鬼不團結起來，世界會是什麼樣子？我可以幫你個忙，因為你給我看的布料事實上或許暗藏著你想追尋的祕密。」

他比手勢要溫格靠過去，提高提燈，在光線下拿著布料。

「看這裡，棉布縫了兩層。這縫線很清楚地告訴我一件事，尤其是它被沿著一邊撕開：有人將這東西從裡面翻出來。你看。」

柴契爾將粗糙的手伸進縫線被扯開的洞口，抓住另一邊，將黑色布料翻出來，好像它是個大袋子。

「你瞧！這可不是每天都能見到的尋常事物。」

沿著布料邊緣印著寬寬的金色飾邊，拉德湖的湖水並沒有將它洗褪。那圖案是四個交纏在一起的人體，擺著各種姿勢，描述肉體的歡愉。男人的陽具形狀怪誕，巨大無比，女人的胸部也是。他們臉上綻放著狂喜。這個四人組在布料邊緣不斷重複出現。

「身為布料專家，我還可以指出這是上乘的布料和印花，即使我得承認，我認為那位藝術家發揮了某種程度的自由，而且我希望他沒用真人模特兒。這個嘛，反正現在也無所謂了，我也有過很多風流韻事。希望我的孩子會比我更正直，但我很懷疑。我儘管天真，卻教導他們要成為好人，我想他們會和我一樣，成為別人容易下手的獵物。」

柴契爾開始挖煙斗裡的煙灰，然後陡然停手，一甩將煙斗丟進大海。他沉重的身軀站了起來，提起鐵箱的蓋子，鉛垂安放在一堆帳目上。還有很多空間。

「那麼，溫格先生，恕我失陪了，我在旅行前還有很多東西得打包。現在我已經幫助你聞到氣味，你要做的就是跟著它走進森林，找到記號。我看見你的表情改變了。你騙不了我！你畢竟是一匹狼。我見過的世面夠廣，我知道即使我搞錯了，你還是很快就會變成一匹狼。沒人能在不妥協的情況下，成為狼群裡的一員。你有獠牙，你眼底有掠食者的那股光芒。你否認自己的嗜血慾望，但你周遭飄浮著那股惡臭。有天你的牙齒會沾滿紅色的鮮血，到時你就會明白我說的有多正確。你會狠狠將獵物一口咬下。也許你將會證明自己正是那隻佔上風的惡狼，溫格先生，我在此向你道晚安。」

11

卡戴爾驚醒時全身冒冷汗，床墊的茅草戳著他的背，身體被跳蚤咬得奇癢無比。在木板牆壁的另一邊，小孩在尖叫哭嚎。很快地，在迷宮般的房間深處，同年紀的小孩紛紛加入哭鬧的行列。當他在腦中重新複習有關壯漢那轎子的推理時，他仍被宿醉所苦。他搖搖晃晃、磕磕絆絆地往前走，拉上及膝馬褲腰帶，他穿著褲子睡著了，然後對著夜壺小解。他打開窗戶，熟練地揮一下手臂，將夜壺裡面的屎尿倒進下面的院子裡。外面雲層低矮，斯德哥爾摩大教堂的尖塔被遮蔽，隱約如鬼魅。他得瞇著眼才能讀出鐘面的數字，現在是早上九點多一點，他的頭痛變得更為強烈，需要喝點東西。

在卡戴爾承租超過半年的房間外，幾位竊竊低語的女人在煮粥。他不知道她們的名字，但還是向她們道早安，要了點桶裡的井水來喝，接著繼續走下樓梯，出門進入鵝巷（Goose Alley）。他朝南方廣場（Southern Square）邁進，在那可以賒帳。出於陳年舊習，他在經過蒼蠅場（Flies’ Meet）時屏住呼吸，那是城市的排泄物堆積而成的大山丘，就在港口穀倉旁邊。紅閘門橋（Red Lock bridge）舉高，以便使一艘駛向上游的小船通過。海的另一邊新蓋的吊橋稱作藍閘門（Blue Lock），竣工才幾個星期，大家仍舊懷疑它是否夠堅固。和波橫的巨大建築相較之下，它看起來太細瘦、太脆弱，許多人仍舊寧可等紅閘門閉攏，也不肯冒生命危險通過藍閘門。卡戴爾可沒這層顧忌，但他不知道這是因為他比較勇敢，還是他比較不珍惜自己的小命。

前面有陣騷動，不知發生了什麼事。一大群人聚集在廣場上，一路鬼吼鬼叫，走到梅森隘口。卡戴爾被人流推著往前走。從漢堡酒館外面的人群判斷，今天一定是行刑日。無所事事的人們聚集在那，準備瞠目結舌的看著死刑犯遭到處決。死刑犯等下就會坐著囚車抵達，依照慣例在此喝一杯。

卡戴爾在隔壁酒館很快地灌下一杯，跟著人潮沿著歌德巷走下郵政局長街，那裡的建築物變得更為稀少。斯康司闕卡的砲台在道路兩端赫然聳立，橋後方的道路繼續轉往漢莫比丘。在山丘頂端，三隻腳的絞刑架被風暴即將來臨的天際襯托出詭異輪廓。三個直立的石柱以橫樑相連，形成致命的三角形。如暴民般的群眾擠了四十個人深，圍繞著絞刑台。一排警衛排成活動圍籬，連起手裡拿的桿子，把群眾擋在一定距離之外。法警爬上台子大聲朗讀判決。卡戴爾注意到今天用的不是套索。今天不是尋常小偷要被吊死，而是處決一位殺害女人的謀殺犯，所以他要上的是斷頭臺。

囚車還未出現。大家一聽到跑在死刑犯車子後面的街頭流浪兒和傻瓜發出的喧嚷聲時，就知道死刑犯到了。小孩和傻子隨手在地上撿瓦礫、垃圾和糞便，然後猛往死刑犯背上扔。他還很年輕，絕對不到二十歲，在勒死未婚妻後被捕。他們為一隻偷來的母雞起了爭執——他想馬上煮來止飢，她則想養著牠，拿牠的蛋來吃。

死刑犯被推進行刑場時，開始全身顫抖，一道深色污漬流下及膝馬褲的左腿。聚集的群眾興奮異常，其中兩個卡戴爾認得臉卻記不得名字的妓女尖聲叫著猥褻的字眼，影射那男人的陽具。她們身後有個男人，鼻子因梅毒而爛成像火山口的坑洞，大笑得太過用力，鼻涕都噴飛出來。微醺的法警盡全力以最大的尊嚴離開行刑場。他早先從一個銀色長頸瓶裡喝了點酒，正小心翼翼地慢慢一步步踩著，不想讓精緻的鞋子沾到爛泥。

劊子手的房子門打開，他現身時，群眾突然安靜無聲。他叫馬汀・賀斯（Mårten Höss），聲名狼藉，人們對他的感覺混雜著奇怪的尊敬和厭惡。符合他職業的帽兜被推到頸後。他的許多前任同行偏愛遮住整張臉，但他卻巒不在乎。平凡無奇的臉上布滿皺紋，黑色的眼睛死氣沉沉。他在用啤酒杯敲飛酒伴的頷骨後自己也被判了死刑。當時劊子手正好有空缺，他被判緩刑，以接受這份職務作為交換條件。他每揮動斧頭或劍一次，自己的命運就更為迫近，而隨著每次行刑，他的手似乎就越來越顫抖，而酒醉狀態則變得愈來愈明顯。

謠傳，賀斯已經嘗試自殺過三次。當他在鄂斯塔試圖投水自盡卻鼓不起勇氣來時，便決定以喝致死的辦法，來逃離斧頭的陰影。這反而讓他更受歡迎：他的酩酊大醉讓整場行刑秀更添娛樂效果。

警衛退到一旁，賀斯進場時歡聲雷動。他腳步很不穩，在試圖對觀眾行誇張的鞠躬禮時幾乎往後摔。觀眾的熱忱激勵著他，他的無能為自己贏得「大師」（Master）的綽號。他從助手那裡抓住斧頭的斧柄，揮舞過空氣。他作勢衝往死刑犯，好像打算當場砍掉他的頭，結果在爛泥裡滑了一下。觀眾興高采烈地吼叫，鼓起掌來。

砧塊被抬出來。那是一塊簡單的木頭，滿是切口和血漬。死刑犯被逼下跪，然後把頭放在砧塊上。一位助手將他的腳丫放到肩胛骨間，另一位則在他右手綁上帶子，再綁到砧塊上。右手會先遭切除，免得死刑犯走運，毫無痛苦地死去。劊子手就定位，舉高斧頭，現場又陷入一片寂靜。後排的一位小丑趁鴉雀無聲時喊著一處性器官後，噓聲四起。賀斯咆哮一聲，讓斧頭落下，但在顫抖的手臂上方一呎處陡然打住。

賀斯對自己的表演技巧感到自豪。他從額頭抹掉想像中的汗水，雙手在背後交握，然後伸展一下，好像抱著重物。觀眾對此表達極大激賞，因此他重複了這個特技動作三次，死刑犯開始痛哭流涕。助理已經沒在壓著他，他倒也沒試圖改變位置，但他的啜泣抽動全身，所有人將這一幕看得清清楚楚。

儘管神智恍惚，但賀斯擁有足夠的經驗，知道現在該完成工作，不然就要面對群眾的憤怒。啜泣漸漸轉變為哀嚎，甚至連興奮的群眾都安靜下來，氣氛轉為期待。

助手們再度就位，壓住死刑犯。賀斯對著拳頭吐口口水，舉起斧頭，砰的一聲落到那男人的手腕上。廣場響起男人的痛苦尖叫，一位助手從爛泥中拎起被砍斷的手，拋進人群。死刑犯的手和手指會帶來好運——尤其是拇指。拇指會為扒手帶來好運，讓他們在偷竊時得到保佑，免於受到法律制裁。扒手多得數不清，又極為迷信。手會被切成好幾塊，從其他競爭對手手中搶到它的街頭流浪兒會把它賣個好價錢。

等那位年輕男人哭喊到喉嚨沙啞後，賀斯蹣跚地往前走，使出致命一擊。男人的淒厲吶喊不再是人類的聲音，而像是從另一個世界發出的低嚎，群眾覺得聽起來宛如從地獄簾幕後傳來的回音。

賀斯大師試了好幾次才將頭砍斷。第一刀落在肩膀上，第二刀弄得腦後頭皮皮開肉綻，一邊大半的耳朵鬆垮垮地垂著。賀斯開始瘋狂揮舞斧頭，用最大聲量狂吼著：「這是對你惡行的懲罰，世人須以此為戒！這是對你惡行的懲罰，世人須以此為戒！」那時人們已經分辨不出賀斯的吼聲是在笑，還是在哭。

死刑犯的尖叫和劊子手的狂吼在砍第五刀後才同時停止。行家們同意，這是迄今為止，賀斯大師最糟糕的表演。他們也同意，出於對他職業的尊敬，他應該少喝一點。但在更有能力的人就職、讓賀斯自己被綁到斷頭臺上前，他大概不太可能會再提供更多這類娛樂。

警衛邁步離開，老女人湧向前收集地上的血水，這是治療疾病最有效的偏方。劊子手的助手將屍體轉成背朝下，抬起腿，讓血水盡可能流到爛泥裡，也省得在他們將屍體拖到建築後方新挖的墳墓裡時，身上沾到太多血。

麥可．卡戴爾轉身。他抬起頭來時看見瑟西爾．溫格站在路旁小丘上瘦高陰暗的身影。這偶然的巧遇使卡戴爾猶豫片刻，他站立良久，並在不引起溫格的注意下默默觀察他。慘白的臉沒洩漏任何情緒，看不出來他是否有受到剛才目睹的處決影響。等卡戴爾走近時，溫格細長的手指緊握枴杖，關節泛白，整條手臂在發抖。

溫格仍面向斷頭臺，陷入沉思。當卡戴爾走得很靠近時，他才轉移目光。行刑場開始下起細雨。

「午安，尚．麥可。我好一陣子沒觀看處決了。我特意來此目睹正義得到伸張，希望我們正在調查的謀殺案也能如此。如果我們成功破案，這就是等待我們的謀殺犯的命運。」

「而且？」

「我從不覺得試圖打擊謀殺而對之處以極刑的王室邏輯講得通，他們取走公民的生命，而用的方法卻比原先的罪行還要殘忍。但我最大的反對主張是：法律根本不嘗試去了解被判刑的人。你若不試圖了解今天的犯罪，如何能阻止明天的罪行？尚．麥可，答案就是掌權的人從未想到這點。他們相信他們的工作在於審判和懲罰。我審訊過的許多人都在這個山丘上遭到處決。我唯一的安慰是，沒人是在未經審訊的情況下奔赴刑場，而我盡全力證實被告確實有罪，每名被告在抗辯時都有說話機會。」

「不論你多想了解罪犯，民眾聽不下理性抗辯。沒有斧頭和繩索帶來的恐懼，斯德哥爾摩會在一夕之間焚燬。」

見到溫格沒答腔，卡戴爾繼續說。

「我和壯漢的會晤也許能讓我們更進一步接近破案。等我有更確切的消息後，會多告訴你一些，但現在我至少能告訴你，我在找一個綠色轎子，它也許是將卡爾．約翰送上最後旅程的交通工具。」

他們轉身背對絞刑架，剛才被送來受死的男人所剩下的只有血跡斑斑的紅漬。他們一起走回朝斯康司關卡的路。一等他們走到山丘底，溫格便打破沉默。

「你告訴我古斯塔夫國王和戰爭的事，尚．麥可。當你在某件事上失去那麼多時，聽者不可能誤會你的情緒反應，尤其那又是場源起於錯誤前提的戰爭。因此，我也希望你能了解我的一些個性，很少人真正了解我這個面向，而我認為那才是真相。你打聽過我的事，我知道外面謠傳說我是出於對妻子幸福的考量而離開她。」

卡戴爾突然覺得不自在，他不習慣傾聽祕密。他低頭瞪著靴子，以及走過腳踩後立即變成一團爛泥的路面。

「我咳嗽變嚴重時，病得更重，變得更瘦、更弱不禁風，開始在她眼前枯萎。我沒辦法再給她任何東西，也無法盡丈夫的義務。」

溫格的嘶啞嗓音平板單調，沒有洩漏任何情緒，幾乎就像他只是唸《聖經》裡的一個段落。卡戴爾感覺到對方努力在控制腔調平穩，就像暴風雨前的寧靜。

「我當然知道發生什麼事，那是一輩子在法律界服務的後果。那些暗示有事不對勁的小細節──我的感官變得異常敏銳。我在屋裡發現我不知道的物品，她會去看我後來知道她從沒去會面的朋友，但我發現改變最大的是她。她看起來很快樂，雙頰酡紅，眼睛閃閃動人，而在那之前，她的雙眼曾有一度只知道死神。」

溫格轉向卡戴爾。他的臉毫無動靜，彷彿癱瘓。

「好幾個月以來第一次，她像我愛上的那個女人。」

他沉思許久後才又繼續說。

「我最後當場撞見他們，那時他們向誘惑投降。我已經盡力避免了，但我那時軟弱又心不在焉，我的咳嗽聲蓋過他們的做愛聲。他是位年輕軍官，配掛著劍和肩帶，有黑色鬍髭和光明未來，我不能怪她。那天傍晚我就離開，搬去羅賽流斯那裡。我從那時開始就沒再見過她。」

卡戴爾張開嘴想說些安慰話，但溫格阻止他。溫格的臉轉向漢莫比湖，風兒開始在湖面掀起狂瀾。

「你不需要說任何話，就像你在我們第一次碰面時說的，我要的不是憐憫。我告訴你這個祕密，不是因為我把你當朋友，而是因為我覺得如果我們能知道彼此的強項和弱點，雙方都會受益，熬過等待我們的苦難，現在沒有任何事比這更重要。我不渴望安慰。別成為我的朋友，尚．麥可，我們相處的時間會太短。你費盡心思經營友誼，而唯一的報酬只會是憂傷。」

他們在關卡分道揚鑣，溫格舉手攔了馬車。

「明天在小交易所（Small Exchange）和我碰面。你的轎子似乎是很有希望的線索，我對卡爾・約翰的命案充滿希望。」

12

坐轎子旅行已不再蔚為時尚(注)。觀賞完行刑的恐怖場面僅幾個小時後，卡戴爾就得到這個結論，對此感到五味雜陳。此時，他應該只要查出壯漢說的那把轎子到底在哪，但讓調查變得棘手的是，這行業缺乏強大的組織。沒有公會監督扛轎夫，而他小時候到處可見的轎子不是被送進新的火爐燒成煙，就是被街角的獨立店面買下放著，企盼藉此吸引顧客上門。

在做了進一步的詢問後，卡戴爾找到在卡塔琳娜教區靠近孩童牧地（Children's Lea）的一間馬廄，但那裡沒有人知道任何事。一位留著鬍鬚的承辦伙食商人戴著馬毛假髮，打了好幾次噴嚏，猛吸著氣，咒罵現代生活剝奪他的生計。十八世紀初時，紳士們會毫不猶豫地讓兩個壯碩的男人扛著走過街道。在七〇年代晚期，他店裡有超過二十把轎子在營業，現在那個數字降到三分之一，價碼也直直落。以前穿制服的扛轎夫現在得綁著低俗的花彩委曲求全。他轎子的顏色？老頭搖著頭口氣苦澀地說，是白底黑色——現在已經沒多少人知道了。卡戴爾在沒發現新線索的情況下離開孩童牧地。

日落時男人開始爬上階梯，或用長火把點燃街燈。燃燒油脂的臭味到處可聞，儘管城市警衛隊勤快地確保每個街區都有足夠的街燈照明，但他離開橋中之城越遠，街燈就越少，閭巷越暗。

在黯淡暮色中，卡戴爾抵達城市的另一端，即草地那塊被上帝遺棄之處，也就是北方關卡（Northern Tollgate）一帶。他循著里爾河前進，這條臭不可聞的棕色水道蜿蜒在房舍之間。往北，他左邊是陡峭的布魯克山脊（Brunke's Ridge），右邊是沼澤岸邊。河水臭氣沖天，但還是比不過拉德湖。沼澤有某部分的自流水，而大量水流也有助於推動廁所和家用廢水的不斷交匯。

經過沼澤後，木屋出現的頻率變高，石頭路面變為夯土。卡戴爾在找的房子靠近酸井，據說那裡住著某位還在修繕和打造轎子的木匠。黑暗的院落夾在建築物間。儘管十月的晚間天氣較為嚴寒，卡戴爾吃驚地瞧見人們出來閒蕩。有個男人坐在前門門階上，而在離建築物一段距離外的黑影內，一個大塊頭跳來跳去，似乎無法決定該將重心擺在哪隻腳丫上。

那位坐著的男人對他揮揮手，他和卡戴爾一樣肩膀很寬，但體重更重，圓圓的肚腩快將外套鈕釦撐掉。他肥胖的身軀同時意味著粗魯蠻力和懶惰成性。頭顱像球一樣圓，公牛般的脖子粗厚，頭部看起來好像是直接被放在肩膀上。嘴巴很寬、嘴唇很厚，瞇著眼睛看人，眼神則游移不定。他咬嚼著菸草，定時將痰從嘴角對準目標吐出。卡戴爾略微鞠個躬以示禮貌。

「我叫麥可．卡戴爾。很抱歉，我在這麼晚的時間來訪，我在找一位叫佛利的木匠。」

「你找到他了，那就是我的名字。坐下，我給你點個菸草。」

卡戴爾仍舊站著，但從對方的煙袋裡自行抓了一小撮菸草。他靠近時發現那位蹣跚搖擺的人其實是位年輕人，儘管他的體型和巨人沒兩樣。卡戴爾和木匠在他旁邊都顯得微不足道。卡戴爾也看出那位年輕人一定是個白癡。他張著嘴巴，唾液拉得老長，在下巴上閃閃發光。他的眼神讓卡戴爾聯想到母牛，溫和但無神。他的喉嚨套著皮帶，另一端則綁在木製欄杆上。

注 十七世紀中期，轎子成為歐洲常見的交通運輸方式，後來式微。

「佛利先生，你怎麼會在晚上坐在門階上呢？」

「晚間空氣不是靈魂的慰藉嗎？那你又是怎麼回事？你為什麼在這樣的夜晚，大老遠從沼澤那邊過來找我這位木匠大師，彼得·德·佛利？」

他的嘴角揚起嘲諷的微笑，菸草汁從兩邊嘴角流出。

「我在找一把特定的綠色轎子，一根把手斷掉了。貓灣有個街頭流浪兒宣稱曾在不到四天前，在你的工作坊裡看過那把轎子。」

佛利的眉間緊皺，看來憂心忡忡。

「噢，不，好先生。我記不得有這件事。真遺憾，你大老遠專程過來卻只找到一小撮菸草。也許這把轎子在這一帶的其他木匠那邊？」

卡戴爾點點頭，若有所思。

「事實上，你在此沒有競爭對手。我也聽說，佛利木匠大師講話可能很難聽懂，因為他出生自鹿特丹（注），瑞典話講得很糟，儘管手藝精湛，但能有顧客上門實在是奇蹟。」

那男人發出嘶嘶聲，接著爆笑，猛然站起身，劈啪一聲打直背脊，把臀部上的長褲拍乾淨。

「被你看穿了！至少瓊斯·庫林（Jöns Kuling）被抓到說謊時，能像個男子漢一樣承認。」

卡戴爾的頭往年輕人的方向點了點，後者仍沉浸在自己的世界裡。

「他是誰？」

「那是我弟弟，曼斯（Måns）。你看得出來他不怎麼聰明。聽著，卡戴爾，我們的父母不像你一樣來自大城市。他們出身於很難找到好對象的小村莊，我父親成年時沒有選擇餘地，只能娶自己的妹妹。這類違逆天父之道的舉止得付出代價，那代價就是曼斯。他出生時我母親難產而死。他是接生婆所見過個頭最大的嬰兒。他不擅長思考，但如果你要找個能握住轎子幾個小時都不會抱怨的人，找曼斯準沒錯。」

「但一切由你指揮，我猜。」

「你真的是很聰明的傢伙，卡戴爾。是的，我們要是交換角色，那麼在我們可憐的乘客還搞不清狀況前，曼斯就會直衝地獄。結果呢，我們淪落到得枯坐在這等更好的時機。木匠要我們明天再來，但轎子是我們唯一的生計，不能這樣丟下它，沒人照管可不行。何況我們最大的金主抱怨，說我們最近的表現差強人意，還說如果有人過來問一把綠色轎子這幾天在哪，我們最好什麼都不要說，否則生意會很不樂觀。也就是說，如果不能當場解決棘手情況的話。所以我們各自的命運這下就撞上啦，你，我和曼斯。」

瓊斯解開綁住曼斯的繩索。曼斯往院子走了幾步，頭左右搖晃，為僵硬的肌肉暖身，猛吸鼻孔裡的粘液。他綻放邪惡的微笑，舉高拳頭，兩個都像籃子那麼大。他的肩膀和大腿因長年扛轎子而變得鼓脹。

「你不該來到處亂問的，卡戴爾，我的朋友，你在這找到的是生命終點。過來和我打一回合，讓我們看看你是什麼料。」

卡戴爾繞到左邊，將瓊斯和曼斯都保持在視線範圍內。那位大塊頭年輕人顯然對氣氛改變很敏

注 Rotterdam，是荷蘭第二大城市，位於荷蘭的南荷蘭省、新馬斯河畔。

感，開始跳上跳下，發出激動的細小叫聲。在緊身及膝馬褲下，他大腿間鼓脹的陽具粗如手臂。交換幾次佯攻後，卡戴爾擊出第一拳。瓊斯的腹部狠狠吃他一記左勾拳，痛得彎腰。他摸摸腹部，看到手上有血時，驚訝的表情轉為大笑。

「該死，卡戴爾！這一拳的確命中要害。我的胸口覺得很燙。真是鐵拳！」

「恐怕只算木拳。」

「你耍詐，卡戴爾。合我口味，但我們不能這樣，不是嗎？這個打鬥得公平進行。曼斯！」

那位弟弟只等著哥哥下命，他的突然攻擊直接而粗魯，沒有佯攻，卡戴爾完全猝不及防。曼斯撲向他，兩手緊抱住他，卡戴爾根本沒時間逃跑。年輕人將全身重量壓住他，他砰地往後倒下。曼斯跨坐在他胸口，拳頭像雨般落下。卡戴爾覺得自己鼻子斷了、眉毛裂開、鮮血噴進眼睛。瓊斯見機不可失，馬上去扯他左邊，卡戴爾感覺到瓊斯的手指一把抓住固定木頭義肢的皮帶。皮帶滑出位置，木頭從他袖子裡滾出來，讓他變得毫無防衛能力。在悶聲的重擊外，他還聽到曼斯的拳頭揍他臉的聲音，還有溫柔的呢喃，他看見瓊斯的嘴唇湊近弟弟的耳朵。拳擊停止。

「嗯，現在，我親愛的曼斯，我們把卡戴爾扶起來，看他沒了祕密武器後，能有多強悍。」

卡戴爾抹掉臉上的污垢，眨眨眼讓視野變清晰。瓊斯對他發出嘲諷的微笑，將木製義肢丟過肩膀，它最後降落在圍牆旁邊某處。曼斯變得極其興奮，嘶嘶鬼叫，將手關節舔乾淨。卡戴爾開始耳鳴，世界不斷旋轉。繁星在高處燦爛發亮，星座閃爍不定，像漩渦般打轉。卡戴爾的嘴巴滿是牙齒碎片，納悶舌頭上的異物是否就是星塵。

在他的心靈之眼中，他看見約翰．西傑恩的嘴巴冒出鮮血泡沫，聽到瑟西爾．溫格嘶啞的聲音，和遠方的俄羅斯大砲轟擊。他看見卡爾・約翰腐爛的嘴唇在地下墓穴的幽闇光線中綻放沒有牙齒的微笑時，不禁打個寒顫。他開始搖搖晃晃，朝向兩個搖擺不定的人影衝去，感覺死去的左臂又在身側成形，生猛悸動，血液奔流，然後一陣劇痛直竄全身。他心中充滿恨意。

「那就過來打我啊，你們這兩個該死的懦夫！」

13

古斯塔夫．阿道夫．桑伯格（Gustav Adolf Sundberg）的咖啡館才剛從克拉拉教堂（Klara Church）的艦長街搬去五金廣場（Ironmonger's Square），就已經得到「小交易所」的暱稱，成為碼頭區市民的主要社交場所。許多人喝著從壺子裡倒出來的熱可可，但大部分的顧客就如同瑟西爾．溫格，偏好可以不斷續杯的苦澀阿拉比卡咖啡，特別是在謠傳攝政考慮全面禁止飲用咖啡之後。攝政此舉是想試圖控制在咖啡館間傳得沸沸揚揚的八卦。

八卦在這像咖啡般自由流傳，人們分享各式各樣的小道消息：十五歲的古斯塔夫王子對廷臣的古怪行徑；查理公爵苦苦愛戀宮廷女侍盧登卻德小姐，她的心卻屬於叛國賊安斐特伯爵（注1）；據說詩人湯瑪斯．托里勒從呂貝克（注2）的桌子上摔下來，當時他正宣稱流放將使他成為不朽人物，而他諷刺羅伊特霍爾姆男爵的舌頭不會停止。溫格決定給卡戴爾一個小時。他的懷錶指著十點半時，仍是獨自一人，因此他離開咖啡館，朝北而去，抵達鵝巷後，開始到處詢問卡戴爾的下落。一位在換騎士靴底的製鞋匠略知一二。

「那個獨臂守夜人？他跟菲爾寡婦（Widow Pihl）租房子。」

一群孩童正在樓梯間玩耍。那房子沒有石爐，但頂樓的戶外爐床由一位有黃疸色皮膚的消瘦女孩負責爐火。她這一個禮拜以來都在發燒，身體微恙。她說卡戴爾自昨早離開房間後就沒回來過。溫格沒選擇餘地，只能離開菲爾寡婦的房子。那女孩的聲音跟著他下樓。

「如果小麥不在寡婦來收房租前回來，她會把他趕出去。」

溫格走向朝老廣場的街，一路上整理思緒。沒有卡戴爾的協助，他的選擇變得極為有限。他在水井旁駐足一會兒，孩子和僕人們忙著將水桶裝滿。他再次站起來後，朝著城堡和英德貝杜走去，中間還預定要再停留一處。

他抵達警察總監諾林的辦公室時已是傍晚。溫格即使隔層門板都能感受到諾林的憤怒，猜測他會在外面待命只是因為諾林需要時間來消除怒氣。不久後房內的聲音響起，助理為溫格打開門，站到一邊。

「讓他進來。」

諾林坐在雜亂無章的辦公桌後，襯衫和外套在喉嚨處敞開，假髮丟在前面的紙張上。沒人為溫格拿把椅子過來。諾林搔著頭皮，搓揉血絲通紅的眼睛。

「你和我在不久前才在這裡見過面。你還記得我說過有關這案子的前提嗎，瑟西爾？你記得我囑

注1 Armfelt（一七五七～一八一四年），瑞典外交官。在芬蘭被視為芬蘭最偉大的政治家之一。

注2 Lübeck，位於德國北部波羅的海沿岸，是什勒斯維希—荷爾施泰因州第二大城市，也是德國在波羅的海最大的港口。歷史上曾是漢薩同盟的「首都」。

咐你要低調辦案嗎？結果你用一塊印有猥褻圖案的布料，到處去問東問西，還打斷官方會議。你沒看見那位三流作家巴法德（Barfud）就坐在長椅上，已經準備好紙筆要偷聽了嗎？」

「我不只看見他，我還把他從酒醉中叫醒，說服他陪我來英德貝杜，並向他保證皇家警察局的早晨會議會提供他一個好故事，他可以拿去給印刷商洪伯格（Holmberg），且在明天的《號外郵報》（*Extra Post*）上發表。」

諾林用雙手掩住臉。

「巴法德非常願意在冗長的《聖經》段落間寫任何東西，而洪伯格才不管什麼道德淪喪的破布，他會不假思索地將故事出版，寫得越煽情越好，這下整個斯德哥爾摩都會讀到那篇報導。為什麼要這麼做，瑟西爾？」

「我的搭檔叫卡戴爾，是一位早就離職的守夜人，他似乎被暗中做掉了，而我的本能告訴我，他可能太逼近事實。那塊布是我的最後希望。布料很昂貴，應該屬於某位家財萬貫的人。看過圖案的人絕對會認出報紙上的描述。如果某個有影響力的人想阻止我們偵辦此案，那個人絕對會向你施壓。他們會要你奉上我的人頭，也許還有你的。而你，約翰．古斯塔夫，這下該換你給我那些對你施加特別壓力的人的名字。」

「羅伊特霍爾姆就像這國家裡所有愛嚼舌根的人一樣，嗜讀《號外郵報》。男爵會將此當作我忽略他的要求而堅持優先處理其他事務的證據。這是他等待已久、可以拿來罷黜我的藉口。你已經簽了我的死刑判決，瑟西爾。」

「從過去一年來，你的職務對你健康的影響來看，我覺得任何在縮短你任期上有所貢獻的人，其實都是在延長你的壽命。」

「我實在該記得當初要求你幫忙加入合作行列時，是給自己找了什麼樣的麻煩。瑟西爾・溫格總是願意為自己高貴的理想犧牲一切。」

溫格的雙眼閃爍光芒。

「是的，是你要求我協助辦案，而你還能記得我是誰，這點非常好。對你忠心耿耿也許就足夠讓我接下這個案子，但在我做這決定的同時，那份忠誠已經轉移到被害者身上。他現在是我的責任，而你的聲望並不是。不過是在幾晚前，我曾站在馬利亞教堂的屍骨存放室勘驗屍體，容我向從未看過他的你描述他的模樣：他的四肢遭到截除有一段時間，每個傷口都得到足夠時間癒合，如此他的身體才能熬過下次手術。好幾個月以來，他被關在某處，綁在擔架上。他一定尖叫求助過，但因為舌頭被割掉，所以發不出聲。他一定試圖自殺過，但甚至不被允許保留自己的牙齒或眼睛。你能想像這種事嗎，約翰・古斯塔夫？獨自躺著、毫無反抗能力，直到有天你感覺鋸子在鋸另一部分的身體。我會找到這案子的真凶，探究出殺人動機。一旦你拿到那些人的名字，我要你馬上給我名單，而不是向我抱怨羅伊特霍爾姆和你的榮譽。你膽敢在我面前咒罵死亡，你沒有羞恥心嗎？」

諾林覺得心中那股憤怒留下來的空虛為無奈所取代。他想念妻女，想念她們的味道和笑聲。溫格從桌子的另一端怒瞪他，瞳孔因臉龐消瘦而變大。諾林嘆口氣，將手放在身前一張折起來的紙上。

「我今早從巴黎收到消息。我的消息來源說守寡的皇后將會受革命法庭審理。你和我都知道這件事將如何收尾。瑪麗・安東妮（注）確定會追隨她丈夫的腳步而慘遭砍頭。他們會將她丟進亂葬坑，丟到數千個在她前面排隊上斷頭臺的屍體上面。這是個黑暗的時代，瑟西爾。」

溫格回答時聲音很輕柔。

「約翰，你在前天晚上跟我說過：如果不是為了伸張正義，我們為何做現在在做的事？」

「你說的對，當然，你總是對的。別和瑟西爾．溫格爭吵，因為他總是對的——下級法院和大學裡都是這麼說的。好吧，悉聽尊便。你現在退下吧，我才能寫封卑躬屈膝的信給羅伊特霍爾姆，好趕在報紙出現在書店前，為我們爭取點時間，並稍稍減輕他的憤怒。」

溫格鞠個躬。

「謝謝你，約翰．古斯塔夫。」

注 Marie Antoinette，出生於一七五五年十一月二日。早年為奧地利女大公，後為法國王后。配偶為路易十六。一七九三年十月十六日在法國革命廣場通過斷頭台處死，得年三十八歲。

14

伊薩克・萊霍・布隆祕書痛恨斯德哥爾摩擴展之際，延伸過橋中之城的每個部分，而草地是其中最礙眼的。一場清晨大雨將街道打成一片泥濘。衣衫襤褸的骯髒孩童、乞丐、流浪漢和骨瘦如柴的人們匆匆忙忙在街角打轉，擠在一起取暖，彷彿這樣就可防止死神更為逼近。水手和士兵穿著被泥污沾滿的制服穿梭而過，使眼前這個景象不至於過度悽慘。

他早該知道不該徒步前往老史潘莊園，路上坑洞裡的積水滲入靴子的縫線，直到每一步都吱吱作響，聽起來像在攪奶油。布隆總是在找詛咒他命運的理由。儘管在皇家警察局已服務七年，但一年還賺不到一百二十塔勒。當他從公證服務處晉升，取代老霍奇特成為部會祕書時，他曾期待自己會加薪。但他發現工作量暴增兩倍，卻沒有額外的津貼。

布隆從大老遠就聽見咳嗽聲，那多少讓他冷靜下來，有些人的日子甚至過得更糟。瑟西爾・溫格的能力很強，理應前途遠大，但他現在能熬過新年就算幸運的了。布隆敲門時咳嗽停止，一會兒後門打開，溫格一如往常從容不迫地出現。然而，溫格塞在背心口袋裡的手帕有一角沾著紅色血跡，布隆不由得對溫格的意志力嘖嘖稱奇。布隆毫不浪費時間，馬上說出此次來訪的重點。

「諾林派我從英德貝杜將你要的信送過來，我們可不缺抱怨信。」

布隆坐在石爐前烘乾靴子，溫格收下一小捆紙張：三封封蠟被扳開的信。布隆清清喉嚨繼續說。

「它們很可能是在《號外郵報》於書店出現後匆忙寫下的。每個人的目的相同，但理由各異，三封信都提出你必須停止調查的理由。第一封信是來自一位富可敵國的富翁，他擔心棉花價格波動，以及它會對瑞典王國經濟產生的悲慘影響。商務部的一位恩克隆納伯爵想警告你，道德淪喪會讓老百姓嚮往他們根本不該想像的惡行。最後一封是吉利斯．托瑟（Gillis Tosse）寫的，他提出思緒周密的意見，即醜聞在本質上會點燃革命本能。托瑟痛斥你是雅各賓派（注），一位激進的革命份子。」

溫格用手握住另一隻手的手指，不斷左右交換來取暖。

「我認識托瑟。你還記得他嗎？他跟我們一樣，也在烏普薩拉求學。」

「那名字聽起來不熟。」

「他整天遊手好閒，沒什麼讀書腦袋，但家裡有錢到可以不顧他的成績，替他買到好職位。我記得他非常瞧不起我們這些努力用功的人。我想他將我們的勤勉看成沒什麼遺產可以繼承的證據。我們不過是窮酸之人。警察總監諾林有告訴你，為何他派你大老遠送這些信過來嗎？」

「沒有，但他不需要，我不是傻瓜，溫格。你呈上那塊布料時我就在旁做筆記，我也讀了《號外郵報》的文章。你希望這些向你抱怨的激動紳士也許暗地裡另有隱情。我猜和拉德湖的屍體有關。」

溫格的嘴唇抿成一條線，眼睛閉上，搓揉額頭。

「沒錯。我得承認，我原本希望會出現能釐清案情的名字，但這幾個人我以前從未聽說過，我猜他們的共通點只有財富。」

布隆投給他一抹狡猾的微笑。

「但我可有線索喔。然而，這世界上沒有免費的服務，我要求你的回報。」

「如果是在我能力可及的範圍內，你會得償宿願的，布隆。」

「你快死的那天，我要你通知我，而且只通知我，並且要盡快。皇家警察局裡的紳士們在賭你哪天會嗚呼哀哉，目前的賭注總額是我年薪的三倍。」

「倘若你提供的訊息有用，我沒有理由反對某人從我的死亡中獲利。我向你保證，一旦我覺得就要離世，會馬上派信差去通知你。現在輪到你了。」

布隆想到那筆無法想像的鉅款時，胃部就不禁顫抖。那筆鉅款將會大幅改善他的生活，並允許他完成他的大作《宗教對社會福利的必要性》，而他可不會在原本那個可以凍死人的房間裡完成巨作，而是會在斯德哥爾摩的高級住宅裡品味十足地寫作，並享用從廚房送來一盤又一盤的珍饈：熱燻鯡魚、羊肉和燉肉。

「一言為定！你聽說過歐墨尼德斯會嗎？」

「曾聽別人匆匆提過。如果我沒記錯的話，他們是為這城市的不幸人民提供慈善工作的眾多協會之一，會金援資金不足的教區濟貧院。」

「沒錯。歐墨尼德斯會以慷慨著稱，只有富人付得起會員費。你知道我寫詩，我曾認識一位克拉・馮・德・艾肯（Claes von der Ecken），他繼承了貿易生意，曾慷慨地付錢給我去當眾朗誦自創的詩。艾肯是歐墨尼德斯會的一員，他後來生意每況愈下，而當他想暫時中斷慈善工作以挽救事業時，會員聯手毀了他。作為會員，你沒有不盡義務的藉口。銀行要求他立即償還債務，突然間沒有人肯當

注 Jacobin，法國大革命發展期間在政治上最有名的和最有影響力的俱樂部。

他的保證人。有晚，有位乞丐來敲我的門，一陣胡言亂語，說我朗誦詩歌所得到的銅板只是借貸。那就是艾肯，現在已變得窮困潦倒。這喚起了我對歐墨尼德斯會的興趣。我有次曾有機會看到會員登記簿，我的記憶力幾乎和你一樣好，那三封信的寄件者都屬於那個協會。」

溫格的腳丫開始輕點地板，動作輕微到幾乎難以察覺。

「你的故事也許沒你自以為的那麼令人驚訝。你知道這協會的名稱來源嗎，布隆？」

「歐墨尼德斯？不，我不知道。」

「我曾有位對希臘古典作品非常痴迷的家庭教師，他用枴杖的方式也很講究，因此我花了很多時間鑽研艾斯奇勒斯（注）。在瑞典語裡，這術語應該翻譯成『和善女神』。而在原先的故事裡，有智慧的人是如此稱呼專司報復的憤怒女神，據說唯有如此才能躲開她們的憤怒。」

布隆突然發現自己暗自希望這次來訪早已結束，而他扮演的角色被人淡忘，但貪婪讓他留在原地。

「還有另外一件事。我知道他們都在紅棚（Red Sheds）隔壁的基賽館（Keyser House）開會。」

溫格開始思考，前後踱步。

「我曾聽說過那棟房舍，那是間祕密妓院的地點。妓院得到皇家警察局的特別通融，只要妓院妥善管理、保持低調不鬧事就好。我認為一個慈善機構會有這種鄰居非常奇特。」

「噢，實際情況更為奇怪，溫格。我確定歐墨尼德斯會不僅擁有基賽館的那些房間，而且整棟樓房都是他們的。」

溫格轉向面對草地關卡的窗戶，若有所思。麥可・卡戴爾最後說的話現在縈繞在他的耳際。傍晚戶外強風止歇，風車變得安靜，等待夜晚吹起微風。

「你這個無所不知的傢伙，布隆。你不會剛好知道基賽館是不是有自己的轎子？而且如果真是如此的話，那些轎子是不是剛好是綠色的？」

注 Aeschylus（西元前五二五～四五六年），古希臘悲劇作家，被稱為「悲劇之父」。著作之一為《復仇女神》（*Eumenides*），音譯則為「歐墨尼德斯」。

15

夜晚，令人不安的思緒襲上他的心頭，取代睡意。落在寫字桌上的燈光在溫格的懷錶零件表面投射出長長黑影。每當穿堂風吹得火焰舞動時，齒輪和小零件就變得宛如細小昆蟲。布隆已經離開很久，他的來訪逼迫著溫格強力按捺自早晨就開始讓他苦惱的強烈咳嗽。沒倒掉的夜壺還塞在床下角落，裝滿血水。他的喉嚨覺得緊繃，很癢、很癢。

溫格發覺今晚在用懷錶工具時，一點都沒辦法提振精神。將幾個死氣沉沉的金屬零件組合成包含某種獨立生命的整體——如果製造者夠聰明，能將所有零件放在所屬的確切位置的話——通常能讓他的心靈平靜下來，但他發現自己一直想著自他們從斯康司關卡分手後，麥可．卡戴爾走上的那條邁向未知命運的道路。

就他對卡戴爾人生的些許了解，他想像這男人吸引暴力的魔力，一如磁鐵吸引鐵屑，但他也散發著無與倫比的能耐，屢屢戰勝和扭轉這類劣勢。溫格認為他的失蹤不可能和追查轎子此事無關。他一輩子仰賴奧卡姆剃刀定律（注），而後者告訴他，卡戴爾過於逼近被嚴密保護的真相，但箇中暗藏的細節仍在他的推理能力之外。他一將懷錶整個組裝回去，就量自己的脈搏，一分鐘一百六十下，胸口感覺一股悸動的憂慮。睡意和平靜心靈仍遠遠閃避。

在床旁的五斗櫃裡，有個裝飾著埃及棕櫚的長頸瓶，那是他從砲兵場（Artillery Yard）對面的煙火商街上，熊藥房（the Bear）裡的藥草師那買來的。幾滴鴉片酊混合著酒精、琥珀酸和鹿角鹽。他很久以前就買了這瓶藥酒，但一直沒喝過。熊藥房警告他切莫超過建議劑量，並說藥劑不只是會讓痛苦變得麻木，也會讓感官轉為遲緩。今晚是他第一次準備冒險。

他將鴉片酊滴入杯中，數著放了幾滴，然後喝下。一陣溫暖暢然的快意立即席捲全身，希望開始浮現並帶來慰藉。他喉嚨的搔癢在接觸鴉片酊後，似乎消失無蹤。窗外，夕陽光芒萬丈的餘暉緊攀住風車翅膀頂端不放，然後依依不捨地離開。溫格迷失在自己的思緒裡。

夕陽西下，懷錶又拆解成零件後，溫格頓時失去時間感。等他想到自己犯下的錯誤時，已經不知道又流逝了多少個小時。卡戴爾看來是被解決掉了，他在某處碰上暴力死亡。至於溫格，他已經透過《號外郵報》的故事，洩漏他對那件案子的知情程度。

卡爾·約翰的凶手現在難道不會採取行動反制他嗎？解決他不是比採取任何行動都要容易？溫格的健康狀況眾所皆知，一位放棄靈魂的結核病患竟活過瑟拉芬醫院最頂尖專家的預言，還活超過好幾個禮拜，他若暴斃，沒人會驚訝。一個夜晚的偷偷來訪，枕頭緊壓他的臉。他的死亡不會引起懷疑。

溫格覺得一股寒顫奔流過脊椎，他站起身想窺探窗外，但只看到自己睡眼惺忪和慘白的倒影。他

注 Occam's Razor，意指簡約之法則，由十四世紀邏輯學家奧卡姆提出，主張「用較少的東西，同樣可以做好的事情」。

將外套披在肩膀上，從架子上舉起蠟燭，手遮住火焰，免得被穿堂風吹熄。他在走廊裡，用拇指和食指擰住燈蕊，默默站在黑暗中傾聽。房子裡空蕩無人。傭人們的睡覺處在其他地方，廚房裡燒煤的灰燼被翻過，今晚不會再點燃。溫格打開通往院子的門，感覺到空氣中的濕氣，田野裡傳來味道濃烈的蒸汽，因摻雜著從海面上飄移過來的霧靄而變得鹹鹹的。他的雙眼慢慢適應幽暗。

史潘莊園陷入沉寂，毫無光亮。菩提樹林向外駝著背，從橋中之城的方向看不到任何燈光，現在一定已是凌晨。大門敞開，在另一邊，月光靜靜潑灑在田野和果園上，這個場景在白天充滿田園風味，在夜晚卻鬼影幢幢。

在本世紀初，瘟疫跟著一位荷蘭商人抵達斯德哥爾摩，人們在驚恐中於此埋葬死者。在卡塔琳娜教堂的墓園裡，屍體堆疊地老高，包著床單灑上石灰，放置超過一個星期，等著在過於擁擠的土地裡找到一個位置安葬。遠到草地那，人們較善於處理瘟疫的遺骸。他們在最後仍舊聳立的房舍後方，挖掘寬溝安置死者。即使到今日，這裡的土壤還是比任何地方肥沃。這個大莊園的花圃裡，繁花會盛開到初霜降臨，但園丁從小就被教導不要把鏟子挖得太深。溫格察覺自己並非孤單一人。一個暗影沿著道路從水邊悄悄飄移過來，像是生命的黑色薄片，朦朦朧朧不屬於此地。它慢慢接近，佝僂著背、充滿警戒。溫格縮回圍牆後的黑影裡。每次月亮被雲朵遮蔽，他眼前的場景就瞬間轉黑，等月光再回頭映照時，那個身影就更加逼近。這不是溫格長久以來試圖達成妥協的死亡，不是那個可預測的、潛伏著默默爬來的肺結核，不是那個他長久以來鼓起勇氣面對的死亡及其所有細節，相反的，那是在恐怖和無知中斷然結束的暴力和恥辱，好整以暇要以刀峰、棍棒或勒斃終結他的生命。

現在他可以聽到腳步聲，微弱的嘎扎聲。他聽到心跳在耳際怦怦跳動，努力讓呼吸悄然無聲。閱影走過大門，進入樹下的院落裡。溫格察覺自己在打一場沒有勝算的戰役，感覺到那股又要開始猛烈咳嗽的衝動。他立即下決定，最好就在此搏鬥一場，如此可留下血跡，證明自己是遭逢暴力橫死。明早人們在菩提樹林下發現他的屍體時，至少會對他的死因起疑。

他向前衝了幾步，伸手過去猛抓那個身影。溫格在什麼都沒抓住時發現自己犯下大錯。這生物缺乏形體。這不是被僱來暗殺他的城市人，而是夜晚從地下墓穴中起身來糾纏這一帶的鬼魅。溫格感覺血液狂烈地衝向太陽穴，視野中光點不斷閃過。幽靈倏地轉向他，那不是一張人類的臉，然後溫格的前額撞擊冷冽的地面，失去意識。

他再度清醒時躺在自己床上。朦朧曙光透過窗戶上的沙塵斑駁射入，爐子裡燃燒著一束柴薪，木頭在高熱中爆裂，劈啪作響。溫格在片刻後才重新搞清自己身處何處。鴉片酊已失去效力，取而代之的是頭上腫塊傳來的劇烈疼痛。他說話時，覺得舌頭變得很厚重。

「我抓到的是你的左手臂，麥可．卡戴爾。你沒裝上木頭義肢，所以袖子是空的。」

卡戴爾將椅子從桌旁搬到床邊。

「可能吧。我感覺有人扯動外套，還沒時間轉身，你就發出一聲嗚咽倒地不起。」

「我以為你是鬼魂呢，而我想抓住幽靈。我真是個傻瓜。但從我的立場來說，你的臉也沒幫上忙。你出了什麼事，跑哪裡去了？」

卡戴爾的雙眼滿是大片瘀青，像戴了面具。他的鼻梁被打斷、嘴唇裂開，溫格瞥見底下有幾顆牙齒不見了。一邊顴骨變得平坦，改變了他的面貌。卡戴爾說話時臉部因疼痛而扭曲，表情猙獰。

「我在一個朋友那裡療傷，他住在貓屁股關卡（Cat's Rump Tollgate）附近，如果不是因為我熟睡超過一整天，我會送紙條給你。一等我跛著腳走回家，卻發現房間裡擠滿波蘭惡棍，我所有的財產都被裝進一個麻袋裡放在樓梯上。我沒地方可投靠，更沒地方睡覺，因此決定來找你，所以我才會在這麼晚的時候過來。」

「那個轎子調查得如何？」

「我找到轎子和扛轎夫。在我強力說服之下，他們總算願意打開金口。那兩位中較壯碩的弟弟比較容易對付：動作緩慢，只要抓住訣竅就能把他嚇跑。他的哥哥就較難處理，不肯輕易吐實，我花了點時間才找到方法。他們兩個在對付我時，將我的義肢丟掉，但我後來又找到它，便將它當作棍棒武器，打到它變成碎片。那個胖子相當英勇地抵抗一陣子後，就跑往關卡的方向，以我還沒弄斷的那隻腳跳著逃命。如果他們能再次見面，我很懷疑他弟弟還能認得出哥哥。不幸的是，我的情況也沒好到哪去。我得遺憾地說，我那時沒有能力阻止弟弟逃跑。我運氣很好，最後用腳跟踩住哥哥的手指，但我沒從他那逼問出多少線索：他們有轎子的股份，但其餘股份則屬於他們的雇主，他們則以雇主的名義為人扛轎，付出勞力。轎子就存放在離紅棚不遠處，在克拉拉湖（Klara Lake）旁的河邊。」

「你猜對了。所以你的調查也將你引導到那裡？」

「在基賽館。」

「是的。容我再休息一會兒，等我起身後，我們去吃早餐。今晚我們應該可以逼問卡爾・約翰的兇手，並問出答案。」

16

紅棚暮色低垂，白天的喧囂紛擾逐漸死寂。船隻運送穀物到渾濁泥濘的堤岸，只有其中一艘完成卸貨。兩位碼頭工人都喝得醉醺醺，舉步維艱地將桶子滾上岸。一位正唱著低俗小調自娛娛人。

「噢，如果我在一個女孩的羽毛裡，唱著法阿多法阿迪哦，我會用羽毛搔著女性陰部……」

大河穿越大橋上的廢棄建築，滾滾流入海洋。河對岸隱約可見上議院的莊嚴立面，右手邊則是島上的教堂尖塔。在附近的小島上，格子形狀、格局怪異的建築裡點亮煤油燈，圓頂裝飾著三角旗。公共廣場不見人跡，洗衣碼頭一片沉寂。從遠處橫跨克拉拉湖的那座橋上，可以聽見要返家的工人發出的微弱聲音，腳上的木鞋喀答喀答作響。溫格停下腳步，轉開臉朝向河水對面的橋中之城。

「它儘管雜亂，還是有種美感。」

卡戴爾點點頭，但這幾乎違逆他的意願。

「你是指斯德哥爾摩？它發出惡臭，滿是瀕死的人，而他們只想縮短彼此早已過於廉價的生命。但，是的，在這樣的輝煌夕照下，景觀璀璨美麗，倘若觀賞的人隔著更多水眺望，城市會更美好。」

卡戴爾將菸草吐進水流裡，轉身向右。他們身側的基賽館惡狠狠地聳立著，建築長的那面面對著廣場，短的那面則朝向湖面。它有三層樓高，一個拱門入口。太陽西沉的景象落在他們頭頂的山形牆。幾支點燃的蠟燭在二樓散發點點光芒。有人發出尖銳的笑聲。卡戴爾在寒天中搓揉赤裸的殘肢。

「現在該怎麼辦？」

「除非你帶了抓鉤或攻城武器，否則我們只能做一件事——敲門。」

來開門的男人讓卡戴爾大吃一驚，倒退一步。他的皮膚黝黑，淡色制服在幽暗的搖曳燭光中，有那麼剎那讓他看起來彷若沒有頭。卡戴爾曾不止一次見過古斯塔夫國王的黑人隨從巴丁，以及後者所生的私生子在碼頭區的船邊跑來跑去，但他從來沒有近距離仔細看過黑人。溫格以手輕碰帽子示意。

「晚安。我是來見夫人的。」

那位皮膚黝黑的男人給他一個微笑作為回應，大大敞開門，手一揮表示歡迎。他輕搖一個小銀鈴，比個姿勢要他們走上右邊的旋轉樓梯上樓。然後他在他們身後關上橡木門，便在壁式燭台下的凳子上就座，繼續守望。他們在二樓發現一扇早已打開的門，一位年輕女人站在那裡，穿著簡單的連身衣裙，衣料透明到可以看見粉色乳頭。她頭髮綁著一條絲帶，除了嘴唇上有些口紅，嘴角有畫顆美人痣外，似乎沒有上妝。她顯然很習慣訪客，看到兩人便行個屈膝禮，並對溫格綻放微笑。

「請進，先生。你一定是新會員之一。請容許我脫掉你的外套，藉此去除壓在你肩膀上的塵世煩惱。我叫娜娜（Nana），我是您卑微的僕人。」

走廊裡的壁紙有紫色和黑色花朵圖案。地板上一張紅色土耳其地毯。天花板掛著一盞插有幾十根蠟燭的枝形吊燈。沿著牆壁擺放的桌子上有枝狀燭台。溫格將一枚硬幣放在她手掌心。她惦惦重量，安靜地用嘴型發出個噢。

「我叫溫格。我想見妳的夫人。」

「當然可以，先生！這正是我們開啟新友誼的方式。親密的對話是一段快樂關係的起始，夫人堅持如此。為了更能滿足您的需要，夫人必須先知悉它們的內容。您不必覺得害羞。我們在此就是提供服務。我請您在此稍待片刻，然後我會帶您進入沙龍。」

溫格點點頭。那女孩保持靜默半晌後，向卡戴爾點頭，後者一直站在門邊。

「您喜歡教導僕人紀律，溫格先生？我們有許多客人都有這種偏好，我們很能適應此點。您只需告訴夫人您的願望，它們就會實現！」

「包括鞭打妳的臀部？」

「悉聽尊便，先生。在那方面過於熱忱當然會影響我們的臀部在其他人眼中的價值，但只要您肯彌補我們的損失，您想做什麼都行。」

「我懂了。」

從裡面的寓所傳來鈴鐺的清澈聲響。

「現在，先生，請恕我告退。您希望您的僕人留在這裡嗎？」

「我希望他留在近處，以防我鞭打他的慾望佔了上風。」

他們跟著她走過房內，窗外的城市景致雄偉壯觀。他們被領到一間空房間。沙發對面擺了一張扶手椅。溫格照女孩的指示坐下。她將葡萄酒倒入一只細長的杯子，帶著微笑遞給他。

「薩奇夫人（Madame Sachs）很快就會過來陪您，先生。如果我說我希望我們很快能在此見面，希望您不會覺得我太冒失。」

娜娜說完便舉步離開。溫格放下玻璃杯，迅速穿越房間走到另一端掛著門簾的拱形開口。他檢查裝飾著人體交媾圖案的布料週邊。

「尚．麥可，我想我們會聽到更糟糕的內幕。為了卡爾．約翰著想，你要好好控制自己，這點最重要。這位薩奇夫人是我們唯一能得到任何進一步線索的機會。你懂我的意思吧？」

卡戴爾原本張開嘴，然後又闔上，一語不發。他安靜地點點頭，到牆邊站定。他的右手在外套口袋裡緊握成拳，左邊衣袖則在殘肢周遭打個花結。

不久後，一個女人拉開門簾，她的年紀難以確定，很難判定她是過早顯老，或是老邁後風韻猶存。她的長禮服以胭脂紅為底，裝飾有金線刺繡，襯托出氣宇昂然。她臉上有厚重的鉛製白色粉底，有效掩飾任何斑點或皺紋，但她有很深的眼袋，微笑冷淡，兩側嘴角有掩飾不住的深刻法令紋。她脖子周遭有道疤痕，活像綁過絞刑的套索。她原本歡迎的表情馬上僵化成扭曲的臉。

「你不是我正在等的客人。娜娜一定又喝多了。我沒有事可以和你討論，也沒情報可以提供。你最好識相點，馬上離開。」

溫格舉起手表示抗議。

「妳錯了，夫人。我叫瑟西爾．溫格，來自英德貝杜。多虧妳有一位位高權重的保護者，才能如此明目張膽地經營妓院。那人很可能和皇家警察局有關。然而，仰賴某種程度的祕密來運作的系統總會有種內在惰性，我認為有夠多不清楚你們私下安排的人，能在妳的靠山來得及避免災難前，輕易毀滅妳的事業。我能在半小時內叫二十個人過來。」

她面無表情，但聲音變成恨恨的嘶啞聲。

「你知道你在和誰對抗嗎？」

「我知道歐墨尼德斯會是這棟房子的屋主。」

「你既然知道，就是在虛張聲勢。就算你說的是真的，他們也絕對會報復這樣的舉動，你得付出可怕的代價。」

「我得了肺結核，行將就木。現任警察總監就快丟官。我們都沒有可失去的東西，妳不妨試試看。」

薩奇夫人用力哼了一聲。

「你太年輕、太天真，我的孩子，每個人都有可失去的寶貝。但你的威脅表示我有你想要用來交換你的緘默的東西。也許我隨便給你點什麼，你就會趕快離開。那就速戰速決吧，你想要什麼？撫摸我兩邊酥胸？免費親近我的臀部，好重溫你在妻子床上已經熄滅的火焰記憶？」

「一個身體遭毀損的男人從這棟房子被送上轎子，丟進拉德湖，身上就包著掛在妳身後的那種布料。告訴我妳對他和其命運所知道的一切。」

她的目光從溫格身上輕輕移到卡戴爾，然後在他的殘肢上無禮徘徊。

「我懂了。我最近失去一頂轎子和扛轎夫。兩位中較壯碩的那位在前天回來過，被打得很慘，嗚咽哭個不停。他晚上沒辦法入睡，被可怕的噩夢糾纏。他從沒學會說話，但我們給他粉筆和石板時，他畫了一張獨臂魔鬼的畫像。我現在看得出來，幻想比現實可怕多了。」

薩奇夫人轉身面對溫格，卡戴爾曾在被激起怒氣的鬥狗臉上看過相同表情。鬥狗在打鬥前，會評估彼此的力量並衡量機會大小。成功的賭客從觀察鬥狗的眼神，學會該對那隻狗下注。卡戴爾玩過鬥狗，相信自己和任何人一樣對這種賭博遊戲熟門熟路。他感覺得到她的旺盛精力，是一位可怕的對手。而溫格呢？看起來沒多大勝算，但他的眼神卻訴說著另一種語言：沒有任何恐懼。卡戴爾比薩奇夫人早一步知道誰會贏。她發出苦澀的大笑，雙手往上一攤。然後她張嘴微笑，露出一口黑色爛牙。

「看看你們兩個！一個骨瘦如柴，一個穿著破布的殘廢，而你們膽敢那樣看我。你們這種人哪會理解高貴紳士的慾望？那些在好幾代財富約束下長大的男人，等著繼承財物、財產、領地和頭銜的男人。這些男人被養育成統治者，他們責任重大，需要放鬆的方式是你們無法想像的，他們會叫女僕握住他們的陽具，然後在她的雙乳之間滾動，最後用嘴唇含住它，在小小年紀就釋放初夜的種子。到了十二歲，他們已經睡遍宅邸裡的女僕。到了十八歲，他們雞姦過所有男僕。當他們嚐遍城市裡所能提供的娛樂後，就會來找我。他們會興高采烈地在張開的嘴裡撒尿，執行毆打、傷害、踐踏和毀滅。我可以提供他們更刺激的娛樂，無論他們想要什麼，我們都雙手奉上。

「在特別的晚會裡，我會給他們意料之外的驚喜，許多人激賞那些無法想像的花招。我養著一群不尋常的僕人，有些人的醜陋能強調其他人的美貌，有些則卑微、受盡屈辱、痛苦或不幸之至，他們能增強我顧客的歡愉。我有駝子、侏儒、兔唇、水腦症、毀容或天生畸形。就像對其他雇員，我們付錢給那些要求付錢的，其他人則不要求薪水，平白奉上服務，而那個怪物就是其中之一，他有一陣子曾是主菜。你們還不懂嗎？他能提醒那些高貴紳士生活的樂趣，以及每個觀賞他的人自己有多幸運，這不是很好的娛樂嗎？有些人在玩樂時，光是把他擺在現場，就感到心滿意足；其他人則選擇使用他，享受毫無招架餘地的他所能提供的樂趣。他不總是願意提供服務，但他沒有牙齒。他們要他嚼堅硬的陽具，強迫他吞下精液或任何東西時，會捏他的鼻子，然後被逗得狂笑不已。我的顧客是這世界的統治者，一個殘廢半人的犧牲在和他們的歡愉相較之下，又算什麼？」

溫格可以感覺到卡戴爾體內的風暴，房間裡彷若有某種磁性。在後者要向前走一步時，他連忙摟住他的肩膀。溫格對薩奇夫人點點頭，請她繼續說。

「儘管他畸形怪誕，卻保有一種美感。他頭髮很美，又很年輕。這種對比讓他很受歡迎。我一先令都不用付，而他讓我賺了一大筆錢，所以我為何不會是第一個哀悼他死亡的人？」

「要是我說歐墨尼德斯會是妳的房東兼顧客，這樣沒說錯吧？」

「沒錯。但在你要批判他們之前，你最好知道他們將財富捐給我們社會中最弱勢的團體。你又是誰？竟敢因發生在這些牆壁後的事而譴責他們？如果沒有他們的救濟，斯德哥爾摩半數的濟貧院都得關門。」

「這個被毀損身軀的男人是怎麼來到妳這裡的？」

「有晚有人來敲門。一個不肯透露姓名的男人給我一份禮物，就是那個怪物。他沒給我任何理由，只說他希望這怪物的剩餘時日是在我的照顧下度過。他付了住宿費，並給我如何照顧他的指示。怪物不肯進食，所以我們得撬開他的下巴，每天灌一次粥進他嘴巴。當他不需要服務時，我們便把他關在衣櫥裡。」

「他既瞎又聾？」

「他沒有眼睛、手臂、腿、舌頭和牙齒，但我不知道他聽不聽得見。」

「他的心智狀態如何？」

「誰能忍受這種痛苦而不發瘋？我猜想他是個白癡，有件事讓我確定這點。我提過他拒絕進食，但有個例外：每次他排泄時，便會吃自己的糞便，而當沒人監督他時，他總會想辦法這樣做。會做這種事的人一定是瘋子吧？」

「然後呢？他死了？你將他運離此地。」

「不然該怎麼辦？儘管我們餵食他，他還是逐日衰弱、漸漸消瘦。有一早他就這樣死了。他在我們的房子裡還住不到四個星期。」

「為什麼丟進拉德湖？大河就從外面經過。」

「我的妓院以前也曾丟棄過敏感物品，丟進大河的結果很不理想。河水裡的東西很容易就會在碼頭被沖上岸，而窮人又不在乎沼澤裡用網打上來的魚是怎麼長胖的，只有笨蛋才會去拉德湖東翻西找。」

卡戴爾在溫格來得及反應前就衝過房間，用完好的那隻手掐住那女人的脖子，手指在她頸背上緊緊密合起來。

「妳是不是游泳高手，夫人？也許我們該看看，妳是會在碼頭被沖上岸，還是會繼續流進大海？我看過很多溺斃的人，聽過他們在最後掉入水中前的痛苦哀嚎。許多人在這種時刻會在良心譴責下招認所有罪行，我很好奇妳會發出什麼樣的聲音。」

「我不怕你這種男人。如果我還算活著的話，我會在別的地方自由而快樂，而不是在你膽敢稱作是個城市的這個爛窩邊緣數著銅板。」

她對他的臉吐口口水。卡戴爾在震驚錯愕下放開她，從眼睛抹掉唾液。溫格連忙站到他們之間。她再次開口時是對溫格說話，由於剛才喉嚨被勒，聲音變得嘶啞。

「現在就帶著你的獨臂野獸離開這裡。我看得出來，墳墓已經不耐煩地在等你了，你與歐墨尼德斯會的交手就此結束。你應該覺得自己走運，想要對抗他們，你是毫無勝算的。至於那個把怪物留給我的人，你現在知道的和我一樣多了。我在那之前從未看過他，之後他也沒再出現過。我信守我的承諾了，現在該輪到你！」

溫格與卡戴爾出來後待在紅棚旁時，蒼茫暮色四合，看不見任何星星閃爍。在更遠處的國王公園，燈火秀正在慶祝著什麼。軍械庫的每扇窗都燈火通明。卡戴爾先開了口。

「等這件案子結束後，我會回來殺了那個女人。」

溫格心不在焉地回答，彷彿想要阻止卡戴爾的聲音打斷自己的思緒。

「她和我都看到你眼中的憤怒，尚．麥可。如果你能在這找到她，那是因為她決定迎接死神，你那樣做還是幫她忙呢。」

溫格搖晃著身軀穿越鵝卵石街道，走向一排圍籬坐下，雙手掩住臉。在他再次開口前，兩人都沉默了很久。

「恐怕我們是遇上死胡同了。我需要時間思考，但沒剩多少時間。我覺得自己忽略了什麼，抓不到某種在我心智邊緣振翅而飛的靈感。就像窗玻璃上的飛蛾，無論多努力，就是看不清楚。」

輪到卡戴爾回答了。一隻看不見的手陡然掐著他的脖子，他急喘著呼吸不到空氣，他的心臟跳到喉嚨，覺得全身充滿無法解釋的恐懼，無從抵抗。在闃暗中，他的左臂在身側成形，一波波劇痛刺過肩膀。他得鼓起所有力氣，聲音才不會顫抖。

「一定有其他人知道得更多，我們還不知道的人。」

卡戴爾撇開臉掩飾他的激動。溫格深深沉浸在自己的思考裡，就這麼一次，他的觀察力突然沒那麼敏銳。

「是的，現在不找到他們的話，看來我們注定會以失敗告終。」

「你準備放棄了嗎？這是你的意思嗎？」

溫格從背心拿出懷錶。他幾乎無法看到指針，但當他凝視著秒數的凹狀圓盤時，便將兩根手指放在下巴下的血管上。他算了一分鐘，心跳一百八十下。於是他轉身再面對卡戴爾，給出該有的答案。

「不，但時間很寶貴，分秒必爭。」

第二部

血與酒

一七九三年夏季

生命中的萬事萬物讓我們暢快狂飲，
當你費時仔細品味人生時，
命運送來歡喜或沮喪，
我們也許都用暢飲平息。
酒讓快樂的人更加歡樂，
憂慮和哀傷自此消失無蹤。

善用時間，無人能代你度過，
暗黑思想難以攪翻醉醺醺的心智。
趁好友環繞時一起作樂吧，
他們若陷入沮喪就與之告別。
酒是上天賜予的慰藉，
從受洗到婚禮到老邁到墳墓。

——安娜．瑪麗亞．倫格倫（注），一七九三年

17

最親愛的妹妹！

我原本想一有機會就要寫信給妳，但我還不知道該將信送到哪去，妳得原諒我拖那麼久的時間，直到我能親自將它們送到妳手上。

無論如何，磨尖鵝毛筆和寫信給妳讓我雀躍無比，今天也以燦爛方式開啟。我很早就醒來，跳出床將夜壺從床下取出，把睡衣捲至腰際，像往常一樣蹲下來。清空腸子之舉罕少為我帶來愉悅，因為所有因素會共謀完成最佳結果。儘管最近我的飲食很不理想，糞便的質地卻處於最佳狀態：堅硬到能創造某種阻力，遺留給我一種成就感，但又柔軟到不足以出現任何困難。在我卸下貨品的同時，公雞在隔壁院落如號角般的咕咕叫聲彷彿是給我驗證許可。我覺得痛快暢然，洗臉和穿衣時心情愉快無比。

我的好心情馬上會派上用場。在我的晨間沐浴後沒多久，我聽到前門傳來長久恐懼的捶門聲，伴隨著嚴厲的警告：「克里斯多佛．布利克斯（Kristofer Blix）！開門，這樣我們才能談談！布利克斯，你這個混球！」我選擇不遵從這些勸告，因為我確定這些話是某位紳士手下的惡棍發出來的。我最近

注 Anna Maria Lenngren（一七五四～一八一七年），瑞典史上最知名的詩人之一。

剛向那位紳士那借了一筆為數可觀的錢，因此我絲毫不浪費時間，匆匆將家當塞進背包，甩過肩膀，快步走進隔壁的廚房。我在壁爐前碰到女僕愛莎．喬安娜（Elsa Johanna），她在我抓住一條麵包時翻白眼皺緊眉頭，然後我打開通往院落的窗戶，準備溜之大吉。窗下六呎處是糞堆，屋主——愛戀我的寡婦允許我賒帳——讓磨坊馬兒留下的糞便堆積在那。我爬出窗戶伸長手臂掛到盡可能遠的地方，然後閉上眼睛背誦主禱文，便放開窗台。

這個嘛，妳可以想像，當我安全降落在糞便上時，是如何地鬆口大氣。我聽到上方傳來愛莎的告別聲。「布利克斯，你最好別再這裡露臉，因為貝克寡婦（Widow Beck）還指望你替她暖更多晚的床來償還債務呢。等算總帳的時候，你那頭漂亮的頭髮也幫不了你的。」我甩甩金色捲髮，現在它長到肩膀。我對她揮揮手，然後拍掉皮革及膝馬褲上的穢物，走出院落另一邊，穿過拱道。我很高興女僕提醒了我，否則我一定會忘記。我趕快戴上無邊帽，小心翼翼地將所有捲髮塞進帽內。妳很清楚，我的金髮一直是我自傲之處，但它很容易讓人從大老遠就認出來，所以不是無時無刻都對我有利。

噢，斯德哥爾摩，親愛的妹妹！我希望妳也能像我一樣看到眼前的城市景致，和我們孩童時期的卡爾斯克魯納如此不同。這裡的房子以粗削的石頭砌成，整座城市像黃金般閃耀著，尤其是在像今天這樣的輝煌晨光中。建築式樣各有特色，但全都漆上相同的金黃色。我從一位穿條紋寬大衣的飽學之士那，聽說這是城市建築大師卡爾伯（注）發布的法令，甚至連他的弟子科尼格都得一絲不苟地遵從。我親愛的妹妹，請試圖了解：一位以邏輯思考清晰而被皇室選中的男人，像照料花園般培育這座城市的美感，而我們那充斥著老舊木屋的故鄉，如果也能得到這類照顧，怎麼會不受益良多呢？

我走下南島高地朝閘門而去，一路上橋中之城的美景盡收眼底，而我的心情好極了。有這樣的機會住在這種城市裡，誰會感到頹喪？教堂尖塔在島上閃爍生輝：尼可來（Nikolai）、方濟各（Franciskus）、葛楚德（Gertrud）。海浪閃閃發光，波光粼粼，耀眼如金。碼頭區的建築屹立在濕鹹海浪的陣陣漣漪上，船隻躺在下錨處，島的另一側則是斯德哥爾摩王宮。那是棟雄偉的巨大建築，原諒我沒有貼切的言語足以描述。

用午餐前，我從紅吊橋走過閘門，沿著那些穀倉轉左，手指捏著鼻孔，因為蒼蠅場的關係——我親愛的妹妹，如山般高的排泄物堆在這裡，準備運往田野和硝酸鉀蒸餾間。我穿梭經過高貴的市民和骯髒的乞丐，他們身上都有某種吸引目光的細節：大腿上的金懷錶、真髮做的假髮、內翻足，或一對畸形到讓人不忍卒睹但又不禁回頭端詳的手。我一下子就發現自己身處上議院的廣場。我還沒環顧四望，一個歡樂開朗的聲音就抵達耳際。「那可不是布利克斯少爺嗎？出來在陽光下走動，從背包判斷，想必在尋找新住處。」我立即轉身，全身警戒，怕會碰上憤怒的市民和手持棍棒做武器的同伴。但令我驚喜的是，我看見的是我的朋友理查．史凡（Rickard Sylvan）。他正走過鵝卵石街道，穿著一件接有衣領的新外套和長褲，戴著醜陋的羊毛紅色假髮。

「噢，史凡少爺，我是你最卑微的僕人，」我驚呼：「閣下會剛好有任何好房子的消息，也許我可以以合理的價錢租用？只要價錢合理，即使是沒人照顧的乾草堆又有何不可？希望某位慷慨的紳士會以一兩個銅板的價格，租給奮發向上的勤勞年輕人。」

我們熱切地發出大笑，用力擁抱。

注 Carlberg（一七四六～一八一四年），瑞典建築師。

「不幸的是，克里斯多佛，我連替自己找床都找不到了，何況要找到一張晚上不會有上千隻跳蚤的腿讓你逃離的床。我早上起床時常發現自己不是睡在原本入睡的床上。但還是要懷抱希望，我的兄弟。我口袋裡還有幾先令，應該足以為我們買到一頓大餐，和一些能將食物灌下肚的但澤金啤酒。」

「讚美天主，」我說：「我今早醒來時就知道今天的運氣會很好！」

我們挽著手臂走回城裡去找點滋補之物。

金色和平酒館（Golden Peace）的老闆在史凡和我踏上酒前門梯時，皺緊眉頭，滿臉盡是威脅。老闆在讓我們坐下前，史凡遭到一頓審訊。老闆仔細檢查他口袋裡的先令。剛開始時老闆還想沒收整個錢包，因為史凡賒了很多帳，但我們說服他接受分期付款，向他保證我們會將全部的錢花在酒館上。我們在桌邊坐下，大啖現炸鯡魚，盡情暢飲啤酒。

幾杯黃湯下肚後，我對史凡坦承心中的煩惱：我沒能力償還欠約拿斯．史佛（Jonas Silfver）的錢，而被他的討債人鞭打單純只會是進入負債人監獄（注）的前戲，我將白白虛擲我的英俊相貌和年輕歲月。史凡聞後大笑，我非常困惑。

「克里斯多佛．布利克斯，你對債務的運作一點都不了解，對吧？」史凡摟住我的肩膀說：「聽好，克里斯多佛，我要教你在大城市闖蕩的一兩個祕訣，然後你作為初來乍到者的無知很快就會消失。」

他說話時我的眼睛大睜。史凡解釋的方法連傻子都懂，不僅能保住小命，甚至能擁有一定程度的享樂。妳知道的，親愛的妹妹，那些身無分文、債務纏身的人被債主控告、叫去下級法院報到只是時間問題，而這位不幸的倒楣鬼的所有財物都會被沒收，用來還債。如果財物的總數不夠清償債務，那可憐的傢伙就會被丟進大牢，在裡面枯萎，直到其最親近的親屬想辦法湊出相當數量的錢將他贖出。

「祕訣在於，」史凡低語：「不要向同一位債主借太多錢！打個比方，你向約拿斯・史佛借了兩塔勒。想當然耳，你沒辦法還錢，因為錢都花在酒、女人和歌曲這類人生必需品上。現在你去找另一個認識的人，向他借四塔勒，然後和史佛會面，在償還債務上達成協議。你付他一塔勒，保證在不久後就會還他更多，布利克斯，你算算看，這樣你還剩多少錢可以好好享樂？」

「三塔勒！」我低聲細氣說道。

「沒錯，克里斯多佛，然後你重複這個公式。只要你周遭有慷慨的同伴，事情就不會出錯，因為你總會拿新債務的部分去償還更舊的債。」史凡眨眨眼，頑皮地在我臉頰上親一下。「這就是大城市的做法，布利克斯兄弟！敬那些我們今晚會認識的新朋友，他們的慷慨將迅速將你從史佛的惡棍手中拯救出來！」

「敬史凡少爺！」我喊得比意料中還要大聲，其他酒客皺皺眉頭。我一飲而盡。

我們一定在金色和平酒館待了很久，但我不記得待了多久。當我們邁著踉蹌的腳步，扶著彼此力

注 Debtors' prison，專門關還不出債務的欠債人的監獄。

求平衡走出酒館時，已是暮色時分。廣場和巷弄籠罩在一片朦朧陰影中，但天空是燃燒般的猩紅，覆蓋住屋頂，並為我們點亮眼前的路。我們在井邊碰到一群志同道合的傢伙，這些紳士正要去城堡山丘上的舞會，於是我們加入他們。我們花了比預料中稍微久的時間才得以成功入內，在那段交涉期間，我在旁吐掉那晚喝掉的大半的酒。

「世間富貴，瞬息即逝！」史凡拍胸狂吼，我抹掉嘴邊的嘔吐物。入內後，我發現舞廳壯麗非凡，親愛的妹妹，天花板像故鄉的教堂一樣挑得老高，在一半處有廊台，上流社會顯貴使用精緻的水晶杯喝著勃艮地，舉杯向在下面的我們敬酒。如果在下面的人哀求哄騙，說服他們的話，他們會將酒往下倒，我們就在下面試著用嘴巴接酒。史凡的嘴巴沒能快到得以接住這片猩紅酒雨，結果他的假髮蒙受重大損害，隨後濕透的羊毛開始發臭。但那又有什麼要緊呢？這裡所有的事都讓人興奮莫名！我們的滑稽動作逗得整個派對很樂。直到此時，儘管沒在跳舞，房間已經旋轉起來，而我在差點弄翻整張桌子後，便放棄和一支小步舞曲纏鬥。

我坐下來休息片刻，一定是靠著牆睡著了，因為不久後一位穿制服的男人把我搖醒，趕我出門。鐘顯示此時已經快接近十點，宴會必須結束，免得惹警察不悅。人們在老廣場上流連徘徊、聊天說笑，儘管廣場角落的街燈只能稍微照亮腳下的地面。我不知道史凡和其他人跑去哪裡了。無事可做的我便在交易所的門前階梯上加入一位男士。那男人只想談剛在舞會裡演奏的音樂，我不想讓自己顯得像從鄉下來的土包子，因此我採取批判立場，而這對我而言，似乎是讓自己看起來像專家的最簡單方法。我很欣喜地發現，我的反對激起強烈興趣。我堅持主張樂師似乎沒能跟隨音符翩然演奏，而他們對音高的掌握則還有待加強。那男人似乎非常關注管弦樂隊裡法國號的角色。我不浪費絲毫時間，立刻特別輕蔑地指出，即使在被能力更強的演奏家環繞，法國號都不該允許自己的演奏遭到淹沒。到此時我的眼睛已經適應光線，我注意到那男人坐在舒適的箱子上。我環顧四周，但找不到類似的座位。在我們交談的時候，我突然想通，那一定是裝漏斗形法國號的箱子。我還在想這對我們的話題而言，真是異常的巧合時，我右頰的嘴唇上方就被狠狠甩一巴掌。

「你這個小賤人的陰毛！」那男人厲聲尖叫，站起身後大概高我一厄爾（注）。「我會讓你唱起歌來，然後我們來聽聽看，你自己有多厲害、多能維持音高！」我趕緊逃之夭夭。我顯然以我的評論惹得對方不悅。那男人以毅然決然的固執彌補了他在音樂方面欠缺的天分，因為我逃到遙遠的新街（New Street）時仍能聽見他喀答的腳步聲，不時伴隨著威脅性十足的鬼嚎。

由於我在舞會上有偷瞇幾次眼的機會，因此不覺得那晚有找地方睡覺的必要。我漫步經過閘門，朝卡塔琳娜教區走去，等待日出。我吃掉剩下的麵包，於芬芳甜美的一片草地中，靠在墓碑上，寫這封信給妳。親愛的妹妹，墨水就是鞋跟踩到的煤塊加上一點濁水。現在旭日正在升起，我一點也沒有失望——昂然而立的尖塔已經捕捉輝煌曙光，風向標和十字架閃爍生輝，太陽再次用金黃外套閃亮地披住斯德哥爾摩，這片美景讓人渾然忘記自己嘴唇被打裂，而在此景致跟前，還會將這份小小不適謹記在心的人應該羞愧萬分！

注 Ell，一種測量單位，一瑞典厄爾約等於五十九公分。

18

親愛的妹妹，離我上次有機會寫信給妳已經過了一些時日。由於我不敢在貝克寡婦的家露臉，晚上都睡在任何似乎是最恰當的地方，因此得以享受初夏的璀璨天候。你往往能在酒館偷睡幾個小時，但如果老闆盯得太緊，還是有很多讓人不會那麼神經緊張的地方可去。在一段令人心曠神怡的漫步後有穀倉和乾草堆，田野和草藥圃。能將頭靠在大自然的大腿上，以樹葉為枕，星空為華蓋，夫復何求呢？清晨，教堂以清晰宏亮的鐘聲喚醒城市，我走回頭路經過橋樑去吃早餐，並在井邊喝水。現在我正從一間咖啡館中寫信給妳，早晨的咖啡和一片麵包完全振奮了精神，而我用鵝毛筆邊沾地上的泥邊寫下此信。

我的朋友理查．史凡和我加入一群年輕人，他們的父親全都在碼頭區從事貿易。這些紳士有花不完的錢，他們覺得史凡和我做的事常逗得他們很開心，因此他們往往很慷慨。史凡和我常比賽誰能單腳站立最久，能單腳站立一分鐘的人就是贏家，奪得那晚被尊稱為國王陛下的頭銜，以湯碗放在頭上代替皇冠。那些紳士捧腹大笑到忍不住流淚為止。我親愛的妹妹，這些是黃金般的夜晚！歡樂似乎永不止息，美酒似乎也享用不盡。潘趣酒和阿夸維特酒隨人自由暢飲，但親愛的妹妹，我最愛的是紅酒，從酒瓶倒入杯中時，宛如太陽光般紅豔誘人。這裡的酒館多得數不清，櫛比鱗次，蠟燭光芒拉得老長，潑灑入巷弄內，夜晚在剎那間幻化為白晝。我們摟著彼此的肩膀，一家接著一家狂飲，直到不勝酒力一一脫隊，徘徊再三後返家。史凡在這城市裡出生長大，不像我一般喜歡曠野的空氣，他總是在新橋過後的某個堂兄家裡的爐邊，蜷曲著身子沉沉入睡。

我們忙著在碼頭邊的酒館裡止渴時，突然爆發一陣大騷動。有人丟了一只玻璃馬克杯，差點擊中我，然後它飛過，在我們身後的牆壁上裂成碎片。一群外國水手用異國語言對彼此尖叫，在我們還搞不清楚狀況前，開始大打出手。我立刻躲到桌子下。一個男人砰地倒地，其他人見狀一哄而散。從我躲藏的地方，可以看見那位倒下的男人受傷了，鮮血像消防水帶般從手腕噴出，因為他倒地時手不慎直接按在破裂的酒瓶上。當立即的危險似乎消退時，我爬過去那男人身邊察看他的傷勢。

手腕是最大的問題，但受傷的方式是我在卡爾斯克魯納習醫期間相當常見的，於是我運用了曾學到的技巧，在傷口上施加壓力，然後從那位水手的袖子撕下亞麻布作為繃帶綁上。接著，我再綁上剩餘的袖子打個結，便止了血。在這整段期間，那位水手根本沒分神注意我。他弓著背坐在地上，左右搖晃身軀。他以自己的母語喃喃低語，顯然心情低落。

「他朋友說他妻子是個蕩婦，而且還不是空穴來風，」在旁帶著盎然興趣觀察整件事的紅鼻男人說道：「等她丈夫帶著被打爛的臉回家時，仍舊不能阻止她受到強烈誘惑，繼續做蕩婦。」他對自己能說出這麼幽默機智的話而開懷大笑。

「讓我們敬這個可憐的男人一杯，並為樂師歡呼吧。向醫生喝采！」

我大方接受眾人的賀酒。他們猛灌著酒，每個人似乎都想請我喝一杯，並向我敬酒。受傷的男人靜靜待到一位木匠徒弟扶他站起來，之後蹣跚走進月色，眼神空茫，一聲不吭。這段插曲提醒我，自己來斯德哥爾摩的目的，但我得承認，在大家搶著向我敬酒時，我的思緒卻轉到別處。

眼見當下我這麼受歡迎，我決定試試將史凡的方法付諸實踐。我分享著一位紳士朋友的煙斗，請他借我二十先令，以幫助我尋找更佳住處。他的反應出乎我的意料。他的臉色變得蒼白，神情略顯尷尬。他找藉口告退，沒有回應我的要求。我很困惑，因為這群人通常蠻不在乎地灑錢，而我要的並不是一筆大數目。我因喝多了酒，腦袋開始旋轉，便沒有再多想。夜晚漸漸深沉，桌旁的人群開始一一散去。當我沒再見到那位朋友的蹤跡時，我決定該是去自行尋找這晚住處的時候了。

在外面街上，史凡在等我。我還沒摟住他的肩膀，他就抓住我的衣領，將我推到牆壁上，力氣之大，害我一頭撞上磚頭。

「布利克斯，你這個傻瓜！你真的跑去跟瓦林（Wallin）借二十先令，好讓你今晚不用睡在野外嗎？」我無從否認。史凡鬆手放開我，大聲呻吟。他靠著牆壁坐下，臉埋進雙手中。我全身僵硬地站了一會兒，不知道該說什麼，然後他轉向我，看見我迷惑的表情。他無奈地嘆口氣，比手勢要我坐下，然後攬住我肩膀。

「克里斯多佛，」他說：「你開口借這麼小筆錢，瓦林馬上就知道你很窮。我讓他以為我們兩個都被家裡管得很嚴，但未來有天都會繼承家產。而你卻讓他毫無疑問地肯定，我們事實上是兩個無足輕重的騙子，名下根本沒有任何財產。」

「但是，不然我該怎麼辦？我們破產了！」

史凡嘆口氣，翻個白眼。

「克里斯多佛，你該為需要借更大筆錢編出一個堂皇理由——比如要買新假髮，或為你母親買條珍珠項鍊——而你的零用錢已經因買小飾品而告罄，借錢時要擺出好像那是天底下最自然不過的事。你從這些紳士身上借三或甚至五塔勒，會比試圖借二十先令還要容易。」

「但我們的衣服呢？我們穿得這麼破，誰會相信我們是有錢人的公子？」

「你只需要讓他們相信你的謊言就好。兩個銅板才會響：一個撒謊，一個甘願聽！」

我不知該怎麼回答，只能站在那目瞪口呆，史凡看了後忍俊不住。

「你也許是個沒藥救的白癡，克里斯多佛．布利克斯，但你至少是誠實的白癡，而我們該馬上想辦法糾正你這個缺點。以後你想向我們的朋友借錢之前，都要先找我商量。」史凡現在似乎恢復先前的好心情，伸手探入背心內，掏出一個鼓鼓的錢包。「你在向瓦林洩我們的底時，幸運的是，我成功向蒙特爾（Montell）借了一大筆錢。我說我需要買一支銀頂枴杖，急著要達成這筆交易，而我看到一位中校也很中意這支拐杖，我的父親通常會好心地批准我買這類物品，但可惜他現在正和德格爾（注）在芬斯蓬旅行。」

「但我以為你父親是個……」我看見史凡的頭慢慢在我有點酒醉的迷濛中搖起時，突然打住話。

「克里斯多佛．布利克斯，有時我會為你的未來感到恐懼。」他挽住我前投給我一個不表贊同的眼神。「時候還早。我們去井邊梳洗一下，然後去咖啡館吃點早餐。」

注 de Geer，瑞典和荷蘭一個顯赫貴族家庭的姓氏。

19

我親愛的妹妹，今天的惡劣天候所帶來的冷冽讓我頗為吃驚，自從四月初過後就沒這麼冷了。雨水在我的小巢形成水池，如溪流般洶湧灌入，一條小溪舔過我臉頰時，我剎時驚醒。我的衣服全泡了水，全身顫抖不止。我跳起來，想讓身子恢復暖和，於是便開始當場邁大步走，雙臂不斷揮舞。我以幾粒麵包屑和一片硬乳酪充當早餐。我等候日出，但後來才醒悟，太陽無法穿透這麼濃密的雲朵，帶來溫暖。好在後來雨勢趨緩，看到沒必要再等下去，於是便開始走向城市。妳一定記得，天氣總會影響我的心情。我陷入鬱悶的沉思，決定面對長久以來不願面對的事實。

我疾走進一片田園牧歌般的景致，進入草地，那裡的房舍木條間有縫隙，所以會漏風，而且縫隙有時寬到你能將手探進去觸摸在裡面睡覺的人。那裡的社區仍舊很清冷，但在下方的砲兵場已經熱鬧滾滾。士兵們在憲兵司令的嚴厲命令下，來回跑步，或排成隊形大步齊走。

我從魚市場可以看見下方貓灣碼頭邊的洗衣婦，她們將骯髒的亞麻搓洗回白色，在潮濕的空氣中猛烈敲打，一副要將衣服敲得越乾越好的狠勁。那景象讓我想起自己的模樣，全身狼狽，沾滿煙灰和污物。我要去瑟拉芬醫院，打扮得整潔體面會對我有利。這想法鞭促我身體一躍跳到碼頭上，想和一位洗衣婦攀談，希望她將注意力轉而投注在我的襯衫上，但她們大部分都忙得無暇分心，而注意到我的只是對我咆哮。一位洗衣婦在岸邊看著一群小孩，最小的還很小。她將他抱在懷裡，對他唱著歌，想餵他母奶。曲調相當憂鬱，我聽到的字眼對催眠曲來說則有點嚴肅。

「因此我們的命運已定，歲月流逝，下一次呼吸也許會是最後一次，然後我們會躺在棺材架上。」

我駐足聆聽，注意到碼頭上一位婦人停下手邊工作，眼淚潸潸流下臉頰。她瞄瞄我，沒吭聲，然後伸出手。或許她曾失去一個兒子，或許我長得像他。我立刻蠕動身軀，脫下外套，從脖子拉起襯衫遞給她。她將襯衫浸在放肥皂水的盆子裡，快速搓洗，在碼頭邊緣扭擰，用棍子敲幾下後遞還給我。我鞠躬表示謝意，穿回現在變得又白又乾淨的襯衫。

橫越過淺淺的克拉拉湖邊有一座碼頭，有條長約一千厄爾的木橋，目的是讓城市市民在走路去國王島（King's Isle）時，得以保持乾爽。良久，我在紅棚旁的欄杆邊遲疑不決。湖面上形成白色山巒，浪潮捲起，沖向石牆，嘩啦浸濕木頭欄杆。一位婦人牽著渾身泥巴的豬走過時，不禁哈哈大笑。「小心點，小伙子！如果你抓穩，應該可以安全過湖，而不會被塞爾克（注）咬住，把你拖進湖的深處！」我用力嚥口口水，泛白的指關節緊抓住綁在兩旁的繩子，開始穿越湖面去遙遠的對岸。

我一回到陸地上，幾乎是立即抵達目的地：頂端尖翹的拱廊外是一扇華麗的門。門上寫著「皇家醫院」幾個字，還有兩隻獅子，牠們中間舉著一枚黃金盾徽。旁邊一棵挺拔的栗子樹開滿鮮花。我走進醫院，穿越拱廊，但不久便停下腳步，滿心敬畏地凝望。主要建築物高達四層樓，兩側有側

注 selkie，愛爾蘭傳說中的海豹人。

翼建築。這就是瑟拉芬外科醫院，城裡的人都叫它「瑟拉」。我在前門後面發現一處偌大門廳，剎時了悟自己正擋住一位匆匆穿越石頭地板、趕著去處理急事的年輕人的路時，連聲抱歉。我告訴他我在找誰。「馬汀教授，」那位年輕人回答：「自一七八八年以來就沒在瑟拉出現，我們應該對此感到感激，因為他也是在那年過世。」我震驚莫名，一下子啞口無言。那男人同情地瞄我一眼。「你非得找羅蘭．馬汀嗎？或是接替他職位的人也行？那樣的話，你會在北解剖學教室找到哈格斯特倫教授（Professor Hagström）。」我除了點頭外，不知該怎麼辦。「再上一層樓，然後右轉。」

我拾階而上，走到半路時，迎面襲來一個熟悉到永遠不會忘記的味道：死人的氣味。一扇門輕啟，露出一條門縫，縫隙間一幕可怕的景致歡迎我的到來。手術桌上有具男人屍體，從頭到鼠蹊部被剖開來。某些部位的皮膚向後翻開，露出內臟。胸膛被強大的勾子橇開。他的臉只剩一半，露出顱骨和面部肌肉結構。兩粒奶油白色的球體向上瞪著天花板。之後，我才注意到站在手術台旁的男人。

「你在找我嗎？」他重新挖掘死人的胸膛時問道。

「我在找哈格斯特倫教授。」我說。我注意到自己的聲音有點顫抖，不是因為屍體的關係，而是因為眼前的教授。我估計他大概四十來歲，看起來健康狀況良好，只在襯衫上穿了一件背心，袖子捲起，肚子上綁著皮革圍裙。

「我就是。如果你不會太反胃的話，請進來。」

他放下刀，在瓷碗中洗手。

「我該如何為你效勞？」

「我叫約翰．克里斯多佛．布利克斯，」我說，連忙將無邊帽摘下。「一七八八年，我在卡爾斯克魯納，是霍夫曼大師手下的海軍外科醫生學徒。」

「愛曼紐・霍夫曼（Emmanuel Hoffman）？」

「是的，教授。」

「難怪你絲毫不受這景象影響，這可是會讓很多訪客臉色變得慘白，連忙把頭伸出窗外。」哈格斯特倫說：「如果你在戰爭期間待過卡爾斯克魯納，那你才是教授，而我是學生——至少在關於死亡和腐敗的景象這方面而言。」

哈格斯特倫教授請我坐下，禮貌地詢問我在卡爾斯克魯納時的經歷，同時搖鈴叫人送一壺咖啡過來。幾分鐘後，一位白衣女子就端了過來。我暢所欲言。我從未告訴任何人有關那場戰爭的可怕歲月，甚至連對妳都絕口不提，我親愛的妹妹。現在是我訴說自己故事的時候了。

一七八八年冬季，海軍艦隊橫越波羅的海（Baltic）回返，一艘俄羅斯戰艦在霍格蘭被擄獲帶回。那艘船叫**瓦拉迪斯拉夫號**，是有七十四門大砲的主力艦。艦隊在快抵達家鄉港口時冰雪降臨，而**瓦拉迪斯拉夫號**上的男人們生了一種前所未見的怪病。生病的人很快就會發起高燒，全身打冷顫。他們皮膚變得蠟黃，手臂和腿出現斑點。這病在有些人身上會攻入肺葉，他們拚命咳嗽，直到嘴唇變藍。高燒很快就退，但三、四天後又重新一鼓作氣回擊。我看過最強壯的男人在忍受這類高燒週期大概十次後屈服，變成佝僂的老頭，眼神茫然。那年冬季嚴峻，船上到處都是病患，越來越多人病倒，不只是水手，連我們城鎮的居民也受到感染，直到海軍醫院人滿為患。我變成跑腿小弟，後來在新年前後，成為霍夫曼大師的學徒，直到他死前。之後，我在醫院又待了三年。

大師期盼春暖花開時傳染病會減弱攻勢，但與期待相反的是，情況卻變得更加嚴峻。幾千人溘然而逝，而新兵從國家其他地方源源湧入，結果只是紛紛病倒。

教授打斷我的話。

「霍夫曼的死因是染上這反覆出現的高燒嗎？我只聽過他的名聲，沒見過本人。」

「不是的，」我回答：「俄羅斯三十六磅重的砲彈是我老師的死因。」

六月，艦隊往東航去，繼續和俄羅斯作戰，而霍夫曼跟他們同行。因為野戰醫療人員極度匱乏，上級允許我隨行，於是我登上**勇氣號**（Courage），那是查普曼在卡爾斯克魯納打造的，配有六十四門大砲。我們在鄂蘭南方和俄羅斯人狹路相逢，互相砲轟，直到敵人決定趁背風吹起時逃走。我爬上索具，因為我從未親眼見過海戰，按捺不住強烈誘惑。我幫大師在甲板上灑上鋸屑以吸收鮮血，如此一來，我們在照顧病患時才得以免於滑倒。我趁大家不注意時抓住機會爬到高處，將**勇氣號**盡收眼底，並看見飛過海域的砲彈。那顆打中吃水線高處的船側，在猛烈撞擊力道後，我看見一具嚴重損毀的軀體在燃燒的鋸屑雲朵中，直接飛到另一邊。

霍夫曼因此丟了性命，但我和船員都很慶幸那場戰役只交火一次，因為缺乏大師的指點，我毫無成為一整艘船專任外科醫生的能力。換句話說，我派不上用場。

艦隊返回卡爾斯克魯納，我在戰爭的剩餘時間內都待在那。高燒變本加厲，大家用船帆做成帳棚，大到足夠容納五千人，簡直是個城市。我們感謝上帝讓一七八九年的秋季十分嚴寒，使我們得以把死者存放戶外。春天來臨時病例變少，最糟糕的情況似乎過去了，我在那待到不需要我為止。當我們埋葬冬天的屍體時，順便挨家挨戶查訪，將死者從床上扛下，而那是他們病倒後就一直躺著的床。

哈格斯特倫教授定睛觀察我，直到我說完故事。

「然後你來到斯德哥爾摩。你來找我是希望能繼續追求醫療方面的志業，我這樣說對不對？」

「沒錯。」

哈格斯特倫教授嘆口氣。

「我們看過很多你這種人，布利克斯，太多了。在戰爭期間，醫療人員的需求很大，任何有一雙手的人都可以權充外科醫生，這總比完全沒人來得強。但現在情況已迥然不同。看看我們的醫院！我們將醫學和手術從工匠的手裡搶救過來，將它變成一門科學。」

教授站起來，這番話讓他情緒很激動，一股腦走到屍體旁。

「布利克斯，你能告訴我這根骨頭叫什麼嗎？」

我得承認沒辦法。

「這邊這條動脈，最好下手的地方在哪？」

我只能再度搖頭。

「愛曼紐．霍夫曼曾告訴過你，他認為發燒的起因是什麼嗎？」

我聽到這問題時很開心，因為終於有答案。

「老師告訴我，起因是死水和沼澤地的瘴氣。」

哈格斯特倫教授微笑起來，但眼神仍舊憂傷。

「那就是他的理解極限，而今我們有另一種解釋。恐怕你的老師是老派人士，善於用刀為不幸的人截肢，但其他什麼都不懂。」

哈格斯特倫教授環顧四望，從書架上拿起一本皮革封面的書，然後遞給我。

「你讀得懂裡面的內容嗎？」

那些字母很熟悉，但拼出的字眼我一個也不認識。我如實相告，哈格斯特倫教授聽到後，肩膀頹然下垂。

「恐怕現在我幫不上你的忙，布利克斯。」說完後，他的眉毛仍舊緊皺著，一副想起什麼的模樣，表情瞬間開朗。

「在這裡等一下。」他邊說邊轉身，將我留在屍體旁。

那一刻我偷了某樣不該偷的東西，親愛的妹妹。我承認，我在偷竊的剎那就已經後悔，但就在我伸手進背包，想把東西放回原位時，聽到哈格斯特倫教授的咚咚腳步聲在走廊響起。一切為時已晚。他拿著一本小手冊進門，我看得懂其中的語言。

「比你程度更糟的人都可以成為外科醫生，而且還不用懂法文，」他說，將手冊塞進我手裡。「這是我自己起心動念寫的摘要，用來幫助學生的研究。如果你申請的話，也許有資格在下學年就開始學業，即使我什麼都沒辦法保證。」

哈格斯特倫教授再次仔細審視我，聰明開朗的臉上一派專注。「你外套上有血，布利克斯。是你的血嗎？」我搖搖頭。哈格斯特倫教授向前靠近一步，傾身過來。「你的眼睛在該白的地方卻是黃的。你過著什麼樣的生活，布利克斯？你愛喝烈酒嗎？」我感覺自己漲紅了臉，這給了哈格斯特倫教授所需要的答案。「過來這裡，布利克斯，看看這個。」他掀起死人的一塊皮膚，露出一個發臭的硬塊，上面長滿疙瘩。「這是這位男子的肝，也是他的死因。要是他早點有那份自覺，喝酒喝得適量點，他今天就還會活得好好的。這種毀滅程度的器官暗中躲在這城市的太多肚子裡，像磁鐵般拖著男人奔赴墳墓。希望你記取這個教訓，學會節制的美德。」

我臉上一定是明顯露出驚恐，他的目光轉換成同情。他從背心口袋掏出一個刺繡錢包，在桌上數著銅板，後來似乎改變心意，將所有的錢倒出來。「收下吧，布利克斯，一定要好好照顧自己，我希望能有幸在明年春天的講堂上看見你。」我說不出話來。桌上一定有將近二十塔勒！那是我在最狂野的夢裡也不敢想像的寶藏。我連忙收起錢幣，將它們放進口袋裡，不停地鞠躬。臉頰上的淚水像在燃燒，部分是出自感激，但有很大一部分是羞恥，因為我偷了這位好心人的收藏。到此我已嚴重辜負這位紳士的善意。我甚至看到他在見到我的激動後，眼眶裡閃爍的淚珠。我握住他伸出的手，熱烈親吻。

我幾乎走出門時，他以顫抖的聲音問了最後一個問題：「最後一件事，克里斯多佛·布利克斯。你幾歲？」

「我今年冬天就會滿十七歲。」我以同樣顫抖的聲音回答。

20

親愛的妹妹，接下來是美妙豐足的晝夜和無窮無盡的歡樂！我向在草地樹叢下和卡塔琳娜鐘樓下的墳墓度過的夜晚告別，用一小部分哈格斯特倫教授給我的銅板，租了位於裁縫巷（Tailor's Alley）的波摩納宿舍的房間。從那眺望的景致令我屏息。從閣樓窗戶往外望，紅銅和磁磚屋頂向四面八方綿延，璀璨如在陽光沐浴下的擦亮金飾，直至視野盡頭。我現在在這座黃金城市頂端有張睡床，而在巷子籠罩於陰影中很久後，太陽光仍舊會斜射在我床上，投下長長的光芒。夜晚，街燈從深沉的裂口對我眨著眼，我抬起目光凝視點點繁星，感覺星星比以前更為接近。至於史凡，他則睡在磁磚火爐旁。我們喝著酒討論眼下的新情況，還有該如何善用那筆錢財，那是說，直到我準備好在瑟拉開始就讀前。我們仔細評估各種選項，拍著彼此的背痛快大笑，不斷乾杯。

我們很快便達成如何善用財富的共識——我的二十塔勒，和理查設法向克萊門．蒙特爾借來的四塔勒。這筆錢無法撐到永遠，每塔勒都得想辦法增倍才是理財之道。

「為了賺更多錢，我們必須先給人和現實相反的印象：我們是富裕家庭的兒子，遭到小氣的父親虐待，但將會繼承一大筆財富。換句話說，就是擁有前景的年輕人，每筆借貸都會是對未來的明智投資。」史凡在如此建議後，便挽著我的手臂朝附近的服裝店走去。我們拿了一點錢，其餘的則小心藏在茅草床墊裡。店主剛開始時對我們很無禮地吆來喝去，但在我們的錢包發出銅板的叮噹聲響後，態度便轉為奉承討好。我們翻遍所有的櫃子和抽屜，找質料最好的衣服，而我們有足夠經驗討論合理價格。試穿這些衣服的滋味真是讓我無法忘懷。我們擺出兩位年輕貴族的姿態，輕拍著手，在鏡子前昂首闊步，用法文讚美彼此。

「太帥了，布利克斯先生！」

「和您沒得比，史凡殿下。」

我們挑了裝飾有猩紅和紫色刺繡的背心、黃金色袖口的外套、新襯衫和柔軟皮革製及膝馬褲，長襪和附有華麗帶扣的皮革鞋。史凡發現一頂馬毛假髮，遠比他紅色那頂還好。我則仍舊偏愛自己的金髮，紮成長長的馬尾，但現在用角梳梳理平滑，在頸背上綁著絲質緞帶。我們並肩站在鏡子前，難以相信自己的眼睛。我們在當下又驚又喜的心境中相擁。店主開了誇張至極的價碼，史凡討價還價良久，我們數了數錢幣，放在店主桌上後離開。

我們不僅向骯髒破布和在星空下睡覺告別，也和以前我們常去的低廉酒館分手。那裡的醉鬼和下等人嘔吐在彼此身上，交換妓女，互相傳染梅毒，只要稍微挑釁就大打出手。反之，我們去光顧「交易所」，那是城市裡最有名的上流酒館，還參加宮廷舞會。有趣的是，每個人似乎都想援助其實並不需要幫助的人，而為了避開真正需要幫助的人，又繞遠道走漫漫長路。我們很快就和伯爵的兒子、市民子弟，以及公會成員熟稔親密起來，彼此稱兄道弟。我們努力維持總是令人愉快的個性，說話妙語如珠，帶來歡樂。親愛的妹妹，妳可還記得我曾告訴妳關於城堡山丘的那第一場舞會，我們是如何快樂地任憑自己被廊台上的上流人士倒酒玷污？現在我們接觸到上流人士，並像我們新認識的朋友一般滿是驚恐、不斷驚呼，訝異在石頭地板上的那些烏合之眾，竟然會容許自己為了嚐一口酒而飽受屈辱。我們向自己保證，永遠不再為吃喝花任何一毛錢，並只和那些認為款待我們是榮譽的人為伍。

以這種方式，我們度過許多夏夜。當我們成為活動重心後，每當人們發覺我們沒出席時，都會努力尋找我們的蹤跡，然後我們開始借錢。我們常寫下借款本票，在桌子上簽署練習已久的簽名，用的鵝毛筆就是我現在用的。我們的新朋友都沒表現出最輕微的懷疑。對他們而言，錢毫無價值，他們比較重視友誼和社會階級。

夜晚，我們會把藏在裁縫巷的床墊袋子裡的東西掏出來，看著二十四塔勒變成三十、四十，然後加倍。我們寫了債務記錄表，從夜晚的收穫中抽出一筆，拿來償還舊債。過沒多久，我們贏得更多信任，如果有人顯露一丁點的遲疑，我們很輕易就能將早先的贊助者叫來作擔保。床墊中的銅板以這種方式倍增：五十變成七十，七十變成九十。

「親愛的克里斯多佛．布利克斯，我摯愛的兄弟和尊敬的朋友，」史凡有天沿著碼頭區在陽光中散步回來後說：「告訴我，你曾聽過奥伯爾（ombre）嗎？」

「當然聽過，」我回答：「那是種牌戲，不是嗎？像法羅（pharo）？」

「是也不是。法羅是運氣選擇贏家的牌戲。而奥伯爾——或適切的名稱是隆伯雷（l'hombre）——則是由技巧決定結果，幸運女神沒有發聲的機會。」

「為什麼突然對牌戲有興趣，理查？」我躺在床上問道，像穀倉的貓沐浴在溫暖陽光中。

然後他繼續告訴我，許多紳士沉迷在奧伯爾中不可自拔，每晚在沙龍中都有鉅額金錢易手，警察則對這些沙龍束手無策。我立即反對這個拿錢去冒險的點子，因為輸錢的可能性遠比贏錢的機會大。

「等等，克里斯多佛，你太早下結論了！」史凡抗議道：「有些是騙局，有些則是正當的牌戲。我在疾風廣場碰見布洛克——我確定，你應該還記得我們是在上個星期看歌劇時認識他的？他告訴我，他朋友卡斯頓．維克爾（Carsten Vikare）主持的一場特別戲局。維克爾根據三個標準從各地廣邀賓客。那三個標準是財富、酒量差和容易上當。戲局裡有五個玩家，但其中四個玩家聯合起來讓剩下的那個玩家毫無機會，只能輸掉所有的錢。他們叫這可憐的傢伙『兔子』，因為其他人是獵犬。老千彼此以姿勢和手勢做無聲的溝通。那些參加設局的玩家和莊家分享賭注，莊家則會拿雙份。」

「嗯，這又和我們有什麼關係？」我說著，但無法否認我的興趣已經被挑起。

「克里斯多佛，現在有個免費空位，我被邀入席。要冒的風險非常小，布洛克向我保證，我只需要最基礎的牌戲知識即可。如果兔子夠胖，我們一個晚上就能讓財富翻倍，克里斯多佛。兩百塔勒耶！」

我的肚子似乎突然擠滿一群蜜蜂。我在床上倏地坐起身，由於動作太快感到一陣暈眩。我伸手去拿一瓶酒和兩只杯子，將杯子斟滿酒。我們彼此敬酒，碰得玻璃杯叮噹作響。

「敬史凡和布利克斯！」我大吼：「年輕、英俊，很快就會變得比以前更富有！」

「敬史凡和布利克斯！」他回答：「敬兩百塔勒，或更多塔勒！」

我們那天去買了一副牌，根據卡爾．古斯塔夫．布洛克（Carl Gustaf Block）向理查描述的規則，玩了一次又一次。接著是我們穿上精緻服飾，走向老廣場和晚間娛樂的時候了。那牌戲似乎很簡單，總共四十張牌，每位玩家分發八張牌，接著玩家下賭，預測在分發幾墩後就會出現贏家。最大膽的玩家則選哪墩會是王牌。

「就像人生一樣。」史凡說完後一飲而盡。

21

那晚是星期四，我們打扮妥當，頭髮上灑了白粉、打上新的寬領巾。我們嚴格審視彼此，將掉落的頭髮梳理好，從衣領和翻領上拍掉頭皮屑，然後將床墊的寶藏全數拿出。七點鐘，玩家聚集在卡斯頓．維克爾在新地後方岔口巷所預訂的房間裡。那裡曾是一般酒館，但現在只開放給水手和特定受邀賓客。尼可來教堂的鐘塔敲響六點四十五分時，我們走上裁縫巷的鵝卵石街道。熱氣逼人，空氣裡微光閃爍。因為史凡身負特殊任務，我們非常緊張，心臟簡直要從喉嚨裡砰咚跳出來。若有罪犯趁此時從暗影中出擊，他將會得到此生的最大報酬，一筆意外之財。

但我們並不擔心。我們順利經過五金廣場，繼續走向王宮。布洛克在新地歡迎我們，將我們介紹給維克爾。布洛克禁不住頗有默契地對史凡眨眼，歪著頭指指「兔子」，他似乎是個德國人，穿著昂貴衣服，背心裡有只金懷錶。在準備桌子時，有人招待我們美酒，互敬健康後，一位行了屈膝禮的女人領我們進房間。就在我要跨過門檻時，一隻手擋在我胸口，我抬頭看，吃驚的發現是布洛克。他搖著頭，在我耳邊低語：「只有玩家能進去。我們可不想因有人從肩膀上偷看牌，而驚嚇到獵物。」我與史凡四目相接。他已經在房間裡，正要坐在指定的座位上。

「別擔心，克里斯多佛。在『聖所』（Sanctuary）等我。牌戲一結束，我就會去找你。」他給我幾先令。我只能聳聳肩，祝玩家幸運後，轉身離開。

於銀行對面的聖所裡，慶祝活動正如火如荼地展開。一位圓滾滾的胖男人有個暗紅色酒槽鼻，用紅色的弓拉著大提琴，旁邊則有個禿頭男子吹著長笛伴奏。樂器合奏，聲音悅耳。我坐在桌旁，發現其實並不缺乏同伴，因為音樂就足堪安慰。我將十二先令銅板推過桌面，要了但澤金啤酒來喝，並要酒館女僕盯緊眼前的酒瓶，一變空就過來斟滿。

我發現自己處於很奇怪的心境。我以前喝酒時心中滿是歡樂，變得頭暈目眩，彷彿在跳旋轉舞，但這次有所不同。我記得哈格斯特倫教授讓我看的那個在死人肚裡的腫塊，於是環顧端詳四周暢快喝酒的兄弟姊妹，頓時覺得他們既不美麗也不風趣。他們微笑時露出棕色牙齒，在貪婪和縱慾之下，兩眼變成鬥雞眼。我在牆壁上壁式燭台後方的鏡子裡看見自己的倒影。我仍年輕，羽翼未豐，有著白皙皮膚和精緻四肢。我還不是他們其中的一員——那刻我突然了悟，我有可能成為他們之一。沒有魔咒能保護我免於軀體的腐敗和老朽。我的鼻子也將會腫脹得像一串葡萄。我的肚子開始往外凸，由於猛灌烈酒，腹中會開始孕育某些致命腫瘤。

我當下發誓，自己將不會遭逢這種命運。我會將那筆錢，也就是兩百塔勒，挪作其他用途。那筆錢夠用來還哈格斯特倫教授給我的錢，還可租間樸素房間直到春天或更久之後，然後請家庭教師來教我法文。學會法文後，我就能鑽研醫學教科書的奧祕，而剩下的錢夠讓我與同學們一起努力研究從林內、舍勒和阿克德這三位瑞典外科醫生和藥草師的傳承時，請他們吃飯喝酒。我將會奉獻此生，盡力去幫助各種階級人士，並免費為窮人和邊緣人提供服務。當戰爭下次接近本國海岸邊時，我的醫療兄弟將和我同心協力，讓傳染病和死亡無法越雷池一步。孤兒不再需要於冰封的土地裡挖洞，埋葬他們的同類。我年紀更長後，會娶妻生子。我會是位好父親，不粗魯、不會漠不關心、不酗酒、不威脅兒女，也不出手打人和揮鞭子，我的孩子會在毫無匱乏中成長。

一群人開始跳排舞、摔在桌子上時，我被從白日夢中喚醒。我一定在那坐了很長的時間，比想像的還要久，因為大部分的酒客已經離去。一個男人的錶鍊上掛著警徽，我詢問他現在幾點，他口齒不清地說已是午夜。史凡尚未出現，或許他已經返回裁縫巷，以為我早就因疲憊而先行返家，但我在裁縫巷的家也找不到史凡。

我打開窗戶，探出身子，希望能呼吸點新鮮微風。在海灣那邊，月亮耀眼奪目，星塵璀璨，完美地映照在平靜無波的海面上。我頹然倒在床上，瞪著這片美妙景致，直到無法再撐開眼睛為止。

我全身冒汗地醒轉，渴得像遭遇船難的水手。我沒辦法判斷現在幾點，但月亮已旅行過大半個天際。我在闃暗中傾聽史凡的呼吸聲，用腳丫沿著地板去碰觸感覺，但我是單獨一人。我站起來，找到樓梯間的水桶，點燃蠟燭殘枝，如此我下樓時才不會倒蔥栽地跌下去。我一走到樓梯間就聽到細微聲響，但無法斷定那是發自人類或動物。我抵達樓梯底時，才看見史凡顫抖不已的背。他正無法控制地啜泣，臉深埋在手裡。他轉過臉來時，我看見眼淚在臉上的粉底中畫出條條淚痕。假髮倒放著，美麗的衣服滿是污泥。我花了很久時間才讓他開口。我將蠟燭放到地板上，摟住他輕搖，直到他停止顫抖和啜泣後，他才肯對我說話。「是我，克里斯多佛，」他聲音低得不能再低。「我是兔子。」

我親愛的妹妹，他們耍了我們。維克爾、布洛克、他們的同夥和那位德國人騙了我們。那位德國人在斯德哥爾摩打混的時間和我們一樣久。他們找我們下手，是因為他們是我們的同類。我們面對大千世界的挑戰，卻在遇上狡猾行徑時疏忽大意，竟然允許自己變得易受謊言左右，進而相信我們是唯一能一路行騙、平白獲得黃金的人。那些玩家不是富裕市民的兒子，他們根本只是假扮的冒牌貨。他們就像我們，出身自貧民窟，如同長著尖牙的梭子魚貪婪地吞噬鱸魚，而我們和那一百塔勒不過只能提供甜美多汁的一小口。他們讓史凡將錢一路賭光，還以為那是騙局的把戲橋段，但戲局結束時，他們在嘲諷的大笑聲中瓜分他的錢。史凡提出抗議時，他們圍起來痛毆他，將他丟到外面街道上。

「克里斯多佛，」史凡將前額靠在我肩膀上。「這次我們完蛋了。等期票到期時，他們會把我們丟進負債人監獄，關到永遠。我們得等到變成老頭後才能重獲自由。我們會進囚犯工廠，在剩餘的人生中，會被鐵鍊綁在長椅上，脖子上則有工頭用皮帶抽出的瘀傷。」

我無話可說，但內心深處整個身體和靈魂都在淒聲尖叫。蠟燭燒盡時，我的想像力在黑暗中點燃，灼灼生輝，我陡然彷若置身夢境。在那個夢裡，我在聖所，迷霧從四面八方瀰漫過來，逼近未來的應許天堂。

22

我們在樓梯上呆坐到曙光乍現。晨光灑入，破碎的陽光打破先前降臨在我們身上的平靜魔咒，我們抱著絕望的心情匆匆上樓回房，迅速將寫著債務的紙張收好，發現那個總數實在大事不妙。許多有我們簽名的本票很快就要到期，如果到時無法償還至少部分的債務，債權人肯定會群情激憤。他們將彼此討論，然後下結論說我們是騙子，終於騙到一筆足夠多的金錢，準備捲款而逃。幾位會跑去給法院看本票，要求當局協助討債。案件會不斷倍增，欠債總數會變得眾所周知，債主會越來越急著找到我們。

「我們得離開，克里斯多佛。」史凡眼眶含淚的低語：「而且要馬上，在我們的住處曝光以前。」

「但我們能上哪去？」

「我們得分道揚鑣，走不同的方向。街道的警衛和警察會認為我們穿著精緻的衣服，並依此搜尋我們下落。如果我們分開逃，比較有機會逃過被抓的命運。」

「然後呢？我們總不能躲一輩子。」

「我們得離開斯德哥爾摩，克里斯多佛。懂我的意思吧？」

我以沉重的心情考量所有的事。我為了從卡爾斯克魯納來此而犧牲一切，走過的道路連鞋底都磨壞了，千辛萬苦輪流搭乘馬車和二輪車沿路顛簸，差點萌生退意，並為此付出極大開銷；但史凡在這裡住了一輩子，對他而言，在城市中過日子像呼吸般平凡無奇，他也許已經準備好離開斯德哥爾摩。但對我來說，逃亡此舉意味著我整個人生所汲汲奮鬥的夢想破滅。史凡沒看過鄉村的貧窮和見識狹隘所造成的悲慘。我跟他說了這些，但他不想聽。

「我會從斯康司關卡離開去佛瑞里克沙(注)，如一切順利，我在夏季結束前可以抵達那裡。」

我們收拾少得可憐的財物，我依舊拿著剛抵達這城市時的背包，史凡則用襯衫權充袋子。在公雞啼叫、太陽完全東昇前，我們已經站在巷子裡，兩人都感傷地無法以言語表達當時的感情起伏，只是最後一次擁抱彼此，眼角泛淚，然後各奔東西。史凡往北，試圖從他堂兄那裡先借幾先令當作旅費；而我則轉向海洋，打算先去找佛克巷的成衣商。老闆直到十點左右才出現，卻假裝不認識我或我身上穿的衣服。他有商人的直覺，知道眼前的顧客處於絕望中。他很快便發現我不肯降價以求。我將購買的那些精緻衣服換成普通衣物：農夫穿的粗糙無袖緊身短上衣、有補丁的羊毛外套，長褲和能穿一輩子的鞋子。我把圓頂禮帽換成編織無邊帽。當我問他會付多少價差時，他一副驚訝的表情。

「付錢買這些沾到髒污的破布？年輕人，你一定是在開玩笑。」最後他為了擺脫我，付了我一把先令。我將帽子拉下來蓋到耳朵上，以遮掩一頭金髮，然後走出店到碼頭區，緊張地環顧四望。

我現在能上哪去？我不能再在橋中之城露臉。萬一在窄巷裡和債主狹路相逢，我的故事就會嘎然而止。後來我甚至花了太多時間在草地徘徊。南島似乎是我目前的唯一選項，那裡人潮洶湧，熙來攘往，我不必在際遇如此悲慘時還得獨自黯然神傷。我循著港灣直線走向閘門，經過馴服街道底下洶湧水流的四座大水車，朝吊橋而去。

事情超乎我的預料。在南島當個身無分文的流浪漢比在這個城市任何地方都還要糟糕，問題不在於有那麼多邊緣人和貧民，問題在於他們的身分。餐館和酒館服務生早培養出敏銳直覺，知道誰付不出錢。他們憑直覺就分辨得出誰想混進溫暖的酒館，撿些麵包屑和殘渣吃喝，順便試著偷偷在角落小睡片刻。我被無情地從幾個地方趕出去過，而且在某些地方，如果沒先在入口讓人看到銅板，就不能入內。那意味著每個角落和縫隙在晚上都會被塞滿，而在乾草堆和穀倉旁，則有僕人在旁如禿鷹般守望。我只得在丹托的樹林或冬季關卡附近過夜。我從成衣商那得來的錢足以買些廚房剩菜和走味的麵包，麵包可用水泡軟，稀哩呼嚕吞下。沒人會在海灣要人為水付錢，我可以在海浪裡洗臉和手，而當我需要涼爽的休息處時，會在飢渴地傾身靠向海灣的柳樹枝條下，為自己找到睡覺的地方。

他們有天晚上找到我，親愛的妹妹，當時我已經熟睡。我一如往常那般頻繁的在睡夢中看見妳的臉龐，但它最後卻幻化成某人低頭瞪著我的嘲諷譏笑。一隻厚重的靴子踩住我的肩膀，我被無助地釘牢在地上，無法逃脫。一支提燈舉到我面前，有人把我的無邊帽猛地摘下。

「嗯，這可不是克里斯多佛．布利克斯！我向你道晚安，因為你的休息時間已經結束了。」我想

注 Fredrikshald，位於現今挪威的哈爾登。

從靴子下蠕動掙脫，但沒成功。

「我從未聽說過什麼布利克斯。我叫大衛・傑森。我要回拉斯特席林時迷了路，所以在這裡睡覺想等早上再上路。」

「噢，是這樣嗎？你父親叫什麼名字？」

「簡・大衛森，他是海德維格・埃萊奧諾拉教區的黃銅工藝匠。我母親是愛莎・佛德利卡，在古德穆朵特出生。」我提到所能想到的最遠教區，希望他們在無法查證事實下會相信我的說詞，但這步棋走錯了。

「嗯，原來如此。那你父母住在哪？」

「沼澤山丘（Bog Hill）過去那邊，就在磨坊隔壁。」

「我相信他們在聽到你穿越如此危險地帶時有人護送，一定會很開心。」

當他們將我從腋窩下緊緊架住、扶起來站直時，我仍被壓住手腳，根本無法掙脫溜進灌木叢。總共有三個人抓著我，帶頭說話的人身體壯碩，有著粗胖的腿，嘴裡滿是菸草，一臉髒污，難以辨識臉部特徵。他提著提燈走在前面，另兩位沉默的同夥則架著我走在他們中間。我沒辦法把他們看清楚，因為每次我只要試圖轉頭撇向他們，脖子上就會挨重重一擊，痛徹心扉。我絆倒時，一位惡棍會用鉗子般的手指捏我。他們在我耳邊嘶嘶低語，呼出來的氣息之臭，我聞了只想吐。「好好跟上來，你這個小玻璃，不然我會擰斷你的脖子。」我們還沒到拉德湖，我就醒悟到事跡已經敗露。如果我在抵達沼澤山丘後，才招認不認識那裡的任何人，而父母也不住在那的話，肯定會被打個半死。

「等一下，我撒了謊。我就是你們在找的人。」

提著提燈的男人轉過身來。

「過去這個禮拜以來，我們為了抓你，拖著和你同年紀的十幾個髒孩子走過這個城市，忙得雞飛狗跳，而你是我們抓到的最後一個。很高興我們終於抓對人了，這的確是個讓人開心的好消息。」他比比手勢，我眼前突然一陣劇痛，臉朝下撞到鵝卵石街道。我摔倒時，聽見彷彿來自嘶鳴馬兒的笑聲，匆匆瞥見一支沾血的棍子，然後我的意識振翅飛走。

我猛然一驚後醒來，發現鼻子下有嗅鹽。我坐在一把椅子上，原本扶正我的拳頭在我能維持平衡後，就放開我的肩膀。我的頭部悸痛，我碰觸後腦杓，那裡有個傷口像在燃燒。視力逐漸清晰，眼前出現一個房間。石砌牆壁上掛著掛氈，漂亮的地毯鋪在木頭地板上。沒有窗戶，椅子放在房間正中央，前面有張優雅的寫字桌，桌腳彎曲。在桌子的另一側，一位紳士坐在扶手椅上。我越來越不安，因為發現自己坐的椅子沒直接放在地毯上，而是用一塊污漬處處的布料隔開。那男人察覺我的眼光後說：「你在納悶為何鋪了一層布，是吧？那是為了防止昂貴的土耳其地毯被各種雜質弄髒。很多人坐過你現在坐的椅子，克里斯多佛．布利克斯，可惜他們都沒辦法保住自己一命。沒流血的，就以其他方式失去體液。」

我驚恐地往後靠時，他綻放嘲諷的微笑。

「你看起來很驚恐，布利克斯，那可以理解，但現在你的命運仍舊有部分能由自己掌控。你回答我的話時記住那點。如果不是為了自己好，起碼是為了我的地毯好。」他衣著昂貴，臉上的鬍渣和頭髮一樣短，高高的額頭上有個美人尖。他的眼眸是冰藍色。我猜他超過四十歲，聲音沙啞。

「我是杜利茲（Dülitz）。你知道我是誰嗎？」

我搖搖頭。杜利茲伸手到桌子上拿玻璃瓶，為自己在玻璃杯裡倒了飲料——從顏色判斷，那是水。

「你語無倫次了一會兒，布利克斯，我想從你的口音判斷，你不是斯德哥爾摩人。你老家在哪？」

「卡爾斯克魯納。」

他點點頭。

「那我們有一個共通點，那就是我們都離家鄉很遠。」他一口將水灌下。口渴的我只能眼巴巴看著。

「我年少時在波蘭是玻璃工匠，布利克斯。」他恨恨地說著我的名字。「我有本事從餘燼中吹出龍、獅子、國王、奇美拉和舞者的英姿，待冷卻後變成藝術品。在我的家鄉變成俄羅斯的傀儡國家後（注），我逃來這裡尋求庇護，最後發現像我這樣的猶太人禁止在此地從事工藝。這是國王親自下的命令，無疑是想讓自己更受工藝匠行會歡迎。我一直搞不懂，那些為窗戶切割窗玻璃的可憐混蛋怎麼會認為我會搶走他們飯碗。幸運的是，我相當富有。某天深夜，當我在考慮職業選項時，有人來敲我的門。我打開門，門口站著一位很像你的年輕人。我請他進門，給他麵包和酒，最後他提出個要求——『我需要借錢。』他說。我大吃一驚。『我是能借你一點錢，但你為什麼會來找我？』『嗯，你是猶太人，不是嗎？』數百年來，在你的語言裡，布利克斯，猶太人是會為蠅頭小利借貸的人，而我這輩子從未向人借錢或借錢給別人的這個事實，對那位年輕人而言無足輕重。我是個猶太人，所以任何人都能來找我借錢，而開口借錢的人絲毫沒有感激之情，因為透過借貸來獲利就是猶太人的天性。」

杜利茲邊說邊從抽屜拿出煙斗，塞了菸草，用燭火點燃。「我的客人很快就欠了一屁股債，卻不急於償還我出於憐憫而借他的錢，這讓我察覺到自己找到新職業了。」

他的臉籠罩在一片陰鬱中。「我不是以利率賺錢的天真會計師，布利克斯。我交換其他商品。當年輕人的債務變得可觀時，我便擁有他的人身自由，只要他仍希望我為他選擇的命運不是被丟入濕冷的負債人監獄大牢裡時，我就可以對他為所欲為。我曾隨心所欲地將玻璃吹出各種模樣，現在我則以同樣手法塑造你們的命運。」

語畢，他放下快熄滅的煙斗，從另一個抽屜裡拿出一本皮革對開本，在面前翻開，他慢慢展示裡面的文件，而在這個煎熬的漫長過程中，他從沒將目光從我臉上移開片刻。

「你認得這些文件嗎，布利克斯？」

那些是我用自己名字簽的本票，總數是五十塔勒。「我已經買下你的債，現在我也擁有你的肉體和靈魂，布利克斯。」

我好一會兒後才發得出聲音。「那你要對我做什麼？」我問道。他故意裝得漠不關心地回答。

「你能做什麼？你有什麼能耐和技術？確立這點是我們初次談話的目標。換言之，你對我而言有什麼價值。」

我告訴他所有過往，不然能怎麼辦？我告訴他在卡爾斯克魯納的那些歲月，背誦自己學過和知曉的所有知識，希望那足以救自己一條小命。杜利茲將閃亮的白羽毛浸在墨水裡，寫下一些顯然值得注

注 波蘭於十六世紀為歐洲強國之一，後國勢轉頹。一七七二年，波蘭遭奧地利、普魯士和俄羅斯聯手第一次瓜分。波蘭後於一七九三年第二次遭到瓜分，一七九五則遭到第三次瓜分。

意的要點。

「就這樣？」我無話可說時他問道：「好。每晚午夜鐘聲響起時，你準時來我門前報到。你要持續這麼做，直到我決定該如何規劃你的命運，利用你的本事為止。」我從來沒覺得自己鬆過那麼大一口氣，原以為自己再也無法離開這個可怕的房間。即使只是暫時離開也行，我終於可以透口氣，呼吸新鮮空氣，擺脫恐懼，感覺微風徐徐吹拂臉頰。

「你最先想到的點子會是逃離我，因此我想強調，我一定會抓到你，然後……好，既然你到現在都很合作，沒搞到把衣服弄髒，那今晚就到此為止。拉斯克！送布利克斯出門。」

有人抓住我的頸背，將我整個人提起來，再以腳丫著地。那男人得扶著我，因為我雙腿癱軟無力。我蹣跚走出門後他才放手。然而，我還是設法轉頭問了一個問題：「我的朋友，理查．史凡，他後來怎樣了？」

杜利茲回答時表情絲毫未變。

「我們很早就找到他，這塊布上有很多血漬是他的。我努力過了，但我們的談話毫無所穫，最後我決定他的價值無法償還他的債務。我給他二十天時間來還債，之我就會任由法院發落，他會在感化院待上個十年或二十年，慢慢被工廠折磨至死。」

等到了杜利茲的屋外，有人把我的背包一道丟出來後，我四肢癱軟跪在爛泥中，對著排水溝大吐特吐，直到吐出黃色膽汁。

23

我以深沉巨大的懊悔記住那悲慘的一天，我親愛的妹妹。在外面的街道上，等我吐光胃裡的東西後，我抬起頭將嘴巴抹乾淨，察覺杜利茲的房屋離南島很近。他的手下從抓到我的地方一路過來時，路程並不怎麼遠。

我不知道一旦等這個可怕的夜晚過去，再度迎接斯德哥爾摩的清晨曙光時，我該怎麼做。我當時無法知道杜利茲會為我選擇什麼樣的命運，只得漫無目的地走過角街到城市郊外，直到抵達安斯嘎土墩。夜晚的街道杳無人煙，偶爾有醉鬼或流鶯在木匠花園的夜間冒險後，鬼鬼祟祟地沿著牆壁前進。我走的路線引領我到山麓附近，於是我現在站在剝皮者海灣（Skinner's Cove）上挺立的懸崖前。我開始攀爬，渴望遠離所有的人類。從懸崖頂端望去，斯德哥爾摩在腳下開展。我循著聖靈島（Islet of the Holy Ghost）外圍的城市線一路向北眺望，看見通往國王島的橋時，瞄見瑟拉的牆壁，心中的罪惡感不禁引發一陣強烈痛楚。由於太過難以承受，我頹然倒在岩石上，呆坐在那，雙手緊緊抱著膝蓋，前額抵住大腿。

過去一個星期以來天氣溫暖，而現在熱氣聚積的低氣壓似乎正在逐漸消散。烏雲從群島中露臉。我聽到遠處的轟隆雷鳴，滾過地表響起巨大回音，隆隆回應。

我從哈格斯特倫教授那偷來的物品仍塞在背包內。我打開背包拿出戰利品，在清晨陽光中將它舉高端詳。那是一小瓶清澈的玻璃瓶，一隻蜥蜴懸在液體中，尾巴觸及瓶底。霍夫曼也有這類收藏，他總是小心翼翼地守護著它們。它們通常因浸泡在烈酒中而免於腐爛。老師也許仍舊嚴密地看守著他的瓶子，但現在這個歸我所有。我從未看過那種蜥蜴，牠的黑色身軀厚重，黏踢踢又滑溜溜，嘴巴大張，舌頭下垂，沿著背部有淡色黃斑，圖案複雜。圓圓的黑眼珠呆滯如石，似乎正惡狠狠地從玻璃的另一端斜看著我，發出挑戰。

「你是個卑鄙、悲慘的懦夫，克里斯多佛・布利克斯。你毫無理由地把我偷走，只因為你不敢對我做任何事。」

一思及此，我在盛怒下弄破封蠟，扯開綁住蓋子的繩子，最後終於打開它。它有股熟悉的味道，那藥物有酒精的惡臭，但還有別種味道，某種又嗆又甜美的味道。我用手指撈出蜥蜴，滑溜溜的牠很不願意合作。觸摸到死去但平滑又沒有鱗片的皮膚時，我打了一陣哆嗦。我將牠拋丟到懸崖外，將瓶子端到嘴邊，仰頭飲盡裡面的液體。

酒醉的暢快感奔流過我的血管。我對酒醉並不陌生，親愛的妹妹，而自從我踏入首都後這些歲月以來，還沒這麼暢快地醉過，那份欣喜以我從未體驗過的方式影響著我。我的雙眼彷彿是第一次張開，凝視著另一個躲藏在我們世界後方的新天地。反映在小海灣粼粼波面上的不是清亮晨光，這座城市座落在血坑裡，更多鮮血沿著街道潺潺流淌，死者在我眼前默默甦醒。城市裡的每吋土地都曾被拿來執行處決、或成為丟棄屍體的瘟疫坑、或變成大戰止歇後粗手粗腳埋葬陣亡士兵的寬溝。死者的雙手有的乾淨、骨頭慘白，有的則遭蟲兒咬嚙或在溺水後泡滿水，像雜草般在鵝卵石街道間伸手向上。屍體盲目地摸索著，找尋生者的腳丫。

在那一刻，暴風在我頭頂轟然爆裂。滂沱大雨對著斯德哥爾摩傾洩而下，咚咚重擊屋頂、海灣和山丘。雷聲震耳欲聾，閃電來得非常快，城市上方的雷暴雲活像駝著背的巨大甲蟲。那怪物舒展冰藍火焰似的四肢，在房舍間小心翼翼地蜿蜒前進。也許它在尋找能安然穿越這些房舍之路，就像我在一七九〇年春季，用手帕掩住鼻子，在卡爾斯克魯納挨家挨戶地尋找那般。當時，發燒致死的屍體開始在農舍裡融化，我能一路追隨著惡臭到睡房，腫脹的屍體在床上等待著，數百隻老鼠喪失對人類的畏懼，嘶嘶咬牙低吼，捍衛牠們的寶藏。

我在頭暈目眩中看見懷孕的女人尖叫著湧進斯德哥爾摩的墓園，產下小小的蒼白屍體，那些死產兒從子宮迆邐滑行，直抵墳墓，速度如此快速，臍帶猛然拉著母親一起進入地下。紳士們從碼頭區的王宮和豪宅現身，穿著最講究的衣服，把牙齒磨成殘酷的尖牙。他們張嘴大笑，捕獵窮人、乞丐、孤兒、紡紗女工、男僕和女僕，將他們撕裂成碎肉，大快朵頤，直到他們的肚子像過於成熟的膿包般撐裂開來。

現在在城市屋頂上方燃燒的不是東昇的太陽，而是來自地獄的熊熊火焰。我看見霍夫曼從火焰中踉踉蹌蹌走出，肚子中間有個加農砲彈射穿的洞，內臟拖在身後，斷掉脖子上的頭歪斜著。他在空氣中盲目摸索。「我的鉗子在哪，克里斯多佛？我的鋸子在哪？過來這裡，讓我好好鞭你一頓，直到你的尿變成紅色，這樣你就永遠不會再忘記。」

我在水溝中被自己的叫聲喚醒，頭暈發燒，淅瀝雨水打在我的臉上。我一次又一次地呼喚著妳的名字。

24

我第三次返回杜利茲的門口時，有人引我入內。早先在前兩個晚上，門只打開一條縫，一張臉快速閃過，搖著頭，背後的刺眼光芒使我看不清那人的五官，隨即門關上，我只得自己去找睡處。我仍舊感覺得到喝下的藥酒的後效。蜥蜴一定排泄了某種物質，使那藥酒具有影響心智的力量。我抬頭看著繁星點點的蒼穹時，頓時覺得一陣昏沉，彷彿我不是抬頭看，而是向下望進一片幽暗深淵，在那，星星形成令人心驚膽跳的奇怪圖案。

我第三次回到小販街的那棟房舍，這次我的恐懼終於成真。前門敞開，在走廊裡的惡棍往旁一站，揮手要我入內。我立即發現自己又回到那間沒有窗戶的地下室，舉目所及不見椅子或床單，我稍微安心下來。杜利茲就坐在桌後，彷彿我們上次見面後就沒移動過。我走進房間時，他從帳冊上抬起眼睛。一抹陰影落在他的臉上，我似乎瞥見他嘴唇間的獠牙，前額鼓起兩支小角，每隻手指頭都變成利爪。我搓揉眼睛，回到現實。

「布利克斯，我正在等你。」

「我會有什麼下場？」我以顫抖的聲音問道，耳朵聽得到如同定音鼓般的心跳聲。杜利茲給我一個毫不在乎的眼神。

「你被賣掉了，布利克斯。你的債務現在屬於你的買主，你的性命也是。」

「誰買了？他們想要我做什麼？」

「烘焙師會問顧客要怎麼用他的麵包嗎？或者屠夫會問顧客，他的香腸會變成什麼樣子嗎？它們都被吃掉了，完成它們的目的。買主有自由對他購買的物品隨心所欲，就像你一樣，布利克斯。」杜利茲闔上帳冊。「我們一起度過的最後時刻正快速逼近，我必須承認自己並不為此難過，因為你在田野中度過的夜晚，使你變得臭氣燻天，寒愴傷眼。我並不比你更知道你未來的命運，但幫我們倆一個忙吧，如果你重獲自由，可不要再出現在我面前。」

一位紳士緩步走下樓梯，當時我不確定哈格斯特倫教授的蜥蜴是否仍在耍把戲，但瞧見他時，我寒毛直豎，全身戰慄。我不知道怎麼形容他才最貼切。他身材適中，既不老也不年輕。他穿著曾經非常華麗的服飾，但現在則因主人的漠不關心而老舊磨損。外套袖口邊緣磨破，刺繡線頭鬆垮垮地掛著，幾粒曾經裝飾背心的珍珠母鈕釦不見了。他沒有戴假髮，一綹綹的頭髮稀稀疏疏。儘管他並未散發威脅惡意，我心中卻立即充滿著無法解釋的恐懼。

我整個身心都感覺得到，但說不上來他哪裡不對勁。空虛感瀰漫在他周遭，一種虛空感，彷若他不是個男人，而是一件為了某些理由、選擇漠視自身情況並且早已死去良久的物品；或者是某種偽裝成人類的怪物，卻無法稱職地扮演好他的角色。他面無表情，控制五官的肌肉和肌腱似乎早被切斷，只留下癱瘓的面容。杜利茲點頭對那個男人示意，比比我。

那個男人轉頭看我時，彷彿沒看見我。他盯著我，彷若我是一團空氣、一件家具，或我身後壁紙上的一點污漬。他開口說話，聲音毫無抑揚頓挫，沒有任何感情或期待。他唯一獨特的特色是口吃，好像他的嘴唇不想發出某些聲音，卡在嘴巴裡強迫他停下話，選擇更適合的字眼。

「銀行支票的總數可在你覺得方便的任何地點兌現。」那男人將一只信封遞給杜利茲，後者扳開封蠟，檢查內容。他一定是覺得很滿意，因為他點點頭，然後將一個包裹遞給那個男人。包裹裡一定是裝著過期期票，現在它們主宰著我的命運。那男人將它塞進外套口袋。他一聲不吭地轉身要離去，比個手勢要我在他前面走上樓梯。我摘下無邊帽，在他跟前止步。

「我是約翰．克里斯多佛．布利克斯……」

他轉身，第一次正眼看我，光那就足以使我安靜下來。在我看來，他那雙對整張臉而言過大又過寬的蒼白眼睛裡，沒有憐憫、沒有同情，只有一種我從未體驗過、但又隱隱感覺得到的恨意。我感覺得到他極力壓抑著這股恨意，那就像是沙漠地貌會對活蹦亂跳的旅人所懷抱的恨意，後者竟然愚蠢到想挑戰沙丘，而沙丘則如永恆般頑強，終將戰勝一切。我連忙轉開目光，但感覺到他的眼神繼續燒灼我的臉。他靠近一步，近到我可以感覺到他吹在我額頭上的氣息，就算我想後退，也不敢移動半步。良久，他打破沉默。

「有人將夜壺倒到外面的巷子裡，街燈沒把鵝卵石照得夠亮，等我聞到糞便的味道時，已經一腳踩上。你要不要好心地替我擦擦鞋？」我猶豫著，兩人間一陣靜默。杜利茲和他的傻瓜正在後面等著看好戲，但那男人根本沒注意到他們。我不確定的目光轉回他臉上，只看到同樣死寂的眼睛。他等著，直到我笨拙地跪下，將袖子拉過手掌用來充當抹布。他卻搖搖頭。

「不，不是那樣。」

剛開始我不懂他的意思。每次我試圖更接近他的腳丫抹掉糞便時，他總是以相同的方式和同樣冷漠的聲音糾正我。當所有其他可能的辦法都不對時，我低下臉貼近骯髒的皮革，伸出舌頭，而他首次沒有提出抗議。他沒有移動，沒有挪動腳丫半吋來幫助我，而我則強自按捺，免得將那噁心至極的味道嘔吐出來。我還得爬動身軀才搆得到鞋面。我低聲流淚，他對我發出的啜泣或乾嘔聲沒表示任何歡愉或厭惡，彷彿我這人不存在似的。我舔完後，以顫抖的雙腿站起身，他卻阻止我。

「我不是指那隻鞋子。」之後，等我舔完另一隻後，他一語不發地朝著門重複他先前的姿勢。我腳步不穩地走上樓梯。

巷子裡停著一輛由四匹馬拉的馬車。馬車有個頂篷，旁邊有門可以拉起來，皮革頂篷就可以沿著馬車邊綁緊。馬車夫已經從駕駛座爬下來，走過去從一只粗帆布袋裡拿飼料餵馬。那個現在擁有我債務的男人比比手勢，要我爬上馬車。他對馬車夫說的話也同樣簡短。

「回去。」

「一路回去？先生，路途遙遠，您不想在某個地方休息一下嗎？」

「不，一路回去，不在任何旅店或餐館停留。」

馬車夫咕噥著我聽不清楚的回答。我聽到銅板交易的叮噹聲，然後那男人爬進馬車，坐在我對面。馬車夫咂咂舌頭，韁繩啪地一抽，馬車就開始移動。我們駛下山丘朝水面而去，經過閘門的吊橋，然後走過碼頭區。

斯德哥爾摩城市景致飛快掠過。我從在剝皮者海灣上方的山丘頂端，那場醒著的夢裡認出它的身影，鮮血在那涓涓流進排水溝；那是一個強者追逐著那些膽敢僭越穿過其路徑的弱勢群眾的狩獵場。在街燈的瑩瑩照耀下，我瞥見史凡。他正靠在巷子裡的牆壁上，男人和男孩在那裡出賣靈肉。他沒有看見我。我在他的眼裡瞥不見曾一度讓它們炯炯有神的自信，沒有頑皮的閃爍光芒，沒有歡樂，不再有他感染性極強的熱忱和機靈的足智多謀，所有的火焰熄滅，剩下的只有兩潭絕望的黑暗深井。那是生命火焰被擰熄的人的深沉凝視，儘管身體仍搖搖晃晃地走動著，肺部仍舊在呼吸。我的心幾乎裂成兩半。

不到一個小時後，我們抵達北方關卡的馬廄主人旅店（Stablemaster's Inn），馬車夫在那裡的海關大樓休息片刻。我們上方是個裝飾繁複的出入口，一張拱門大到足以讓馬車通過。睡眼惺忪的海關關員敲敲馬車旁邊，歪提著提燈，微弱光線射入車廂內。

「晚安，」他用剛睡醒的聲音說：「這麼晚還在趕路啊？」他抑制一個呵欠。「可以讓我看看你們的證件嗎？」那位紳士從口袋裡掏出證件。至於我，我親愛的妹妹，因為我進城市時沒有拿到護照，所以沒有。我當初是用謊言混進城市，自那之後我一直不敢在關卡附近打轉。我沒提交任何證件，只是呆坐在那，海關關員想必以為那個男人是我的監護人，因此對著他問問題而沒有搭理我。「這位年輕先生的呢？」那位紳士的空滯眼神首次轉過去直盯著海關關員，他以死氣沉沉的聲音開口，聽起來活像某個模仿人類語言、卻從未清楚說過話的活物。

「告訴我你和你上司的名字。」

「我是約翰・歐洛夫・卡爾森（Johan Olof Karlsson），先生，我上司是安德斯・佛萊。」

「你看得出來，約翰・歐洛夫，我是獨自一人，這裡沒有別人。」

那位關員和他四目交接半晌，隨後立即低下頭，偷瞄一眼坐在那的我。我臉色蒼白，全身髒兮兮，恐懼不已。我感覺得到他的憐憫，那讓我的血液瞬間凍成寒冰。關員不發一語，將護照遞還給那位紳士，轉身在車廂側邊重擊一下，示意馬車夫開走。我花了一會兒才搞懂，是什麼讓我最為忐忑：

在我主人的話裡，聽不到任何想掩飾而有的抑揚頓挫，而從他的角度而言，他說的確實是事實。我對他而言什麼都不是。但他要對我做什麼呢？這點超乎我的理解。我腦裡滿是恐怖的想像，慢慢浮現一個我從未有過的不祥預感。即使是在卡爾斯克魯納的戰爭歲月裡，死亡和恐懼再怎麼掩飾也能讓人輕易就一眼看穿。

馬車在夏夜裡的顛簸搖晃讓我昏昏欲睡，儘管我和睡魔掙扎搏鬥，最後還是打起盹來。我無法判斷經過多久時間，我驚醒時，車輪在車轍裡緊急煞車。妳從未跨過我們家鄉的邊界，我親愛的妹妹，從未在夜晚時分遠離火柴和餘燼，但我有。此地混沌闃幽，是某種吞噬萬物的黑暗，使世界變得無法辨識，存在似乎遭到抹消，視覺瞬間變瞎，甚至連點點星光也沒有賜予土地呈現任何形狀的能力，因此地勢看起來只是個無以名狀的模糊團塊。馬車向前駛時，我可以依稀辨識出無數排雲杉和松樹林的隱約輪廓，大片森林綿延不斷，沒有任何光點。完全闃闇。

他文風不動，面無表情地坐在那，瞪著我們駛經的黑暗，目光沒有停駐在任何事物上。

25

我們一定是在夜裡駛過其他馬車走過的相同車轍，里程碑不斷掠過，一閃即逝。我醒來時已經天亮，而當馬車突然停下來時，我幾乎被摔出座位。漸亮的曙光一片灰濛濛，夏季暑熱似乎在一夕之間消散。那位紳士坐在我正對面，朝氣蓬勃，疲憊彷彿無法統御他。他仍舊默不吭聲，打開馬車門下車，我緊跟在後。

「有個穀倉能讓我餵馬，外加乾草堆讓我安睡片刻嗎？」馬車夫滿臉疲憊的問道。

「這裡沒有能安頓你或馬的東西。」那位紳士冷冷回答，從口袋裡掏出一枚銅板丟給他。馬車夫似乎很滿意，將馬車掉頭，沿著來時路消失無蹤。

我們站在礫石院子裡。中央有座噴泉，一個女人安坐的雕像豎立著，周遭是水中仙女和海豚。沒有水流噴湧，但有細細流水慢慢從開口滲出，棕色的苔蘚充分吸取其養分。噴泉看起來彷若石頭默默哭泣，淚水流入一個骯髒、渾濁和漆黑無比的水池，無法看見底部。院子的另一邊有棟高大宅邸，兩側有側翼建築。陰森的雲杉森林和休耕的田地則包圍著我們，農作物放置任其腐爛，再度回歸大地。那棟主屋以前必定曾風光一時，雄偉壯麗，如今卻衰敗腐朽。

建築立面上皸裂處處的灰泥斑駁剝落，院子裡石頭間高高的雜草叢生。從外屋判斷，沒有人跡。一隻狗在某處汪汪狂吠。我心中滿是恐懼和憂鬱。某種災難一定曾襲擊此地，留下這片枯萎的地貌。

此地必定曾經美麗輝煌過，卻風光不再。「我們來到哪裡？這裡是什麼地方？」我在能阻止自己前便脫口而出。

我憑本能迅速往後跳，察覺不該自行發問，深怕他的楞杖會冷不防地揮過來，但我的主人卻讓我驚訝。他站在院子裡沒回答我的問題，反而是轉向我，彷彿在等待我的反應，眼神滿是陰鬱。

「這是我的祖厝。這兒不再有鳥兒歌唱。」

我不懂他的意思，也不想追問。

他揮手要我跟過去，但不是去那棟大宅。我們走向左邊屹立於原野邊緣的那群低矮建築。他抬起門閂，讓我進去。剛開始時我的眼睛不能適應黑暗，但後來察覺有樣東西在裡面，有種被默默觀察的感覺，裡面想來有某個不懷好意的人正在等我。沉悶的空氣裡摻雜一股惡臭，我聽到前面傳來低吼聲時，不禁往後退一步。然後我看見牠了：前後來回走動的巨大動物。那是一隻怪誕至極的狗，是我所見過最大的龐然大物。我猜牠的肩膀高至我的胸部，體重遠比我重。在毛髮下的肌肉如錨索般節瘤處處。我看見從牠嘴巴裡慢慢滴出黏液，我的死亡在牠眼睛中閃爍。然而，就在牠衝過來要咬住我咽喉前的那一刻，牠突然停在半空中，隨之響起的木頭和金屬相撞的哐噹聲使我恍然大悟，牠被繫住了。在我的眼睛變得更習慣光線後，看見生鏽的鐵鍊繞住牠寬厚的脖子，另一端則綁在木樑上。我膝蓋陡然一軟，跪下撞擊木板，不禁倒退往後爬行。牠的臭味燻天使我眼眶泛淚。隨著每次呼氣，那頭野獸就噴口口水濺到我臉上。

「這是瑪格努斯（Magnus），」我身後的聲音說道。我感覺自己的帽子被摘起，然後看見它被拋進黑暗中，那頭野獸猛然跳起一咬。「不用多久，你就會受不了我的款待，」我的主人繼續說：「如果你自行決定離開這裡，你應該知道綁住瑪格努斯的鍊子會被鬆開。牠永遠不會忘記你的味道，牠可以聞到你的恐懼以及流下你大腿的尿味。牠會找到你，那個單獨躲在森林下的你，而在那沒人會保護你。牠會把你撕成碎片，將剩餘的肉留給烏鴉。」我的主人從我身邊走過後出了棚屋。我默默跟在後方。

如同大宅的外觀所顯示的，親愛的妹妹，室內也是一片荒廢景象。許多窗玻璃皸裂開來，有些屋頂瓦片只剩碎片。屋內有強烈的霉味，滂沱大雨降下時，雨水一定會沿著桁架傾洩入室內。濃重的濕氣使壁紙翹起，有時上面扭曲的圖案會戲弄視覺。木製地板凹凸不平，每走一步就響起可怕的吱嘎聲，房間空蕩，沒有照明，扶手椅和沙發的布料老舊破損，露出裡面的填充物。我的主人在大廳轉頭對我說了寥寥數字後，就轉身再度離開。「我們明天開始工作。」我聽到他走過庭院的腳步聲，然後發現自己孑然一人。

他沒告訴我該睡哪，眼下沒有選擇餘地，只得自己找地方睡。

宅邸的昂貴入口樓層想必是建造來設宴款待。大舞廳如今空蕩幽暗，椅子疊得老高。餐廳的長桌至少能容納二十人，但桌頂從中間裂開，兩端木頭開了一條裂縫。壁爐上掛著油畫，但有人特意將它毀損。從衣著判斷，繪畫主角是位男子，面朝著觀賞的人，站在肥沃豐饒的景色前，態度高傲。他的手戴著好幾枚戒指，脖子上掛著用絲帶繫住的勳章。他的臉不再能夠辨識，我親愛的妹妹。臉部被從帆布上割掉，現在畫中人的肩膀上只剩一個大洞，畫布邊緣還磨損。許久後，我在下方的煤灰裡發現剩餘的畫。

樓上一間又一間的臥室在等待，全都是空的，我自行選了一間。床墊潮濕，床架腐朽，所以我決定睡在地上，背包則拿來充當枕頭。我想睡得離門越遠越安全，就挑了一處，並背對角落。

我繼續探險，在宅邸遙遠的另一端有更大的臥室，顯然是保留給爵爺們住的。西邊有另一幅肖像畫，這次主角是個女人，穿著老式禮服，手臂抬起來表示邀請，彷彿歡迎賞畫的人進入畫中。她的臉也被剪掉，但手法細緻，不像餐廳的那幅畫是被憤怒割開，橫遭毀壞。我沒多久就發現被剪掉的帆布塊在哪。一張靠牆而立的大床上，幾捆衣服堆成女人的軀體形狀，彷彿在棉被下仰躺著。畫中的臉就小心翼翼地放在頭部。那人偶的臉綻放溫暖的微笑，但還有別種無以名狀的東西，似乎展現其他情緒的東西。但我無法得知的是，頭被剪下來是女人本身的錯，或是畫家沒能畫出她的神韻而引發盛怒。在床上這個奇怪的形體旁有個凹陷處，我剎時恍然大悟，這裡一定就是我主人晚上睡覺之處，側躺著一手擁抱住它。在隨後的夜晚裡，我的懷疑得到證實，因為透過關上的房門，我可以聽見他的喃喃低語。深夜，他和人偶說話，但我從未能聽出實際字眼。有時候會傳來其他聲響，我不確定他是在笑，亦或是在哭。

我回到房間，看到的光景令人心煩意亂、忐忑不安。我用椅子抵住門，爬到角落，將膝蓋抵到下巴，因寒冷和焦慮而躺著顫抖，最後終於飄入夢鄉。宅邸在夜間迴響著輕聲呢喃，我親愛的妹妹，彷若大廳本身被曾住在此地的人苦苦糾纏，鬼魂低笑縈繞不去。我睡得很不安穩，夢與記憶混雜，令我往往處於睡與醒的朦朧邊界。我想我聽到走廊裡沉重而拖曳的腳步聲、慾望和痛苦的尖嚎、祈求憐憫的祈禱聲、咯咯輕笑，以及久遠前消散的熱鬧慶典回音。我相信我瞥見戴著古怪面具的男男女女，在房間之間玩著捉迷藏。外頭悲傷的強風整夜狂嚎，在半夜時刻開始下雨，宅邸裡的空氣逐漸變得濕冷，我聽到嘩啦雨水直接灌入閣樓地板，就在我房間上面兩層樓處。

26

一種空靈無感的重量將我驚醒。有時被觀察的人會本能感覺到那股凝視。我刷地張開雙眼，發現我的主人坐在被我捨棄的床上。

「現在就開工。」他對我說。我一將煤塵揉出眼睛，立即站起身，跟著他走出房間，走下樓梯，穿過院子，朝瑪格努斯所在的那群建築而去。瑪格努斯用震耳欲聾的汪汪吠叫迎接早晨。我害怕得再和那頭野獸見上一面，但我們卻走過牠歪斜的棚屋，到一間小石屋。我的主人用一把大大的鐵製鑰匙打開門，示意我進去。

玄關後方有個大房間，熄火的壁爐為煤煙覆蓋。一個男子仰躺在桌上，年紀不會比我大多少。他的雙手雙腳被繩子綁起，繫到桌下，所以動彈不得。一根木棍塞在他牙齒間，再用皮帶繞著頭部綁緊。在這下面，你可以看見一條布壓在他嘴巴上，讓他發不出聲音。破布纏繞他雙眼。他不是醒著的。桌子旁有幾個瓶子散發出酒的酸味，還有一個漏斗，我由此猜想，有人小心估量倒酒的分量，目的是要他失去意識。他的五官對稱英俊，頭髮及肩——像我一樣——金光燦爛。我還來不及有時間消化這可怕的一幕，肩膀後那個毫無腔調的聲音便響起：「據說你曾是外科醫生的學徒。告訴我，你為了拯救傷患的性命，動了多少截肢手術？」

「我只親自用過刀子和鋸子幾次，但在老師進行截肢時，旁觀了數不清的次數。」我不安地回答。

我的主人點點頭。

「這就是你現在的病患，布利克斯。我希望你切除他的四肢，兩隻腿、兩隻手臂，要像遭到葡萄彈（注）射擊或刺刀撕裂。此外，我希望你把他弄瞎。我要你割掉他的舌頭，再把他弄聾。你得用這個工作來償還債務。他的性命掌握在你手裡，如果你失手，不管是出自憐憫或不當照顧，那你的命運會比他的更悲慘。所有你需要的工具和資源都會準備妥當。我剛跟你交代的事，有哪部分你沒聽懂？」

我的頭開始旋轉，無法相信自己剛聽到的話，這彷彿是剝皮者海灣的夢魘返回來折磨我。我的驚恐使我忘卻恐懼和小心謹慎。

「不！我不會為了任何價碼做這種事，即使可換來我的自由！將我送回斯德哥爾摩，送回法院和監獄吧。我情願在感化院住上二十年，也不願意做這種事！」

他搖搖頭。

「那已經不再是個選擇。如果你反抗我，我會將你活活拿去餵狗。」

「但可不可以告訴我，他做了什麼事？沒有人應該承受這種命運！」

那男人安靜地站了一會兒，然後說：「你自己選擇。」

我不禁大聲嚎哭，我聽到他緩慢的呼吸聲，用袖子抹抹臉。他不用等我的答案，因為我們知道答案會是什麼。他再次開口。

「他因酒而陷入昏迷，到晚上都會如此。等太陽高昇時，我希望看見他的舌頭被割掉。之後，你可以依照你覺得最佳的方式繼續下去。步調要盡可能快，但小心不要危及他的性命。你會在桌子下找到海軍外科醫生用的木製手術箱，所有工具都已經磨得銳利，狀況良好。如果你還需要別的工具，想到時就告訴我。」

我無法停止哭泣，但儘管眼淚和鼻涕簌簌流下我的下巴，我仍舊記得霍夫曼的諄諄告誡。他曾不斷告訴我，為了驅散那些老是威脅著要讓傷患傷口腐爛擴散的沼氣，必須準備幾樣必要的東西。「我需要杜松樹枝來煙燻房間，」我說：「還有雲杉，用來鋪在地上，以及醋。」

注 Grapeshot，由許多小圓球組成的炮彈，十八至十九世紀在歐洲作為殺傷武器使用。

27

我在房間內與被綑綁的男人獨處。我胸部劇烈起伏，想吸入更多空氣，幾分鐘後，也就是在我恢復正常呼吸後，才聽到他的吸氣和吐氣。這位年輕男人可以做我的兄弟，而我腦海裡閃過可怕場景，那是我即將要對他犯下的罪行，那景象在心中釋放極度恐懼，於是我一股腦兒衝出石屋。我的主人已不見蹤跡。他知道我過去的行業。我曾見過霍夫曼用堅定的手將皮膚和肌肉往後翻，直到露出骨頭，再用鉗子夾住動脈，把膝蓋頂在傷患肩膀上固定住自己，拿穩鋸子鋸了幾次後，受傷的肢體就會掉落地面，然後包紮傷口。不是每個人都能存活過截肢手術，熬過的人則在恢復期間內逐漸消瘦。腐爛會在縫線間找到出路，導致殘肢變黑發臭，死亡隨著之後的發燒和陣痛降臨。霍夫曼從未讓我執行這個手術，我只是遞給他拿不到的工具，我們都對此安排很滿意。現在我要如何自行截肢？

我走上經過棚屋的路，怪物般的瑪格努斯就綁在此。牆壁如此腐朽乾燥，木頭都萎縮了，露出縫隙。我的雙手拱成杯狀，望進黑暗中。我很快就看到牠的身影。牠慢慢起身，就像動物憑本能知道有人在看牠時一般充滿警覺。牠好似直瞪著我，飢餓的眼神與我相交。牠張著下巴呼吸，沒多久，黃色的獠牙間便淌流下長長的唾液。我看見自己被牠壓在地上，牠撲咬著腳丫，一口口地沿著小腿啃噬，像咬栗子般輕易喀吱嚼碎髖骨。我又開始哭了，親愛的妹妹，因為我頓時明白自己需要的並不是肢解另一個人類的勇氣，而是不計代價拯救自己小命的懦弱。我很快就非常清楚這點。

我在噴泉旁想起哈格斯特倫教授給我的小手冊。我連忙趕回房間，將整個背包翻過來，開始以最快的速度閱讀。手冊上有手術指導和過程圖解，包括截肢和需要的工具。或許教授的思慮周詳會再度成為我的救星。但舌頭呢？沒有這類手術的描述，我似乎得自己想辦法。對我而言，最大的挑戰是止血。為某人放血只有在能維持液體的健康平衡時有益處，但超過某個極限時就會致命。

既然哈格斯特倫教授的手冊沒辦法幫助我，只能選擇遵照霍夫曼給我的教誨。那些從地下深處的雜質騰升而起的無形氣體，會偷偷潛入健康的人的肺部和傷患的傷口——他稱之為「瘴氣」。他總是差遣我去找最有幫助的東西，所以現在我去食品儲藏室裡翻尋。那裡找不到聞起來像醋的東西，但在空架子過去那邊有扇門，門後的樓梯通往地窖。我找到幾根可點燃照明的火把，往地下一路走去。接著，我將火把高舉過頭，看見一排又一排沾滿灰塵的酒瓶。這是個酒窖，儘管我要找的是醋，但以前曾有多次在密室裡、讓裝在碗裡的酒酸化為醋的經驗，藉此完成霍夫曼交代的工作。於是我盡力扛走很多瓶酒。

我不用走很遠，就在森林裡找到雲杉和杜松。我將雲杉繞著那個男人鋪在地上，點燃杜松樹枝直到冒出濃厚的白色煙霧。我等到整個房間充斥著煙霧後，便踩熄熾紅發亮的灰燼。

我在桌子下的手術箱裡找到所有霍夫曼教導我的工具。工具比霍夫曼的乾淨，似乎沒使用過。鉗子、鋸子、刀具，應有盡有。我用左拇指甲測試它們的銳利度，結果發現鋒利無比。

親愛的妹妹，現在我得割除他的舌頭了。我鬆開將木棍嵌在他牙齒間的皮帶，取走壓在下面的布球，解開纏繞他眼睛的布條。我在爐床升起小火，用撥火棒撥了撥，舔舐棒子的火瞬間變成熊熊火焰。它慢慢轉成閃亮的紅色色調，熱度增加後，再黯淡地退成白色。我用刀刻出一個楔狀物，塞在他牙齒間以保持下巴張開，然後將他的頭歪向一邊，如此鮮血才不會順著喉嚨流入。我舉起刀，雙手劇烈顫抖，立即陷入絕望。我將手指戳進他溫暖又濕潤的嘴巴，摸索感覺周遭，但發現我沒辦法在舌頭上找到牢靠的固定點。滑溜溜的刀鋒一次又一次地滑出我的拇指和食指。我突然想到自己試圖在玻璃瓶裡抓住那隻蜥蜴的感覺。我隨後放棄，放下刀子，頹然地走出房間。我拿了一瓶酒，那是瑞典國王的御用甜白酒托卡伊。我沒有更好的方法來拔除軟木塞，於是將瓶頸擊破，一口灌下，直到喉嚨燃燒起來，白色亞麻襯衫沾滿酒漬。

太陽緩緩西沉，即將轉為夜晚。我用手臂抱著曲起的膝蓋，前後搖晃身軀。那時我才聽到身後響起他的聲音，一種含糊不清的呢喃，那是他在被迫陷入死醉狀態中所吐出來的字眼。他在睡夢中嘟噥：「我們感激……」

我連在病患處於無意識的情況下，都很難完成被交代的難題了，如果他醒過來，我會毫無機會。我立刻從椅子上跳起，因喝了酒而變得生氣勃勃。熾熱的撥火棒的獨特氣味瀰漫整個房間，即使在杜松的濃厚氣息下，仍舊清晰可聞。我在絕望中，將手術箱倒過來，開始翻遍各式各樣的工具。我儘管愚蠢，倒是確實找到自救的方式。我馬上看見應該使用的工具：有鉗子和剪刀。我抓起它們，牢牢固定舌頭，才察覺剪刀碰不到舌根。我跑回手術箱處，拾起一個小鎚子和平頭鑿子。我現在要做的手術，曾親眼看過霍夫曼在某些不幸的病患身上施行過，儘管當時的景象讓我的胃部激烈翻攪。我將男人的頭轉過來，下顎骨幾乎觸及桌面，將鑿子頂端放在牙齒上，沿著下巴用鎚子不斷敲擊，直到聽到牙根鬆動。我移動鑿子，敲了又敲，最後他嘴裡只剩劃破的牙齦。原本有牙齒豎立的坑坑洞洞，現在裡面塞滿森白的碎片。如今剪刀有伸展的空間了。我想方設法盡量從根部剪掉舌頭。我伸手去拿撥火棒，在一時沒注意下，直接用赤裸的手去抓。自從離開卡爾斯克魯納以來，我第一次聞到肌肉輕微燒烤的臭味。我恨恨地大聲咒罵，連忙用袖子包住手，將炙熱金屬發著光的白色頂端，抵在那男人嘴巴裡的出血處。

那時他才發出慘絕人寰的淒厲叫聲。我親愛的妹妹，這還不是最糟糕的，更慘的是他剎時張開眼睛，直直看著我，彷彿能透視我的靈魂深處。

那個眼神將隨著我進入墳墓。

28

我現在有很多閒暇可以寫信，親愛的妹妹，夏季就快走到尾聲。我在執行任務外，現在每天都有好幾個小時的悠閒時光。傷口需要時間癒合，而我必須細心照料，確保我的病患能恢復力氣。我的責任往往僅限於他的日常照顧。我餵他粥，幫他洗澡，滿足他的所有需求。他常變得焦慮不安，有時會開始無端狂吼，這時我就給他灌酒，但他不是都很願意乖乖喝下，那時我就得動用漏斗。我無法忍受聽到他的哀嚎，酒精發揮效力後，他會變得比較平靜。

我也是如此。我常下去酒窖拿新的酒，大口暢飲，往往喝得爛醉如泥。我的主人似乎不在意我怎麼打發閒暇時間。他看過我在酒窖和房間之間的走廊上磕磕絆絆，但什麼都沒說。我的酒醉沒帶來歡樂，但比起清醒時刻，我還是偏好喝得醉醺醺。至少酒能將不斷閃過我心靈之眼的影像變得比較模糊。將一把刀放在眼窩上，施加壓力直到整個眼球被永遠挖出來——妳能理解這種可怕駭人的罪行嗎？這類場景在我腦海裡不斷上演，逼得我只得閉上眼睛。

我截除新肢體後，會拿去餵瑪格努斯。我看見手指和腳指消失在牠血紅的嘴巴裡，聽著牠在下巴間喀答喀答嚼碎骨頭，露出骨髓。牠從棚屋角落死瞪著我，彷彿試圖告訴我：「你是下一個。」

酒精的持續效力讓人難以分辨夢境和現實。壁紙的圖案搖擺晃動，在我經過時，似乎像觸手一樣會暗地移動，準備在我靠太近時一把攫緊我。某晚，我很晚才下去地窖拿酒，突然在燭光中看見鼠王，而一群害蟲則因尾巴被綁在一起打個結，正驚恐地吱吱尖叫不已。或者，那是我在作夢？牠沿著牆壁爬行，發出可怕的聲音，轉過角落後消失。據說那是惡兆。我總是在睡前狂飲，那可以幫助我入睡，並避免我醒來時是清醒狀態。

有晚，我被一個靠很近的聲音驚醒，醒來後察覺我的主人進入我的臥室，翻找過我的私人物品。現在他正坐在床上，讀我寫給妳的信，親愛的妹妹。這些沒寄出去的信是要給妳讀的，只給妳讀。如果這也不是一場夢，那我曾在半睡半醒間聽到他縱聲大笑。

哈格斯特倫教授的手冊對我的工作幫助很大。上面的圖解顯示如何從身軀肢解肢體的最佳方式，在哪下刀，以及如何留下一塊皮膚來蓋住殘肢縫補。首先，我從馬廄拿走一個皮革轡頭，將它剪成我要的大小。皮革抹上豬油後會變得柔軟強韌，便可拿來當止血帶，在我用力拉緊時也不會斷裂。

我沒有多少胃口，親愛的妹妹，這樣很好，因為我得在沒人照料的田地裡挖東西吃。我不知道我的主人是怎麼活下去的，也許他偷偷儲藏著只有他知道的食物。我日益消瘦，襯衫鬆垮，及膝馬褲總是快滑下來。最近我用了一條繩子將褲子固定在臀部上。餐廳的畫像糾纏著我，我的主人告訴我，那是他的父親，他說他恨他。我在夢裡看見一位衣著講究的男人在宅邸的房間裡笨拙地摸索前進，但卻沒有頭部。他在找他兒子，但我不知道是為了勒死他，還是擁抱他。

昨天，我為從肩膀上截除左手臂而做準備，他只剩左手臂和右腿。在今天之後，我得找到讓病患綁在桌上的新方法，因為他快沒有我能用皮帶綁緊的四肢了。我磨利刀子，測試鋸子鋸齒的鋒利度。我在地板和牆壁上潑灑醋，搬新鮮杜松進房，煙燻房間直到空氣得到淨化。我以皮革轡頭製作了一個套索，插進一塊木頭，這樣我就能將它轉緊。這時，我注意到一件事：陽光灑入，他手指上有個東西閃閃發光。那是枚戒指，親愛的妹妹，戴在左手小指上。我以前一定曾瞥見過，但一直都沒留意。我彎腰仔細去審視它，那是枚有橢圓形鑲座的金戒指。我在手上吐口口水，將戒指從手指上扭下——骯髒的指甲像獸爪般想抓住我，但我動作夠快，沒被抓傷。戒指中間有個黑色寶石，表面小心地蝕刻著家徽。我頭暈目眩，好像被重物猛然敲擊。我讓轡頭掛著，走出石屋，坐在前門石階上。

從遠處一棵樺樹最高的枝枒上，傳來烏鴉的呱呱叫聲。我坐在那良久，呆瞪著那枚戒指。那是貴族配戴的家徽，代表血脈家世。儘管我從不知道他的名字，但如果有人熟悉紋章學，肯定可以輕易認出來。

我的思緒快速旋轉，身軀開始顫抖。命運給我這個機會，讓我能為對這位無名男子所犯下的罪行，以一件小小善事贖罪——我的罪行比任何人對待其最痛恨的敵人都還要可怖——但要怎麼做呢？我在石屋外前後踱步。我灌下的酒讓我無法清晰思考。當我聽到身後的聲音時，差點以為自己會中風，當場倒下斃命。

「左手臂切得怎麼樣了？你的襯衫還沒沾到血跡。為什麼拖延？」

我的主人就站在我正後方。他能安靜地移動，不發出一點聲響。我感到脖子上寒毛直豎，回話時聽到自己撒謊的聲音。我握緊小金屬戒指。「沒什麼理由，先生。我就要動手了。」

一如往常，他面無表情、眼神冷漠，猶如夜空下的黑暗小湖。

「你手握那麼緊是在握什麼？你的指關節都變白了。給我看看。」

我低著頭，伸出手打開手掌。兩隻手都是空的。我很熟悉他這種知道別人在對他隱瞞什麼的詭異直覺，因此早將我的祕密丟在身後的草地上。

他瞪著我許久，我則站在那，伸出去的雙手拚命發抖。

「別再浪費時間。你在日漸消瘦，如果你在任務完成前餓死，可對我一點好處也沒有。」

語畢，他轉身離去。我聽到他走進院子的腳步聲時，立即蹲下找戒指。他離開前說的話給了我點子，而那是以前我想都沒想到的。

回房間後，我將手輕輕貼在男子的柔嫩臉頰上。他的臉仍舊美麗，儘管眼罩後是空蕩的眼窩，臉頰則因失去牙齒而凹陷。我以前從未這樣碰觸他，這似乎使他平靜下來。我用拇指和食指夾住戒指，舉到他唇邊。他一感覺到它的形狀，我就將戒指放進他嘴裡，拿一杯水過來。我讓他喝下，聽著他低沉的啜飲聲。我扳開他的嘴唇張望。看不見任何金光。他已經吞下戒指。

我的主人對這個悲慘的人有可怕的計畫。這個特意為之的肢解四肢一定是那個計畫的一部分，但我的病患肚子裡現在有能追查他真實姓名和身世的證據，我還不知道往後要如何揭曉。現在我將很快會切除他剩下的肢體，剝奪他對抗世界的能力，但或許有人會因緣際會地找到那枚戒指，並追蹤回此地，找到那位該為這場駭人行徑負責的怪物。

我不知道我的病患是否還聽得見。來此地的第三天，在主人的明確命令下，我將一根細棍推進病患的耳朵，插得很深。我的主人大聲拍手測試他的聽力，但他沒有反應。無論如何，我還是彎下腰，將嘴巴湊近他耳朵說著：「如果戒指被排出，我在清理乾淨後，會再餵你吞下。當我們倆分道揚鑣時，如果你想保住戒指，就得自己想辦法。而你究竟該怎麼做，我不知道。」

他沒有顯現任何理解的反應，然後我切除他的左手臂，用籃子裝著，拿到瑪格努斯的棚屋去，再去酒窖喝到毫無知覺。我仍舊無法成眠，就像長久以來一樣，我的墨水是以煤灰和水混合而成，無眠的我現在正沾著鵝毛筆寫信給妳，親愛的妹妹，我唯一的朋友。

妳還記得嗎，我親愛的妹妹，在那些春暖花開的夜晚，我跪在妳床邊，我們是如何地聊著來世？還記得我們聊得渾然忘我，直到鳥兒開始啾鳴，太陽的第一道燦爛光束穿過窗戶照進房間嗎？我們曾想像著在這悲慘的山谷外有片安詳的牧場，希望有天能牽著手奔馳過夏季繁花，無憂無慮、無所恐懼，到那片憂愁或爭吵都無法接近我們的地方？當我們雙腿疲憊時，會找尋一片樹蔭，在微風吹拂下得到心靈平靜。我們會從小山泉暢飲甜美的水，大啖蘋果和野覆盆子；我們會一起縱聲大笑，遠遠地離開熱病猖狂的卡爾斯克魯納。在那，新的槳船每天都從艦隊的冬季停泊處滑槳過來，甲板上覆蓋著藍黑色屍體，等著抵達海岸線時被卸下。我們非常快樂，就像兄妹相處時所能得到的最大快樂。

我不再夢到草地和野覆盆子了，親愛的妹妹。對我來說，它們永遠幻滅了。據說一旦喪失純真就永遠無法復得，而這個夏季偷走了我的夢想。在我看過和做過那些事後，如何能再感覺到快樂或歡笑？

自從那場發燒帶走妳以後已經過了將近四個年頭，親愛的妹妹。妳的心臟停止跳動，而我剛洗過的床單仍舊罩住妳的胸口，然後我恍然察覺妳不再呼吸了。我無力回天，只能替妳挖墳，用春天盛開的花朵綁個花圈放在泥地上，將兩根樹枝弄成十字架，插在妳最後安息之處。

我不再祈禱妳會在那棵樹的樹蔭下等我，不再想著妳的身影，不再幻想妳的雙頰緋紅，穿著母親在妳最後一次生日那天送妳的白色亞麻衣裙。我反而是祈求妳會安詳地躺在我安葬妳的泥土裡，並希望沒有天堂樂土在死後等著我們，這樣妳就永遠不會知曉我做過的惡事。我很快就會在同樣黝暗的坑洞裡找到慰藉，而那裡只剩忘卻，再無其他。

第三部

飛蛾和火焰

一七九三年春季

情感！人生！你們的芳蹤何在？
在這個我墜入的深淵裡，
沒有陰影逼迫我悠悠回憶，
長久以前流逝的時光。
這條暗黑的路徑是我的命運，
這些雲朵遮掩最近時日的我，
這些面紗剝奪我所有思緒，
這片寒冷使我血管變冷，
這份軟弱——全都可用來解釋，
我已經躺在墳墓裡。

——約翰．亨利克．凱勒格倫（注1），一七九三年

29

安娜．史提納（Anna stina）知道火是天使和空間幽遊交纏下的遊戲，燃燒任何東西都必須經過小心安排，給火焰足夠的空間。火就像個活生生的生物，必須吐納呼吸。她在卡塔琳娜教區的爐床裡所點燃的柴薪都經過細心劈砍，那些柴薪燃燒而產生的火比現在矗立在她跟前的火苗，更具挑戰性。好幾捆劈柴在火把點燃時會劈啪爆裂，竄燒成熊熊火焰。主祭正在等鐘敲七點。卡塔琳娜塔的守夜人叫出時辰時，這個篝火會為聖瓦卜爾加（注2）點燃。

安娜以前很怕火。在她孩提時代所聽到的故事裡，那些曾親眼目睹城市的木屋轉眼間燒毀的人，總是將火描述為一種無以名狀的怪物，但安娜是另一個時代的孩童，她是在斯德哥爾摩的石屋而非木屋中長大，有鑑於此隨著時光遞嬗，她越來越難以理解飢餓的大火和廚房爐火其溫暖的光芒之間的類似關連。就此而言，今晚也是。在幾小時內，火苗被允許長大，不斷添加柴薪，但卻被水管和水桶包圍監視。一切都在控制中。

注1 Johan Henric Kellgren（一七五一～一七九五年），瑞典詩人和評論家。

注2 Saint Walpurga，盎格魯撒克遜傳教士，八七〇年冊封為聖人，紀念慶典於四月三十日晚上至五月一日舉行。

今夜溫暖怡人，但從湖面上吹來清新的微風。人們很歡迎這場微風，因為它將孩童牧地轉而變成位於拉德湖的上風處，此時拉德湖已融化到惡臭滿溢，振翅滿天飛的蒼蠅更是這股惡臭的具體象徵。在春夏交際，夕暉使人最為愉快。冬季漆黑的夜晚已逝，夜晚的遊蕩者得伸長手臂，從一個光線微弱的街燈照明下，走到另一個，在闃暗街道中摸索前進。若有任何東西掉落就會無望地迷失在排水溝裡，而唯一的希望是在隔早設法討運水工人的歡心，或乾脆站在當地等待天明。在所有的季節裡，安娜最喜歡春天。春天飽含著此年還沒機會打破的承諾，一切似乎充滿可能性。

她並不是唯一對此歡欣鼓舞的人。草地上擠滿了人，孩童、乞丐、從卡塔琳娜和馬利亞教區的無賴正坐在草地上，隔壁就是在一日工作結束後、尚有閒暇和剩餘精力的工廠工人；再遠處是上流人士、工廠老闆和從橋中之城來的朋友、穿著精緻綢緞和蕾絲衣著的貴族和仕女。鄰居安德斯・彼得（Anders Petter）坐在她身旁。他比她大個幾歲，正在接受訓練，準備追隨他父親的腳步出海。未來的某天，他會走下碼頭，以充滿自信的姿態走過跳板，而白色風帆會帶著他遠渡海洋。她打從心底嫉妒他，感覺自己被鐵鍊綑綁在城市裡，那些是看不見的鐵鍊，但卻真真實實存在。

從水面上的風頓時變得更強勁。她彎起膝蓋抵住下巴，同時聽到從上面傳來的呼喊。火把剎時點燃營火底部，火焰貪婪地舔舐著細嫩枝條和樹枝。火焰迅速掌控局勢，往上攀爬。當大家發現那聲叫喊事實上不是發自教堂鐘塔，而是來自等得不耐煩的窮苦小孩所模仿的聲音時，引發參與慶典的人一陣騷動，但木已成舟。一位消防人員半開玩笑地衝下山坡追捕那些少年犯，後者在四面八方的大笑聲中，熟練地一哄而散，但主祭只是聳聳肩膀。夕暮變得更為暗沉，火焰現在是猛抓星宿的發光利爪，一眼望過去，除了黑色側影外，其他都難以辨識。但有個人的身影絕對錯不了：一個欠一屁股債的人被警察用抓桿套著，桿子將他頂在一段距離之外，喉嚨周遭的彈簧卡住下巴。無助的他正奮力掙扎，雙腿雙臂胡亂擺動，嘗試左逃右竄。咒罵連連的語言和暴躁易怒的個性為他贏得旁觀者的笑聲連連。一直到那群喧鬧的人走過後，安娜才注意到安德斯已經將手按在她手上。

安娜一直知道這天總會來臨，她並非天真無知。安德斯在玩耍時是個好玩伴，但現在他們年紀漸長，而他的興趣在很久以前就變得不再是友誼。她並不討厭他——他個性和藹，黑髮藍眼的長相相當討人喜歡——但她還沒感覺自己已經準備好踏入他想要的階段。她沒有和他肌膚相親的渴望，她和她母親瑪潔（Maja）一樣獨立自主，後者靠自己打拼了一輩子。也許另一晚可以吧，或甚至在不遠的未來，但今晚不行。

她知道這種時刻終將來臨，也曾在無眠的夜晚裡思忖，該如何在不傷害他們友誼的前提下拒絕。她很驚訝自己的自發反應，那比她所能控制的還要快。她本能地抽回手。在隨後的沉默中，她不知道該說什麼。她感激夜晚的深沉遮掩了她漲紅的雙頰，結果反而是安德斯開口。

「妳知道我喜歡妳，安娜。我一直都很喜歡妳。」

她不知該怎麼回答。

「妳很快就會到適婚年齡，安娜。妳母親身體很不好，當她不在時，沒有人會照顧妳。我們可以去找牧師，安娜，然後公布結婚公告……」

他的聲音逐漸變小，然後消失。她仍舊不知道該說什麼。她痛恨自己這麼笨拙，感覺她的沉默只會讓他的傷口變得更深。那感覺起來好像她變成一塊大理石，掉落在孩童牧地的草地上，向偉大的賽格爾（注）的鑿子滾去。

安德斯的啜泣聲將安娜自想像中喚回。黑夜使她不能再看見他，但她聽見自己曾安慰過的同一個男孩。她印象中那個手肘瘦乾巴的男孩身上青一塊紫一塊，因為他有個知道怎麼揮舞木板的父親。在孩提時代，卡塔琳娜教區是個冒險和歡樂的奇幻境地，不是那個他們長大後才看清原狀的破敗貧民窟。那些遊戲的點子是她的，但若沒有他就不可能實現。她將棚屋屋頂變成船的甲板，準備駛往中國和印度，石頭和木屑則是會讓他們變成富人的瓷器和玉。當夏季暴雨帶來湍湍急流，從山路衝下山腰時，他們肩並肩玩著打火的遊戲。安娜描述著只有她才看得到的火焰，而安德斯則提著會漏水、永遠搞不定的水桶，總是忍不住放聲大笑。藉由她的想像力，她重塑他們的時光。長久以來，她以為那是他如此喜歡她的原因。

她的反應再度來自內心，沒有思索或算計。她轉身擁抱安德斯，小小的手臂摟住他顫抖的身軀，感覺到他雙手掩著臉。她像以前一樣前後搖晃著他，他以擁抱她和將臉埋在她脖子裡作為回應，她則輕撫他的頭髮。那是個洗滌一切的擁抱。安娜正在想著一切都會沒事時，他的嘴唇猛然貼上她的。他狠狠吻住她，雙臂緊擁著她。她迅速抽身離開，他的身軀順勢跟上，兩人滾落草地上。他在她上方改變位置，用沉重的臀部將她壓在地上，在她想張口抗議時，舌頭竄進她嘴裡。

安娜覺得非常困惑，他一定是誤解她了，恐懼隨即而來。安德斯知道她說了「不」。或許他希望熱吻會改變她的心意，她只是假裝端莊，顧及名譽才悍然拒絕他，事實上，事後她會感激他的堅持，因為如此一來，她便能把責任全推到他身上，讓他一人獨自承擔。安娜發出的任何聲音都被安德斯的嘴巴所窒息——先是想說服他住手，然後是呼救。現在她一陣驚慌。安德斯的胸膛和肩膀將她牢牢固定在地，膝蓋則試圖扳開她的大腿。有個她不想給的東西將從她這裡被奪走了，而她無能為力。

不。她死命用牙齒深深咬住他的下唇，嚐到如金屬液體般溫熱的鹹味。他倏地抽開身子，她用力打他一巴掌，然後再一巴掌。原本固定住讓她仰躺的手臂現在突然得馬上抽回止血。她身上的重壓減弱，安德斯滾離她，翻到草地上。

兩個人都在哭泣。安娜是先停下來的人，她伸出一隻手再去碰安德斯，像一位朋友般，彷彿要說她能原諒剛才發生的事，但她的手好像燒灼到他的肩膀。他身子一緊，迅速抽離，站起身往山坡上狂奔而去。

之後，安娜記得在那段短暫時間內腦袋紛紛雜雜，那些相互矛盾的情緒。部分的她低語著這是她的錯，發生的事天經地義，而這樣的示好應該受到歡迎。他們認識一輩子了，為什麼不能也以這種方式熟悉彼此？這種事在卡塔琳娜教區的貧民窟裡隨處可見，兒時友誼成熟蛻變為更嚴肅的愛情。有多少人是以這種場面起始的？男孩變成主控一切的男人，而女孩變成被迫看清現實的女人。

安娜等了一會兒才站起身。在湖畔，火舌吐得正高、燃燒熱烈，但不久後就會化為灰燼。一個滿口無牙的老男人歪戴著帽子，鬍鬚糾結，坐在她上方附近，正對著她咧嘴而笑，表情猥褻，一隻手放

注 Sergel（一七四〇～一八一四年），瑞典著名雕刻家。

在褲襠裡。那件褲子沾滿髒泥巴和嘔吐物。原來他整段時間都坐在那。他從門牙縫隙間吐出一口菸草汁。

「我原本希望看到更精彩的表演，但我相信妳很快就會找到更有魄力的同伴，到時如果妳肯給我這個可憐人送個紙條，我會感激不盡。我很願意付一先令在旁觀賞。」

他為自己說的話用力拍打大腿，大笑起來。她則因厭惡而全身發抖，將衣服上的草拍掉後，走上和安德斯相同奔逃的路，回頭朝卡塔琳娜教區而去。

30

春天帶來更溫暖的天候，而更溫暖的天候帶來熱病。熱病迅速蔓延，儘管對老邁年輕、富有貧窮皆一視同仁，但它打擊在最虛弱的人身上的力道最為強勁。就安娜．史提納記憶所及，她的母親瑪潔從她小時候起，就是個在孩童牧地吃苦耐勞的洗衣婦。她在羊毛和亞麻布料上彎著腰，並肩和其他女人一起幹活。每年到了春天她都會生病，總是如此。儘管工廠關起窗戶，想藉此抵擋城市吹來的不健康氣體，熱病還是輕易地趁隙而入，而瑪潔．卡那普總是名列感染之列。剛開始時是喉嚨痛，下巴兩邊腫脹。夜晚身子會發燙，又因大汗淋漓而踢掉被子。等到早上來臨時只能病奄奄地躺在床上。她身子忽冷忽熱，而和她分享同一張被子的安娜時而被擁抱，時而被用力推開，安娜都只能咬牙忍受。瑪潔食不下嚥，幾乎不喝水。每一口食物都得哄她半天才肯吃。

有時候她會胡言亂語，有時又滔滔不絕地說話，彷彿無法控制自己。有時她說的話沒有人聽得懂，有時又清晰地彷彿心智很清醒。今晚，當安娜試圖扳開她的嘴，餵她幾口溫度適中的湯時，她談到火。就像那一地區的許多老人般，稱它為「紅公雞」（Red Rooster），也就是那場發生在一七五九年、幾乎吞噬所有馬利亞教區的大火災。當時瑪潔離開娘胎才沒幾年。安娜聽過那故事的次數都數不清，但今晚卻有所不同。瑪潔在一陣打寒顫中，毫無顧忌地暢所欲言，細節清晰得宛如她曾親眼目睹。而那是她們如何輾轉來到卡塔琳娜教區的故事。

瑪潔出生於馬利亞教區，火災那天正逢夏季，她當時在自己家裡，溫暖的天氣早已從祝福變成乾旱。她在房舍間的院落裡，用松果和木棍蓋著農舍，鵝卵石代表建築，松針則是圍籬。她的父母都出門了，在丹托更過去的田野裡工作。一位鄰居的妻子負責照顧瑪潔，老邁的她什麼事都做不了，左邊的腿還瘸了，不時打著盹。瑪潔可以獨自在菩提樹蔭下一玩就玩上好幾個小時。

馬利亞教堂鐘塔開始瘋狂響起時已是午後。鐘聲在快四點時重複響了又響。很快地，卡塔琳娜教堂鐘樓開始回應，沒多久後，橋中之城的三個塔樓也傳來同樣訊號。然後從鍍金灣，也就是克拉拉、雅各和海德維格都傳來鐘聲，此起彼落，再來就是布魯克山脊高處的鐘塔。不久，造船廠的大砲傳來兩聲連續的尖銳砲聲，一次又一次。在整座城市內，旗幟紛紛升起，劃出火災蔓延的區域，顏色則警告眾人應該避免前往哪個方向。

氣味過一會兒後才襲來。煙霧的刺鼻臭味燻痛她的眼睛。慌亂逃跑的群眾開始出現在街道上，大家將最要緊的貴重財物手忙腳亂地放在手推車上，或揹著奔逃。在最初的半個小時內，驚慌失措而奔跑的人寥寥可數，這使得住在教堂附近的居民還抱著一絲火焰會被熄滅的希望。但在老鼠大軍出逃時，所有希望隨之破滅。

牠們像灰色波浪般襲捲而來，從地窖、庫房和海港倉庫傾巢而出，全數跑向海洋。任誰都知道，當灰色老鼠抱頭鼠竄時，表示一切都完蛋了。驚慌尾隨在牠們之後。在教堂警鐘響起一小時後，風勢轉強，將煙霧推滾前面，整個馬利亞教區遂沐浴在如暮光的朦朧中。

一位年輕男孩跑來幫忙帶領鄰居逃離。他只有時間瞥瑪潔一眼，但當他要衝出門時，良心不安的他稍微停下腳步。

「女孩，快跑！火從丹托和角關卡燒過來了。快跑去閘門！」

但父母曾嚴厲告誡瑪潔不能自己上街，於是她選擇等待，直到煙霧嗆得她淚水直流，每個呼吸都變成狂咳。上街後，她很快就迷路。她從未踏出家裡的門檻，而煙霧又抹消最顯著的地標——教堂尖塔和風車。群眾把她嚇壞了，舉目四望都是穿著喀喀木鞋的厚重腳丫，以及匡噹匡噹響的馬車車輪和獨輪手推車。她不想在爛泥地或石地上遭到踩踏，直覺下躲進兩道牆壁的縫隙間。貼近地面處仍舊有涼爽的空氣可供呼吸，於是她將臉頰貼著地面默默等待。從西方的濃霧間傳來淒厲的慘叫，母牛和馬兒被拋下，綁在原地活活烤死，死前發出不忍聽聞的哀嚎。瑪潔四小時後仍躲在藏身處，那時太陽已經西沉，逃亡的人潮終於止歇。之後，她才敢偷偷溜出來，卻望見燃燒的天際。

她是在鵝卵石街道上第一次瞥見「紅公雞」，它比馬利亞教堂鐘塔還高聳，火星形成的淅瀝火雨拔地而起直抵天穹，紅公雞從海灣邊緣爬上山丘，在抵達山丘頂端時發出如雷般的咆哮。牠吞噬路徑上所有東西。火焰從搖搖欲墜的木屋的乾燥木材迸裂而出。從四面八方包圍富人的石砌建築，在列柱和立面裝飾上留下骯髒的煙灰，轟地震破窗戶，將內部裝潢變成熾熱到足以焚化家具和掛毯的火爐。當紅銅屋頂燒烤夠久時，它們會從椽木上彈跳而起，於熱風高處彷若翅膀被撕碎的紅蝙蝠般飄飄蕩蕩。紅公雞吸吐氣息的高熱讓她皮膚起了水泡，而她身上將一輩子烙印著牠留下來的傷疤。

在街道一段距離外，她看見一位獨腿男人拄著枴杖和腳跟上的火苗掙扎。枴杖卡在石頭間扭出落地，他企圖匍匐前進爬行逃走，衣服和假髮卻開始冒煙，他發出沒有字眼的尖叫，剎那間，假髮沾上火星。他高亢的慘叫持續了一段時間。那是她終於開始逃命的時候，她哭喊嘶吼著逃離煉獄，眼淚流下燻黑的臉，形成條條慘白斑紋。火星在周遭旋轉飛舞，不管在哪降落都點燃新的火苗。她覺得自己似乎正奔跑過閃爍發光的秋季森林，只不過飛翔後落地的是火焰，而不是繽紛秋葉。

瑪潔的母親絕望地在南方廣場等待，居民被迫走下坡前往閘門，拿著刺刀的城市警衛將他們趕起來聚攏，人群密密實實。她再也沒見過她的父親。

一天後，火勢仍舊沒有減弱的跡象。瑪潔和母親剛開始時靠教區救濟過活。後來丹托的地主同情她們。她們的家什麼也沒留下，也無法從眾人中分辨出她父親的屍體。一夕之間，一代人淪為悲慘的不幸災民，注定要在剩餘的歲月裡，衣著襤褸地在城市街道上遊蕩，或喝得爛醉如泥，只剩過去人生的鬼魂悠悠吐著氣息。三百座莊園和房舍在大火後不復存在，大約二十個街區夷為平地。

瑪潔在長大成人後，看見它們再次從灰燼中騰起，只是現在建材換成石頭。她孩提時代的木屋永遠消失了。木匠因失去工作而餓死，石匠則荷包滿滿。瑪潔和她母親被迫搬去卡塔琳娜教區，在那，老舊木製廉價公寓建築依舊屹立，建築格局雜亂，凹室和加蓋則胡亂擴充，如此一來，房東才能賺更多錢。只要一點星星之火就會變成窮人的嶄新死亡陷阱。那就是她棲住之處，她在那找到一個男人，生了一個女兒。在她腹部明顯隆起的同時，孩子的父親消失無蹤。

安娜將手放在母親的額頭上。瑪潔在發高燒，呼吸微弱。一定是發燒讓她憶起遭到紅公雞肆虐的馬利亞教區。她不想將母親單獨留下，但別無選擇。她得跑去求助，儘管毫無分文無以回報。

她圍上圍巾，打開門正要衝出去時吃了一驚，發現有人站在外面：波曼（Boman），卡塔琳娜教堂的司事。他很年輕，有希望在未來接管教堂牧師的職務。他身上酒味濃烈，一定在安娜開門前喝了不少酒。她沒料到有人會來幫忙，暗自納悶是誰叫敲鐘人過來，但她沒時間感謝他了。

「我母親瑪潔發燒了。我去找藥劑師時，請為她祈禱。」

安娜在半小時後兩手空空的回來。藥劑師約瑟夫．卡爾森今晚出門了，而他的妻子認為他已受潘趣酒的影響，因此就算安娜一路跑去皇家牧場（Royal Pasture）找他，對她母親也不會有太大幫助。

屋內一片寧靜，連和他們分租屋子的家庭在安娜回家時，也靜靜站在門口，文風不動。波曼站在床旁，合掌祈禱。床單拉過來蓋住瑪潔的臉部，起初安娜不明白為什麼。波曼清清喉嚨，他說的話聽起來很彆扭，年輕的聲音顯得過於照本宣科。

「安娜．史提納，妳摯愛的母親瑪潔．卡那普已經離開我們了，願上帝憐憫她的靈魂。」

他又咕噥了幾個字，但她什麼都沒聽見。安娜覺得膝蓋就要癱軟。她突然喘不過氣來，胃部彷彿被打中一拳。她無法接受這種不公不義。瑪潔獨自撫養女兒這麼久，耐心忍受教友因她產下私生女而給她的輕蔑，每日因體力勞動而身體消耗殆盡——她忍受所有這些苦難，就是為了毫無安慰地孤獨死去？太過份了。安娜渾身顫抖。波曼再度開口時，苦苦尋求正確字眼。

「我今晚來這不是為了妳母親瑪潔。我替牧師帶來口信，安娜。妳應該知道，我們兩人都不知道今晚命運會如此演變。而我相信，瑪潔在最後時刻能有神職人員相伴是種天意。」

波曼停下話，揉搓鼻梁一會兒後才又繼續說。

「我們收到一封控告妳的證詞。教區法院傳喚妳，要妳針對賣淫和企圖引誘無辜者犯罪兩項指控接受審訊。牧師想先和妳談談。」

31

「妳是怎麼維持生計的，安娜．史提納？」

艾利亞斯．萊桑德（Elias Lysander）身材矮小圓胖。他將近五十歲，腰圍幾乎等同身高。黑色牧師外套緊緊綳在他胸部和腹部，雙下巴垂過衣領。他接見訪客的房間燭光黯淡，牆壁罩著亞麻，但經過幾十年摧殘下來，布料已被煤煙燻黑，變得髒兮兮。原本房間應該給人嚴肅莊嚴的印象，但雜亂的景象毀了這種感受。書籍和帳冊堆在墨水瓶和陶製煙斗旁。萊桑德坐在桌後接見她，而她呆立在他跟前的地板上。安娜幾乎沒在講道壇以外的地方看過牧師。他似乎同時變大，又古怪地縮小。在近距離下，他渾身散發汗臭和菸草味，呼吸裡仍舊有早餐吃的鯡魚味。由於此時，他揮舞的權力現在只單獨針對她，而不是在大批信眾面分散消解，因此顯得更為強大。他發出相同的強勁聲音，一種發自內在的威嚴，要求聽者仔細傾聽。她回答他時，無法阻止字眼的顫抖。

「我賣籃子裡的水果，老闆准我留下部分收益。」

萊桑德點點頭，好似這個答案確定了他早就知道的疑點。他繼續說話前沉吟半晌，牢牢盯著安娜，後者則不知道該不該與他四目交接。

「波曼司事告訴我，妳母親馬利亞．卡那普已經離開我們了。」

「瑪潔。我母親的名字是瑪潔。」

安娜的聲音既低又微弱。萊桑德用充滿血絲的眼睛惡狠狠地瞪歐羅夫．波曼一眼。司事站在角落，雙手在背後交握，裝出無辜的模樣。安娜挺直背脊，迎戰這片意味深長的沉默。

「曾經是。」

萊桑德搖搖頭，順便甩掉憤怒。

「上帝賞賜，上帝收取，安娜．史提納，妳母親現在已在更美好的地方了，妳應該對此感到安慰。」

萊桑德似乎對要如何將對話從悲傷輔導轉到想討論的要事上，出現片刻的不知所措。他昨晚的宿醉和今天早餐慣例的醒酒汁，絲毫無法舒緩他的頭痛。在幾分懊惱下，他決定既然缺乏更優雅的解決辦法，乾脆直接切入重點。

「妳曾想過在妳母親逝世後，要如何養活自己嗎？瑪潔．卡那普沒有結婚，我們從不知道妳父親是誰，而妳雖然已經成年，卻沒有未婚夫。」她問過自己相同問題，並對那些甚至連自己都無法滿意的答案抱持疑問，她懷疑她的答案能否讓萊桑德點頭稱是。此時距瑪潔被用擔架抬出她們的房子到教堂的乞丐墓地還不到一天。安娜儘可能給了母親體面的喪禮。

「我可能可以用更低的房租保住房間，或者房東會給我更小的房間。這樣的話，我想吃住沒有問題。如果雜貨商傑森（Jansson）同意，我可以賣更多水果，我願意工作更長時間。」

萊桑德和波曼彼此交換心照不宣的眼神。

「妳要賣哪種水果，安娜．史提納？」

她在他的腔調裡感受到隱約的威脅。

「有庫存時賣檸檬，不然就是李子和莓果。夏末秋初賣蘋果。」

萊桑德嚴厲地瞪著她。

「安娜．史提納，妳知道人們是怎麼說那些提籃子賣水果的年輕女人嗎？」

她知道。她回答時沒有直視他。

「很多人為錢出賣肉體，籃子裡根本沒有水果。」

她曾在街上和庭院間碰過她們，看過和她共事的女孩從樓梯間走出來，頭髮凌亂，衣衫不整，籃子裡的水果和早上時一樣多。她們都夢想著找到上流社會的情郎。她們全都知道那些廣為流傳的故事，她們的朋友的朋友的故事：她也曾是賣水果女孩，現在她和男爵共舞，戴著珠寶項鍊，頭髮梳成時下流行的高聳髮型，在她走過時連吊燈都碰撞得叮噹作響。有些女孩在床墊上和樓梯間的表現比其他人好。有些人能從容應付，有些人則受盡折磨，但很少人能持續很久，她們最後會默默消失，沒有人知道她們的下落。有些女孩不是為美麗的舞廳和社交盛宴將籃子拋在身後，反而是前往惡名昭彰的妓院隱姓埋名，日夜躺在床上讓恩客們輪流騎乘。城市巷弄間對這類墮落女性有個綽號：「夜晚蝴蝶」，每晚都蜂擁而出。

「安娜．史提納，妳和妳的母親瑪潔在沒有男人的情況下，似乎過得十分舒適。妳倆都是從罪惡中孕育出來的。妳一定從賣水果上賺了可觀的錢。現在妳膽敢站在我面前說，是檸檬讓妳的顧客如此滿意嗎？」

安娜感覺血液衝上臉頰。滿臉通紅可能會被視為罪行的另一個罪證。她不知道該如何反駁。從一開始，事實便被貼上謊言的標籤。萊桑德牧師的身子往前傾，指尖相觸，沒等她回答就繼續說。

「妳最好保持沉默，女孩，其他人曾目睹妳犯下罪行。卡塔琳娜教區也許為貧困所苦，但妳若以為這裡缺乏道德高尚的民眾，隨時準備好捍衛正義和公理的話，妳可就大錯特錯。」

艾利亞斯・萊桑德發現自己希望今早能夠獨處，獨自在庭院裡的花園椅裡愜意地抽著菸草。他發現這個詰問過程令人精疲力竭，而他早就料到會有如此發展。那個女孩竟敢對他兜售無恥謊言，對他耶！他可是在卡塔琳娜教區居住和工作了好多年，對那個老套故事耳熟能詳。那女兒像她母親一樣是個妓女，代代相傳，可追溯自人類的墮落。她們這種女人不畏懼上帝，無法判斷是非，宛如原野野獸般易受肉體慾望驅策，是一群心思單純的異教徒，只膜拜財神、酒神和愛神。隨著本世紀即將結束，世道卻更為淪喪。對萊桑德而言，每年的重擔都變得更加沉重。

一七五九年的那場大火將馬利亞教區拋入卑劣的道德敗壞之境，石砌房舍紛紛竣工時，房租再度飆漲，卡塔琳娜反而最受池魚之殃。萊桑德得代表這些靈魂回應上主，但不管他多努力，似乎永遠不夠。在宗教法庭前開的會議上，他教區裡不可告人的祕密便流傳到斯德哥爾摩所有地方的牧師耳裡。克拉拉、馬利亞、雅各、尼可來和海德維格・埃萊奧諾拉都早就風聞，那些都是他的勁敵。他開始飲用少量烈酒好為迎戰這些會議鼓起勇氣，但即使白蘭地也不能消除他在同事面前感受到的屈辱，這些同事惡意地觀察著顯而易見的事實：萊桑德是位差勁、能力不足的牧羊人。另一隻羊又迷途了，而他無力阻止。他心中突然充滿對同事藐視他職位的那份不公不義的盛怒。

「安娜・史提納・卡那普，沒有必要撒謊。納塔納爾・倫德斯特倫（Natanael Lundström）和他妻子克拉拉・蘇菲亞（Klara Sofia）兩人都是敬畏上帝的人，透過捐獻和祈禱為教區的福祉做出貢獻。他們提交文書證詞，指控妳企圖引誘他們的兒子，也就是水手學徒安德斯・彼得踏上腐敗之路。妳以女性的奸詐，引誘他到荒野偏僻處，暴露妳的羞恥，搖晃妳的臀部，提議奉上妳自己，並用盡手段誘惑他打破神聖誓言。如同妳之前的許多女人，妳只想為自己的夏娃找到一個亞當，蠱惑他誤入歧途。妳怎麼用妳的籃子路人皆知，倫德斯特倫一家更清楚不過。我看不出有任何懷疑他們證詞的理由。」

萊桑德打住話。他在講道後喘著氣，感覺自己心跳太快。站在眼前的女孩穿著亞麻長裙，每天在走過泥巴路時，都會將裙襬提至腳踝處免得弄髒，現在她包著頭巾低著頭，臉色慘白，一語不發。萊桑德再次開口時壓低聲音，而他這樣做可是理由充足：這次讓那些來自草地和布魯克山脊斜坡的妓女為其教區的全體教士帶來羞辱吧。

「儘管妳的罪行嚴重，但我不忍見妳在宗教法庭受審。妳還年輕，而年輕所特有的無知也許對妳有利。如果妳的問題能在教區裡就地找到解決之道，對妳將會最為有利，但妳不能在沒有一定程度的悔過下被放行。因此我建議：妳先在我以及司事面前懺悔妳的罪過，然後以祈求原諒的禱告賠償安德斯・彼得和他家人，並承諾改邪歸正，那之後就只剩教堂罰金。我們知道妳沒有錢可支付罰金，但我們也不希望妳再出門提著籃子賣妳所謂的水果，我們就罰妳一個象徵性的數字。這樣妳懂嗎，安娜・史提納？」

安娜覺得那股她在瑪潔的臨終病榻旁感覺到的麻木感又襲上身軀。她無法呼吸、無法移動，只能文風不動地坐著，而波曼不安地蠕動著，萊桑德牧師的臉則愈來愈紅。

「妳的舌頭不見了嗎？妳不了解我為了不讓妳受苦，得忍受多少麻煩嗎？妳會坦承妳的惡行，並為賣淫行徑深深懺悔！」

或許正因為安娜一無所有，所以做了她要做的事。她覺得那些在世上擁有財物的人才會同意妥協，願意為事實真相定出較低的價碼，但在萊桑德憤怒的凝視前，她覺得這是自己僅有的一切，驚愕地發現自己不願失去真相，真相突然變成她僅剩的一切。瑪潔已經過世，而安娜在做出她唯一能做的決定時，首次在她母親逝世後感到一絲安慰。瑪潔正安全地躺在泥地之下，遠離安娜所感知、就要降臨的災難。她從未發出過這麼微弱的低語。

「不。」

安娜閉上眼睛，等待牧師爆發的怒氣，但卻沒有來臨。她再次張開眼睛時，一切仍是原狀。萊桑德擠在椅子裡，他的背對坐墊而言太過寬闊。波曼則假裝自己不存在。一股未說出口的無形恨意在萊桑德眼中閃爍，他的明顯自制顯然更令她恐懼。他不再提高音量，幾乎是輕聲細語。

「滾出我的視線，安娜．史提納．卡那普。」

她轉身時才開始痛哭。她向自己保證，這會是她最後一次流淚。但她心知肚明，那是個謊言。

32

「有兩個男人在找妳！」

安娜．史提納只知道那女孩叫烏拉（Ulla）。沒有人知道她的真實姓氏，可能連她自己都不知道。安娜半晌後才對她發音不清的話反應過來。烏拉的腦袋不太靈光，別人很容易就會忽視她偶爾冒出來的字眼，根本沒去注意聽她的話是否有意義。和安娜一樣，烏拉也賣籃子裡的貨品，但卻是在更南方的馬利亞教區。雜貨商艾佛萊．傑森為女孩們創造了一個系統，每個女孩都得遵循某個路徑叫賣，而那些就變成個人嚴密防守的地盤。上帝幫助那些試圖越界偷賣的人——被當場抓到的人會被追趕至角落，猛扯頭髮，毒打一頓，搞得遍體鱗傷。

然而，她們有時會在路徑交會時相遇，就像現在。安娜從鍍金灣海岸走到西邊的製繩人街和南方的卡塔琳娜街。烏拉則在拉德湖一帶打轉，沒有人願意去那裡。她們在郵政局長山丘（Postmaster's Hill）相遇，在那可眺望閘門和橋中之城。安娜的籃子幾乎空了，運氣好的話，就能在回到下坡處的傑森那裡前，賣掉其餘的貨品，到時希望他有更多東西可以供她販賣。如果她動作快一點，還能在太陽下山前再繞著叫賣一圈。

烏拉斜眼看著安娜，嘴巴沒有闔上。安娜對她所知不多。她從春天以來就在賣籃子裡的貨品，而在戶外的幾個星期在她身上留下了痕跡。她的皮膚曬傷，布滿髒兮兮的灰塵，背部則因揹重物而佝傻，整個歪向一邊。她很少在繞完整個路程時將貨品賣光，總是在每天最後結算時挨罵，而那些剩下來沒賣掉的貨品就得在爛掉前賤價求售。安娜曾看過她跛著腳從棚屋和穀倉走出來，男人利用她的弱智佔盡便宜。她的衣裙髒兮兮，亮色無邊帽歪歪戴著。安娜的思緒轉回五朔節（注）前夕，轉到那片原野和安德斯。她想到烏拉不知有多少這類回憶時，不禁打個哆嗦。烏拉還沒有懷孕完全是上帝的憐憫。

在漫漫長夜緩緩流逝時，安娜有時間反覆思索萊桑德的話，試圖釐清那個故事中她無法確定的部分。安德斯那晚回家時一定因為求歡被拒而沮喪不已，他的父母當然會為了兒子的焦慮而苦惱。她對納塔納爾和克拉拉·蘇菲亞·倫德斯特倫的了解足以讓她猜到後來的發展。有鑑於她與安德斯的友誼有進一步發展的潛力，那位母親特別在這幾年來對安娜抱持著與日俱增的懷疑，可能是害怕她的兒子會被引誘進一樁糟糕的婚姻，掉入娶貧窮街頭女孩的陷阱，白白放棄晉升大副和追求市民女兒的大好良機。如果安德斯沒告訴父母事實，他母親會輕易將安娜視為投機份子，認為安娜試圖以僅有的本錢，勾引他們的長子墜入毀滅。她所問的問題最後終將引導出想要的答案。安德斯一定至少被逼哭了一次，只要點一次頭就能確定他母親的所有恐懼。

烏拉哼了一聲，鼻涕流下柔軟的上唇。正陷入沉思的安娜猛然驚醒過來。

「什麼男人？」

烏拉用磨得很薄的衣裙袖子抹抹鼻子。

「他們穿著很奇怪的衣服。有個人還缺了一隻眼睛。」

「他們要找我幹嘛？」

「他們問我認不認識安娜．史提納。我問他們，哪個安娜？卡那普或安德森？他們說卡那普。那個在馬利亞教區提著籃子叫賣的女孩。」

「妳什麼時候碰到他們的？妳說了什麼？」

烏拉扭曲著臉，她同時回答兩個問題時，需要很強的注意力。

「早些時候。中午以前，因為那時鐘塔的鐘還沒響。我口很渴，所以去教堂的井邊，鐘聲要是有響，我會聽得很清楚。」

「妳為什麼沒去廣場的水井？如果女龍（Dragon）看見妳靠近教堂，她會再次欺負妳的。妳比誰都清楚這點。」

烏拉微笑，驕傲地噘起上唇，炫耀三顆門牙剩下的縫隙，那是被綽號「女龍」的卡琳．愛森（Karin Ersson）打掉的，因為城市教堂這一帶是在女龍日常叫賣的路徑內。上次烏拉擅闖她的地盤時，女龍用石頭砸她。

「他們問我認不認識安娜．史提納．卡那普，還有知不知道在哪找得到她。我問高個子，你的眼睛是怎麼回事？還有矮個子的腿是怎麼了？然後矮個子叫我最好閉嘴，回答他們的問題就好，不要發問。然後我說會努力試試看，但要我同時閉嘴和回答問題很困難，然後高個子就狂扯我頭髮。」

烏拉掀起一邊無邊帽，讓安娜看耳朵後的紅腫處。

注 Walpurgis，紀念聖徒沃爾普加的基督教節日，於四月三十日晚至五月一日舉行，北歐中歐節慶，表演以篝火晚會和舞蹈演出為主。

「他把我扯得好痛，我丟下籃子就要哭出來，但我想到安娜一直對我那麼好，這兩個男人可能要對她不利，所以我告訴他們，我的確認識安娜，她是個骨架很大的黑髮駝背女孩，在熊森林那邊叫賣。」

那個描述和安娜天差地遠：安娜一頭紅髮，背挺得很直，在西邊的製繩人區叫賣。但另一方面，那描述很符合在那一帶叫賣的「女龍」卡琳・愛森。

她們倆分道揚鑣。安娜在逐漸黯淡的暮光中，快步走下鵝卵石街道。在雜貨店裡的艾佛萊・傑森忙著要結束那天的工作，並為明天作準備。安娜原本打算要再提一籃貨品到路徑上看能不能賣光，但她改變心意，而雜貨商則嘟噥抱怨，他的貨品沒賣掉又被還回來。

「原來如此，腳丫嬌弱的卡那普小姐已經想回家了，要在臉上抹粉，並用玫瑰水噴灑喉嚨嗎？」

她太熟悉他在對帳時眼底的那抹貪婪光芒。

「妳的大黃已經快爛掉了，明天不能以相同的價錢賣掉。妳很清楚吧，我得從妳薪水裡扣價差。」

她辛苦叫賣了一天，只拿到幾枚銅板，比預期得還少。在郵政局長山丘那陰影拉得老長，太陽正沿著另一側山脊下山，殘餘的光芒已變成夕陽的黃紅餘暉。她仔細環顧四望，才小心翼翼地走進街道，但目光一掃，在上方山坡處和下方廣場及閘門處，都沒有符合烏拉描述的男人。安娜走上山坡朝卡塔琳娜教區而去，經過墓園和魯騰貝克製衣工廠。再過去是一片雜亂的木屋，那裡的巷弄名稱只有居民搞得清楚。在這之中有座安娜害怕她無法再住下去的小屋。

他們同時看見彼此。守夜人在一棟外皮剝落的破舊房舍轉角後方等她。他們的藍制服沒有翻領，釦子一路扣到喉嚨，綁腿綁到膝蓋。矮個子繫著配劍，高個子拿著棍棒和一截繩子。矮個子在抽陶製煙斗。他們不其然的巧遇害他手指不小心弄斷精緻的煙斗時，她聽見他連聲咒罵。她轉身拔腿狂奔，那兩人一語不發便開始追她。安娜衝進兩棟建築間，縫隙變得更窄，但最後她逃進一座小庭院，看見一位跛腳男人坐在牆邊，正利用最後的暮光削著什麼。她抵達庭院另一頭、跳過籬笆時，他只來得及吃驚地喊了一聲。籬笆後的街道和這社區其他地方一樣，沒鋪鵝卵石，只有一層灰塵滿布的泥土。她隨機往右轉，使盡吃奶的力氣往前狂奔。她身後傳來提高音量的叫聲：「別跑，小偷！」，不是追她的人試圖在追逐中尋求路人協助，就是那老頭從經驗得知，在卡塔琳娜教區裡奔跑的人通常懷裡藏著偷來的贓物。

幾塊等著讓木匠刨平的木板靠放在穀倉旁邊，剛好留下足夠空隙讓她爬進木板和牆壁之間。等到黑夜降臨，她再次往外窺視，卡塔琳娜教區上方繁星閃爍，多得數不清。由於在那一帶只有少數地主肯付街燈的錢，所以星光明亮。她得逃離這裡，但不能空手而逃；她還藏有一把先令，放在一個小袋裡，裡面還有瑪潔的胸針、她在命名日那天收到的手環，以及一把玻璃珠，還有一些食物，夠她吃上幾天。那些足夠讓她越過閘門，消失在橋中之城的人海裡，或是逃去屠宰場橋（Slaughterhouse Bridge）外的偏遠山丘。

安娜躡手躡腳的緊靠牆壁而行，沿著街區繞了遠路，避免重蹈原先走過的路。房東在房子裡弄了更多隔間，讓更多家庭擠進來後，也開了更多前門。安娜循著排水溝往前走，彎腰躲在籬笆洞的下方，在草地裡一動也不動地躺了半晌，注意有無任何動靜，但什麼也沒有。

木匠學徒阿姆（Alm）和他聽話的妻子用的那扇門關著，但門閂用木棍便能輕易舉起。她一頭走進黑暗的走廊，悄悄走過木製地板，發出的吱嘎聲被阿姆的鼾聲淹沒，然後抵達她和母親瑪潔分租的房門。她在黑暗中不須藉助蠟燭就能找到要找的東西。她回頭要出門時頓時停住腳步，廚房裡有只她煮飯用的紅銅鍋，那只鍋子用了很久，當初是她們母女倆用好幾個月存起來的錢買的。她走到半路的爐床時，一把長劍的劍尖頂住她的肩膀。

「噢，安娜．史提納。我們差點以為妳今晚不會回家了。對不對，提斯特？」

她的眼睛適應黑暗後，看見是那個矮個子在說話。提斯特是另一個高個子，以聽不到的聲音咕噥了什麼，矮個子聳聳肩。

「自從被俄羅斯人嚇過後，這傢伙就連一句話都說不清楚。至於我，我叫費雪，讓大家開心的是，我說話的能力大大彌補了他的沉默。在提斯特點蠟燭時，請妳好心地坐在這張長椅上。也許妳的那個小袋子裡還有可以讓我們分享一兩口的食物。」

提斯特用鋼片和燧石打出火星，在火星燃燒、燭火照亮房間時嘟噥一陣。他的一個眼窩是個黑黝黝的大洞。矮短結實的費雪將稀疏的頭髮橫梳過來蓋住光禿禿的頭頂，嘴上留了一小撮黑色八字鬍，但無法隱藏劃過嘴唇的那道疤痕。他正以明顯的厭惡翻尋她的背包，那隻無法彎曲的左腿在他跟前的地上打直。

「腐爛的魚和青菜。嗯，還剩一點咖啡。提斯特，如果你能點燃壁爐，我們至少能弄點喝的。」

壁爐架上有個簡單的小磨咖啡器。費雪將它舉起來，放在膝蓋上，彈彈手指引起安娜的注意。他拳頭裡握著一把咖啡豆。

「我會給妳上一堂有關物質本質的小小課程。就說這邊的咖啡豆代表安娜・史提納和她那些小朋友吧。我是指妳那些在社區裡到處跑、為一法尋就張開大腿的朋友。」

然後他指指磨咖啡器。

「這是提斯特和我，廣義來說，就是政府當局和我們所代表的世俗權力。」

他倒了一些咖啡豆進輪子的齒輪中，搖著把手，咖啡豆磨碎時發出喀答喀答聲。

「啊！咖啡，準備好烘煮，讓上流人士享用，結局皆大歡喜。妳也要有這種下場嗎，安娜・史提納？在政府當局已經指引妳該如何糾正妳的錯誤道路的時候？」

咖啡過了一會兒才開始在鍋中沸騰。安娜低頭盯著地板。費雪傾身向前，語帶嘲諷。他的目光變得堅定冷酷。

「妳知道我們是誰吧？」

安娜當然知道。除了烏拉外，在馬利亞或卡塔琳娜教區幾乎沒人不認得「藍制服」（bluecoats），他們絕大部分是瘸子，有某種程度的傷殘或殘廢，使得他們不適合從事城市守衛或軍隊的職務。他們日日夜夜追逐著乞丐、小偷、流浪漢和妓女——那些在市政府眼中沒有任何生存意義的一群人。大部分的藍制服不會造成任何危險，因為他們將賺的每分錢都拿去酒館花掉。他們常常收受賄賂，或被說服運用他們在職責上本該遏止的行為，進而忽略某項罪行。城市警衛隊被稱作「屍體」，而這些人在民眾間也有綽號。

「你們是『豬玀』。」

他缺乏幽默感地縱聲大笑。

「所以那是我們的綽號囉，小安娜，我打過比妳更無防衛能力的可憐蟲，他們都用了那個不敬的字眼。我比較喜歡被叫『守夜人』，用沉重的腳步走過這些可憎社區，處理社會殘渣，將你們驅趕上榮譽和光榮之路是我們的重責大任。艾利亞斯．萊桑德已經受夠妳們這種三流的小妓女像跳蚤一樣橫行在他的羊群之間，而且每年女孩子們還似乎變得越來越年輕。牧師受夠了得在宗教法庭前羞辱自己。但在我們的協助下，他便無須如此。我們抓到妓女的話有額外佣金，牧師則會得到完美無瑕的名聲。現在我們只須等到天亮，然後走下山丘到法院短暫停留，再前往鍍金灣。妳聽好，不必等很久。」

安娜不敢問自己早已知道答案的問題，但現在再也忍不住了。她的聲音低得幾乎聽不見。

「我會有什麼下場？你要帶我上哪去？」

「我們要妳改過向善。不，我撒了謊。提斯特和我只想拿到抓妳的佣金，我才不在乎最後妳的命運變得如何。」

提斯特在費雪繼續說時，發出一個介於嘎嘎響和大笑的聲音。

「至於妳的下場？妳，安娜，妳會被繩子綁著帶去感化院。妳是隻翅膀剛被拔掉的『夜晚蝴蝶』。」

33

每件事都進行得如費雪說的那般迅速。她在清晨露水中被繩子綁住右手腕，領著走下卡塔琳娜山丘，一路伴隨她的是提糞人（soil-carriers）的嘲諷和怒罵，而後者可能也曾一度是類似命運的受害者。他們在南方法院等待聽證會，而在聽取過萊桑德以書面形式提交的極為精簡的證詞，和費雪本人的補充說明後，聽證會幾分鐘內就結束。法官略微斥責後，她的命運就此裁定。

安娜．史提納．卡那普被以賣淫罪定罪。在她失去唯一的監護人兼經濟資助者後，將她移交感化院看來順理成章，尤其是在雜貨商艾佛萊．傑森不再想和她有任何瓜葛之後。氣色紅潤的法官有張浮腫無力的臉，手指追著襯衫底下胸膛上的一隻虱子，嘴裡流暢地重複著不知說過幾次的判決字眼。

「本庭希望卡那普在感化院中致力於學習紡紗技巧後，能對她的未來有所助益，往後能幫助她在製造業尋得一份正當工作。考慮到這一點，刑期是一年半。在感化院接受訓練後，毫無疑問的，她會成為工藝純熟的紡紗女工。」

他對自己的睿智發出滿意的咯咯輕笑，用力敲了敲木槌。他仔細打量用拇指和食指擰碎的虱子，然後將手在袍子邊緣抹了抹。

安娜在來得及抗議或問任何問題前，就被帶離裁判席。後方有一長排的守夜人，準備將昨晚的收穫成果展示在法官面前。他們沉默地領著她走過好幾排男女，有些人醉得無法站穩，有些人則在照料因打架而還在流血的傷口。法院外是俄羅斯廣場。費雪在晨光照耀下打個呵欠，雙手扠在腰部，伸展僵硬的那隻腿。

「我才不要一路走去史卡，我們搭便車吧。」

提斯特點頭表示贊成。費雪徒勞地想點燃破碎的煙斗，但在看見一輛載著柴薪的貨車從碼頭那邊駛過來時，便停下動作。貨車由公牛不疾不徐地拉著。他快步走過去和車伕說話，短暫商量過後，向提斯特揮揮手。後面剛砍的樹幹上還有空位。費雪扯著綁住安娜的繩子，將一端綁在充作貨車欄杆的木梁上。

「我們還在等另一位乘客。提斯特只要花幾分鐘就會將她帶過來。」

提斯特從法院入口出現時，綁在繩子另一端的人是卡琳．愛森，大名鼎鼎的「女龍」。費雪在看到安娜認出她時點點頭。

「多虧那個白癡籃子女孩，我們還順便抓到她呢。這女人沒讓我們追太久，只要跟著一位好色製陶工人的呻吟聲就找到了。我們當場抓到愛森小姐賣淫。」

提斯特走近，這是安娜好久以來第一次近看女龍。乾泥巴在她的衣裙上凝結成塊，駝背在一邊肩膀上形成腫塊，所有籃子女孩都學會在遠遠看到這身影時要躲開。自從安娜最後一次看到她以來，女龍看起來更慘了。她削瘦高挑的身體因冬天而變得更瘦弱，頭髮沾滿街道上的污物而斑斑花白，看起來是顯老的灰色，腦後杓有乾涸的血塊。衣裙被扯裂，光禿禿的腳丫全是潰爛的傷口。她一定有好幾個星期睡在戶外了。女龍冰冷的藍眸大睜，向前漠然瞪著。安娜曾在皇家牧場那些被馴服的熊的眼睛裡看過那種眼神。熊被鐵鍊綁住，在主人劈啪揮鞭時不得不跳起舞來。那是一股難以按捺的憤怒，欲振乏力和徹底絕望，但總是準備像硫磺般一下子點燃。那是自衛的心特別小心營造的瘋狂，以抵禦恐懼。

提斯特推著女龍往前走上了貨車。她鬼祟地快速瞄安娜一眼，之後就定定地看著木頭裡的節瘤。車伕鞭打公牛，公牛開始移動，貨車緩緩爬上山丘。路徑經過負債人監獄，然後轉向海灣，再經過兩座老舊的風車。路徑再次蜿蜒時，她第一次看到史卡，就在感化院橋過去那邊。她聽說那座橋名為嘆息橋（Bridge of Sighs）。

島嶼岩石累累，貧瘠不毛，一片荒蕪。覆蓋底層岩石的少量泥土不足以滋養生命。在橋遠處是一群建築，後方則是感化院的隱約身影。安娜・史提納從未在馬利亞或卡塔琳娜教區看過這種景觀。最靠近她的地方聳立著感化院禮拜堂的鐘塔。屋頂下掛著孤獨的黑色大鐘，頂端則有十字架和三角旗，後面則是側翼建築，窗戶上裝有鐵柵。老人們說有些地方會發展自己的記憶和力量。安娜相信這個說法。她曾在漢莫比（Hammarby）的行刑場和老舊的瘟疫亂葬坑感到一股冷顫，在看到木馬和頸手枷時感覺到遊蕩不去的殘存恐懼。她甚至覺得工廠周遭有種氛圍，彷彿磚頭滲滿憤恨難平的惡意。她過橋時，恨恨不平的巨浪迎面打來，讓人難以招架。從感化院的牆壁那，古老仇恨的浪頭沖刷過她，那是醞釀幾十年的浪頭。這是個折磨之所。

她聽到左邊傳來一個聲音，沒料到會在這麼陰鬱的場所聽到這種聲音。有人在唱歌。歌聲在沉靜的早晨從遠處傳來，你可以聽出唱歌的人年輕時歌喉必定不錯。沒有走音，但低音音色不佳。

「夜晚之神準備攫取獵物……」

那歌聲從緊鄰道路旁的高大莊園宅邸裡傳來，一扇窗戶敞開著。宅邸外部是黃磬色，就和在橋中之城到處可見的建築顏色相同，但由於靠近水，濕氣使色彩逐漸斑駁。濕氣和霜露將手指深深插入灰泥和鬆動的大石塊間。貨車駛近主要建築時，她看見它的情況也很類似。那歌聲在他們後方消退。

「進入深淵深處，我會在那找到自處之道……」

車伕讓公牛停下腳步。費雪和提斯特解開女龍和安娜的繩子，領著她們從後面下去。費雪快速瞥兩側幾眼，然後和車伕說話。

「我的朋友，現在該付你錢了。女孩們，請為我們這位好心人掀起裙子，給小費時要慷慨，不要猶豫。」

女龍遲疑一下，接著聳聳肩膀大笑，對著車伕伸出舌頭，同時撩起裙子。安娜感覺自己剎那間好像又重新站回萊桑德面前，對他自她這奪走東西的舉動燃起一股憤恨，在世界眼中那是如此微不足道，但對她而言卻是無比重要。她再次癱瘓般地站著，緊握拳頭，手指甲在手掌上劃出傷口。車伕指著她，彷彿在指控，說出他的不悅。

「那個呢？這個沒什麼姿色，如果當初你們只押她過來，我是絕對不會同意跑這麼大老遠一趟。」

費雪惡狠狠地瞪了安娜一眼，無聲地對提斯特比個手勢，後者解開皮帶上的警棍。就在那一刻，他們身後的門砰地打開。一位穿著黑色牧師罩袍的男人走出。他看見貨車旁的一小群人，停下腳步，疑惑地打量他們。牧師身材高瘦，有著豎立的灰髮。眼睛鼓起，瞳孔懸在眼白中央，眼皮以詭異的規律不斷眨動。他似乎察覺到有事不對勁。他走過來，眼睛眨巴眨巴，輪流瞪著費雪和提斯特，毫不掩飾滿臉的厭惡。

「這是怎麼回事？」

費雪連忙摘下藍帽子，必恭必敬地回話。

「我們是費雪和提斯特，守夜人編號十二和二十五號。我們送兩位新紡紗女工過來，由畢喬曼監工（Björkman）看管。」

牧師哼了一聲，走得更近，直到自己的鼻子離費雪的鼻子只有一個手指寬。後者得踩穩腳跟，才不會蹣跚往後倒。

「由畢喬曼監工看管，你是這樣說的嗎？你不可能是指那位整天怒吼著那些早就被人遺忘的古老詠歎調的那個人吧？他唱的可都是不知是從哪個時代的歌劇舞台流傳下來的詠歎調。也許那是他為將他安插到這職位的君主所唱的輓歌，這樣他才能縱情於暴飲暴食，儘管喝酒和自慰顯然更為重要。你當然不是指那位畢喬曼監工。」

費雪垂頭喪氣的站著，不知道該怎麼辦。他試圖與牧師眼神交會時，眼眶幾乎泛淚。

「你好像找不到你的舌頭，費雪。容許我開導你，這樣當下次有人提到畢喬曼監工時，你會有更好的答案。畢喬曼是個嫖客、混帳和豬玀，他會毫不猶豫地走進圍場和母豬交媾，直到慾火焚身的他在爛泥裡翻個身，用他打鼾的雷聲將馬利亞教區的善良百姓都嚇得魂不附體。」

牧師越說聲音變得越大聲，每次咬到子音時都口沫橫飛。安娜突然了悟，讓費雪泛淚的不是牧師強烈的凝視。儘管她站在幾公尺外，但當一陣輕柔的微風從水面上緩緩吹過來時，她便聞到他身上的濃烈酒臭。

「但從你的大肚腩判斷，費雪，你們大概是一丘之貉。」

牧師開始繞著費雪打圈，雙手交握在身後，彷彿他是正在閱兵的嚴厲憲兵司令。

「嗯，費雪，你曾在來此的路上以飢渴的眼神看著我們的牲畜嗎？也許你只要在興奮的狀態中瞥見公牛，就一心渴望跳過籬笆，屁股劃過空中就位。牲畜通常不歸我管轄，至於牠們到底有沒有靈魂可以拯救，那是更睿智的人才會頭痛的問題。但我向你保證，我絕對會投票讓你快速墜入地獄，如果我必須這麼做的話。事實上，我現在就鼓勵你下地獄去。等你一將貨品運到大門裡面登記好後，就趕快下地獄去！」

費雪以極大的自我克制控制著眉毛，額頭滿是汗珠。牧師訓完話後，他感激萬分地衝過去鬆開安娜手臂上的繩子。但他嘴巴靠近她耳朵時，藉機低語著道別的話。

「如果我們再見到彼此，安娜．史提納．卡那普，妳最好向眾神祈禱，妳會先看到我。」

他將她和女龍推進大門內，那裡有一位穿著相同藍制服的警衛在等待。牧師消失在他們之後，經過橋樑朝房子走去，步履有點不穩，嘴巴喃喃低語，彷彿仍在斥責費雪，後者則轉頭吐口口水。

「那就是奈德（Neander）牧師。我聽說那男人瘋了，現在我知道傳言並非空穴來風。」

在大門口的守夜人是個老頭，皮膚好像東補西補，色調很不協調，沒有眉毛或頭髮。他不懷好意地咯咯輕笑。

「聽到那消息可真遺憾。在奈德牧師處於那種心情時碰到他的人，可真是倒楣至極。」

「他是有什麼不對勁？」

「除了缺乏常識外，他最近聽說我們最愛的低音歌手兼感化院監工畢喬曼提出辭呈，想要退休到薩沃拉克斯（注）去。」

「考量到他對監工的感覺，他應該對他們的分手欣喜若狂。」

「噢，那兩個人的歷史很複雜。牧師花了好幾年，針對畢喬曼寫了忿忿不平的抗議信給所有想得到的當局，包括最近過世的前任國王古斯塔夫國王，結果牧師因公文的語氣缺乏敬意，惹惱攝政而被重罰二十塔勒。據說他在聽到國王被暗殺的同時高舉香檳慶祝。我猜，奈德牧師對不久後就要退場的畢喬曼，將會逃過他醞釀如此之久的復仇一事，非常不甘心。」

「誰會取代畢喬曼？」

「沒人知道，但也許得等到秋天，甚至更久。究竟有誰會想在這個悲慘的小島上安頓下來？當然，畢喬曼已經怠忽職守二十年，這可能是他維持理性的唯一方式。我從冬天開始就很少在感化院看到他。奈德牧師日夜都在禱告，通常醉到沒辦法好好唸禱文拯救自己，無論如何，他根本不在乎犯人，除非他們能成為他與畢喬曼之戰中的彈藥。反正你知道的，真正管理這裡的是彼得森（Petersson），就算我們來了位新監工，也難以改變那個事實。」

注 Savolax，位於現今的芬蘭。

「該死，這裡真是個屎坑。上帝知道我沒有多少可以感激的事情，但避開這個多事之地倒是其中之一。這下你們有兩個新紡紗女工啦，都是妓女。祝妳們好運，小女孩們。」

費雪的手輕觸帽沿一下，轉身跛著腳走出大門。

34

守夜人有著一張似乎慘遭祝融燒烤過的臉，他將一位年輕同事叫喚過來，然後向後拉開門閂，讓三人走進內庭。庭院中央有口附設幫浦的井。頭上的小方塊天空感覺很遙遠，安娜覺得自己好像是從豎坑底端望向天際。側翼建築的窗子上都有鐵柵，能瞥見窗後彎腰工作的苦命身影。庭院遠處銜接一棟老舊建築，和安娜在南島郊外看到的莊園宅邸極為相似，興建於百餘年前，供有錢人享樂之用。它一定是島上的第一棟建築，而在其餘建築興建時，成為感化院的一部分。守夜人在碎石路上停下腳步。他們得在這裡等管理人。

管理人慢吞吞的前來。如果女龍和安娜一樣焦慮，她可沒表現出來。反之，她對著那位負責看守她們的守夜人嘮叨不停。她跳上跳下，一直嚷著要去廁所。他聳聳肩。

「妳腦袋瓜要是還靈光的話，最好保持安靜。彼得．彼得森馬上就會過來，妳最好不要惹火他。」

女龍投給他一個憤怒的眼光，在他轉身時於他背後做個鬼臉。他們繼續等待。

管理人是個魁梧的男人，肩膀寬到安娜連張開兩隻手臂都搆不著。他身上的藍制服並不合身，外套敞開，她懷疑就算他想，釦子也扣不上。熱氣使他滿身大汗。他有張大大的圓臉、一張大嘴、寬寬的鼻子往上翹，看起來很像動物口鼻，眼睛深陷在腫脹的肌肉內，好似在窺探。濃密的頭髮在頸後整齊地綁個結束起來。皮膚布滿老舊疤痕，聲音嘶啞，低沉宏亮。

「歡迎來到寒舍，我的小雞們。我叫彼得森，和我的同事海賓奈特（Hybinett）是這裡的管理人。妳們是來此矯正過去的罪惡，找尋求生之道的吧。叫什麼名字？」

那位年輕的守夜人輪流指著她們回答。

「安娜．史提納．卡那普。卡琳．愛森。」

彼得森仔細審視她們兩人。安娜垂下眼睛，從經驗中學到這些男人喜歡這調調。女龍則挑釁地回瞪著他。她身軀左右搖擺，想趕快抒解迫切的內急。彼得森用一隻大如燻火腿的手指著她。

「愛森小姐是怎麼回事？」

「女孩說她需要小解。」

「是嗎，愛森小姐？妳當然是習慣到處跑、隨處尿，在野外自由自在像隻野獸。」

女龍沒有馬上回答。安娜聽出彼得森的話裡暗藏著一個沒說出口的挑戰，儘管嘲諷的聲音很柔和。她暗自祈禱卡琳能有足夠的理智別理會這項決鬥的邀請，但女龍悍然回應。她歪著頭，吐口口水。

「我看不出來誰和我抒解膀胱壓力有任何關係。」

彼得森的嘴角揚起，緩緩綻放微笑，就像一隻吃得飽足的貓將老鼠抓在爪子裡，安娜不禁顫抖。

他慢慢用舌尖舔過嘴唇，靠得更近了。

「讓我好好看看妳。」

他用拇指和食指抬起卡琳的下巴，將她的臉轉向光源。

「噢，我認識不少像愛森小姐這樣的女孩。她們為酒館和妓院帶來歡樂。妳喜歡跳舞嗎？」

安娜想勸女龍不要上鉤，應該閉上嘴巴，暗自希望彼得森會厭倦這場遊戲，但安娜什麼都不能做。女龍自信滿滿地微笑。

「我可以在舞池上連續跳好幾輪。」

「可不是正如我想的，我很了解我的感化院女孩。妳是舞技精湛的舞者嗎，愛森小姐？或妳只是像一袋馬鈴薯般靠在舞伴身上，跳一兩回波蘭舞曲後就累垮了？」

女龍放聲大笑，表情不屑。

「我能在別人累垮癱在地板上時跳整晚的舞！」

彼得森點點頭。

「想必如此！我很想相信妳的話，但我早學到人們往往太高估自己的能力。妳願不願意當場在這跳點小舞，就當作是向我證明？」

女龍遲疑了片刻，但除了就地往上跳幾下外，她不知道該怎麼反應。彼得森搖搖頭。

「不、不、不，不是這樣的。繞著那口井跳，那是我們在史卡這裡的舞蹈方式。妳何不繞著那口井跳個幾圈，好讓我們知道妳有多厲害？」

他伸出手臂鞠躬，單膝微彎，腳丫在地上劃幾下。女龍被帶到水井邊，那裡的幫浦下有個石盆，用來承接潑濺出來的水。剛開始時，女龍似乎很不確定，沒有自信，但隨即咧嘴一笑，鼓起勇氣和決心，用手臂挽住看不見的舞伴，開始以只有她聽得到的快速三連拍跳起舞來。她繞著井口跳了一次，轉了好幾圈。彼得森拍手吹口哨表示讚許。

「嗯，精彩！愛森小姐的確會跳舞。既然妳這麼有自信，能請妳再跳一輪嗎？」

她的第二輪和第一輪如出一轍。但當彼得森要求第三輪和第四輪時，新奇感已經消失。女龍對這個遊戲感到厭倦，手臂垂在身側，開始拖著腳步。彼得森拍手，要她再繞著水井跳另一輪時，她慢慢停下來，雙臂交握胸前。

「夠了。現在一點也不好玩了。如果你只會這樣鬧，我還是得去廁所或找個樹叢，或去角落也行。」

彼得森的目光沒有轉離卡琳，他對著站在安娜旁邊的守夜人彈彈手指，後者無精打采地拖著腳步走過庭院，一聲不吭地從一邊側翼建築的大門出去。彼得森再度開口時，毫無一絲幽默。

「妳可以等一下再尿，現在妳給我跳舞。快啊，愛森小姐，再跳另一輪。羅夫（Löf）很快就會回來，他會給我們帶來一個小驚喜。妳在那之前還有時間跳另一輪。如果妳幸運的話，甚至可以跳兩輪。」

女龍的動作不再像舞蹈，比較像半跑步加上偶爾的跳躍。當守夜人羅夫回來時，他肩膀上揹著一個小袋子，彼得森朝女龍走近了幾步。羅夫將袋子遞給他，彼得森用像樹幹一樣粗厚的手臂，將袋子拿給女龍看。

「裡面是愛利克大師。等一下，我來介紹你們倆認識。」

他從袋子裡拿出一個編織起來的長皮條，有個粗硬的握柄。它大概是十二厄爾長，另一端則較為纖細。

「妳以前大概從未看過鞭子。只要妳好好跳舞，我們就不需要請愛利克大師出手相助。現在請再跳一輪，而且要再多跳幾輪。」

女龍又跳了三輪半，然後彼得森揮出第一鞭。她的步調慢了下來，因此他挪動穿著長統靴的腳，跨大步跟上她的速度。鞭子的劈啪聲在庭院的牆壁間迴盪，緊接著是她的喊痛聲。鞭子尾端纖細的皮條打在她足踝上，留下紅腫的鞭痕。她咬住嘴唇以免哭出來，但從痛苦和急促的呼吸聲判斷，卡琳．愛森已經快被逼哭了。彼得森同樣也注意到。

「噢，那沒什麼啊，愛森小姐。愛利克大師還可以更可怕呢。繼續跳舞吧，讓我們看看它會不會再度被迫和妳搭檔。」

庭院周遭的窗戶後出現好幾張憔悴蒼白的臉。女龍又跳了五輪，彼得森再次揮鞭，這次用力打過她的小腿，抽得出血。再跳七輪後，女龍無法控制膀胱，只得穿著濕透的裙子繼續跳。尿的鹽分讓她傷口刺痛，她開始哭泣，起初幾乎無法察覺，然後愈來愈大聲。很快地，人們就幾乎無法分辨她挨鞭子時的號叫聲和其餘時候發出來的啜泣。她哀求嚎哭，向彼得森再三提出承諾，但他根本置若罔聞，最後她以淒長的尖叫哭喊著母親。女龍在馬利亞教區的街道上長年以來培養的強悍被鞭子一層層無情剝除，好似彼得森正在剝安娜籃子裡的洋蔥，很快便只剩下一個嚇壞的孩子。兩小時後，女龍變得只能爬行，而彼得森如雨點般的鞭子落在她大腿和背部。太陽高掛天際時，鐘樓裡的鐘聲開始響起。紡紗女工們拖著腳步走出房間用餐。有些人指指女龍的舞蹈，大聲嘲笑，但大部分的人甚至沒有足夠力氣看她。

安娜站在那裡閉上眼睛，為眾人所遺忘，雙腿因盡力在那段時間內站穩而發抖，這時，她感覺內心有樣東西向反方向翻轉。她的周遭開始形成一層殼，聽著一個男性怪物如何為了自己的享樂折磨一個女孩，而他有法律撐腰，沒有任何人會舉起一根手指抗議。彼得森和在孩童牧地的安德斯、辦公室裡的萊桑德、法院裡的法官，以及拿著棍棒、繩子和配劍的費雪與提斯特都是同類。女龍在井邊跳出一圈血漬之際，安娜隨即發誓，不管這個世界如何看待她，她再也不會做那個毫無防衛能力的女孩。她在思想和行動上，都必須想辦法離開這個可憎的地方，而且必須在迷失自己，加入那群拖著腳步走路、變成活死人的紡紗女工前，趕快自救。至於卡琳，一切為時已晚。安娜知道她不會再是女龍。

彼得森的襯衫下胸膛起伏，喘著氣發出怒吼，部分是因為過於用力，但安娜驚恐地發現，更大部分是因為性慾勃起。他停下來擦掉額頭的汗水，斜眼一睨站在羅夫旁邊的安娜。羅夫在正午的酷熱中開始打盹。

「嘿，約拿坦！帶那個女孩去看她的床位、吃飯的地方和紡車。你回來時拿一瓶酒給我。教導紀律讓人口渴，我感覺得到這個愛森還能再跳一或兩輪華爾滋，即使她看起來好像沒那個能耐。」

35

安娜慢慢學會感化院的步調和做事方式。她日復一日地紡紗，像許多人一樣坐在吱吱作響的紡車旁，紡車則因經歷無數小時的踩踏板和轉輪後，變得破敗老舊。她們在清晨四點起床，牧師會站在大門口和她們打招呼，主持禮拜堂的禮拜。他通常宿醉得很嚴重，在講道壇上雙手直發抖。之後，她們吃麵包皮配極少的啤酒當早餐，工作則在同一個房間，等夜晚躺在沿著牆壁排放的窄床上時，也是在同處。十二點吃午餐，在一天完工後，晚上九點吃晚餐。硬梆梆的鹹肉塊和壞掉的鯡魚、加上浸泡過的燕麥和蕪菁。院方用木製托盤送來餐點，四個人同時分食，但那個分量連給一個人吃都吃不飽。她很快就發現原因：守夜人每餐都會出現，可以透過他訂額外餐點。他會在一個大帳冊裡寫下誰點了什麼。犯人每完成一捲紗線，就會收到一小筆薪水，她們可以用那去購買不是免費供應的食物：奶油、乳酪、牛奶和新鮮肉類。每個人都這麼做，不這樣做就得面對因飢餓而緩慢降臨的死亡。

她們的工作成品是以「串」計算：每一捲完工的紗線長度是三千卮爾。第一天，安娜花了一整天才織了一千卮爾。她用左手比右手熟練，但難以學會操作紡車的動作。她手指間拉扯的扭轉纖維不是太厚，就是太薄，線則一再斷裂。她還得快速將斷裂處接起來，不能停下動作，因為有位監工不斷在她們之間走動，監督作業。到了晚上，她發覺自己學得不夠快。如果她不開始紡出更長更好的紗線，就不會有足夠的東西吃，而如果吃不夠，就沒有力氣紡紗。她對飢餓並不陌生，很清楚飢餓會讓身心同時變得遲鈍。

·

和安娜共享托盤的另外三個人年齡各異。一位老邁的婦人，臉上滿是皺紋，身體似乎包覆住整座紡車，彷若整個人都奉獻於這個職業，不會做其他事。她工作時會對自己喃喃自語，一隻眼睛裡有乳白色眼翳，另一隻則空茫地瞪著前面的空間。她的手好像有自己的意識，會胡亂移動。

一位和她母親瑪潔同年的女人坐得稍微遠一點。她削瘦又緊張不安，每次監工繞過來時，她的眼睛會轉到他的棍子上，呼吸變得急促吃力。他站在她身後時，她會挺起肩膀，保護脖子免於承受突然揮過來的棍棒。有時她會毫無來由地抽動身軀，要是動作太過劇烈，還會將手裡的羊毛紗線扯裂成兩段。

坐得離安娜最近的女孩不可能比她大多少，有著漆黑的頭髮和同樣黑黝黝的眼眸。她總是低頭工作，但眼睛骨溜溜的到處亂轉。在瀏海的遮掩下，她的眼睛前後快速移動，什麼細節都逃不過。安娜覺得在自己被帶到工作地點開始紡紗時，女孩曾偷偷看她，但很快就轉移注意力。趁監工轉過身去和來接班的同事說話時，安娜彎腰朝向那個女孩。

「教我怎麼紡紗。」

紡車是由腳踩踏板給紡輪施力，拉動羊毛以纏繞在線軸上。那女孩沒停下腳，斜眼覷著安娜。守夜人結束談話，新接班的人在房間裡來來回回走動。等他聽不見時，她低語回應。

「我幫妳紡的第一串所賺到的錢要全部歸我。」

守夜人轉回來。他一定聽到某種竊竊私語，但無法確定源頭，他的眼睛在房間內二十多個女人間來回梭巡良久，終於放棄。片刻後，安娜才覺得安全，於是她回了話。在這期間，她有時間思考該如何討價還價。

「第一串全部的錢和第二串一半的錢都歸妳，但我在給妳第一筆錢之前，妳得給我點時間。」

隔壁的女孩狐疑地望著她，安娜直視她的眼睛。

「如果我不趕緊吃點東西，我們兩人都無法從我這拿到任何錢。」

那女孩傾身過來，伸出一隻張開拇指的手。安娜猶豫半晌，然後也伸出拇指，她們倆拇指交握，達成協議後，她又說。

「如果紗線斷裂或打結，我會留下我的錢，第一串得在明晚前紡好。」

另一個女孩淡淡微笑，哼了一聲。

「成交，但如果妳在學會前餓死，妳留下來的衣裙和所有財物都歸我。」

她輕柔地轉動紡輪讓安娜瞧個仔細。她改變踏板的速度，開始慢慢示範每個動作。非常有幫助。

那晚稍晚，在去夜間祈禱的路上和做禮拜時，她們有機會在長椅上交頭接耳。那女孩叫喬漢娜（Johanna）。

「妳的刑期是多久？」她問。

「一年半。」

喬漢娜咯咯輕笑，但笑聲裡沒有笑意，然後安靜了一會兒，好確定她沒引起守夜人的注意。

「妳是新人。我們這裡的刑期不是以年或日計算，而是以『串』計算。一年半的刑期意味著妳的市政委員要求妳紡出一千串。理論上，如果我們夠勤勞的話，一年七百串不成問題。一天兩串，六千厄爾。但這個數目甚至連坐在我們旁邊的母羊、那位獨眼老太婆都辦不到，而她已經花了一輩子在學怎麼紡紗了。」

安娜私底下默默計算。她試圖望進近期的未來，感覺到手裡的羊毛，隨著時日遞嬗，她會變得更善於紡紗。她嘗試想像腳丫和手盡快操作紡車，在心中描繪及時紡出一千串的光景。等她察覺真相時，肚子好像挨了一拳。

「三年！或甚至更久。」

喬漢娜此時的沉默無聲勝有聲，她也曾做過同樣的計算，還記得那種絕望的感覺。她聳聳肩。

「也許四到五年。如果妳在這裡豎立了敵人，她們會先從妳手指下手。然後妳一星期就只能紡一捲，淪落到得偷東西才不至於餓死。如果妳被抓到，他們只會加重刑期。」

在她們周遭，其他犯人在巡邏於走道間的守夜人逮到她們前，偷偷再休息幾分鐘。守夜人拿著長棍。女孩們則安靜地坐在長椅上，奈德牧師口齒不清地唸著《聖經》裡的篇章，喬漢娜再次靠向她的耳朵。

「妳是犯了什麼罪？」

「賣淫。但我是無辜的。妳呢？」

「兩個無辜的人就這麼剛好坐在彼此的紡車旁，真是巧啊。」

喬漢娜繼續話題時再度聳聳肩。

「這裡有謀殺犯和小偷。我做的不過就是為一法尋和男人躺一次罷了。」

繁星在庭院高處漫步過慘白的夜空。一等守夜人押送犯人從教堂回房間後，他們就提著提燈離開，隱沒入黑暗中。房間房門鎖好，外頭的春季夜晚輕盈地滲透進窗戶，柵欄則在地板上投射出網狀的斑駁陰影。安娜無法入眠，床墊裡的乾草發臭、爬滿虱子；老鼠沿著牆壁快跑，尋找有無掉落的麵包屑。夜晚促使紡紗女工在白天陽光普照時拚命維持的自制鬆懈，許多人發出呻吟或低泣，其他人則打鼾、抽鼻子或呢喃著夢話。安娜也感覺得到淚水想流下的刺痛，但她記起對自己的承諾，因此直直向上瞪著天花板。喬漢娜睡在她身旁，安娜在黑暗中低語。

「妳醒著嗎？」

喬漢娜回答前靜默片刻。

「對，雖然白天工作很漫長，晚上還是難以入睡。」

「跟我們一起吃飯的另外兩人是誰？」

喬漢娜在床上嘆口氣。她可能在衡量是試圖入睡較好，還是分心想別的事這點子較棒。她選擇時花了點時間。

「一位叫麗莎（Lisa），腦袋不太對勁。她結過婚，聽說她丈夫把她逼瘋。有天早上，他們發現她走在街上，全身赤裸。她原本可以直接被送去丹麥灣的醫院，但他們卻送她來這裡。她沒辦法紡得夠快。她已經很瘦了，大家都在下賭注，賭看看她能不能活到外面草地上的栗樹掉落最後一片葉子。有人提議另外賭第一場初雪，但沒有人肯下注。」

「那個老太婆呢？」

「她綽號『母羊』，因為她有鬍子，也因為她會吞食小塊羊毛，老是在用下巴嚼著毛。她很少說話，儘管她總是自言自語，在和只有她自己看得見的人說話。她是在這裡待得最久的人，能記得這地方還只是阿斯特德莊園（Ahlstedt's manor）時的情景，那時這裡還沒有兩個側翼和禮拜堂。他們將我們分門別類，妳知道吧。這邊是妓女和小偷，那邊是重罪犯人。母羊和最糟糕的罪犯相處多年，但現在她老了，無法再造成任何傷害，院方便把她轉來這裡。她會在這待到被扛出去為止。」

「妳知道她是犯了什麼罪被關嗎？」

「他們說她將她的小孩丟進水井裡。」

她們靜靜躺了一會兒，一聲不吭。

「喬漢娜，我不能留在這。」

沒有回答。

「一定有逃出去的方法。」

她又聽見那個苦澀的輕笑。

「現在沒有，以前也沒有過。去年，西南角有幾個女人嘗試撬開窗戶的鐵柵，總共有七個人嘗試越獄，跑過橋樑。那變成一個大醜聞，也是我唯一一次看見監工親自現身感化院。他有副好嗓子，但吼叫和尖叫起來可真嚇人。他們檢查每扇窗戶，拿掉鏽掉的鐵柵，換了新的。他們重數所有的鑰匙，派更多守夜人盯著我們。任何人只要膽敢望向錯誤方向就會被抽一頓鞭子。自從那以後，沒人再嘗試逃跑。」

安娜感覺僅存的希望像在風中搖曳的火焰般抖動著。喬漢娜過一陣子後才說最後這段話。

「嗯，事實上，曾有一個成功過。她的名字是愛瑪・古斯塔夫多特（Alma Gustafsdotter）。她原先與母羊一組，我後來取代她的位置。妳知道的，逃跑的人不久後都會被押回來這裡。守夜人只要在我們以前待過的社區裡來回找個幾次，就會找到我們，然後在我們的手臂上綁個新繩結，拖回紡車旁，在大腿上放滿羊毛，但愛瑪擺脫這種命運。」

「沒有人知道她是怎麼辦到的。」

潛鳥的悽慘啼叫從海灣傳來。瑪潔總是說，那是溺斃的水手發出的聲音，從海水深處發出的渴望吶喊，呼喚著陸上的墓地。

36

安娜再見到女龍是兩個星期後，而且只是碰巧看見她。她的目光游移過一群犯人時，差點沒認出她來。瘦長的身軀現在畏縮著，背部佝僂，一隻腿以某種角度扭曲，女龍走路時雙腿得往外彎，以免腳丫相絆。衣裙下的每吋皮膚呈現從藍黑色到黃色的不同色調，摻雜著半癒合的割傷和傷口。她似乎沒辦法停止顫抖。女龍在幾天內就變成老女人。她和安娜的眼神交會時，沒有認出安娜的跡象。如果她不停止顫抖，就無法紡紗，而安娜已經看到自己房間內其他紡紗女工的下場。她們開始移動得更慢，最後如槁木死灰般坐著，幾乎不碰羊毛，除非守夜人舉著木棍發出威脅。她們紡得越來越少，領不到薪水，無法添菜加飯，隨著日子一天天過去，只剩皮包骨。最後她們崩潰，被扛到醫務室得到短暫的緩刑，最終直抵墳墓。

安娜開始在衣裙的袖子裡藏點乳酪和麵包，當她在庭院裡碰見女龍時，會偷偷在守夜人看到前遞給她食物，但女龍卻好像被打到般縮回身軀，只露出滿臉困惑和憂慮不安。管理人彼得森似乎覺得這一切非常有趣，他在幾個星期前才認識的傲慢女孩，竟然變得如此溫順。他喜歡偷偷靠近，然後跳到她面前大叫「轟」。他的守夜人夥伴見狀紛紛哄堂大笑，他們在捉弄犯人上略遜彼得森一籌。守夜人每天都施加懲罰，每個人都能揮舞著愛利克大師，但沒有人像彼得森那樣擁有瘋狂的精力和熱忱。

喬漢娜低語說，犯人們也開始在卡琳身上下賭注，她不吃端來的食物，其他人從她盤子裡偷走食物時，她也不反抗。如果她能再熬過兩個星期，那會是奇蹟。對安娜而言，這讓她確定自己早已知曉的事實。她很快就明白，卡琳正快速淪落到許多犯人註定的命運。

一旦紡車吐出足夠的串、付清她們被判決的刑期，犯人也許會被釋放，但很少人能真正離開史卡。某種活力充沛的火焰在內心枯萎，而身軀蹣跚前進，她們在感化院裡受盡折磨，出去後只能適應工廠生活。或許目睹女龍遭到鞭打時是她內心變堅強的第一個階段。那也許能幫助她熬過刑期，但沒有人該付出那種代價。

只有在夜晚她才敢和喬漢娜於黑暗的房間內，不受打攪地聊天，哭泣和呻吟掩蓋了她們的竊竊私語。她們不會稱呼彼此為朋友，喬漢娜和安娜都很清楚這點。那種關係很容易變成弱點，危險可能藉機進入這個盾牌的縫隙。在這裡打造深刻情誼可能會鋪出一條通往憂傷和背叛的路徑，因此她們滿足於彼此尊重。喬漢娜辨識出另一位鬥士，而安娜可以購買知識，不然她會為此付出更多代價。有人可以聊天就夠了，但要劃清界線，不能輕易吐露祕密。

「再告訴我那個消失女孩的事。」

「我已經把知道的都告訴妳了。妳想知道更多內幕的話，我可以去問，但那很冒險，尤其彼得森又很警覺，事成的話，我要半串的酬勞。」

安娜的紡紗手藝已經變得較為精湛，她有喬漢娜的示範可循。她和其他人一樣離額度還很遠，但手藝已純熟到足以在星期天買奶油和肉類。儘管半串紗線是天價——她得被迫連續好幾晚餓著肚子上床——但要下決定卻很容易。

「成交。」

安娜現在做的夢和以前不同。在喬漢娜的呼吸變得規律和深沉後，她躺在床上醒著，眼睛向上瞪，看到思緒成形。母親瑪潔死去的軀體蒼白地躺在地底。她看見安德斯、萊桑德、法官、守夜人和管理人，他們都從他們的高度低頭嘲笑她。睡眠緩緩匍匐爬來。就她記憶所及，有時會夢到大火，就是瑪潔從小對她描述的那場災難。瑪潔藉此教導她火的危險，因為瑪潔自身就無法逃脫對火災的記憶。火找到進入安娜夢境的路，以前那是種恐懼來源。夢境到現在還是沒多少變化，但角色已然顛倒。現在，她變成紅公雞，一路燒焚所有的事物：感化院、禮拜堂、廉價公寓、莊園和法院；她讓一切變成冒煙悶燒的殘骸，感覺到一股狂野的欣喜。她的胃是咆哮的火爐，吞噬敵手。她在闃暗的深夜中驚醒，心臟因劇烈的狂喜而猛然跳動。感化院的目的是教導她紡紗，並將城市追求效率和生產力的努力烙印在她身上。但她被教會的是仇恨，更勝於其他東西。

喬漢娜問了一整個星期才得到答案。安娜逐漸習慣床腳低語的聲音沒有臉的事實。她比較喜歡那樣。在她的心靈裡，她能給喬漢娜一張比現實中更漂亮的臉蛋，更健康也更圓潤。

「有些人還記得愛瑪．古斯塔夫多特，儘管有些人當時不在這，只是想像自己在這，但她們都聽說過她的故事。她在我們這個側翼紡紗，和母羊那群人分享餐點。她在去年秋天來到這裡，今年三月消失。她有梅毒，常送去醫務室洗澡。在冬天，她曾因被控偷竊而慘遭一次鞭打，好在不是彼得森下的手。」

「她的逃脫故事呢？」

「每個人都同意一點。愛瑪在晚禱時坐在禮拜堂的長椅上，像別人一樣吃著晚餐，提燈被提出去時躺在床上。隔天一早，她的床變得空蕩蕩。守夜人不知道到底是怎麼回事。他們把整個房間翻過來，將床在地板中央堆疊起來，敲打牆壁，拉拉窗戶鐵柵。那天稍晚，我們可以透過玻璃看到他們，一長排男人用木棍和配劍拍打草叢，但院方從來沒找到愛瑪。」

安娜感到失望的劇痛。這故事沒有能幫助她的地方，沒有能幫她做同樣逃脫的線索。

「就這樣？」

喬漢娜再度開口時，她聽到後者的聲音裡有股嶄新的滿意腔調。

「妳覺得要用半天薪水來付這些消息太多了？冷靜下來，還有更多線索。我和最靠近房門的女孩聊過。她說她知道確實發生的事。她不是很老，但不幸的是，她也不是特別聰明。但她說在愛瑪消失前的那一陣子曾在半夜驚醒好幾次。她聽到有人在門口搖著鎖，以為那是想闖進房內飽餐一頓的餓鬼。牠每晚都會折返，而她總是把被子蓋過頭，害怕地咬著牙發抖。最後牠終於弄開門鎖，將門打開，她感覺到一股陰冷的穿堂風。據那個女孩說，牠偷偷潛進房間，在黑暗的遮掩下，將可憐的愛瑪整個狼吞虎嚥，然後回到在墳墓下的獸穴。」

「妳說愛瑪被控偷竊，她偷了什麼東西？」

「我聽說一直沒找到一根錫湯匙，還有醫務室的幾瓶藥水。愛瑪說她牙痛，已經把藥水喝掉了。現在妳對愛瑪．古斯塔夫多特的了解和任何人一樣多了，當然除了那個餓鬼之外。我知道這些線索不多，但我還是要我那份酬勞。」

安娜確定這些故事裡藏有玄機。女孩、湯匙、醫務室、牙痛、晚上門鎖的碰撞聲。她問了最後的問題。

「妳和母羊聊過嗎？」

「呸，才不！有好幾年都沒有人和母羊說過話了，她只會自言自語。」

隔天，在少得可憐的早餐後，安娜開始將紡車慢慢推近母羊。母羊用健康的那隻眼睛直瞪著前方，自信滿滿地紡著紗。安娜努力傾聽她滔滔不絕的咕噥，她說得如此輕聲細語，守夜人根本不想費神叫她安靜下來。那些嘟囔輕易淹沒在紡車的噠噠和嗡嗡作響中，她得彎腰靠近去傾聽。那聽起來像是沒有旋律的讚美詩，跟著踏板的節奏重複再重複。

「三英尋和三個噗通和三個十年，三個十年和一天三千厄爾的羊毛，所有好事都成三。」

趁著守夜人暫時離開房間，她盡可能靠近母羊的耳朵悄悄說話。

「妳是指小孩嗎？三個噗通？」

母羊吃驚地縮一下身軀，頓時失去節奏。她那隻健康的眼睛骨溜溜地轉了轉，落在安娜身上，彷彿是第一次看到她。一會兒後，她皺起眉頭繼續紡紗。她再次以平常的速度紡紗時，又唱起讚美詩。

「三英尋和三個噗通和三個十年，三個十年和一天三千厄爾的羊毛，所有好事都成三。」

「妳已經待在這裡三十年了嗎？」

母羊再次表情困惑，投給安娜另一瞥。

「妳記得去年秋天和今年春天的愛瑪．古斯塔夫多特嗎？和妳一起吃飯的女孩？」

母羊似乎在衡量她的選項，最後靠過來，健康的那隻眼裡閃著調皮的光芒。

「他們說我會那麼做是因為我恨他們，但妳知道的，事實正好相反。我是為了愛，讓他們免於受到即將落到他們身上的世間苦痛，那只會一天比一天更糟。我很高興我那麼做了，每次太陽升起時，都證明我做的對。」

安娜不知道該如何回答，只能點點頭。母羊對她眨眨眼，繼續紡紗。

「三英尋和三個噗通和三個十年，三個十年和一天三千厄爾的羊毛，所有好事都成三。」

安娜滿心絕望。母羊是另一個假線索，另一個在感化院的鐵蹄下化為塵土的女人，發瘋後，現在只剩紡紗的用處。她覺得沒必要冒著被守夜人發現的風險，於是決定等到夜晚。她將紡車挪回原本劃的粉筆框線內。她萬萬沒想到母羊會突然在晚餐後對她說話。她原本幾乎沒有察覺到母羊在對她說話，母羊帶著紡車時吟唱讚美詩的那種單調節奏。她說的是許多年來待在感化院裡而得到的一連串記憶。

「他們以為紡羊毛是辛苦工作，但他們什麼都不懂。他們以為食物不多，但他們不知道真相。一七七二年，古斯塔夫國王登基那年，他們想擴建阿斯特德莊園，本來在此的我們被逼著去蓋房子做苦工，儘管我們還得自己出食物和衣服的錢……木頭和砍下來的石塊、灰泥和石膏，人們像蒼蠅般毫無價值地死去，但老瑪麗亞（Maria）沒有。當然沒有，那時她就很強悍……嚼著手指，沒有東西吃就吞一把碎石……他們現在認為彼得森是頭痛人物，但他可不像老班尼迪修斯（Benedictius），起碼彼得森沒有發瘋……當時班尼迪修斯和馮．托金以及老約翰．維克，他們讓我們挨餓，讓我們工作到死，讓我們覺得彷彿像在挖自己的墳墓……老瑪麗亞卻活得比他們都還要久……監工原本預計那年要住在那，但屋子遲遲沒有蓋好……」

母羊對著自己的回憶微笑。安娜低頭看著她爪子般尖細的手轉著紡錘和紗線，在看見母羊的手指上還有齒痕時，不禁打個冷顫。

「那年春天我們只完成地窖。那是個美麗的夏天……感化院裡有個男人把我帶進草叢裡，他是個好人。他在那年年底前活活餓死，但我仍然記得他……我們整個夏天繼續在蓋房子，城市以鼓聲和禮炮慶祝。秋天降臨，我們沒有時間完成所有的工作，儘管班尼迪修斯拚命鬼吼，常常一副心煩意亂的模樣……我得扛走我幫忙搬去那的石頭，得在地窖牆壁上弄個洞讓水排走，而房子在冬天時還沒有屋頂……但水排得不夠……濕氣爬進每個地方，滲透每道牆壁，一道穿堂風吹過洞口，沒有監工或牧師想搬進去住……現在那裡有好幾袋的蕪菁就這樣擺著爛掉了……」

安娜花了點時間過濾她聽到的消息，明白其中的價值。當她察覺這是重要線索時，血液猛衝她的腦門。她得傾身更靠近母羊，強迫自己在強烈的脈搏跳動聲上，傾聽母羊的聲音。

「女士，妳有把這告訴愛瑪．古斯塔夫多特嗎？以前坐在我現在座位上的女孩？」

母羊一臉驚詫。

「三英尋和三個噗通和三個十年，三個十年和一天三千厄爾的羊毛，所有好事都成三。他是個好人……」

這就是逃出的路。某處有個地窖，而這地窖有條貫穿地基的排水道，用來在一七七二年冬天建築物還沒蓋好屋頂時，引導排除雨水和融化的雪水。一等建築物重新復工時，大家就把它忘記了。愛瑪．古斯塔夫多特知道這條排水道。她只需要在黑暗的掩護下找到地窖，將那幾袋蕪菁搬開，爬幾步路就能敞臂迎向自由，永遠消失無蹤。

37

安娜那晚輾轉反側無法成眠，她嘗試想像久遠以前的歲月，當時冬天的冰冷利爪探入史卡，太陽罕少往上爬升地平線，無法照耀在鍍金灣的寒冰表面，因此犯人得在半漆黑中工作。時間一定流逝得非常緩慢，每個小時越變越長，愛瑪．古斯塔夫多特覺得無聊，將紡車搬得離母羊很近，聽她嘟嘟噥噥來讓日子好過些，然後她突然聽到自由的承諾。

愛瑪花了多少時間來準備逃脫？她在秋季入獄，於春天消失。母羊可能在愛瑪才剛進來時就告訴她那個故事，但若真是如此，愛瑪應該夠聰明，知道要等到土壤融化，不然萬一牆壁的洞穴被冰封住，或是從海面吹來的冰風讓雪堆變成鐵般的蓋子堆積在洞口的話，風險就太大，所以愛瑪必然得等待時機。

安娜試圖想像愛瑪走向消失點的那道足跡，她如今一定得追隨的相同路徑。地窖在哪？她猜想，找到它會是最容易的一步。地窖是老莊園加蓋的一部分，釀酒人阿斯特德的老宅在出售後被改建成感化院，新建築一定是在原建築物的後方。母羊提到好幾袋蕪菁，而安娜曾看到食物從老房子的樓梯運下。那裡一定有個廚房，所有食物補給就儲藏在那附近。安娜在一時衝動下從床上起身，躡手躡腳地繞過安靜的紡車，慢慢走到窗前。她將臉頰貼在窗玻璃上，目光沿著建築外部試圖朝阿斯特德宅邸望去。她看不見側翼建築轉角過去那邊的情況，但就在她要放棄時，注意到月亮的陰影，而現在史卡的地面變得清晰可見：側翼屋頂線條黑黝黝的，融入較老宅邸的輪廓，然後又變得較低，朝相反方向延伸。那裡就是地窖！她的自由正在下面等待，只需要想辦法抵達那裡。

日子一天天過去，安娜持續紡紗，紡出一串又一串紗線，不再繼續數下去。反過來，她更注意守夜人的日常作息，還有感化院的慣例和流程表。愛瑪曾有的憂慮和挑戰現在都變成她的。首先是紡紗間的門，每晚都小心鎖上。她花了好幾晚仔細思索後才將所有細節串連起來，變成可以理解的前後因果。打開鎖的是那把錫湯匙，愛瑪因為偷它而挨鞭，但院方從沒找回湯匙。她一定曾嘗試把它弄成鑰匙，而傳說餓鬼在許多夜晚來到鑰匙孔的拜訪，其實是她在嘗試把湯匙修整成合適的形狀，直到她確定打得開門為止。

安娜在每晚守夜人將房門鎖起來時，都仔細傾聽。鎖已經生鏽，鑰匙圈上的鑰匙聽起來沉重，從它們製造的叮噹聲判斷，門鎖已好幾年沒上過油。錫很軟，她懷疑一根湯匙能在不被弄彎的情況下打開鎖。或許愛瑪知道如何讓柔軟的錫變硬的方法，或許那正是她去醫務室偷牙痛藥的原因，但對安娜而言，真相如何並不重要。她在此處看到的湯匙都是易碎的木頭，也沒有尖銳的東西可用來修整木匙，對錫和鎖頭全都一無所知。無論如何，她必須找到晚上離開被鎖住的門和出去外面的方法。這是第一個障礙，而且不過是四個中的第一個。

一路上還會有其他被鎖住的門嗎？如果安娜猜得對，愛瑪一定是用一把鑰匙打開所有的門。通往阿斯特德宅邸樓梯頂端的門通常開著，讓守夜人方便上樓去住處，而不用走過紡紗間。如果宅邸的前門在晚上沒有上鎖，那麼有辦法溜進庭院的人就能順利進入老舊宅邸和下去地窖。愛瑪一定就是這麼做的。在畢喬曼大發雷霆後，例行慣例是否有所改變？如果有的話，安娜倒是沒看到任何跡象。如此一來，她追求自由的道路上只有一道鎖在擋路。她的第二個挑戰是在一路下去地窖時不被人發現。

要找到那個洞，那個牆壁裡的老排水道，然後想辦法爬過它，這是第三個挑戰。母羊的自言自語沒對它的確切位置洩漏多少訊息。那個開口一定太小，所以二十年來守夜人都對它視若無睹。但就算所有步驟都如計畫進行，她那晚只會有逃離紡紗間後的剩餘時間來找排水道。

第四個和最後一個挑戰：她不能回到人們認識她的卡塔琳娜或馬利亞教區，費雪和提斯特，或其他守夜人會馬上去那裡找她。喬漢娜也這樣說過，安娜沒有理由不信任她。那些逃獄的人很快就被抓回來，工作配額變得更多更重。如果她抵達圍牆的另一頭，一定得躲在敵人伸手可及之外，在那度過自己的新生活。至於要如何辦到這點，她還不知道。

星期天來臨，工作被撇到一邊，為在教堂舉行的漫長禮拜所取代。奈德牧師最近都將晚禱的工作交給助理，做禮拜時比以前醉得更厲害。他忘記該在哪時唱詩篇，該在哪時背誦禱文，該在哪時講道，該在哪時赦免罪惡。他以顫抖的手兀自喝著聖餐酒，根本不在乎有誰在看。他大聲朗讀《聖經》，連連口吃，因使勁而泛淚的眼睛不斷眨動。他從《馬太福音》（*Matthew*）讀著耶穌重返耶路撒冷（Jerusalem）。他們全都讀過那些詩句。奈德掙扎著讀到第二十一章，商人正被趕出聖殿。

「上面寫到：我的殿必稱為禱告的殿……但你們卻把它變成小偷的巢穴。」

奈德牧師說完這些話後打住，突然陷入沉思。在濃密的眉毛和起皺的皮膚之間，眼睛變得陰鬱。

「我的殿。小偷的巢穴。」

他砰地闔上《聖經》，聲音大到足以將那些偷偷打盹的人驚醒。他們驚慌地看著他的眼睛，他則憤怒地瞪著教堂長椅。他剩餘的講道不是來自《聖經》，而是自由發揮。他講得越久，就變得越是怒氣沖天。他的聲音變大，直到他咆哮著法利賽人和書記、商人和羅馬人，所有那些從溫順和公義之人的苦痛上得到利益的人。牧師悲傷地咧著嘴，露出一口棕牙，繼續從一千七百年前的聖地談到他今日看到的史卡。他試圖將漢斯・畢喬曼監工塑造為耶穌之敵，口吻越來越不委婉。崇拜撒旦的人也許有副好歌喉，但他們舌燦蓮花，熟諳欺騙的藝術，最懂得奉承逢迎。當現場沒有人——即使是心思最單純的犯人——會誤會他指的是誰，助理牧師被迫得想辦法轉移奈德牧師的話題，絕望地清清喉嚨，在發現自己的聲音沒辦法蓋過牧師如雷般的咆哮後，沒有選擇餘地，只能提早搖鈴。儘管極度困難，被警告鈴聲打斷的奈德牧師還是重新克制自己。

就像所有人一樣，安娜剛開始時吃驚地聽著牧師的激烈長篇譴責，然後她察覺牧師或許可以成為她的救命繩索。這個苦澀的老頭在看見自己被剝奪報復機會時，轉向酒精尋求慰藉。她想起第一天在史卡的守夜人所說的話：漢斯・畢喬曼在二十年的怠忽職守後，作為監工的時間很快就會結束。他不久後就會航向芬蘭。在剩下的禮拜時間裡，她在長椅上坐立難安。為了成功逃脫，她需要兩個人都迅速採取行動，她也得夠幸運，因為在說「阿們」的那一刻，守夜人會開始將紡紗女工趕進庭院，進入她們的房間。

禮拜結束，她們全都站起來，拖著腳步走進走道。她緊張地雙腿搖搖晃晃，擠過人潮，向上往奈德牧師的聖餐台走去。牧師正站在那從聖餐杯裡搖出最後幾滴酒進嘴巴。管理人彼得森站在前面，在禮拜堂清空時，監控整個場面。他和她記憶中一樣龐大壯碩，就站在路徑的正前方。現在他看見她了，臉上表情混合了驚訝和憤怒。她幾乎沒時間思考，假裝要往左走，順勢從他腋下鑽過，對奈德牧師大聲叫道。

「要是我們的主有辦法在商人離開聖殿前就懲罰他們的罪惡呢？」

安娜才剛說完這句話，彼得森就用手掐住她的脖子，幾乎將她全身舉起，抬起另一隻手要摑她時，她緊閉上眼睛。

「噢，太可恥了。把那女孩放下！」

奈德牧師的聲音又恢復講道時的力氣，口氣裡的威嚴足以讓彼得森住手。

「在上帝的聖殿裡，連管理人都應該知道最好不要使用暴力。你不畏懼上帝嗎？」

彼得森沒有回答，只是輕蔑地瞇起眼睛。

「你最好放下她，彼得森。在門口留下一個人，待會陪她走回感化院住處。這女孩有沉重的宗教憂慮。作為她靈魂的牧羊人，我有責任減輕她的心靈重擔。」

彼得森哼了一聲，誇張而緩慢地放開手，以展示從他手指到手臂所能傳送的巨大力量。

「當然囉，牧師。你知道我從來不會對毫無防備的女孩出手……」

他往前走了幾步，然後轉身望進安娜的眼底。

「……特別是在上帝的殿堂裡。」

班特・奈德牧師等到彼得森的碩大身軀離開前門。

「趕快說，女孩。我頭很痛。我的力氣不到彼得森的一半，但如果妳不值得我浪費時間，我確定會讓妳在離開時帶著三個巴掌，而不是一個。」

奈德牧師的頭髮亂糟糟地豎起，看起來有好幾個星期沒有梳洗了，臉上每道皺紋裡都布滿污垢，由於老是皺眉擺出不贊成的怒容，使他提早老化。在他噴出的酒臭酸氣下，她聞到某個更強烈的氣味。安娜感覺得到他快失去耐性，必須冒險直接切入正題。

「監工畢喬曼很快就會在罪惡不受懲罰的情況下離開此地。你很希望趁還有時間時，成為上帝的工具。我知道一個方法。」

「一位缺乏經驗的紡紗女工，和監工與我之間的過節又有何干？妳在盤算什麼？」

「監工因為去年的逃獄事件而受到審查，但還沒有人從他後來新設定的安全措施中逃走過。如果有人再逃脫成功，他會大受屈辱，也許足以讓他同時失去現在和未來的職位。」

她這是胡亂猜測，但希望自己猜得對。奈德牧師給她一個既狡猾又嚴厲的一瞥。他在示意門邊的守夜人繼續站在那後，揮揮手要她進入聖器室。他才剛進門就從外套裡拿出一個長頸瓶，貪婪地灌了一口。他再度開口時，苦艾的尖銳氣味燻得她眼眶泛淚。

「妳比妳的實際年齡還要聰明，但妳恐怕高估我的權力。身為牧師，我對守夜人毫無管轄權，沒有任何鑰匙交給我保管。即使我有，晚上在主要入口都有人站崗。妳建議的事我已經考慮過好幾次，女孩，如果我有能力的話，我早就放走所有的人。反正那些妓女在短短幾天內又會被抓回紡車旁，這又有什麼差別？但畢喬曼——詛咒他的名字——很聰明地猜到我的意圖，並成功地將精神與世俗事務區分開來。為了妳自己好，我希望妳想得比這更遠。」

「我很確定有另外一條路可以出去，只需要有人幫我打開西南側翼建築大門的鎖。」

「妳在撒謊。哪裡有這條路？」

「今年春天有個女孩逃出去。我知道她是怎麼辦到的，地窖的牆壁有個洞。監工畢喬曼一定是在地窖的消息還來不及傳出去時，就把它壓下來。但如果你這次準備好報告，監工便無法再重施故技，逃過懲罰。」

奈德牧師研究她良久，兀自思索著。一會兒後，他開始前後搖擺身軀，自言自語。他心不在焉地嚼著一綹鬍鬚。

「再一次逃獄。在監工要求委員會為改善情況撥了那麼多資金後……嗯，嗯。一道門，只要一把鑰匙。」

他用拇指搓揉眼睛，吐出鬍鬚。

「妳知道，我以前做過類似的事。我哄騙一位像妳一樣的犯人準備為畢喬曼帶來不幸，但計畫失敗了。我以她的名字舉報他，可惜委員會認出我的筆跡。我或許應該從錯誤中學到教訓。」

他得意地咯咯輕笑起來，舉杯對自己致敬，然後又灌一口酒。

「或者，事情應該反過來看。或許我犯的唯一錯誤是，應該用大砲時卻使用滑膛槍，結果當然不如預期。妳建議的點子不是不可能。我必須私下問問看。等我了解更多後，會在晚禱後找妳過來。還有一件事，轉向這邊。」

奈德牧師賞她一個大巴掌，他剛才還阻止彼得森打她。安娜毫不懷疑他的力氣絕對沒彼得森大，但無論如何，她的臉頰還是灼燙得厲害，耳朵嗡嗡鳴叫。

「這是用來提醒妳的罪行，這樣妳就會明白不可以騙我，也因為我不會再與妓女這樣密切合作。再來，我可不希望傳出任何流言蜚語，說我與妳這類女人有不恰當的接觸。妳的鮮紅臉頰可以說明一切。」

他領她出門，把她交給正在等待的守夜人，後者粗魯地抓住她的手臂。她在被帶進庭院時，聽到奈牧師德對著自己吹著口哨。

38

彼得森的住所位於阿斯特德宅邸的東北角，是兩個格局相同的房間裡較好的那一間。隔壁房就住著約翰．法蘭茲．海賓奈特，與彼得森共同分擔職責。儘管朝向斷崖和海灣的窗戶大開，房間在炎熱的夏季中仍舊熱得像火爐。今年夏季來得早，不斷流汗還不足以讓彼得森碩大的身體冷卻下來。他脫掉外套和襯衫後才能在床上盡情伸展。他瞪著天花板。他的前任，或不管是曾住在這的哪個垃圾，在木頭橫樑上雕刻自己的大名或幻想，以驅趕無聊。這裡是名字和年份，那裡是噴發的陰莖，全部都隨著歲月而退化為灰色。彼得森在史卡的第十二個年頭眼看著就要結束，他在任期內一直住在這個房間。

一七八一年，他從皇家釀酒廠轉來此地任職。他被軍隊解僱後，官方在釀酒廠為他安插一個職位。自從調來此地後，他在穿著藍黃色制服的同僚中逐漸失去活力，即使管理人職務不正式隸屬於城市警衛隊。他發現沒殘疾的自己身處瘸子和殘廢的守夜人中，似乎也會在心靈上蒙上一層塵埃，變成某種殘疾。甚至連海賓奈特都為受到迫擊砲卡彈的後遺症所苦，幾乎無法握緊右拳。在這，彼得森得為健康的身體感到羞愧。他會被軍隊解僱有好幾個原因，而他堅信只愛聊八卦的守夜人不是聽說過，就是已經猜到他的故事。彼得森之所以會被送回老家，是因為他被視為累贅。他碩大強健，攻擊性強又老謀深算，加上對殘酷行徑有種偏好，一再地使他利用身體上的優勢去造成其他人的痛苦。很快地，沒有任何下士想用十呎長的桿子教訓他。他們以純粹技術問題甩掉他，爭論不休的說他有天會造成真正傷害，而這只是時間問題。彼得森習慣於聽到指控，但其他人從來就不需要做偽證來傷害他。這個不公不義的記憶至今仍讓他想到就熱血沸騰。在這片荒涼的峭壁上當感化院管理人，他淪落到只配做這種工作。

當然，這職務的確帶來若干好處，他得緊緊抓住它，不然沒其他工作可做。一七八三年，那是在他學會克制自己前，曾鞭打一位叫蘿曼（Löhman）的犯人，嚴重到讓她失去性命。那天清早輪到他執行叫醒犯人的工作，他沒有用聲音叫醒犯人，反而是用愛利克大師在床之間發威。儘管如此，蘿曼拒絕起床，在鞭打十幾次後，她仍舊躺著，他則彷彿脾氣失控般著了魔，把鞭子揮了又揮，最後還用鞭子粗的那端往死裡打，而不是用纖細的打結處。

蘿曼從此未再從床上起身。當他被迫通報醫務室時，她無法動彈只能躺著嗚咽，晚餐時口吐白沫，旋即死去。許多人自告奮勇要做整件事的目擊證人。畢喬曼被迫逮捕他進行審問，儘管彼得森堅持鞭打不足以結束蘿曼的生命，她一定是晚上染上肺疾而死亡，或至多是這兩種因素的不幸組合。他仍舊被罰禁閉十四天，只能吃麵包和喝水。

他還記得那些日子，關在牢房裡漫長的兩個星期，飢餓的利爪時時摳抓著肚腹。在黑暗中，他重新回憶每道留在蘿曼皮膚上的鞭痕。當他再度看見白天的日光、返回職務時，他知道禁閉這經驗是值得的。他學會更加小心，但也變得沒有這種快感就活不下去。內心累積的壓力只能仰賴鞭打的形式抒解，那是無限的權力。他碩大的身軀高聳蓋過瘦弱的犯人，手中握著皮鞭。光想到這一幕，他的陽具就硬起來。他在房間裡解開長褲，開始磨搓鼠蹊部，但這微小的享樂太快就結束，一如既往，他無法感到滿足。

就像其他守夜人，他會挑一位紡紗女工，在建築偏僻角落堵住她——畢竟那是她們會來此的原因，而許多女人願意為任何給她們飲料或一塊肉的男人獻上自己，但甚至連那樣做也使他有種失落感。事後，當他拉上長褲、將襯衫塞好時，那個小妓女就會對著他微笑，彷若這次輪到她佔上風，有權力的人是她。他轉身離開，為自己無法完全理解的焦慮而感到困惑。

他對紡紗女工自願提供的東西沒有興趣，他更有興趣的是在違反她們的意志下強取豪奪。圍著水井跳舞完全是另外一回事，而且時間較久——比幾次臀部的快速衝刺、瞬間的歡愉和骨盆的擠壓，更令人銷魂。在跳舞時，他身處另外一個世界，其他守夜人都選擇視若無睹。自從卡琳·愛森後，他沒再和任何人跳過舞。那個愛還嘴、自願跳舞的愛森，那個態度挑釁的蕩婦。他最喜愛這種類型：那些保留某種自信，相信自己還有價值的人。將活人打死和把肉類弄嫩一樣毫無意義。愛森是個愉快的插曲。現在她跛著腳到處走，發了瘋。他每次見到她，鼠蹊部就掀起一陣溫熱的悸動。

彼得森發洩過後，沉重地喘著氣。沉甸甸的挫折感在肉體釋放後很難獲得緩和，壓力再度開始增高，在那醉鬼牧師的禮拜後變得雪上加霜。那位牧師臉上掛著令人不快的微笑，似乎總是從眼角嘲笑他。那個竟敢在紡紗女工前教訓他的老醉鬼。如果他再不趕快得到滿足，胸膛一定會爆炸。他知道該怎麼做。他剛剛挑好了目標，決定是那個女孩，就是和老太婆一起進食的那個無禮女孩。他在她眼中看到桀驁不馴。她眼底有一種驕傲，一種反抗。他感覺得到她在打某種鬼主意。很快地，他會邀請她去跳舞。很快，但不會太快。若是他能忍耐越久，快感就會越強烈。

側翼那裡的男人在下賭注。那些過老或過於年輕、無法見容於其他單位的男人。其他單位是指日常幹苦勞的地方。他們清楚彼得森這個人，有一種「男人對男人」的理解，知道他如何解決其出名的慾望。自他鞭打那個新來的女孩後已經過了數個星期，很快地時間又要到了。但誰會是下一個？是那個不顧一切地想伸手搶額外的鮭魚尾巴而打翻粥的女孩？還是那個最懶惰、一整個星期都紡不到一串的女孩？他們密切觀察他，留意哪個女孩讓他的眼神流連不去，試圖讀懂他的心思。那些有足夠錢下注的男人則賭這次女孩會來自哪個側翼、哪個吃飯團體，甚至——儘管賠率很高——哪個名字。

是喬漢娜走漏消息給安娜的。

「妳是他的最愛。如果他選妳，下注的人會大賺一筆。他們說每次我們離開房間時，他都朝妳的方向怒目瞪著。妳是和上次那個跳過舞的女孩一起來的，他們確定下一個會輪到妳。」

跳舞本身——圍著水井被逼著跳到精疲力竭，被鞭子鞭笞到遍體鱗傷——不是讓安娜最恐懼的，讓她驚恐的是，自知在跳完彼得森的舞後，將永遠無法逃走。管理人現在也許熟練到不會害死受害者，但要聲稱他讓她們活著離開也不貼近事實。女龍仍舊雙腿外彎，拖著腳步和受損的臀部四處走動，讓那些賭她快死的人大失所望。但她不再開口說話，只要小小陰影都會讓她身體一縮，晚上因噩夢連連而無法成眠，非常容易受到驚嚇，任誰都能嚇壞她。就算她的傷疤和傷口會癒合，她的意識卻已經找到一處庇護所，深藏於其中，不會再完全回返。因此，安娜的下場為何有可能會好些？

晚禱已結束，她得等到早上才能和奈德牧師說話，加速他們計畫的腳步。她祈禱彼得森會克制住衝動，只要再拖一天就好。當房間陷入黑暗、上鎖過後，她輾轉難眠。她聽到喬漢娜的呼吸聲，知道她也醒著。

「喬漢娜，如果妳能成功逃離這裡，會怎麼做以避免再次被抓？」

喬漢娜沒馬上回答。

「妳在打什麼主意。妳也許以為我沒注意到，但我有。別怕，我不會去告密。」

「我想有條路可以逃出去。如果我有機會就要試試。妳可以一起走。」

喬漢娜大笑。

「我再紡不到一百串就服滿刑期，只要保持低調就沒事。我會在夏天結束前出獄。我都能紡這麼多了，一定能把剩餘的紡完。」

安娜不能反駁她的邏輯。好一會兒後，喬漢娜才回答第一個問題。

「大部分被關到這裡的人都毫無價值。妳是個好夥伴，所以我要告訴妳一些事。我有個從小一起長大的朋友。她的父親經營酒館，就我所知他仍然在做這行。酒館叫『惡棍』（Scapegrace），離紅閘門不遠。很多年以前，她的父母吵架，沒人有辦法勸和，儘管尼可來教區的牧師試過了。母親後來離開，結束婚姻，她帶走我的朋友。她母親來自國外，一定是回家鄉找她父母。我失去一位朋友，但她父親更慘，他的心都碎了。他自那之後就變了一個人，儘管已經過了許多年，創傷仍在。他呆站在櫃臺後面，顧客開口時神情恍惚地替他們斟酒。他叫卡勒．圖利普（Kalle Tulip），綽號『花人』（Flowerman），儘管大部分的常客認為他比較適合『枯萎的花』。我朋友的名字是羅薇莎．烏利卡（注）。她出生那天，卡勒非常驕傲，所以替她取了皇后的名字。」

「那是個哀傷的故事。」

「聽好，我不是在試著哄妳入睡，安靜聽好。妳和羅薇莎的年紀差不多。她有著像妳一樣的綠色眼睛，也是一頭紅髮。如果妳成功逃出這些圍牆，記得遠離史卡，妳在南島永遠不會安全。妳應該去惡棍找卡勒．圖利普，告訴他妳是他女兒羅薇莎．烏利卡，喬漢娜．烏夫的兒時好友，在這麼多年後，妳現在回到摯愛的父親身邊。」

「他不認得自己的女兒嗎？」

「他當然不笨，但他會相信妳，因為他這輩子只想聽到這個謊言。」

讓安娜鬆口氣，彼得森沒像往常般出現在晨禱上，反之站崗的是第一次帶她進庭院的那位守夜人，就是那位在彼得森鞭打女龍時，站在旁邊袖手旁觀的人。他叫約拿坦．羅夫，比大部分的同事年輕，他似乎沒什麼殘疾，除了背部有些僵硬之外。他以態度溫和知名，在賣食物和酒時不會藉機索取高價。安娜決定採取主動，在祈禱結束後走到站在長椅前的他跟前，行個屈膝禮，要求和牧師說幾句話。他帶著淺淺微笑往旁一站，讓她走近奈德牧師時，幾乎無法相信自己的眼睛。奈德牧師揮手要她進聖餐室，憤怒地嘟噥。

「妳是怎麼回事？妳這個笨女孩，妳不懂，如果妳一再來找我，人們會起疑嗎？我還沒有鑰匙可以給妳。」

注 Lovisa Ulrika（一七二〇～一七八二年），普魯士公主和瑞典皇后，古斯塔夫三世的母親。

「得是今晚。今晚，不然就永無可能。彼得森隨時會把我拖到水井那要我跳舞。在那之後，我將再也不能爬過任何洞口。」

奈德牧師的呼吸變得費力，慌張地摸索椅背，用力坐下。他嚼著鬍鬚，揉搓頭皮，直到頭皮屑飛得到處都是。他大聲說出自己的想法時，她才了悟到他仍在酒醉，在晨禱前根本沒上床睡覺。

「該死。我花了那麼多功夫，終將毫無收穫嗎？祢為何如此試煉我，我主？她說今晚，但太早了、太早了。但畢喬曼，那個貪婪的混蛋，那隻貪吃的豬玀，馬上就會逃出我的手掌心，而我早已寫好舉報書……但也許還有其他同樣有效的方式……」

在嘟嘟噥噥幾分鐘後，牧師似乎做出決定。他的手掌重重拍擊桌面。

「該死，小女孩，仔細聽好。妳說今晚，那就今晚，不計一切代價。妳不要睡覺，等門敲起，有人會為妳開門。然後妳消失，在那之後發生在妳身上的事，我都不在乎，只要妳在外面躲得夠久，讓畢喬曼得為怠忽職守負起責任就好。妳懂嗎？好，滾開，願耶穌基督、撒旦和奧丁（注）與妳同在，不然祂們就得回應我的問題。」

安娜由守夜人羅夫帶著走出禮拜堂、走進庭院時，感化院正在發生某件事。犯人們全排好隊，每個吃飯團體依序站在房間外，彼得森則在她們之間上下走動，驕傲地像隻公雞，閃耀有如太陽。羅夫把安娜朝她的吃飯團體一推，她連忙走到母羊、喬漢娜和瘋狂麗莎身邊。彼得森隆隆作響的聲音在建築間迴盪。

「各位先生女士，我們今早發現有人偷竊。在你們如此平和地站在這時，我們正在將所有的床翻過來找失竊物品。無辜的人不必害怕。在搜索進行時，你們最好將目光平靜地投在眼前的炫麗風景上。」

安娜覺得所有內心的希望剎時死滅，為時已晚。彼得森已經挑好受害者，現在只剩下跳舞。他們會在她床墊裡吸飽血的虱子間，找到栽贓的小東西，而她的強烈抗議將被置若罔聞。彼得森會請出愛利克大師，在允許的限度內，執行他的變態懲罰。她就快哭出來了。她用力咬住下唇，起碼這動作是自己還能選擇的痛苦。

幾分鐘後，他們發現那把木刀。洋洋得意的守夜人驕傲地將它舉高，直直走向她，木刀在他拇指和食指間晃蕩著。彼得森問是在誰的床找到刀的，那個守夜人一把抓住喬漢娜的手臂，將她拖到水井邊。彼得森開心地咧嘴而笑。

現在是凌晨四點半。超過十二個小時後，她們仍舊聽得見喬漢娜的尖叫，隨著每次鞭笞，聲音變得越來越微弱。安娜後來沒有再見到她。

注 Odin，北歐神話中的主神。

39

安娜隔壁的床空蕩蕩。就像他們對待女龍般，守夜人一定是將喬漢娜癱軟的身軀抬到醫務室，盡可能地將她修補好。夜晚，房間裡的聲音比以前更為驚慌，從各個角落可以聽到嗚咽和破碎的字眼，犯人從悲慘的夢中驚醒時，發出猛烈和驚恐的吸氣聲。在被迫聆聽庭院的尖叫直到快傍晚後，大部分的人都睡得很不安穩。安娜走去晚禱時，水井周圍有一圈血跡，喬漢娜曾在那邊的地面上拖著身體跳舞。紅色液體濺到水井外部，快速乾涸成棕色污漬，沒親眼在現場目睹的人都能猜到來源是誰。她的感情現在容不下疲憊。她為喬漢娜的命運感到恐懼、悲傷和憂愁，但也為某人取代她自以為會有的遭遇而鬆口大氣，旋即又為竟然會產生這種想法而感到羞愧。她內心深處也有漸增的恐慌，絕境的感覺油然而生，她無法阻止事態的發展。安娜需要鼓起所有的勇氣和力氣逃離這裡，但在喬漢娜身上發生的事在她的精力上切了一道深深的刀口，她的勇氣則自此不斷洩出，她深怕自己的力氣會流光。不要在今晚，上帝，不要在今晚。但她知道能選擇的時間已經耗盡，只能在闃闇中等待。

敲門聲如承諾般輕聲響起。剛開始時，安娜不確定有沒有聽錯，她在床上抬起臀部，躡手躡腳走過地板，聽見鑰匙轉動鎖頭的聲音，門咿呀打開一條縫。有人等在另一邊，無聲地將門稍微打開，剛好夠她擠過。那是約拿坦．羅夫，那個年輕的守夜人。他將一隻手指按在嘴唇上，肩膀頂著門，同時握住門把，如此一來，再次關上門時鉸鏈才不會吱嘎響起。他鎖上門，比比手勢，要她跟上。

他們快步穿越庭院，走向通往老建築的樓梯。她聽到談話聲和爽朗笑聲從樓上傳來。守夜人這麼晚了還沒睡，正在痛飲狂歡。她在屋裡聽到牌戲和喝酒的聲音：在桌上用拇指數牌的細微喀答聲響，以及瓶子和杯子的叮噹碰撞聲。羅夫揮手示意她走入門旁的陰影內，他則走進敞開的門間。在他確定樓下沒人後，他們穿越一間黑暗的廚房，火爐的溫熱仍舊徘徊不去。羅夫停下腳步，用餘火點燃小火炬，一手圍成杯狀半蓋住火，然後他們繼續走過一間小餐廳，走下走廊。火炬燃燒得太旺，亮得刺眼，不易看清前路，但安娜知道他們正在進入新的側翼建築，母羊曾幫忙興建過此處的地基。

天花板越來越矮，在她手的碰觸下，牆壁的質地越來越粗糙。沒有仕紳曾命令工人用刷子和壁紙來裝飾這些牆面。一扇沒有鎖的門後是吱嘰作響的樓梯，通往幽暗的地窖。在旁邊的掛勾上有個提燈，羅夫在關上門後，點燃裡面的小蠟燭。走到樓梯底後，他第一次和她說話。

「應該沒有人聽得到我們在樓下，但我們沒有理由大聲說話。妳和妳的朋友奈德牧師運氣很好，彼得森在玩過鞭子後，習慣請大家飲酒作樂，這樣就沒有人會去畢喬曼監工那裡告狀，說他濫用暴力。現在樓上沒有幾個人還能走直線。」

安娜靜靜看著他，等待著。他感覺到她的疑問。

「奈德牧師給了我幾塔勒去打開妳房間的門鎖，將妳帶到下面這裡，然後對此保密。他叫我等，直到妳做完要做的事。拿走提燈吧，從蠟燭判斷，妳有一個小時，也許更久。」

她點點頭。他把提燈遞給她前，打開玻璃罩，點燃已裝好菸草的陶製煙斗。他棲坐在一道階梯上，臉上帶著淡淡微笑，將提燈遞過來。

「祝妳好運。」

羅夫消失在提燈微弱光線的照射範圍外後，只能看見他煙斗的微微光芒。每次他噴著氣，一道紅色火光就點亮他的臉。對她而言，那張臉似乎是懸掛在一大片空無中的戲院面具，而不是屬於一個活生生的男人。

地窖很大，牆壁將空間隔成幾個穹頂，部分內部再用木板隔間。她聽到老鼠沿著牆壁快速吱吱奔跑，閃閃發光的眼睛在光線照射下變得黯淡。整個地窖塞滿食物，有些顯然遭到遺忘，任其腐敗，臭氣燻天。好幾箱乾枯的蘋果、好幾袋蕪菁、桶子裡的半桶鹹肉。桶底已經碎開，鹽水潑出來濺到泥土地上。她猜，最糟糕的臭味來自肉類。腐爛肉類那種令人反胃噁心的濃嗆惡臭。蒼蠅和飛蛾受到提燈光線的吸引聚集過來，在她耳邊嗡嗡作響，彷彿飽食喝醉般，直往她臉上飛撲。

她開始有條不紊地在牆壁間找路，偶爾瞄瞄變弱的燭光。她在牆壁四周開出路來，花的時間比預期得還久，所有東西都雜亂無章，彼此堆疊或堆在角落。她得一再平躺在地板上，試圖從雜亂的東西間窺視，每次都只看見石頭地基。

最後剩下的就是木頭隔間之間的小空間。麻袋和垃圾在這裡堆得老高，她沒辦法靠近，在沒有選擇餘地下，只能開始將雜物一個個抬開。她將提燈放在地板上，才能空出手來搬。這份工作很吃力，布料和發霉的木頭蓋子在內容物的重量下碎裂開來。不久後，木虱爬上她的手臂和肩膀。每次燭火一陣搖曳，她都深怕燭火熄滅，將自己留在一片黑暗中，但她慢慢的有所進展，在遭到遺忘的物品堆間清出一條路，直到能感覺到眼前的石頭。

安娜再次聽到羅夫的聲音時，整個人差點跳起來。他的聲音非常靠近，就盤腿坐在她身後幾步遠的提燈旁。他安靜地移動位置，因此全神貫注在搬運垃圾和瓦礫的安娜沒有聽到任何聲響。

「妳進行得如何？提燈裡剩下的蠟燭不多了。」

她摸到牆壁和地板間有個空隙。

「奈德牧師特別指示我，如果妳沒及時找到要找的東西，我該怎麼做。」

她平躺在地上，用手探索那個裂口。它比她預期得還小，頂端邊緣離地面只有幾個手掌寬。

「牧師可不想冒險讓我再次將妳領著走回庭院。萬一有人出來小解看到我們，會很不妙。」

她盡量將手臂伸直，碰到空氣了。就是這裡。愛瑪．古斯塔夫多特逃往自由的路。

「如果妳來不及找到要找的東西，奈德牧師指示我要勒死妳，把妳留在牆邊，堆上幾袋蕪菁。」

她轉身。他用拇指和食指捻著尖細的鬍髭，在提燈的昏暗光暈中對她微笑。她在絕望和勝利交雜的心情中，也對著他微笑。

「在這！我找到了。這裡是雨水的排水道，一七七二年秋季，在房子還沒有屋頂時蓋的，它直接從牆下穿過。」

他歪著頭。

「我原本還暗自希望妳不會找到要找的東西呢。奈德牧師對我保證，在讓妳永遠安靜後，我會有好處可拿。老實跟妳說，我也看到其他好處。現在看起來我是無法兩者兼得。我想在黑暗中做，妳能體諒吧。妳又瘦又髒，我比較喜歡不要看到妳。」

他吹熄獸脂蠟燭，敞開手臂走近她。

她無路可逃。他強迫她躺在地上，撕開她的白色衣裙，奪走她在很久以前於孩童牧地拒絕給安德斯的東西。

羅夫完事後丟下躺在地窖地板上的安娜。她身子攤開仰躺著，眼睛大睜，但地窖裡太漆黑，所以眼睛也有可能是闔著的。在闃闇中，她彷彿從上方端詳微微發光的自己，而這身體好像離她非常遙遠。瘦弱、赤裸、骯髒，她不認得它。蟲子爬過她的皮膚，但她什麼都感覺不到。牠們聚集過來狂飲她滲出來的鮮血，鮮血在她大腿和腰窩處形成一片凝固的血池。她沒有哭，她不再有感情。她胸脯上下起伏，感覺到自己還活著，但眼前有個選擇：她不再需要活下去了，就這麼簡單，只需要小心傾聽肺部淺淺的動作和微弱的脈搏，用意志力命令它們永遠停止就好，它們會服從的。

在這個醜惡又令人反胃的地方，她不知道自己從何找到力量，以及體內還藏著什麼讓自己吃驚的東西，但她知道不能讓一切在此結束。她不允許。她體內仍舊有一道火焰。她做了選擇，開始用手肘和膝蓋並用爬向牆壁。那份痛楚現在什麼也不是，彷彿是從遠處感覺它。空隙的粗糙表面刮擦著肩膀，她以手臂遮住頭部，逼自己鑽進去。她得轉過身來，以仰躺的姿態鑽入，在泥土下像毛毛蟲般用腳跟和肩胛骨往前爬動。她只需稍微移動頭部，前額就會撞上頭頂的石頭。她感覺到屋內的安靜沉甸甸的，而整棟房子就沉重地坐在這個地基上。她的進展很緩慢，一吋又一吋，直到被石頭包圍。

她感覺它就在她前面。空隙變窄時，有東西擋住去路。天花板的一塊石頭曾滑落下來，將通道變小。犯人興建的這個地基工程品質很差，他們工作時由叫價一個比一個低的建商監督，地基早就塌陷。她的手最先碰到那個東西，那個奇怪的東西被固定在下面，臭味飄散，遍及整個地窖。

她摸到一隻腳丫。

愛瑪·古斯塔夫多特冰冷又死透的腳丫。

愛瑪從未離開史卡的感化院。她都來到這麼遠的地方了，但沒辦法再往前面爬行，因為一塊石頭剛好砸下來，在通往自由的半路上壓住她，直到她又飢又渴、慘遭老鼠啃咬而慢慢死去。

安娜在清除路徑時，不知道這個夜晚已經過去多久。她覺得時間本身已在無法忘懷的噩夢中棄她而去，此處是充滿感情、形體和聲音的顫抖深淵。屍體如爛泥般柔軟，在碰觸下化為點點碎屑。她一點一點、一把一把地移動。在曾經堅硬到足以嵌進泥土和石頭間的胸腔中，害蟲已搭起牠們的窩，輕輕一碰就能把被啃咬的骨頭移除，將新來的住民嚇得向四周攀爬竄逃。清除完路障後，安娜將頭轉到一邊，用力將身子推過懸掛的石頭，像蛇般在尖銳的石尖下迤邐滑行。她的皮膚被石尖劃破，緩慢但堅定地抵達最窄的地方。她吐出肺部所有空氣，用力推著自己前進，感覺灰泥在肋骨上崩毀。在壓力使得下一個呼吸成為不可能之舉時，她眼前亮起點點閃光。連她自己都永遠不會知道，是怎麼成功鑽

過分隔生死的每吋道路。也許她餓得比愛瑪還慘，也許是因為屍體滲出的水讓石頭變得滑溜溜，也許在地窖裡死去的那個女孩，曾在她身後用雙手抵住她腳底，在安娜需要時小小推她一把。

在牆壁的另一邊，是從海灣吹拂而來的暖風。一等她的臉探出排水道，最先看到的是黑暗天際中如針刺般的閃爍星光。上方隱約籠罩著感化院的圍牆，但在那之外是星光點點的無垠夜空，從地平線的這頭延伸到那頭。遠處，從海那邊傳來響徹雲霄的隆隆雷鳴。當她感覺到滴落在皮膚上的第一滴溫熱雨水，當她在閃電短暫交加、於嘆息橋附近的水中看見自己的倒影時，她知道自己已恍若重生：她不再是安娜．史提納．卡那普。

40

夏季快近尾聲時，她的月經第三次沒來。第一次時她根本沒注意，許多感化院的女孩都會停經，可能是因為枯槁的身體知道它們必須保存最後的每一絲力氣。第二次時她也不驚慌，她告訴自己，身體需要更多時間恢復元氣，儘管在卡勒．圖利普的照料下，她已經開始重新奪回被飢餓偷走的肌肉。她現在住在他的屋頂下，幫他經營惡棍酒館。她現在的名字是羅薇莎．烏利卡。卡勒很清楚她並非是失散多年的女兒，甚至允許她展現自我，小心不用在他那胸膛中重新點燃的父愛窒息她。卡勒恢復勃勃生機，她剛開始時看到的蒼老老人消失，在櫃臺後面那個彷彿和全世界過不去的駝背也挺了起來。花人的光榮往昔再度重返，他和顧客開玩笑的笑聲飄盪到酒館外，他的情緒極具感染力。惡棍髒污的牆壁再次刷白，地板經過打掃，啤酒杯仔細清洗和晾乾，酒館煥然一新。顧客有增無減，連從上議院旁的廣場來的上流人士都躋身客人之列；他們總是趁深夜時，在身分不會那麼明顯時進門。

第三個月來了又去時，她知道眼前的好運注定轉瞬即逝。她在違反自己的意志下懷孕了，肯定是約拿坦．羅夫的孩子。當她剛抵達時，卡勒．圖利普握住她的手，帶她走上山丘去尼可來教堂，向牧師登記她的名字，讓她再度重返教區。等她的肚子越來越大後，她將為新名字和新父親帶來恥辱。

那些還記得孩提時代的羅薇莎．烏利卡的人，在多灌了幾杯黃湯後，總是會開玩笑說，顴骨會在幾年內於臉上改變位置，連鼻子形狀也跟著改變，很是奇怪。然而，那些有疑慮的人在看到花人無盡的快樂後都閉口不談。但等這些人眼見她肚子變大後都將改弦易轍。他們會說她是個淘金女，八成是專事賣淫又愛撒謊的蕩婦，在絕望中會無所不用其極，以確保自己和肚中的私生子有個未來。當牧師和主教代理穿著長長的黑袍來找他做嚴肅談話時，甚至連花人自己也終將恢復理智。他們會說，那女孩是個淫婦，他能確定她的真實身分嗎？關心他福祉的常客會試著說服他。而她，安娜．史提納．卡那普會被丟到貧民區，從那裡返回史卡的路將短得驚人。

她聽說班特．奈德牧師在那之後不見蹤跡。他上呈譴責漢斯．畢喬曼的舉報終於使委員會的耐心消磨殆盡，而他的敘述不符合在地窖裡發現的人類骨骸，儘管腐敗已久，那些骸骨只有可能是失蹤的犯人卡那普。奈德牧師不想坐等懷疑從天而降。據說，他邊詛咒邊邁開蹣跚不穩的腳步，搭上一艘前往英格蘭的船。畢喬曼也不再在他的職位上了，他往反方向航行，橫渡波羅的海。但彼得森仍然逃過一劫，愛利克大師也是。他們正耐心地在海灣的另一邊等她，準備邀請她繞著水井跳最後一支舞。

安娜在九月的某個晚上首次遇見他。那是打烊的時間，惡棍的大部分顧客都不難勸走，甚至連暴躁易怒的人都肯在門檻上接受賄賂，喝下最後一杯後離開。卡勒．圖利普在一天辛勤工作後退下去休息，她最後巡視權充桌子的直立酒桶時，注意到有位客人還沒走。那男人在酒館角落蜷曲著身子，靠在爐邊取暖。他臉色蒼白、衰弱消瘦，難以猜測實際年齡，看起來既年輕又老邁，長長的金髮髒得幾乎看不出原來的底色，臉上處處是凝固的污漬，像張面具。她不是第一次看到他。他像幽靈般在酒館間躊躇遊蕩，從開店時間直待到半夜，現在他根本不想動。他的呼吸很淺、嘶嘶作響，雙眼緊閉，身體像打結般蜷曲著，維持僅剩的溫暖。她用手肘推推他，沒有反應，她只好跪下來，搖晃他骨瘦如柴的肩膀。他惡臭難聞，在她的碰觸下，像一袋骨頭。

「醒來。很晚了，你不能睡在這裡。」

她又搖他，剛開始很溫柔，很快地就變得猛烈，那時他才睜開眼睛。她在他眼底讀到她過去一年來學到的相同情緒；只要記憶仍舊盤旋不去，那份痛苦就會繼續咬噬。她看得出他很年輕，比她從他飽經憂患的外表上猜得還要年輕。他翻個白眼，眼皮隨後緊緊闔上，重新陷入昏睡中。她不知道該如何是好。

安娜砰地打開街門。今晚寒風刺骨，巷子裡強風蕭蕭呼號，街燈的黯淡光芒幾乎照不到鵝卵石路面。這個年頭就要走到尾聲，夜霜隨時會降臨。她將門關上，把木門門閂滑上卡好，抱來幾根柴薪，將藏在爐床煤灰下的灰燼再度引燃。她在銅壺裡裝了些水和肥皂，放在爐子上，等水溫熱時，用破布將他的臉擦拭乾淨，凝結的髒污慢慢融化洗去。除掉這層髒污後，他其實比男孩大不了多少，年紀不會比她大。他慢慢恢復意識，儘管醉得無法控制身體的動作，仍盡力幫她脫掉襯衫，這樣她就能將襯衫泡水，並為他擦澡。壺裡的水變得渾濁不已，得再煮一壺。她給他井水喝，然後磨了些咖啡豆，煮一壺咖啡。她以前從來沒喜歡過咖啡的苦味，但聽其他人說過咖啡能提神，幫助保持清醒。她輕聲和他說話，試圖用她的問題喚醒他。他慢慢轉醒到可以開口說話。

「我叫約翰．克里斯多佛．布利克斯。」

「我是……」

她得制止自己。

「羅薇莎・烏利卡。羅薇莎・烏利卡・圖利普。」

她不想告訴他不屬於她的背景，至於他，似乎同樣不願告訴她任何祕密。

「我父母是在卡爾斯克魯納。我在戰時是外科醫生的學徒，來斯德哥爾摩是想尋找發跡的機會，但我找到的是……別的東西。」

他們安靜地坐在一起。她找來一條毯子披在他肩上，他的襯衫在火爐上烘乾。出乎安娜的意料，她發現他們倆之間滋生一股親密感，那促使她在聽到他職業的第一個片刻，馬上脫口問出當下想到的問題。

「他們說有種草藥，可以給在違反意志下懷孕的女人的特別草藥。『夜晚蝴蝶』會用的那種。」

她沒辦法掩飾自己的真實感情。那不是對即將墮掉的孩子的憂傷，而是對孩子生父的無窮憤怒，還有那份不潔感，她無法洗刷掉的不潔感。她等了很久他才有反應，他最後點點頭。

「你能幫我弄一點來嗎？」

他的目光游移至她的肚子，微凸的腹部隱藏在寬大的衣裙下。她用舊的裙裝換來這件新的，以爭取時間。他眨眨眼，彷若是第一次看到她。安娜在他眼神中看到某種東西閃過，某種不是無助和絕望的光芒。在他回答時，甚至連他的音色都改變了。

「好的，好的。妳幫了我，我也會幫妳。」

41

自從夏天結束後，克里斯多佛・布利克斯一直像活在茫茫迷霧中，不願保持清醒。他如果不是坐在酒館或旅店裡，就是踉踉蹌蹌地在巷子裡打轉。每當他自沉睡中醒來，總是躺在門口、籬笆旁或焦地（Scorched Plot）角落自己的嘔吐物裡。當他醒來時發現自己沒被馬車車輪在昏暗光線中碾死，便會覺得整個世界都在大聲嘲笑他。每早總有幾個可怕的時刻，在宿醉狀態下，在沉睡和意識清明之間，他都倏地回到那個潮濕的臥室，面臨恐怖的另一天。他得清洗那個體積日益縮小的男人，照料他的傷口，灌更多酒下他的喉嚨，綁上止血帶，然後截肢，將剩餘的肢體提到瑪格努斯所在的棚屋，坐在角落瑟瑟發抖，喝到睡死。而在同時，黝闇闃影降臨莊園鬧鬼般的衰頹，從森林裡傳來黃褐色貓頭鷹的哀淒嚎叫。即使事過境遷，阿夸維特烈酒依舊是他唯一的解脫。他能力可及時就酗酒，身子逐漸消瘦，但靈魂核心卻仍年輕和堅韌無比，仍有力量抗拒他所餵食的毒藥，時間長到讓他最終認識那個女孩。她的名字是羅薇莎・烏利卡，她向他求助。她需要他的幫助，而且沒人能幫她。布利克斯知道這是他人生最後歲月的黑暗中，上主賜予他的憐憫。天主給他機會贖罪，一命換一命。

那女孩讓他在惡棍酒館待到早晨。他烘乾的襯衫變得非常潔淨，彷彿換了一件更好的襯衫。自他返回斯德哥爾摩後，這是第一次不是為了找白蘭地而出門，他不再需要它。他朝城市邊緣而去，走過屠宰場橋和魚市，往北沿著里爾河和沼澤遠沓。他繞過貓屁股關卡，在利爾潔斯的大蔭地找尋藥草。

在那，樹幹安靜地挺立，森林空蕩冷冽，樹葉是燃燒般的亮紅和燦金。這些樹葉不久就會繽紛掉落。現在是秋末，但他掃視殘枝和連根拔起的樹周遭的泥土，遍尋所有那些愛曼紐．霍夫曼曾教導他要尋找的地方。

克里斯多佛．布利克斯隔天回去找她，口袋裡裝著承諾過的草藥。那女孩羅薇莎，似乎很吃驚，難以適應他判若兩人。他婉拒了酒，但囫圇吞棗地吃掉她給的麵包。他將草藥綁成小束，囑咐她掛著儲藏起來，才能保存藥效，然後跟她要了一個鍋子。他示範每個步驟，並確定她學到正確的熬藥方法。

「把藥汁熬到變色，用布過濾，放涼後喝掉。每晚喝新鮮的藥汁。」

「等這些喝光時，我該去哪裡找更多草藥？」

「我會去採來給妳。」

安娜喝下第一口，舌頭準備嚐到像咖啡和白蘭地一樣的苦嗆。布利克斯知道藥汁味道根本不強，看到她鬆一口氣的表情。

「藥效如何發揮？」

「草藥會喚醒妳肌肉的飢渴，吞噬掉還沒出生的胎兒，直到什麼都不剩。我的老師在向我解釋時是這麼說的。但這過程需要時間，妳得有耐心。這是最好、最安全的方法。」

十月中旬克里斯多佛．布利克斯聽到消息，在《號外郵報》裡讀到警方發現一具男性死屍，他知道那不可能是別人。一具屍體從拉德湖撈出，沒有四肢、牙齒、眼睛和舌頭。正是他的傑作。那份殘存的記憶讓布利克斯打個冷顫，但在知道他促成的苦難現在終於結束時頓覺釋懷。他為死者祈禱，知道他現在已經踏上另一條路徑。他每天都去拜訪那個女孩，確保她的健康。他又等了一個星期才去處理準備良久的事務。有早，儘管他冷得發抖，仍將污漬處處的衣服放在溪水中洗淨，在秋天的陽光下曬乾，去尼可來教堂和牧師談話。他等到約定見面的那一刻，上前去解釋他來此地的緣由。

「我想娶個妻子。」

布利克斯留下他和羅薇莎．烏利卡．圖利普的名字。牧師恭喜他，問他的家鄉教區在哪。他回答說，布利克斯家族一直屬於腓特烈教堂（Fredrik Church），牧師便承諾會盡快送消息過去，好讓那邊也能公布結婚公告。

***

布利克斯無法再延宕唯一剩下的事務了。他走下山丘到惡棍酒館，等到晚上降臨，他每日拜訪的時間到來。女孩在煮藥汁時，他用手按住她的手阻止。他挑起一片葉子，在她眼前舉高。

「這是問荊。霍夫曼老師告訴我，這對肝臟很好。」

他選了一朵花。

「這是貫葉連翹，會將藥汁染紅。」

他拿起更多草藥，解釋它們的好處：當歸、香楊梅、峨參。他直到最後才解釋那個重要的草藥。

「這是黃春菊，我選它是因為它的味道。這些草藥沒有一樣能傷害妳腹中的胎兒。」

她瞬間不知道該說什麼，但布利克斯看見她雙頰猛然漲紅。

「妳現在懷孕太久了，沒時間了。妳沒辦法解決它，孩子會出生。」

他聽不出她在尖叫中喊出的字眼。她用張開的手打他，打在臉上，打在胸膛上，打在任何她打得到的地方。剛開始時他直挺挺站著，任她狂打，沒有反擊，沒有防衛，然後她挨近他，他張開雙臂擁抱她啜泣顫抖的身軀。她的力氣盡失，慢慢冷靜下來。他在她耳際低語要公布結婚公告，孩子會有他的姓氏，不會以私生子的身分來到這個世界，她不會在罪惡中分娩。

安娜不知道該說什麼或該有什麼感覺。她懷著羅夫的私生子，那個在邪惡和暴力的行徑中播下的種子。長久以來，她在煙斗的幽暗光輝中，看見想像中孩子的臉：滿懷惡意的幽靈在她黑暗的體腔內縈繞不去，嘴唇上帶著嘲諷的獰笑。儘管如此，她的感情卻隨著時間流逝而轉變，她在吃草藥時變得越來越猶豫。她可以感覺到胎動，在體內成長的生命，雖然那份悸動仍舊很微弱，就像飛蛾輕輕振動翅膀。這麼小的東西，她身體的果實，如何像其生父般違反她意志而存在著呢？現在上帝替她做了選擇。

當她去告訴卡勒．圖利普時，他啜泣起來，她一會兒後才察覺那是喜極而泣。他擁抱她，將耳朵貼在她肚子上，告訴她他做了個有關孫子的美夢，當時他是如何欣喜若狂地醒來。他沒有問父親是誰，她還是告訴了他，父親是克里斯多佛．布利克斯，那個最近健康狀況改善良多的瘦高外科醫生。他向她求婚，等有時間就會結婚。卡勒的臉上閃過會心一笑，眼睛炯炯發光，皺紋滿布的臉上一掃幾十年來累積的陰霾。

「啊，我曾看過你們在一起的模樣。我早就猜到了。我的眼睛沒壞，還沒瞎到看不出你們倆情投意合。」

她內心有某種情愫改變了。晚上，安娜沒再夢到相同的夢，那個有關紅公雞的夢，那個她是火焰的夢——她懷抱著熊熊恨意，焚燬斯德哥爾摩，只留下悶燒的廢墟。現在她夢到的是火焰中的孩子，但不是一個要蹂躪一切的孩子，這孩子將鍛造與重塑世界。她會在這個被詛咒的時代中帶來新生命，而那個孩子不論是男是女，都會在她的意志下扶養長大。這是她的孩子，不會變成像其他人一樣。孩子會長大，變得強壯，幫助這個世界變得更加美好，消弭一切不公不義和惡形惡狀。這孩子會將自己的孩子帶來世上，她的孫子會繼續奮鬥，子孫綿延不絕，這就是她對這個可恨世界的復仇。如果是個男孩，他會叫做卡勒．克里斯多佛，以他父親和外祖父命名。如果是個女孩，她會叫安娜．史提納，以一個不再存在但不會被淡忘的女人命名。

42

十月底時，酷寒以猛烈力道襲擊斯德哥爾摩。有天早上，鍍金灣閃爍著淡白色的冰封光芒。在太陽靠近地平線，正要短暫繞過冬季天際時，克里斯多佛・布利克斯呆立在灣畔，冬陽則在國王和弒王者都住過的塔樓下剎時閃過。

他想著認識女孩前的晚夏，想著那幾個星期，當時命運帶他到無法預測的十字路口。在持續的酒醉狀態中，他漫步過橋中之城尋找死亡，決然地彷若死神只是赴約遲到的老友。每次他看見爭吵打架，憤怒拔刀或重物在翻倒掉進碼頭時，內心的希望就被倏地點燃，但死神仍舊遙不可及。沒有人對他骨瘦如柴的骨架舉起拳頭，沒有任何意外奪去他的性命，彷彿死神認為他毫無價值，而其他人性命的誘惑力則遠遠更為強大。他想結束自己的性命，但發現和以前一樣，他沒那個膽子。每個人都知道，自殺是一種罪。如果他夢想的天堂是黑色虛無的忘卻，那麼他猜想，為自殺者保留的地獄會是個被強迫想起一切的場域，一次次重新活過他以血腥的雙手度過的夏日，那些胸膛中滿懷恐懼的夏日。他怎麼能有辦法自殺？於是他改而尋找其他縮短性命的方式，非常小心謹慎，或許是為了避免引起上帝注意。他故意讓自己挨餓，直到雙手變細變冷，任何時刻都會顫抖，但最後飢餓總是會逼他狼吞虎嚥。他試圖用酒瓶替自己挖墳，但每次都以失敗告終。

他請那個女孩幫他一個忙。他給了她一個用蠟封起來的包裹，裡面是他在夏天寫給逝世妹妹的信。他現在知道那些信的歸屬了，他在書店的報紙裡讀到那個地址，就是那個從拉德湖撈出屍體的警察當局和主要辦案人的名字。他最後終於了解，他的被害者的嘴唇在酒醉狀態中、在舌頭被拔走前，曾逸出的幾個字眼：「我們感激……」這是他當時聽到的。現在他清楚了，那是「英德貝杜」。

布利克斯的凝視掃過海灣。太陽在只有冰封一天的冰上閃爍，那看起來像是一條鋪著閃耀黃金的大道延伸到他站立之處，這是承諾他的天堂之路。在那個女孩請他幫忙的同時他就想通了，一命換一命，藉由拯救未出生孩子的靈魂，換來處置自己靈魂的權力。

他脫下鞋子，赤裸的腳丫站在冰冷的地上，在鞋子旁邊將外套、襯衫、長褲和無袖外套放好，帽子擺在最上面。

他的身軀不再枯槁憔悴，而是恢復年輕的光澤；長及肩膀的金髮不再骯髒結塊，凹陷的臉頰變得豐腴。時間彷彿往回滾，再次允許他看起來像十七歲的自己。

他沿著黃金大道向前邁出幾步，腳下的冰如此清澈，可以看到海床的崎嶇怪石，直到海水變得太深，再也看不見為止。他繼續走，一步又一步地前進。他聽到身後有些人聚集在岸邊，高聲驚呼著要他趕快回頭，但他們已經在另一個世界裡了，而他正踽踽獨行於來世的半路。他緊閉雙眼，燦爛冬陽在冰冷的空氣中，照耀著肌膚通體溫暖。他走到更遠處時，不禁綻放粲笑。每踩一步，腳下的冰就隨之劈啪作響。現在，冰塊終於啪喳裂開。

第四部

最凶狠的狼

一七九三年冬季

歡欣鳴響世界的最後喪鐘，
上帝會下最後審判；
堅定的朋友們無須畏懼，
罪人必須永遠淪於黑闇。

——卡爾·麥可·貝爾曼（注），一七九三年

43

麥可・卡戴爾悠然醒轉時，不知自己身在何處，但他臉頰濕潤，嘴角嚐到淚水的鹹味。四周一片漆黑。他身體下方有樣東西抵著側腹，戳得他很痛。一支圓潤平滑的桿子。他的手沿著木頭表面摸去，察覺自己正躺在掃把把手上。他頭痛欲裂，嘴裡的味道也非常可怕，等眼睛適應黑暗後，看出前面有一扇門。

他再仰躺片刻，希望記憶會回返。冒著泡沫的啤酒杯、煙霧繚繞的酒館、愈來愈醉的狀態、在氣憤中抬高的聲音、老拳相向。卡戴爾在恢復感官知覺後全身發冷。冰寒的空氣透過地板木頭間的裂縫滲入，牙齒嘎嘎作響。斯德哥爾摩，一如往常。現在是十一月，他正在「墜落地獄」的壁櫥裡，這地方有時用來存放不知該往哪塞的顧客，而瑟西爾・溫格已死。

在沉睡和醒轉的朦朧狀態間，卡戴爾起初無法分辨噩夢和現實，但記憶從醉醺醺的濃霧中浮現，那股失落感再次襲擊他，力道堪比他第一次聽到時的冷酷無情。他無法呼吸，掙扎著想吸入空氣。左臂驟然爆發劇痛。他發出一聲嗚咽，按摩著外科醫生的刀子所留下來的疤痕，緊閉的眼瞼後道道閃電拚命閃爍。

注 Carl Michael Bellman（一七四〇～一七九五年），瑞典作曲家和詩人。

卡戴爾轉而改為俯臥，左臂的重量仍舊陌生。他這次有了以橡木雕刻的新手，比原先失去的那個舊義肢更重。沒時間習慣了。無論如何，它都發揮該有的作用。橡木也許較難以揮舞，但當它擊中目標時，可導致死亡和毀滅。新皮帶和他的身體更為契合。卡戴爾可不想再失去義肢。現在，他鬆開皮帶讓血液重新循環，發現有兩顆門牙卡在木製拳頭的指關節間。當左臂恢復生機時，他重新套上皮帶，用力拍打壁櫥的門。

「該死，快開門放我出去！」

另一邊過了一陣子才有回應。

「你冷靜下來沒有，卡戴爾？我可不想再有任何麻煩，你聽到了嗎？」

「如果你在測試我的耐心，我的脾氣會更糟。」

壓在門前的重物被拖開。卡戴爾突然接觸到刺眼光線，舉起手臂遮眼，蹣跚走出壁櫥。酒吧間亂得一塌糊塗，玻璃碎片和瓶子散落滿地。卡戴爾癱坐在看見的第一把長椅上，臉埋在雙手間。他抬頭看時，霍夫布洛壁畫中的那抹冷笑，從牆壁上低頭看他，揮著鐮刀的屍體跳著狂喜的亂舞。

「葛塔，給我杯烈酒。我的頭快炸開來了。」

酒館主人拿著一杯愛爾啤酒回來。

「聽我說，卡戴爾。如果你的舉止還是和昨晚一樣，就不能再來我這，即使是以顧客的身分都不行。你把我的顧客都嚇跑了，而我雇來遞補你的保鏢寧願當場辭職，也不願冒險攆你出去。」

卡戴爾將啤酒一口喝掉，恢復平穩的呼吸時回答。

「冷靜下來，葛塔。我昨晚接到壞消息，所以心情很不好。我可不想再聽到更多壞消息。我已經不剩任何朋友或家人了。」

卡戴爾將錢包倒過來。三先令和一德國法尋。

「你可以把我工作上的損害加上去，我一領薪就會付清。除此之外，你可以認為我們之間的友誼結束了，除非你願意重漆你的牆壁。死神已經當面嘲笑過我太多次。」

悠悠暮光照亮巷弄。太陽還沒爬上屋頂，便又往下墜。皚皚白雪靜躺在鵝卵石上，沿著牆壁形成雪堆。街燈尚未點燃，房子裡沒有燈光，人們聚集在窗邊，利用一日最後的餘暉。天候嚴寒，儘管卡戴爾的心臟跳得像杵鎚，身體拚命冒汗以舒緩宿醉，他仍舊得拉緊外套，以抵擋從海灣吹來的寒風。他朝往上議院的路徑而去，右轉往上向城堡山丘走去。如果夠幸運的話，他仍會在英德貝杜找到伊薩克·萊霍·布隆。他行走時，昨晚失去的記憶逐漸回返。

是一位年輕警察助理先告訴他噩耗的。那男孩以前一定看過他和溫格待在一起，所以向他表達遺憾。剛開始時，卡戴爾什麼也聽不懂，但其他人確認他們同事說的事。皇家警察局的祕書曾親自確認這項消息：英德貝杜的鬼魂已不在。寒冷的天氣使溫格的病況加劇，直到昨天吐了最後一次呼吸。

卡戴爾當時喝得爛醉，那個消息並非始料未及，但仍舊讓他猝不及防。卡戴爾的內心深處一直相信，他們在一起的時光會延續到解開卡爾·約翰的命運之謎後才結束。拉德湖的屍體讓溫格緊抓住生命的尾巴，不計任何代價。卡戴爾記得他醉到似乎懸掛在自己形成的球狀物中，和世界的喧鬧分隔開來，而那個地方平和到足以承受驟然的永別。這時，某位路人一頭撞上他。

對這低劣世界的憤怒和死訊的哀傷，讓他如同火藥筒般瞬間點燃。他與路人交換骯髒的字眼，隨即老拳相向。最後他們一定是仗著人多勢眾，將他和掃把一起丟進壁櫥，他馬上就在那裡陷入沉睡。卡爾．約翰從在馬利亞教堂墓園裡孤單的洞中鑽出來，在他夢裡悠悠蕩蕩。死去的人以沒有嘴唇的嘴巴低聲控訴，他的聲音滿是蠕動的蟲，似乎仍在翻滾著。

「你原本要為我伸張正義，但你失敗了。另一個已經以他的生命贖罪，你會是下一個。」

卡戴爾轉過斯德哥爾摩大教堂（Stockholm Cathedral）的轉角時得按住帽子。在那裡，流動的湖水注入海洋，沿著島嶼排成一排，白雪從充滿惡意的雲朵旋轉飄飛，又紛紛落下，英德貝杜安靜地佇立。警察經費不足，無法浪費錢在蠟燭上，只得被迫按照日光的時間調整日程。他運氣好，剛好碰上一位要出門的警察，後者告訴他布隆祕書仍在局裡，彎著背在看報告，儘管——那位警察壓低聲音補充——這是他唯一能避免使用自家柴薪的方式，那隻狡猾的狐狸。

「都到了這種時日，他實在沒必要如此吝嗇。」

卡戴爾沒理解其中的譏笑，但他很開心能進入警局。

布隆的辦公室舉目滿是書本和帳冊。如他所料，鋪著磁磚的火爐在房間裡散發蒸騰熱氣，熱到布隆只穿著襯衫坐在桌前。卡戴爾沒有費神敲門。

「我昨晚聽到消息了。」

布隆將他正在看的文件推進一個文件夾。

「我很遺憾，卡戴爾。這對我們全體來說，都是很大的損失。」

卡戴爾在凳子上坐下，打開外套的釦子。剛才快步走過來使他腦袋轉為清醒。自從走出酒館後，他第二次感覺到熟悉的恐慌襲來。雖然那在意料之內，但卻未曾因此減損其痛苦程度。他的喉嚨緊縮，每次呼吸都變成一種掙扎。視野裡有黑點在跳躍舞動。他緊閉眼睛，試圖強迫心臟慢下來。布隆安靜坐著，直到卡戴爾成功控制心跳，感覺身體恢復生機。

「這裡有喝的嗎？」

布隆遲疑一下，顯得緊張不安。他的臉漲得通紅。

「我對你的悲傷寄予最深摯的同情，但我有職責在身。如果我今晚還想睡覺，每一刻鐘都很重要……」

「真的？那我們來看看你在忙什麼。」

卡戴爾敏捷地抓住布隆剛在看的文件夾。布隆一把想搶回去，但速度不夠快。

「很奇怪，布隆。這看起來不像是警察事務，比較像一位乞丐為了卓寧霍姆宮（Drottningholm Palace）的職位而寫信哀求羅伊特霍爾姆男爵。『閣下——』這是什麼？你做祕書還不到一年，就對這個職位厭倦了嗎？」

布隆癱坐在椅子上，沮喪地以雙手揉臉。

「該死，卡戴爾。那不是你該看的東西，但我不和你計較。警察總監諾林最後終於發布了我們期待已久的通知。那確實合理，羅伊特霍爾姆想要一隻奉承的狗，而約翰・古斯塔夫・諾林又一意孤行，溫格的報告裡那些調查猥褻布料的雜耍就足以證明一切。」

「誰會取代諾林？」

「鑑於諾林自身的錯誤，他會被調到北方，接替位子的人是馬格諾・烏霍爾。他將離開在卓寧霍姆宮的職位，而我想要的是他的舊工作。」

「我以前聽過那個名字，他就是那個在被控盜用養老金後被迫潛逃挪威的烏霍姆，是吧？結果現在他變成警察總監。」

「你最好記住，那份工作的首要資格是對既有政權忠貞不二，外加卑躬屈膝和逢迎奉承的本事。」

「從你給男爵的信判斷，我必須說如果有人夠格能表現出上述兩項條件，那人非你莫屬，布隆。」

布隆緊皺的臉變得更紅。

「該死，卡戴爾！我一年只有一百五十塔勒的薪水。太過微薄，不夠過日子。若被看見我和溫格還有你這類人在一起，對我絕無好處，所以如果你沒別的事，我還有要事待辦。」

卡戴爾想著布隆剛提到的微薄收入。在門口的年輕人說了什麼？卡戴爾瞇著眼睛，若有所思地望著布隆。後者已經站起身，為他拉開門。

「如果你知道什麼對你好，你會坐下來閉上嘴。這裡有事不對勁，我得想想。」

卡戴爾咒罵自己的遲緩。他目前的宿醉狀態幫不了忙。另一方面，他的直覺從來不會出錯。布隆在隱瞞什麼。房間沒比以前熱，但祕書卻出一身汗。他的視線在房間內梭巡，不斷回到靠近火爐的一個桌子。卡戴爾循著他的眼光望過去。在一堆書上有一個用紙包起來、繩子綁起來的包裹。卡戴爾走過去拿起來端詳。收信人是瑟西爾・溫格，筆跡稚嫩，墨水淺得幾乎是透明的。

「你怎麼會有這包裹的，布隆？」

「有個女孩今早將包裹留在門口。既然我是祕書，就送來讓我處理。」

布隆渴望地瞥一眼房門。卡戴爾注意到了，慢慢搖了頭。他把椅子換個位置，擋住去路。然後他將包裹放在大腿上，鬆開繩子拆開。那是一疊大小不同的紙張，用稍有污漬的布料包住，以同樣稚嫩的筆跡寫著字。他開始讀信內歪歪扭扭的字行，心臟跳得飛快。當他再次放下紙張時，怒目直瞪著布隆，心中的迷霧逐漸消散。

「你是怎麼得知溫格過世的消息的？」

「我不確切記得。有人進來傳達消息。」

「你親自和信差說過話嗎？」

「不，我……」

「整件事很古怪。我昨晚和一位警官說過話，他告訴我是你通知皇家警察局確切時間和細節的。我還有另一個問題：我在門口碰到的警察暗示，你最近變得相當富有。我要是問起這筆錢是哪來的，會不會太過無禮？也許是來自最近過世的姑姑？」

「現在，聽好，卡戴爾，你得保證你會保持冷靜……」

卡戴爾站起身鎖上門，將鑰匙放進口袋裡。他和布隆開始繞著桌子打轉，一個是為了拉開彼此的距離，一個則是為了拉近。

「就我所知，皇家警察局這裡有人下注賭瑟西爾・溫格確切的死亡時間。那是你變得這麼有錢的原因嗎，布隆老兄？」

「親愛的小麥……你得了解我的處境……」

「你收到那個包裹時，溫格還活著，但你完全沒有轉寄給他的打算。你用謊言將他送往墳墓，好讓那筆賭金轉入你的口袋。如果你還想活過今天、而且只會受到嘴巴腫起來這種小傷的話，你現在最好小心衡量要說的話，以便安然度過今天。溫格究竟是死是活？」

卡戴爾把桌子掀翻，向前跨了幾步，抓住布隆的衣領，準備用木拳打他。布隆的聲音陡然提高八度。

「講點道理，卡戴爾。我在咖啡館碰到製繩人羅賽流斯，聽到他抱怨說就要失去一位很棒的房客。溫格這次臥床是最後一次了，他的夜壺裡滿是鮮血。醫生放棄救治，認為他這個病人沒有希望，他們已經找來牧師做臨別祈禱。他是昨天過世或明天過世，又有什麼差別？對我而言，那幾乎是一整年的薪水啊！你能了解嗎，卡戴爾？」

幾分鐘後，卡戴爾在下方碼頭伸出左臂擱下經過的馬車前，他先停頓一下，將木頭義肢往白雪上抹乾淨。

44

無論是在碼頭區或是在布拉奚修斯點，於紛飛的皚皚大雪中，沒有馬車看見他揮手。卡戴爾沒察覺到自己開始狂奔，直到聽見濕透的皮鞋底在小吊橋的木頭上發出啪喳聲。漁船從那座小吊橋下航駛而過，然後通過新橋，進入貓灣。他感覺到強烈的迫切感，彷彿所承受的重擔足以將病人從臨終病榻的最後一刻喚回人世。在夜晚的闃黑中，尖銳的雪花傾倒在他身上，像利爪般刮著他的臉。他在冰封的海灣那頭，瞥見自從暴風雪後就被廢棄的魚市。在他能察覺之前，就已抵達砲兵場，空氣在他肺部裡化成熊熊火球。從海德維格．埃萊奧諾拉教堂傳來悠揚音樂，合唱團在唱《感恩頌歌》，他們唱得五音不全，而群眾會變那麼多，可能只是因為他們想進來躲避暴風雪。他們掙扎著想唱對曲調，唱出的聲音並非毫無意義，歌聲裡有同樣分量的希望和絕望。他數著街道，直到城市結束處，隨即看見宅邸的圍牆和蹲伏在白雪重擔下的菩提樹林。

房子前門沒鎖。他奔上樓梯直衝溫格的房間，大腿傳來陣陣痛楚。一根蠟燭在房內燃燒著，床旁邊有位黑衣牧師，依照慣例，將祈禱和熟睡的界線弄得模糊不清。一個女僕——卡戴爾在前幾次拜訪中見過她，所以認得她——正在水盆裡擰著濕布，吃驚地抬起頭來看。瑟西爾．溫格一動也不動地躺在床上。卡戴爾原本以為溫格無法再更瘦了，但現在看來是大錯特錯。那骨骸般的骨架讓他聯想到斯溫斯克松德的冰凍屍體，但臉還沒被蓋上，他一定還活著。卡戴爾先轉向女僕，一等他喘過氣來，就馬上對她開口。

「他有意識嗎？能把他叫醒嗎？」

「唉，從今早清晨以來，溫格先生就沒再說過話或動過。羅賽流斯先生已經在他身邊舉行過守夜，做了最後告別。」

卡戴爾默默點頭。床邊的水盆裡滿是結塊的粘液。他轉向牧師。

「出去。你正坐在我的椅子上。你和你的《聖經》已經盡力了。我有另一本書，我們來看看它會不會比較有效。」

卡戴爾沒等牧師回答，一把扯掉被雪和汗水潤濕的外套。女僕過來幫忙，她正忙著幫他解開木製義肢的皮帶時，遲疑不決的牧師似乎下了決定，一聲不吭地經過他們走出門，咚咚走下樓梯。卡戴爾重重靠坐在靠背椅上，聽著溫格淺促的呼吸，然後轉向女僕。

「有咖啡嗎？啤酒？請兩種都拿來。我會待一會兒。」

她讓他們獨處。卡戴爾仔細端詳溫格的臉，眼睛凹陷，顴骨在塌陷的臉頰上特別突出。前額的皮膚變得如此薄細慘白，給卡戴爾一股溫格的頭顱默默在底下閃著光的錯覺。長髮如扇子般散開，由於發燒，太陽穴旁邊的頭髮全溼透了。眼白出現在眼瞼下。不斷發作的咳嗽在嘴唇和襯衫衣領上留下鮮紅血漬。卡戴爾看到時不禁打個寒顫。

「老天，瑟西爾．溫格，我沒想到你會有這種下場。一位正值壯年的男子如此輕易就對一點咳嗽放棄掙扎。你要的是同情嗎？你騙不了任何人。我可以免費告訴你這點，你看起來健康得不得了。在我當兵期間，人們說身體唯一殘留下來的弱點是疼痛，我確定這個真理也可以應用到肺結核上。展露點勇氣吧，該死！」

卡戴爾將那捆信放在膝蓋上，翻閱信件時試圖保持平衡，免得信件掉落。

「現在你好好聽我的話。死亡是你早些時候就該想的事，那時情況比較絕望。但我們還沒偵破這個案子呢，還有很長的路要走。」

卡戴爾打開克利斯多佛・布利克斯的回憶錄，清清喉嚨，開始大聲唸道。

「親愛的妹妹……」

一個又一個小時過去了。女僕來了又去，拿著啤酒和水，後來又送來幾片麵包和一壺加了蜂蜜的甜牛奶。卡戴爾幾乎沒注意到她。

卡戴爾會醒過來，完全是因為早晨溫熱的陽光透過窗戶直接照在他低垂的頭上。那堆信紙從他大腿上掉落，他想到失落的寶貴線索時，不禁感到一陣刺痛。當他打盹時，紙張一定是從手中滑落。想來這個最珍貴的手工藝品不是經由意外，就是經由天意落到他手中。但他沒在地板上看到信紙。當他抬起頭來，才看見布利克斯的信件安放在溫格瘦薄的手之下。卡戴爾揉搓掉眼中的睡意，端詳著溫格睡眼惺忪的臉，後者此時正張開眼睛。起初，他們默默彼此瞪視。卡戴爾率先開口。

「你還活著。這個嘛，你對任何問題總是有答案。這些信是像童話故事裡的魔咒救了你一命，還是我們今晚所目睹的景象只是純粹巧合？」

溫格聳聳肩。

「我的病有時會急轉直下，這次復發比以前都要來得嚴重。每個人都覺得我死到臨頭了，我自己也這麼想。至於讀信，我欠你一個答案，但我要冒險猜測，病人總是在被提醒什麼還值得活下去時，得到莫大鼓勵。」

溫格的目光穿透窗戶。他再次開口時，一道黝闇陰影似乎橫跨臉上。

「你告訴過我，你在戰爭中與死神擦肩而過。你曾經望進死神的眼睛裡嗎？我指的是祂的化身？」

卡戴爾在回憶起**英伯格號**的毀滅、他抱著約翰．西傑恩毫無生氣的軀體，以及屍體後來被吸入波羅的海深處的畫面時，臉不由得扭曲起來。

「是的，我那時見過祂的化身。祂在船艦的龍骨下等待祂的貢品。黑色翅膀伸展開來，赤裸的頭顱骨上有張獰笑的臉。」

「死神也許是以不同的偽裝來到我們跟前。我發現祂是散發著微光的深淵，一個巨大的黑暗虛無。我知道在祂懷中，我會從時間和心智中消失，永不回返。祂將我拉近時，我有時間思索自己的一生。想來，我似乎在理智和感情間做了選擇，並一輩子對前者保持忠誠。身為律師，我耗費心思確保每位被告有發言機會，在法庭上為之抗辯的每個人、登上被告席的每個人，都有機會讓大家傾聽他們的命運。我甚至在私事上……」

他突然打住話，然後又開始訴說。

「尚．麥可，我最近開始懷疑這份信念。不是從理性的角度，而是從我所感覺到的那些痛苦。在我人生的這些最後時日裡，我曾自問過一條通往如此陰暗之處的路徑，是否真的應該由人類來承受。但現在，那片深淵等待著我，允諾我在經歷過那麼多苦難後，會賜予永恆的慰藉，終能超越苦難。

我一輩子都為自認為的那些公正正義之事而挺身奮鬥。突然間，我發現自己雙手裡好像竄升著微小火焰，一把照亮黑暗的溫柔火焰。它給我帶來如此大的安慰，令恐懼消失，我準備好以平靜的心靈邁開最後的步伐。剎那間，我聽到你的聲音，從萬丈深淵轉身。我醒來時你正在打鼾，我發現自己有足夠力氣撿起信紙，於是讀了克里斯多佛・布利克斯的故事。」

「現在你又活過來了，痛苦和懷疑是否也跟著回返？」

卡戴爾在溫格的眼中看見悲傷，但還有別的他不願透露的感情。他將嘴唇抿緊成一條白線，然後回答。

「是的，是的，它們似乎是我存在中的不變定數。治癒那兩者的最佳藥方似乎是將卡爾・約翰的凶手繩之以法。來幫我一下，把我從這床上扶起來，尚・麥可，順便看看有沒有剩下溫水可以替我擦澡，這樣就能舒緩發燒。有的話，我會很感激。」

「你確定可以起床了嗎？醫生剛在幾個小時前宣判你的死刑。」

「如果你早些時候說的話可以相信，我現在的身體已經沒那麼虛弱了。讓我們善用剩下的時間，好好利用得到的線索和知識。你還記得基賽館的薩奇夫人嗎？」

「我要是能不記得她，會比較快樂。」

「卡爾・約翰在沒人注意時有吃自己糞便的習慣。她認為這種行徑是他發瘋的跡象。有鑑於我們如今所知，我確信是剛好相反。這是卡爾・約翰保持僅有的所有物、讓其他人發現其真實姓名和查出凶手是誰的唯一方式。布利克斯將戒指給了卡爾・約翰，後者則以唯一可能的方式保存它。他在糞便裡找尋戒指，一再地吞下去。他儘管經歷那麼多苦痛，仍舊設法維持神智正常。」

卡戴爾感覺胃部壓擠，一陣噁心。他得輪流做吞嚥動作和深呼吸，免得將胃中食物吐出來。

「噢，老天。噢，該死！」

「我對這件事的感覺也很難用言語形容。我們不能讓他白白受苦，如果我們動作能快點的話，也許可以說服挖墳人在太陽下山前，用足夠力氣拿鏟子挖開冰封的墳地，掘出屍體。而我們需要做的事最好是在夜色的掩護下進行。戒指當然仍然在那裡，上面會有盾形家徽，可查出卡爾．約翰的真實身分。我們快走吧。」

45

挖墳人史瓦伯在門和門框的窄小縫隙間出現時，他斜眼睨視他們好一會兒，臉上才露出認出他們的表情。

「溫格先生，是嗎？卡楞先生？卡度？卡利班？」

「是卡戴爾。」

史瓦伯大手一揮，表示歡迎。爐床裡燃燒著高竄的火焰，一本《聖經》打開來放在桌上。

「你得原諒我，卡戴爾先生。我通常很會認臉，但你的相貌似乎有點改變。我不認為你的鼻子應該這麼左邊，而你的一隻眼睛好像要溜到臉側了。至於溫格先生，你有好好吃飯嗎？我知道現在流行臉色蒼白，但你在白雪映襯下，整個人看起來空蕩蕩的，顯得那件外套和及膝馬褲彷彿是自己從衣櫃裡逃出來似的。」

卡戴爾踱掉靴子上的雪時咕噥一聲。

「如果我們都能擁有你那種美貌來度過人生的話，史瓦伯，這世上的藝術家就得靠乞討為生了。」

史瓦伯咧嘴而笑，露出一口殘缺不全的棕牙。

「你們回來找那個很難查出身分的屍體，那個憤怒又沒有四肢的屍體，你們的卡爾．約翰嗎？事實上，我正在等你們回來。」

「怎麼說？」

「教區裡有些人有通靈之眼，他們說他的靈魂不願安息，像蛞蝓般在墓碑間滑行，被微弱光芒和聽不見的竊竊私語團團包圍。我知道他在這人世間還有未完成的心願，因此一直在等你們回來。」

溫格和卡戴爾交換眼神。卡戴爾在搭檔的眼中看見赤裸的懷疑，頓時覺得安心，他更是滿腹狐疑。溫格拿出錢包，在史瓦伯的桌上數了幾個銅板。

「我們希望盡快挖開墳墓，有另一次驗屍機會，這非常重要。為此，也需要你借我們你的房間。」

在外面的墓地裡，光禿禿的菩提樹排成一排。它們是在大火為其清出空間後才種下的，因此還很年輕。一陣懶洋洋的風從樹枝上拂下片片雪花，吹得皚皚雪花在空中輕盈飛舞。史瓦伯在厚厚的積雪中邁進，後面跟著溫格和卡戴爾。他循著只有自己知道的記號找到墳墓，用一根雲杉樹枝掃掉那裡的雪，便開始賣力挖掘。他輪流使用鋤頭、鏟子和橇棍，很快就找到節奏，開始配合著工具，唱起一首曲調。卡戴爾看著這一幕，心中興奮和憂慮交雜。寒風刺骨，他們吐出來的氣在臉前變成一團羽球。溫格靠著他的肩膀站在一旁，用手帕掩住鼻子保暖。

「你們沒理由站在這裡誘惑死神，回去溫暖的房間裡吧。我一旦挖出卡爾．約翰就會通知你們。」

溫格搖搖頭。卡戴爾很想當場小跑步，揮舞手臂讓身體暖和起來，但溫格的手讓他動彈不得。他站在當地，純粹是靠意志力才能阻止牙齒打顫。時間一分一秒地過去，直到史瓦伯頭髮稀疏的頭——冒汗冒得太厲害而沒有戴帽子——變得與他們的膝蓋平行，並上下晃動時，他終於從土地裡挖出一捆小東西，不禁發出呻吟。

「幫我把他抬上去吧？」

卡戴爾第一次碰到他時發出咒罵。

「該死，他完全凍僵了。」

溫格點點頭，身體轉向史瓦伯。

「我們需要把屍體解凍。」

卡戴爾將史瓦伯拉出洞口。

「正巧，我早料到會有這種情況，所以在爐火裡添加了額外柴薪。我會找雪橇來搬運他，然後找更多木頭過來。之後，我要直接去鬧門找東西吃，喝個幾杯。等你們結束時，記得用布蓋好他。」

史瓦伯毫無質疑的接受讓卡戴爾很不安，雖然他說不上來是為了什麼理由。

「我們要驗屍的原因是……」

「不用說了。我有些概念，但只要你們不挑明，我就還能希望是我搞錯了。」

他們不斷堆疊柴火，直到蒸騰熱氣使小屋的橫樑劈啪作響，大聲呻吟。他們將仍舊裹著屍布的僵硬屍體放在靠近爐火的長椅上，然後等待。溫格在僅僅幾個小時內的改變讓卡戴爾嘖嘖稱奇。他剛才還需要人扶一把才能上馬車，而他身體如此無力，卡戴爾不但得扶穩他，幾乎等於是扛著他才能穿越羅賽流斯冰封的花園。但他現在看起來判若兩人，雙眸閃閃發光，皮膚呈現更健康的色澤，頭髮也梳理好，在頸背上整齊束起來，恢復昔日的活力和光芒。他不再需要攙扶。反之，在屍體慢慢解凍時，尚能焦躁不安地從房間這頭走到那頭好幾回。時間緩緩流逝，卡戴爾發現他得用嘴巴呼吸才不會聞到那股惡臭。

「越來越臭了。你認為卡爾．約翰解凍了嗎？」

「是的，我們上工吧。」

他們捲起袖子，用手指和刀作為工具檢查腹腔，已經在那安頓下來築好冬巢的蟲子受到干擾，困惑地搖擺著壯碩的身體。然後提燈的光芒捕捉到金屬透過紅黑色陰暗中射出的一抹閃光。

溫格將戒指舉高至燈光處，仔細審視。卡戴爾強迫自己在興奮莫名中保持冷靜。他覺得此刻沉重到幾乎難以承受。卡爾．約翰找過戒指多少次？他懷抱著在死後會有這種時刻的希望，而硬吞下戒指多少次？他感覺這兩個期望緊密結合，像在空氣中滾動越來越靠近的隆隆雷聲，於是屏息著凝視溫格的臉，期待看到理解和勝利閃過。溫格在燈光中轉動戒指，好讓陰影襯托出上面的圖案。

卡戴爾在溫格什麼話都沒說前，就感覺到那股失望。溫格開口時，並沒把目光從戒指上移開，彷若在等它重鑄成更有希望的形狀。

「我對紋章略有了解，儘管我沒看過每個偉大家族的家徽，因此一下子想不起所有的特色，但我很熟悉其傳統和慣例。我們現在看到的這個家徽不屬於貴族，盾牌隔成藍和紅色，每邊都有三顆六芒星：旁邊是月桂冠和用後腿站立的獅子，冠頂有一根粉紅色羽毛。盾牌的裝飾細節繁複到幾乎可笑的地步，很像那種滿腦子騎士和榮譽幻想的小孩會畫的紋章。戒指也並非用金子打造，而通常應該是如此。胃液損害了表面，戒指都退色了。寶石只是彩色玻璃。」

他這時才將戒指放下，揉搓因用力而痠痛的眼睛。

「這戒指所能提供的線索比我期待得還少，尚．麥可。非常令人困惑的戒指。」

卡戴爾的肩膀原本因期待而高聳到耳朵邊，現在迅速垂下，好像拉動它們的繩索斷裂。溫格馬上又繼續說。

「有人受封為騎士時，皇家文藝學院（Royal Academy of Letters）會派技巧精湛的畫家來為其創造家徽。他們會選擇與此人的人生或工作相關的象徵。以歐洛夫．阿夫．阿克雷為例，他是古斯塔夫國王的御醫，他的徽章就是醫學界的蛇杖——一條蛇纏繞著一根權杖——但穿過一頂皇冠，以這種方式同時凸顯他的職業和國王的感激。然而，這個戒指的設計不是出自皇家文藝學院之手。」

「我們這下該怎麼辦？這又是個死胡同嗎？」

溫格傾身靠近燈光，看著設計又陷入沉思。

「它讓我想起什麼，有點眼熟。」

卡戴爾心中那股高漲的挫折需要得到宣洩。他用力咒罵一聲，舉起左拳咚地重擊史瓦伯的桌面，用力到留下痕跡，而在那個重擊力道傳回殘肢時，咬牙猛吸口氣。溫格的視線轉離戒指，凝視著卡戴爾。

「尚．麥可，你會說自己今晚掌控了所有感官嗎？」

「在這樣的夜晚問起這種問題，算是什麼樣的蠢問題？」

「我就當你的回答是『是』。你有特別想吃什麼東西嗎？特別想吃的一道菜？」

如果不是卡戴爾現在已經很了解溫格，他會認為自己剛慘遭嘲笑，但溫格臉上沒有任何幽默的表情。從來就沒有過。

「我喜歡甘藍菜捲。」

「你認為最糟糕的菜是什麼？」

「每當艦隊在芬蘭堡因冰封動彈不得時，會送上一道湯，而猜測那份餿水的內容物是軍隊每天的最佳消遣。我有次在裡面找到鬍鬚，但我希望它曾經黏在貓的臉上。雖然不知怎的，我很懷疑。」

「如果要你在這道難吃的湯和夜壺的內容物之間做選擇，毫無疑問的，你會偏好前者。我想告訴你的是，尚．麥可，卡爾．約翰若不是抱著希望，認為如此做能揭曉他身世的話，他不會連續好幾個星期埋頭吃自己的糞便。他知道人們能靠這枚戒指追蹤回他的身分，儘管得費很多心思和力氣。」

46

麥可・卡戴爾在同一個社區裡找到新租屋處，他的新房間窄到從床上就可以碰觸到四面牆壁，但卻和老住處差別不大。床墊在該厚的地方很薄，被好幾任的租客磨垮，但那地方夠溫暖，也夠便宜，這樣就夠了。白蘭地能幫助他入睡，他早餐時則喝下更多白蘭地，以撫平伴隨曙光而來的許多痠痛。

卡戴爾雖然疲憊不堪，但還未準備入睡。每次他闔上雙眼，史瓦伯房內的景象就閃回腦海。卡戴爾已經有好幾年噩夢連連了，而當夜晚降臨、溫格卻沒送訊息來時，根本無法早早上床，反而是跑去酒館。他和「墜落地獄」永遠告別了，但眼前還有無數個選擇。他毫無目的地穿越五金廣場，從東街隨意拐進一條小巷，往碼頭而去。他讀到門上的招牌寫著「新世界」（Terra Nova）。那名字聽起來很耳熟。新世界完全符合他現在的心境。

卡戴爾沒料到在這樣的工作日晚上酒館會高朋滿座，群眾似乎興高采烈，他忍不住問起是怎麼回事。一位把臉刮得很乾淨的衛兵轉身，以不可置信的表情看著他。

「你沒有聽說？你怎麼可能沒有聽說？自從昨晚消息傳開後，整個斯德哥爾摩談論的就只有這個話題。」

衛兵的臉上掠過一道陰影。

「她死了，他們砍掉她的頭。」

「該死，誰？」

「皇后！」

卡戴爾無法相信自己的耳朵。這人一定是喝酒喝昏頭了。

「索菲亞．瑪格達列娜（注）？古斯塔夫的寡婦？搞什麼……？宮廷終於受夠她的音樂晚宴了？」

「不。你這白癡，是法國皇后瑪麗．安東妮。消息是昨天傳來的，他們砍了她的頭，將屍體丟進亂葬坑。真是野蠻至極！」

衛兵隨即雙手抓住卡戴爾的肩膀，把嘴巴湊近他的耳朵輕聲低語。

「但還有人認為暴民做的對，特別是在這個酒館裡。我們都是明白人，不用多說吧。」

那人厭惡地朝地板吐口口水，用手肘擠過人群，朝大門走去。

稍後，卡戴爾在幾杯黃湯下肚後，清楚得知衛兵說的有多正確。這個醜聞在城市裡鬧得沸沸揚揚。每個人都聽說了法國皇后如何面對自己命運的故事，不管卡戴爾有沒有問，他們都急著主動告訴他。一個人說，她大笑著嘲弄群眾，宣稱她的通姦和縱欲生活可以上百次斷頭臺；而根據另外一個故事，她則是安靜地流淚；第三個人說，她的最後遺言是對劊子手說的，她為在上斷頭臺時不小心踩到他的腳而道歉。卡戴爾盡力保持沉默，酒喝越多就越容易辦到這點，但其他以相同速度喝酒的人，到了更晚時分反而變得更喧嚷，誇誇而談革命言論，熱烈非凡。謠傳卡爾公爵偷偷將昂貴的進口畫走私過邊境，以規避課稅。他的批評家堅稱不管階級高低，權力應該全民共享，而那些對法國皇后死訊不表哀傷的男男女女來說，尤其是如此。

當他第一次瞄到那枚戒指時，責怪是酒精的副作用。他搖搖頭，揉揉眼睛，確信是他的一廂情願使自己大作幻想。但他再定睛一看時，戒指還在。一位穿著及膝馬褲和塔夫綢背心的年輕人的左手戴著那枚戒指：以黃金打造，有著細膩雕刻的黑色橢圓形盾徽。卡戴爾擠過人群湊近，想看得更清楚。類似的紋章戒指在貴族手指上到處可見，但這不是貴族家徽，他靠得越近就越確定。設計太小，看不清細節，但構圖相同，格局彷彿是遵照同一個模式。

房間開始旋轉，菸草的煙霧刺痛卡戴爾的眼睛。他眨眨眼，眼淚流下臉頰，轉身去打量戴戒指的人。也許二十歲，穿著華麗俗氣的衣服，昂貴又沒有品味。喉嚨上綁著亮白色寬領巾，穿著猩紅色外套，一頭灑白粉灑得很均勻的頭髮。卡戴爾在發現自己圓睜著眼引起那男人的注意時，不禁斥責自己喝了太多酒。他輕聲咒罵自己，癱坐回長椅上，振作起來驅散酒意，並將那個男人保持在視線之內，安靜等待。

過了一會兒後，那男人所屬的那群人才解散。他們都有相似的外表，穿得像孔雀，行為舉止流露

注 Sofia Magdalena（一七四六～一八一三年），瑞典皇后。

誇張的優雅，每句話都夾雜著法文或英文。他們吻著臉頰彼此道別。卡戴爾開始酒醒，趕在他們前面閃進一條窄巷，面對牆壁假裝要小解。他注意到那個男人有根枴杖，邊走還邊咚咚敲擊鵝卵石街面。跟蹤那個聲音輕而易舉，即使在他轉彎後。

他一定高估了自己的清醒狀態，儘管他謹慎小心，還是不小心踢到碎冰，接著看見那個男人回頭迅速一瞥。他一到荷蘭芹巷就開始跑起來。卡戴爾只得咬牙盡力跟在後方，但很快就發現處於劣勢。他到了史凱崔街後幾乎聽不到腳步聲，當抵達商人街（Merchant's Street）時，前方杳無一人。他身子往前傾，右手抵在膝蓋上，好好喘了幾口氣。肺部停止燃燒後，他將嘴巴裡的鐵味吐出來，突然想到追逐可能尚未結束，還有希望。卡戴爾很熟悉橋中之城，如果他的目標衝進了右手邊的無名小巷，目標可能會發現巷子盡頭是靠牆壁堆放的雪堆，因為人們沒有體力一路將雪鏟去老廣場，通常會把雪堆在那裡。他偷窺角落周遭，發現巷子空蕩蕩的。不過在看第二眼時，他得意地笑了起來。

「我想你已經盡量安靜呼吸了，但在這種冷天中還是會露出馬腳。煙囪還比你更不顯眼呢。從那個雪堆後面出來吧，我們好好談談。」

那男人屏住呼吸，蒸汽羽毛停止顫動，但他很快就了悟自己是白費力氣。他走出來時，拳頭裡握著閃閃發光的金屬。卡戴爾側著身體走過去，擋住出口，估量匕首的長度大約是七吋。卡戴爾逼近時，那位年輕男人立即用匕首指著他。

「現在我近看到你了，我實在不確定自己何必要跑。你又肥又慢，老頭。」

卡戴爾的眼睛沒有片刻離開刀子。

「我會說我比較謹慎，而且老練。」

那位年輕人在他們之間舉高武器，刀尖向上。卡戴爾知道他該怎麼做。風險不小，但這是他的最佳機會。

「可以邀你跳一曲舞嗎？」

卡戴爾往前一跳，看似要擁抱。他的體重超過敵手很多，撞得後者一路飛出去，直到背部砰地撞上牆壁。他體內的空氣像劈啪作響的風箱一下子全部排出來。卡戴爾張開眼睛想檢查確定，但當他低頭時看見計畫奏效。那個撞擊力道大到足以讓刀柄頂進年輕人的腹部，頓時就使後者失去再戰鬥的力氣。卡戴爾舉起擋在身前的手臂，刀峰嵌入木頭兩根手指頭深處。

「看看你做的好事。」

年輕男人滑下牆壁，痛苦地蜷曲著身子。卡戴爾踢踢排水溝的積雪，在他身旁坐下。他等了一會兒，直到呻吟聲停止。

「含一點雪等它融化，小子。那樣會比較不痛。」

那位年輕男人臭著臉照辦。

「我說的對吧？」

他點頭以示回答。

「你沒有理由拔出武器。我沒有傷害你的意圖，只是想問你一件事。能請你讓我看看你的戒指嗎？放心，我不會搶走的。」

那位年輕人舔舔指關節，將戒指摘下。盾徽設計和卡爾．約翰的有所不同。但同時，卡戴爾是對的，所有其他元素都吻合。

「你能告訴我，你是怎麼拿到這枚戒指的嗎？」

那位年輕人因為劇痛，呼吸變得很淺促，聲音則粗啞而緊繃。

「那是我的家徽。是我父親臨死前給我的。」

「見你的鬼。如果你是貴族，我就是古斯塔夫．阿道夫本人，剛從呂岑（注）的前線歸來，健康地很，活蹦亂跳。告訴我實情。」

他得到一個粗魯無禮的瞪視。

「到處都有金匠願意打造它們，金匠很容易買通。只要你付錢，他們就會為你製造盾徽。」

「所以你和你的朋友們就可以假裝是貴族了？」

那男人綻放微弱的微笑，視線停駐在卡戴爾的木製拳頭上，刀子還插在上面。

「我想，對你這種優雅的紳士而言，可能難以理解，因為你從來沒有理由需要希望自己的身分能更高貴些。」

卡戴爾不禁爆出大笑。

「這種假戒指有多普遍？」

「不幸的是，最近戒指的價格大漲，讓假裝成貴族一事變得難以為繼。在像今天這樣的晚上，我往往看見很多類似的戒指。準備付錢當冒牌貨的人太多了。你的本性這麼好奇，我很驚訝你竟然現在才看到第一枚假戒指。」

「那是因為我最近才對其他人的戒指產生興趣。」

卡戴爾將菸草塞進嘴巴，把皮革小袋遞給年輕人，後者點頭表示接受，也塞了一口。

「你叫什麼名字？」

「卡斯頓・諾斯特倫姆。在城裡我叫維克爾。」

「卡斯頓・維克爾？」

卡戴爾在不久前才聽過這個名字。酒精的副作用讓他的思緒變慢。他在牙齒間攪動著菸草葉，直到舌頭滿是汁液。他將一口棕色口水吐到雪上。他的記憶復返時，不由得彈彈手指。

「我想起來了！你和你的朋友是騙子，從容易下手的獵物那騙錢。你們叫他們『兔子』。你還記得一位克里斯多佛・布利克斯嗎？你知道哪裡能找到他嗎？」

維克爾開始在冷天中冒汗。

「布利克斯已經死了。他在自己的結婚公告公布幾天後，就在鍍金灣溺斃，是自殺。」

「是這樣嗎？」

「我們從未想逼……牌戲只是好玩。」

所以克里斯多佛・布利克斯只活了十七年。卡戴爾從未抱著能見到活著的他的希望，但那消息仍舊令人悲傷。如此短暫的人生，充滿如此多的死亡，現在又在絕望中嘎然而止。布利克斯也許是位懦夫，但卡戴爾捫心自問，在類似情況下，自己是否能應付得更好。

「你從他和他朋友那裡騙了多少錢？一百塔勒？我在我們可以稱作短暫友誼的時間中，變得很喜

注 **Lützen**，發生於一六三二年，是三十年戰爭中最重要的戰役，瑞典古斯塔夫・阿道夫二世國王（一五九四～一六三二年）於此戰役中喪生。

歡布利克斯。現在我發現自己稍早沒對你完全坦誠。」

卡斯頓抬高眉毛，停止咬嚼的動作。

「怎麼說？」

「我相信我剛才說過，我沒有傷害你的意圖。」

47

卡戴爾稍後在近午時於小交易所和溫格碰面，喝一壺熱咖啡，他沒有把整個故事原委告訴溫格，也沒提到卡斯頓．維克爾的名字。然而，他很少看到瑟西爾．溫格心情這麼好。

「我感覺我們時來運轉了，尚．麥可。這個巧遇實在很幸運，你表現得再好不過。這是我們首次確切知道和卡爾．約翰本人有關係的線索。他年紀很輕，從外地來到斯德哥爾摩，不是出身貴族，懷抱著對遠大前程的夢想，曾去找金匠為他偽造一個貴族背景。」

卡戴爾比起溫格有較多時間消化這些資訊，所以較能控制自己的興奮之情。

「這些是不錯的推理，但我不真的認為本案到此有任何突破。我們還是不知道他的名字，仍舊是如墜入五里霧中。也許打造戒指的金匠會記得他？」

溫格搖搖頭。

「城裡的金匠太多，許多肯偽造戒指的金匠都是不被公會認可的臨時工，公會也不會有他們的紀錄。他們的名字會和卡爾．約翰的真名一樣難以調查。就算我們幸運查到金匠的下落，我不認為卡爾．約翰會將真名或當時採用的假貴族名告訴金匠。」

卡戴爾舉高雙臂，做出希望落空的動作。

「那就正如我所說的。我們毫無進展，並沒有更接近破案。」

「是也不是。當我第一次看到戒指時，發現有樣東西很眼熟，儘管我沒辦法說出確切是什麼。我當時只能確定那個家徽不屬於瑞典的任何貴族世家。現在我們查出箇中原委了：那個設計是卡爾・約翰自己畫的。」

「所以呢？」

「我不知道。我需要更多時間思考。」

走出廣場時，冷冽強風正從巷子外狂吹入滂沱雪雨。卡戴爾伸展痠痛的背部，誤判了路面狀況——他的手臂像風車般瘋狂揮舞——在強風拉住外套時往後一倒，腳跟在一片森白冰雪上一滑，在倒臥的雪堆裡忿忿咒罵。

「你知道的，金陽旅店（Golden Sun inn）離此不遠。大雪和冷天弄得我很口渴。我知道你沒有喝酒的習慣，但醉鬼和腦袋清醒的人想法不同。如果你那個大腦袋裡有東西卡住、思緒不肯有所進展的話，喝點白蘭地會讓你想通很多事。」

溫格張開嘴巴彷彿要抗議，但隨即改變心意，對著卡戴爾稍微鞠了個躬，伸出一隻手臂來扶他起身。卡戴爾假裝伸出手，以此表達他的謝意，但他很清楚，即使只是讓溫格承受自己的部分體重，都會輕易將溫格撂倒，彷彿溫格是個小孩子似的。

在金陽旅店，磚爐裡的火燒得正旺，火焰彷若找到柴薪的骨髓，咬嚼得點點火花四處噴濺，劈啪作響。一條黑麥麵包、一塊乳酪配著兩個馬克杯的熱巧克力下肚，很快地又端出一壺紅酒和兩只淺杯。他們舉杯敬酒，卡戴爾喊著要店家送更多食物過來。下一壺紅酒伴著燉肉和一隻浸泡在肉汁中的冬季瘦兔送了過來。他們喝了一杯又一杯，卡戴爾不禁納悶酒精對溫格會有何作用，並失望地觀察到，如果真要說喝了酒後有任何不同的話，溫格似乎只是變得更不愛講話和悶悶不樂，儘管慘白的臉上開始出現血色。因此溫格先開口時，卡戴爾很是吃驚。

「讓我來問你一個問題，尚．麥可。如果你愛某人勝過自己，盡全力去確保那人的幸福，這不是很合理的事嗎？」

卡戴爾皺起眉頭，搖掉想打冷顫的感覺。

「我對這種事情了解不多。」

「那我請你好好思考一下。不管以哪種方式，人類都會被置於這種處境。」

卡戴爾覺得殘肢一陣刺痛，回答時轉身朝向火苗。

「那種感情從來不會導向好事。你愛的人總會為某種理由離開你，而你最後的感覺會比以前還糟糕。」

「那是個睿智的答案，和我的論點緊密相關。讓我給你一個具體範例。假設一個男人發現自己快死了，他知道他和妻子彼此相愛，而他的死對她而言意味著災難，她將如何度過他死後的人生？這想法日夜折磨著他。他看見一位穿著喪服的孤單寡婦，因為對丈夫的記憶太過鮮明，所以把所有的求婚者拒於門外，如此一來就虛擲了她的青春。儘管他無法改變自己的命運，仍舊忖度是否有辦法阻止這種事發生。到此為止你懂嗎，尚．麥可？」

卡戴爾點點頭。溫格伸手去拿酒，喝掉杯中的酒後，旋即又斟滿。

「瀕死的男人比任何人都要了解自己的妻子，知道她的好惡。有晚，他認識了一位陸軍下士，穿著制服、有黑鬍髭，英氣逼人，前途大好。他們倆展開交談，男人注意到這位下士不僅外表迷人，腦袋也理智清楚，還有副好心腸。男人邀請下士去他家，兩人很快就變成朋友。他介紹下士給妻子認識，而她那因為丈夫就快死去而導致的憂鬱哀傷，使她的美貌更顯高尚。他注意到下士也留意到這點，他們開始頻繁來往，男人開始找藉口讓兩人獨處。他花了很久時間，也做了極大努力，最後相互同情開始紮根。男人想像這兩位愛他的人會如何在他死後擦乾彼此的眼淚，攜手走向共同的未來。一樁婚姻。」

溫格閉上雙眼，頭往後仰，在一口飲盡杯中物時，馬尾打在背上。

「還有孩子。」

有些酒顯然流下錯誤的地方，他咳起嗽。卡戴爾驚恐地瞪著他。

「你一手策劃的？你瘋了嗎？」

「是的，是我一手策劃的，尚．麥可，那計畫沒有理由不成功。」

「除了活人並非算盤上的珠子或帳冊裡的數字外。」

「它絕對會奏效，尚．麥可。如果我的咳嗽聲沒掩蓋他們的做愛聲，如果我允許通往臥室的門關上，就可以偽裝到最後，而那是我原先的意圖。但計畫某事和親眼看見某事，還是有所不同。我當晚就離開家，搬去羅賽流斯的宅邸。」

「孩子快生下來了嗎？你是父親，或那位下士是父親？」

「我不知道。」

窗外數個身影掠過巷弄，朝廣場在山丘裡彎腰，往後傾斜，手臂向橫開展以保持平衡。爐火裡又添了新的柴薪，噴出陣陣火花，殞落地上。卡戴爾跳起身，忙著幫女僕將火花踩熄。

「該死，女孩，妳該小心點。一個火花就可以把這裡燒光。」

溫格坐著不動。卡戴爾投給他一個擔憂的目光，再次坐下。

「在我渴死前，趕快再叫一壺吧。這地板不是這裡唯一乾燥的東西。」

他們一起喝酒，隨著時間一分一秒過去，金陽旅店的餐廳跟著顧客人潮時而客滿、時而空蕩。顧客從寒冷空氣中漫步入內為凍僵的身體取暖，喧鬧吵嚷，拚命大笑。另外一個房間裡有牌戲，金錢在歡欣鼓舞或咒罵連連中換手。旅店老闆歐洛夫・米拉（Olof Myra）老邁而皮膚乾癟，彷彿他也是用和木頭橫樑一樣的材料雕塑而出。他讓兩人坐著不受干擾，直到午夜已近，但這份平靜卻沒有奏效。

「現在該怎麼辦，尚・麥可？」

溫格沒辦法再保持口齒清晰。卡戴爾感覺地板搖晃得像船的甲板。他以迷信的一瞥，確定四面牆壁有窗戶，而不是砲眼；窗外是斯德哥爾摩的鵝卵石街道，而不是斯溫斯克松德的洶湧海浪。

「現在我們無計可施。我們喝了桶裝的死神，又回到原點，沒有增添絲毫智慧，卻變得更不清醒。米拉！在你趕我們走前，再來兩杯阿夸維特。」

他們舉杯。

「敬繞圈圈。」

「乾杯，瑟西爾．溫格。考量到我的點子通常不好，因此一開始時可能看起來不妙，但我應該能想盡所有屁股的力氣將它變好。怎麼了？出了什麼事？你突然臉色慘白，噎到了嗎？」

溫格的空茫目光瞪向前方，陡然清醒過來。

「等會兒，讓我想一下……」

黑色瞳孔在卡戴爾看不見的東西上來回跳動。當視線重新集中時，固定在卡戴爾紅通通的臉上。

「屁股。」

「你說什麼？」

「屁股！我知道他是誰了。我指卡爾．約翰。快跟我來！」

48

他們一路狂奔過凶猛的暴風雪，陣陣強風從無法預測的方向轟擊巷弄，腳跟在隱密的冰片上踉蹌滑行。剛剛喝下的酒使他們對寒冷沒有感覺。沒有人費神沿著房舍點上街燈，大家認為守夜人不會在這樣的夜晚認真執行任務。卡戴爾用完好的手將衣領豎起來，想阻止冰冷的雪花爬進脖子，並緊跟在溫格身後。溫格在卡戴爾眼前的雪花薄霧中形成模糊的身影。他根本不需要看，溫格如狗般吠叫的咳嗽聲就足以為他帶路。他想叫朋友慢下腳步喘口氣，但光是要跟上他便很不容易。一個黑色蕾絲頭飾可能是自遠方的某顆頭上扯下，翻滾過街道上凍僵的糞便。在城堡山丘，溫格抓住英德貝杜前門把手，卻發現它鎖上了。卡戴爾的猛烈敲擊最後終於喚醒昏昏欲睡的夜間警衛，後者原本開始咒罵，一定睛看到是溫格時連忙道歉。

「我不是希望你死，先生，但當我看到你像這樣遊蕩時，我覺得實在有必要向布隆祕書好好抱怨一番。」

他們得一起使力才能將門在身後闔上。溫格以顫抖的手將戒指在卡戴爾面前舉高，另一手指著樓梯牆壁上的盾徽。那是還安然掛在那的前任總監尼爾．亨利克．阿斯罕．利傑斯帕爾的家徽。

「你看見了嗎？阿斯罕，別名『大屁股』。」

卡戴爾瞇著眼試圖先強迫視線集中在戒指的設計上，然後望向牆壁上裝飾繁複的盾徽。

「是有某些雷同，但我不會說它們一模一樣。」

「沒錯，應該如此。如果我沒猜錯的話，卡爾．約翰曾站在我們現在的所在地好幾次，凝視著相同的盾徽。卡爾．約翰的盾徽和前任警察總監利傑斯帕爾，又綽號『大屁股』的家徽有許多雷同之處，那不可能是巧合。他是根據利傑斯帕爾的家徽而加以設計的。」

「所以呢？那個家徽又不是嚴密防守的祕密。它大剌剌掛在樓梯上，大家都看得到。」

「是也不是。在皇家警察局搬到英德貝杜來前，家徽是掛在花園巷的樓梯間裡，但這些地點不是一般人可以涉足之處。被領著去聽證會的罪犯在經過時，不太可能會想到去模仿警察總監。卡爾．約翰也不可能曾正式為警方效力。我知道每個小警員、書記、助理和社區警官的名字，也認得他們。這些人裡沒有人有卡爾．約翰那樣的一頭金髮，也沒人神祕失蹤。但利傑斯帕爾手下有另一個組織，一個密探單位，目的是監視所有想對王室不利的人。」

「他們可真是幫了大忙。」

「諺語說，你常會在極力想避免的路徑上一頭撞上自己的命運。古斯塔夫國王也不例外。無論如何，坊間有許多密探，而野心勃勃的男人若缺乏在專業領域內成功的潛力，便會轉而投效此類單位。那是卡爾．約翰這種人能伸展長才的完美組織，既然這些追逐財富的年輕人無法直接和警察總監會面，那警察總監在他們心中就更容易被理想化。就如同利傑斯帕爾的綽號所示，直接受命於他的人罕少會美化他。但在利傑斯帕爾遭到放逐之前，他們常來此棟建築遞交報告，密探遂成為屬於正式組織的警官忿忿不平的源頭。」

「我不懂，這些猜測如何能讓我們更容易查到卡爾．約翰的真名？」

「今天是幾號？」

卡戴爾得想一下。自從本週稍早詐死消息發布後，日子的流逝變得混亂無比，只以極少程度的睡眠分割開來。溫格轉向夜間警衛，後者不情不願地甩掉睡意，提供答案。

「今天是星期六，七號星期六。」

「現在幾點？」

「快要午夜了。」

「那我們沒有時間了，尚．麥可。他們現在正在交易所慶祝諾林即將離職。如果我們夠幸運的話，派對主人應該還在。我得趕在那位被開除的警察總監消失於北方前，和他談談。」

他們爬上山丘抵達老廣場，左邊是交易所。在暴風雪中，大教堂尖塔在皇宮屋頂高處投下幢幢陰影。溫格在看見燈火通明的建築時，嘆口清晰可聞的大氣，那表示慶祝活動仍在進行。每扇窗裡都有點燃的蠟燭，舞廳裡的桌子被推到牆邊，為跳舞騰出空間，高跟鞋用力咚咚踱在地板上，震得枝狀吊燈開始在頭頂哐噹搖晃。卡戴爾在群眾裡看到許多熟面孔，現場至少有兩百人。省長莫德也加入跳舞行列，臉紅得像剛煮好的小龍蝦，鬆開的寬領巾則隨意掛在背上。熟悉的臉拿著香檳杯來來去去。卡戴爾在兩大片垂掛的布幔間瞥見貿易專員瑟德里姆的背部，後者正靠在牆壁上喘氣，對著天花板某處大笑。

「看來諾林很受愛戴。」

溫格點頭表示同意。

「他當警察總監的特質恰恰就是他被解雇的原因。你有看見他嗎？」

卡戴爾的目光掃過房間。

「坐在主桌旁。」

溫格在角落找到諾林。諾林的鼻子和臉頰漲得通紅，優雅的假髮凌亂不堪。他看見溫格時，露出大吃一驚的表情，然後再定睛仔細瞧一眼。

「瑟西爾，我聽說你過世了。難不成我們慶祝得太瘋狂，把死者都喚醒了嗎？」

「你會看見我，是因為你自己剛跨越過另一邊，約翰．古斯塔夫。你的世俗殘骸還靜躺在舞廳地板上，在過度飲酒和被糖霜杏仁噎住氣管後死去。我來帶領你去冥河河岸，準備將你交給船夫。」

諾林手中的杯子剎時掉落，臉上一下子毫無血色，有那麼幾秒鐘呆若木雞，直到一個頭髮裡綁著護衛艦模型的女人在下樓時撞上溫格。諾林隨即爆出大笑。

「該死，瑟西爾．溫格！英德貝杜的鬼魂，果然名不虛傳！你喝醉了。我以前從未看過你喝醉或聽你開玩笑，我認為兩者之間必有某種關連，但我必須點出，打嗝破壞了整體效果。」

諾林敞開雙臂，彷彿要擁抱世界上所有的不公不義。

「我作為警察總監的日子要結束了。如果北方變得太冷，只要一想到能逃離斯德哥爾摩的複雜陰謀到那麼遠的地方避難，就能溫暖我的心。」

「你知道烏霍姆什麼時候上任嗎？」

諾林臉上恢復嚴肅神情。

「我不確定，或許一個星期後吧。抱歉我無法給你更多時間，瑟西爾。」

「我是來跟你討更大的人情的，約翰．古斯塔夫。當我在檢查過拉德湖的屍體、去你的辦公室時，你的辦公桌滿是利傑斯帕爾的密探來信，都沒被拆開。即使他消失到波美拉尼亞已將近一年，密報還是繼續從全國各地湧入。那些信還在嗎？辦公室清理過沒有？」

「我將那工作完全交給伊薩克．布隆負責。我對他很放心。」

「我有理由相信，從那些信裡可以找到今年秋天我和尚．麥可所經手的謀殺案的一些線索。約翰．古斯塔夫，你可同意讓我今晚去察看那些信件？」

「如果你的要求僅止於此，這是我至少能給的人情。把布隆帶走吧，那位值得尊敬的祕書已經喝夠了。」

諾林朝卡戴爾的方向投個意味深長的一瞥。

「但別讓他自己下樓。前天他下樓時滑倒，結果臉部嚴重跌傷。」

伊薩克．萊霍．布隆正和兩位抹了白粉、穿著寬裙的女士聊得起勁，看見卡戴爾時，吃驚地掉落手中的高腳杯。卡戴爾得抓住他的頸背，才能阻止他躲進桌下。

「別再打我了！」

卡戴爾將那位小個兒男人拉直，儘管後者已經腿軟。溫格將手平靜地放在他肩膀上。布隆又喝了一點酒壯膽，每啜一口就恢復些許自信。他們在舞廳發現他磨損的外套。溫格領頭第一個走出門，在廣場幾步路遠處有幾位跑到外面來透氣的賓客，跳舞和喝酒讓他們身子暖熱，他們嘲笑著暴風雪。大雪降低能見度，在紛紛白雪中，人們看不見水井和幫浦。一位露出肩膀的女人試圖用舌頭接紛飛雪花，一群男士在旁哄堂大笑，歡呼鼓掌以示欽佩。溫格經過時，一位男士剛好倒退一步，結果兩人相撞。那男人猛地轉身，面對溫格，兩方都馬上露出認出對方的表情。溫格倒退一步。

「吉利斯．托瑟。我從大學後就沒再見過你，而從我在一份給諾林的報告裡讀到某位特定人士密告我是雅各賓派後，也沒再聽過你的名字。」

托瑟的臉因喝酒而漲得通紅，但他的聲音很平穩。

「瑟西爾．溫格。希望我也能說同樣的話，但你現在很有名。」

他打住話希望造成戲劇效果，臉上浮起令人不愉快的獰笑。

「可惜這似乎不會持續太久。」

「薩奇夫人最近可好？」

托瑟聳聳肩。

「噢，她得很努力才能重新恢復失去的信任。基賽館目前沒有營業，但我們的小社交圈並不缺乏資源，有其他一樣好的別館可以使用。你不必煩惱，你並未因此剝奪任何人的娛樂，無須為此感到良心不安。」

「你是愛旁觀他人剝削無法自我防衛的人的那種人嗎，吉利斯？或是你喜歡參與？從我對你在烏普薩拉大學的記憶，我猜會是前者。」

托瑟往前湊近一步，將手按在溫格的肩膀上，壓低聲音說。

「瑟西爾，我知道你活不久了。我不會希望任何人躺在沾血的床單中因肺結核而死，但我想勸告你的是，如果繼續反抗歐墨尼德斯會，你的命運會更悲慘，而且你的努力還會徒勞無功。不管你最愛的盧梭怎麼說，這世上沒人能改變的事情中，包括強者的權力。」

溫格一把甩掉托瑟的手。

「如果羅伊特霍爾姆男爵沒解決掉諾林，你的日子原本屈指可數。」

托瑟仰頭大笑。

「羅伊特霍爾姆男爵？噢，瑟西爾，我突然記起大學生涯，那恍若昨日。你總是那個聰明和天真的驚奇混合體。」

托瑟灌下杯裡剩餘的酒，毫不在乎地將杯子摔碎在階梯上，轉身面對他的同伴，嘴巴從未停止大笑。

布隆走在溫格和卡戴爾中間，一起沿著廣場較能擋開風的那側直走。他們全都因強風呼號而佝僂著背，走上城堡山丘，穿越地窖巷到英德貝杜。警衛顯然怠忽職守，跑得不見人影。布隆摸索著鑰匙，溫格則清清喉嚨。

「伊薩克，你在皇家警察局待多久了？從一七八七或八八年開始？」

布隆怒目瞪著地上，奮力在開門時和強風掙扎。

「是一七八六年。」

他們在入口大廳將腳上的雪咚咚踩掉。卡戴爾用手扶住牆壁，牆壁摸起來像外面的空氣一樣冰。布隆心不在焉地將手往肩膀後一揮，領著他們走進建築更深處。溫格尾隨其後，雙手在背後交握。

「你為利傑斯帕爾服務多年。對他在此市和全國栽培的密探，你有什麼樣的印象？」

「隨著時間演變和敵人倍增，古斯塔夫國王變得越來越焦慮。他在哈加時最能放鬆，那是他在縱樹林下的幻想世界，有他用義大利名命名的岩岸，遠離此市的紛擾。貴族在聽到他的名字時，會轉頭吐口水，宮廷害怕他的異想天開，他的貼身男僕則訴說驚悚的故事——而其中一個變成暗殺他的凶手。利傑斯帕爾在古斯塔夫做攝政的第四年，也就是一七七六年時，開始他的警察事務，皇家警察局也在這年創立，但隨著時間推移，古斯塔夫認為眼下有更要緊的需求。為國王尋找耳目的工作便落在利傑斯帕爾頭上，他得招募一群男人偷聽私密對話，密報人們暗中訴說的祕密。在最後那幾年，法國的局勢是最大重心。古斯塔夫害怕革命會擴散至北方，利傑斯帕爾的密探紛紛出動去尋找叛國者。」

溫格點點頭。

「是的，我也記得是如此。利傑斯帕爾在一年前的十二月辭職。他放逐的消息得花點時間才會傳到送交報告給他的密探耳中。我們在找一封或更多封寄自春夏，但沒被拆開的信。」

布隆指指走廊盡頭。

「我將諾林辦公桌上所有的東西拿到一個滿是文件的儲藏室，沒有人會對那些文件有興趣，文件不會被丟掉。你會在角落發現一個老舊的壁櫥，它在警方搬來這裡時就已經在那了。利傑斯帕爾所有剩下的信件都放在裡面。我替你找幾根蠟燭過來。」

布隆的蠟燭點亮一整個房間的書籍、帳冊、文件夾和文件。卡戴爾打開那個壁櫥時，靠著壁櫥門的成堆文件啪地滾落地面。

「該死。你清清桌子，我把它們全部撿起來。嗯，我們該怎麼進行調查？」

溫格慢慢繞了文件一圈，隨機抽取幾封未拆封的信。

「我們會整理全部的信。你還記得我們在馬利亞墓園討論到卡爾．約翰半痊癒的殘肢嗎？讓我們往回追溯傷口的時間。你想第一次截肢手術是在何時？」

「我猜是七月左右。」

「我們可以據此假設卡爾．約翰會在七月停筆。我們根據寄信者和日期將信歸類，如果寄信者的信也包括八月或之後，就可以排除。任何在六月或七月停筆的定期信件是我們的偵察重點。」

他們檢查數百封信，一或更多個小時過去了。他們在沉默中將信件歸類成好幾堆，像在玩神祕的牌戲。某些信件被送回壁櫥深處，而卡戴爾在這麼做時，通常會伴隨著咒罵。信件變得越來越少，最後只剩幾小堆。溫格將剩下的排成一排，卡戴爾則盡力按捺一肚子的不耐。

「然後呢？」

「我們拆開信，看看內容是否能給我們額外線索。」

卡戴爾不是個有耐心的讀者。長排的字讓他疲憊，內容似乎鮮少有價值。

「老天，倘若這些男士聚集起來比賽他們製造無聊的能耐，那可在瑞典王國裡稱霸。這封信甚至連字都拼不好。」

「讓我看看。」

「那只是一堆胡言亂語。」

溫格集中注意力，皺緊眉頭。

「果然如此。但我不認為這是隨意瞎掰。這封信以密碼寫成，是以某些字彼此交換的一種系統。」

「那我們該如何追查下去？」

「我們不知道內容。寄信人是誰？」

「署名是丹尼爾．戴佛（Daniel Devall）。」

「日期？」

「第一封信是超過一年前，最後一封寫自六月。」

溫格雙手搓揉著太陽穴。

「我曾學過破解密碼的方式，但在金陽旅店的最後幾杯酒似乎將我對這知識的記憶屏除在腦海外。」

他開始繞著小圈圈來回踱步，無聲地蠕動嘴唇，在空氣中胡亂塗鴉。一會兒後，他停下腳步走回桌旁，舉起一個信封。他滿意地大笑。

「尚．麥可，你得原諒我。我們其實沒必要把事情搞得如此複雜。你剛不該讓我喝那麼多酒。」

溫格舉高信件，卡戴爾湊過去。信的四端都有封蠟，而溫格剛剛才扳開封蠟打開信。硬梆梆的封蠟裡印著小小的家徽，和卡爾．約翰戒指上的一模一樣。卡戴爾一時語塞。

「卡爾．約翰的真名是丹尼爾．戴佛！」

「毫無疑問。」

「他有寄信地址嗎？」

「有的，最後一封信提到鳥歌莊園（Birdsong）。你有想到什麼嗎？」

「我從未聽說過那個莊園。」

「我也沒有。我們去問問看伊薩克對此有無概念。」

布隆的上半身靠在桌上，臉埋在手臂裡。他大聲打鼾，不肯醒來，直到卡戴爾用力戳他肋骨。

「你們運氣如何？」他驚醒後說。

溫格點點頭。

「可能有線索。你知道鳥歌莊園嗎？」

布隆揉揉臉。

「鳥歌莊園是個世襲地產，位於薩嘎河旁，離韋斯比老皇家別墅不遠。它屬於巴克伯爵（Balk）家族。他們的家徽像老式貴族般，是很簡單的式樣：黑底加上白色中帶。就我所知，鳥歌莊園沒剩多少巴克家族成員了。古斯塔夫．阿道夫．巴克（Gustav Adolf Balk）幾十年前在國王的御前會議裡任職。我模糊記得他後來在國外消失，他也許有後代。巴克曾經是個望族，而且有好幾支旁系血脈，但不再如此了，早已凋零。其他的我就不知道了。」

還沒等布隆把話說完，溫格就已經走出房門。

經過城堡山丘的狹窄商人街空蕩無人。暴風雪終於有些止歇，新的曙光正要來臨，儘管冬季黑暗會再徘徊數小時，直到太陽鼓起足夠精力從地平線上升起。溫格將帽沿往下拉到眼睛上方，尋找出租馬車。卡戴爾緊跟在後，滿懷著焦急不安。近期讓他們一籌莫展的案情，現在突然逼他們加快腳步。

「這麼匆忙離開明智嗎？我們不該做萬全的準備嗎？」

溫格轉頭回答。

「你的建議是？」

卡戴爾的腳跟在兩塊石頭間絆跤，不禁咒罵一聲。

「我們該帶上配劍，靴子裡插著刀子，袖子裡藏好短劍再準備上場吧？外加帶上手槍和滑膛槍，馬車後面得拖著大砲。萬一我們被拒絕入內？我手上可沒有能讓海關關員檢查的證件。」

在焦地那裡，有位車伕正在照料鬆掉的馬蹄鐵。溫格在等卡戴爾趕上來時對車伕揮手。

「不用擔心護照，我有諾林簽署的文件，我們倆都可以暢行無阻，沒人會刁難。除此之外，我們僅有的幾個盟友都不在了，現在只剩你和我，尚．麥可。我不是慣用暴力的人，如果在這個旅途結束時等待我們的是暴力，那我們沒有多少抵抗力，只能寄望於自身所擁有的力氣。時間很寶貴，不只是因為我健康欠佳，也因為烏霍姆快上任了。現在諾林和烏霍姆的任職間有個時間空隙，我們要善加利用，趕在烏霍姆任職前結束此案的調查。這些不利情況會影響到你的信念嗎？我是說，會讓信念變弱或變強？我沒什麼可以失去的，所以可以跳上這輛馬車，但你仍舊可以回頭，我不會怪你。」

溫格爬上座位，向車伕往屠宰場橋比個手勢。卡戴爾拍掉臉上的雪花，哼了一聲。

「倘若在我們離開城市前，能在馬廄主人旅店停下來買補給，你會有個心情較好的旅行同伴，這趟旅行也會較為愉快。若能喝點小酒，更會讓我心情大好。」

溫格咬著指甲根部，若有所思。

「我同意，」他最後說：「儘管我現在頭痛欲裂。」

49

在海關大樓可以找到雪車。好幾個星期以來，車輪已被雪橇所取代。馬廄主人旅店是區隔斯德哥爾摩和廣袤荒野的最後停靠站，販售著麵包、肉類和菸草，還有將它們灌下肚的葡萄酒。上星期的溫和天氣已轉為冷冽，雪橇嘎嘎刮過結凍的冰面，冰塊有時尖銳，有時像海浪般起伏不定，路況極為惡劣，馬兒難以在地上找到立足點。木頭、鐵或石頭製的里程碑緩緩掠過，每隔十哩左右就有可提供住宿的路邊旅店和休息站，得以更換疲憊的馬兒。車伕與僕人大聊城裡最近的八卦，因此將旅行時間愈拖愈長。

溫格熟悉路況，以前在烏普薩拉大學求學時常走這條路，有些路段常有人通行的現況並不讓他訝異。太陽在遠遠的東方升起，即將照耀這片死亡地貌僅幾個小時。耀眼日光在山肩之間跳躍，在相反方向伸出長長的黑暗陰影。遺世獨立的古老森林安靜地沿著路兩旁聳立，好似態度漠然。溫格那只滴答作響的波林懷錶曾多次被他拆解又組合，現在放在他大腿上，直到天光變得太黯淡，無法讀出指針的位置。點點繁星開始閃爍時，溫格和卡戴爾拉上皮毛和毯子，緊緊裹住自己，墜入各自的思緒中，偶爾被車伕對馬兒的吆喝聲打斷。新月太小，不足以投射任何光線，四周黝暗闃靜。

溫格發現自己重返幾個小時前才剛和卡戴爾分享的祕密思緒。他記起自己當場抓到他們通姦時，妻子是何等憤怒。至於他，只感到無盡的哀傷，而那似乎讓她更生氣。難道他該粗魯地展現他的愛，從床上將下士鞭打趕走，揍得他全身是血嗎？溫格篤信理性，從來不訴諸暴力。現在他納悶是否有個地方能讓愛本身轉變為暴力，但他到不了這個地方。在遙遠的某處，孤單的嚎叫朝著月亮響起。他憶起約瑟夫．柴契爾的最後告別，打個哆嗦。

「你畢竟是一隻狼……有天你的牙齒會沾滿紅色的鮮血，到時你就會明白我說的有多正確。」

雪車繼續駛過夜晚，村莊接連閃過，他們已經趕了六十哩路。在薩拉（Sala）的郊區，就在礦坑邊緣，車伕將雪車駛進房子和馬廄間的正方形廣場，拉住轡繩，轉身凝視乘客。

「雪車只能行駛到這裡。至於我，是該找張床度過這晚和餵馬的時候了。」

溫暖的旅店裡仍有正享用晚餐的顧客。旅店由一位體型肥胖的女人管理，被問到烏歌莊園時不屑地哼了一聲。

「那裡什麼都沒有，更別提在晚上的這種時候。很久以來，沒人覺得值得花力氣去拜訪烏歌莊園。」

「如果沒有雪車可以過去，我們可以借兩匹馬嗎？」

「在這種大冷天，把馬借給我從未聽過名字的陌生人？就是把全王國的錢都給我，我也不肯。」

溫格在粗糙的桌面上數了一些銅板，直到超過馬兒的身價。女老闆的嘴角在那張滿是皺紋的臉上揚起，然後帶著戲謔的態度，對著卡戴爾和溫格行了個淺淺的屈膝禮。

「顯然全王國的錢比我意料中的還多。」

那兩匹馬是肩膀寬闊的役畜，但速度顯然不是牠們的美德。較窄的路早已為白雪所掩埋，直到春天都不會通行。卡戴爾和溫格循著旅店顧客一致指出的方向前進。他們在黯淡月光下騎行，右邊遠處是座闃默的山丘，正前方是閃亮的北極星，在超過一小時後，一排菩提樹才突然出現在皚皚白雪中。馬兒默默前進，直到抵達地面平坦的樹林。在蹊徑遠處豎立著黝黑安靜的建築，莊園宅邸隱約在庭院另一頭浮現，庭院裡則有一處結了一層厚冰的噴泉。溫格拉緊轡繩，強迫馬兒慢慢停下來。

「這裡看起來眼熟嗎？」

不熟悉馬鞍的卡戴爾暗自為無法找到更快的役畜感到開心，將兩腿旋過馬兒的臀部下馬，但有那麼一會兒，一只靴子卡在一個不肯配合的馬蹬上。

「從布利克斯的信件看來？是的，可憐的傢伙將這個地方描述得很詳盡。這裡看起來久未人居，就像墳墓一樣寂靜，煙囪沒有冒煙。我可以數出大概有一打破窗戶，到處都看不見光線或腳印。」

「但我們還是到這裡了，等確定後再回頭。房子很大，要搜查的地方很多。」

前門稍稍打開一條縫，門兩旁有積雪，他們合力將一扇門掰開到足以讓他們進入，空曠的前廳遭廢棄已久。溫格站著不動，仔細聆聽。

「如你所說，難以察覺到任何人類存在的跡象。我們從樓下開始搜吧，尚・麥可。我搜左邊的走廊，你搜右邊，然後我們再上樓。在上更高一層樓時先在樓梯會合。從煙囪的位置判斷，你很快就會進入廚房。你找找看有沒有提燈或任何照明設備。」

卡戴爾發現一扇通往右邊第一個房間的門，他猜那是間起居室，以前用來歡迎賓客的地方。冰雪和之前的雨水、濕氣流經牆壁滴到地板上，木板膨脹，有些甚至彎曲得像弓。在闃暗光線中，每樣東西都是相同的灰色：圍著窗戶懸掛的破窗簾、老鼠在其中築巢的家具、被強風和天候弄彎畫布的繪畫。在宅邸更深處，灰色慢慢轉為暗黑。他沿著牆壁摸索著前進，摸到櫃子上的成排書脊，歡欣鼓舞地發現一支黃銅製的小燭台。燭台夠冰，可以黏在手掌上一陣子。脆弱的蠟燭已經結凍，卡戴爾數次嘗試用燧石和鋼鐵點燃燈蕊，小小的火花照亮櫃子。最後蠟燭點燃，遲疑的火焰掙扎著向上簌簌抖動。

他用手臂擋住燭火，免得被穿堂風吹熄，然後更深入宅邸內。萬籟俱寂，所有東西都死透，一片冰冷。寒霜深深滲入牆壁，屋頂一定像篩子般會漏水。在一間空的食品儲藏室後方有道樓梯，可同時通往二樓和地窖。他站立片刻，無法下定決心，之後決定先去探索地窖。微弱燭光將木桶和櫥架自黑暗中喚出，讓卡戴爾開心的是，他看見它們因滿載著瓶子而低聲呻吟。許多瓶子都結凍了，但越往裡頭走，就發現越多瓶子熬過疏忽這個劫難。卡戴爾挑了一瓶，把瓶頸打破，小心放上嘴唇，注意不要割傷自己。托卡伊！他快樂地嘆口氣，轉身回到地窖，再轉回樓梯。

上方傳來一個聲音：踩在吱嘎作響的木板上的腳步聲，或是被翻倒的家具。卡戴爾陡然察覺燭光和酒瓶冒險讓他忘卻時間的流逝。溫格一定是在檢查完自己那一半的宅邸後，在樓梯等得不耐煩，決定先到樓上再和他會合。他又啜飲幾小口，繼續往上走。明亮月光從樓梯間裡的小窗戶流洩而入，加上酒精的效應，他頓時對此原先無望的任務感覺大有展望。他手中的燭光剝奪了他的夜視能力，刺眼之餘，將前路照得通亮。

「別動。」

那不是溫格的聲音。一個沒有高低語調的輕聲細語，還有別的什麼：難以將字眼順暢說出的困難，或許是因為天冷而變得吞吞吐吐。

「吹熄蠟燭，轉過來。」

卡戴爾聞言照辦。在陡然的黑暗中，他很難看出是誰在說話。他的身影被窗戶襯出模糊輪廓，後面的世界一分為二，黑暗的天際和一片光輝燦爛的雪景。

「你可能看不見我手裡拿著什麼，這是支槍管直指著你胸口的卡賓槍。」

卡戴爾瞇起眼睛想看得更清楚。那男人中等身高，肩膀上披著破爛的狼皮。在狼皮下，他的衣服和這棟房子同樣悲慘。曾經壯麗的景觀現在卻分崩離析。及膝馬褲因磨損而發光，鈕釦掉了幾個，縫線綳裂。男人一臉憔悴，看起來比實際年齡蒼老。

「我現在看見槍了，我們在海軍裡用過。我也看得出來，那是個漂亮的武器，但不是最新型的。」

「別被它的模樣騙了，那對武器可沒有影響。我祖先在納爾瓦到弗拉斯塔特戰役（注）中都有好好使用它，而且從沒有出錯。你是來偷酒的嗎？獨自一人？」

卡戴爾聽到耳際傳來脈搏的跳動聲。他很善於這類謊言，馬上脫口而出。

「是的，我抱著希望進來屋內，想在這找到能幫助我度過寒冬的美食烈酒。我在很久以前就沒有朋友了。」

那男人點點頭。

「如果我沒搞錯的話，你身上的幾件衣服是守夜人的制服。守夜人為何來到離斯德哥爾摩如此之遠處。」

「或許他已離開崗位，試圖在長期將薪餉花在杯中物後，熬過難關。我聽說這房子是空的，沒有人會想念被偷的東西。」

「現在就轉身，重拾你的來路。沒有必要回頭張望，我就在這裡，你動不到我，而且我還拿著卡賓槍瞄準你的背部。靠近這裡有間小棚屋，就在原野邊緣。我們去那裡。」

卡戴爾意味深長地看他一眼。

「那種槍型非常難以預測。在海軍裡，大家都說在射擊時，每五次就至少有一次火藥不會點燃。」

那男人像卡戴爾一樣，站著動也不動片刻，直到他毫無抑揚頓挫的聲音再度揚起。

「離我們要去的地方不遠處有個糞堆。歷經好幾代以來，已有好幾碼深，有動物糞便，也有人類的排泄物，連冬季的嚴寒都無法停止腐爛所產生的溫暖，從裡面冒著泡泡和煙霧，比菩提樹林年齡還老的蟲子就住在糞堆裡。我對訪客可不是毫無準備，我將子彈藏在糞堆裡，每天都拿著卡賓槍去那更換新的子彈。就算子彈只是擦過你，你最後還是會發燒和打起冷顫，必死無疑。傷口會開始潰爛，然

注 一七〇〇年俄羅斯侵入瑞典位於現今愛沙尼亞的納爾瓦，瑞典大敗彼得大帝的大軍。一七〇六年，俄羅斯又與瑞典在波蘭弗拉斯塔特大戰，瑞典戰敗。整體而言，一七〇〇至一七二一年間的大北方戰爭，最後由俄羅斯取得波羅的海的霸權。

後變成壞疽，在忍受地獄般的折磨後，你會緩慢死去。我的槍從未失效過，也許命運想要這次成為第一次。這是你要冒的險。」

卡戴爾花幾秒鐘考慮他生命的價值，接著聳聳肩，轉身向樓下邁步走去。

他們穿越蒼茫雪地，點點繁星和明月照亮他們去棚屋的路，那是一小群外屋的第一間，門前有個沉重的門閂。

「舉起門閂進去。」

卡戴爾發現用一隻手臂抓不住門閂，因此將肩膀放在木頭下，從門座將門閂推起。門咿呀滑開，卡戴爾聞到一股辛辣的強烈臭味，急忙用袖子遮住鼻子。

「老天！」

「你叫什麼名字？」

「我叫麥可．卡戴爾。」

「這個嘛，麥可．卡戴爾。我有個提議，我要你在回答前仔細思索。我希望能有更好的提議，但我得在這裡再待一會兒，等另外一位貴客，我可不希望冒著你帶別人回來此地的風險。」

在棚屋深處，卡戴爾感覺到有東西在動。某種大型動物悠悠醒轉，正在慢慢逼近。牠被綁著的鐵鍊限制，沒辦法走到太遠，鐵鍊噹啷噹啷作響。他看見那隻狗——龐大到不可思議——眼睛如同燃燒的木炭，唾液從嘴角潺潺淌流。

「那是瑪格努斯，麥可．卡戴爾，牠將成為你的墳墓，這是打個比喻，我是指一旦牠吞噬你的遺體過後。你是個體型壯碩的男人，我不想將你的屍體一路拖過去給牠，因此我給你個建議。你走到牆壁那邊，盡可能靠近瑪格努斯，但不要讓牠碰到你。然後你跪下，我會射穿你的脖子，讓你往前倒入牠的鐵鍊範圍內。你將會死得乾淨俐落，結局會來得很快、很人道，我們都不用沾到你的血。如果你做出絕望的掙扎動作，我會改射你的肚子，讓你在寒冬冷顫中痛苦死去。瑪格努斯龐大到足以保持棚屋的溫暖，除非子彈射到的地方出了大差錯，否則你今晚不會凍死，也許明天也不會。」

卡戴爾頸背的寒毛直豎，不知道該怎麼回答。他看見眼前有東西一閃而過，狗身後的黑暗中充滿舞動的光點，似乎暗藏某種意義。等在深淵的黑色翅膀，死神挨近。他倏地感覺到那股在斯溫斯克松德周遭海域裡，幾乎用骨頭般慘白的手指攫住他的相同力量。他的雙腿顫抖，一隻腳丫走在另一隻前面，然後靠牆雙膝跪下，木頭裡的每個節瘤都變成死神的眼窩。

「請你再靠近一點。瑪格努斯的毛皮和我的狼皮都曾風光一時，現在雖破敗了，但那可不是弄髒它們的理由。」

他跪著拖行，一吋吋靠近。瑪格努斯流著口水的下巴和掠食者的貪婪眼睛都近在眼前，還吐出腐爛肉類和血液的燻臭氣息。在卡戴爾的肩膀後方，傳來瞬間移動的嘎嘎聲和結凍衣服的窸窣聲。他立即轉頭，在敞開的門外看見溫格的幽深輪廓，連披著狼皮的男人見狀後也轉頭打量入侵者。接著傳來砰的槍響，兩人衝撞在一起，鮮紅的血噴濺得房間到處都是。

卡戴爾覺得槍聲迴盪不去，隨後的靜默盤旋徘徊了很長一段時間。火藥的硝煙朝橫樑升起後慢慢消散。他死了，他知道。他知道沒有任何感覺是因為自己已經遠離疼痛的領域，進入早在**英伯格號**的錨的鐵鍊綁住他的性命時，就渴望前去的地方。他感覺到溫熱的液體沿著雙腿流下，那子彈一定是射中他的下背，但他沒感覺到傷口，即使他的手指摸索著，還是沒找到。鼻子立即告訴他，那潮濕的液體不是血液。活著又毫髮無傷的他聽到溫格的聲音打破沉默。

「在所有你今晚可能會開槍射擊的東西中，我最沒料到的是那隻狗。」

「瑪格努斯已經善盡牠的用處。你的名字是瑟西爾．溫格。你就是那位我在等的人。我是約翰尼斯．巴克（Johannes Balk）。我該為丹尼爾．戴佛的命運負起責任，你是來帶我去斯德哥爾摩的。我們走吧，這裡不再讓我留戀。」

50

當太陽再度升起並開始其短暫旅程時，似乎變得比以前更遙遠，好似逐漸消散的餘燼沿著幽靜的地平線滾過。當他們單獨坐在雪車內時，慘白的日光照在瑟西爾．溫格和約翰尼斯．巴克身上。麥可．卡戴爾坐在前面的車伕旁，聽不到兩人的交談，他用雙臂抱緊自己以保持體溫。溫格坐在雪車裡，若有所思的目光從卡戴爾的背部轉到巴克身上。在破曉的迷濛光線中，溫格首次有機會好好打量坐在他對面皮草上的男人。第一眼很難判定他的年紀，年輕但早衰，也或許是年邁的五官缺乏明顯的成熟度。他回想到克里斯多佛．布利克斯選用的字眼，發現自己贊同這個看法：巴克顯然有所缺陷。

溫格的下一個呼吸卡在喉嚨，思緒被突如其來的一陣猛咳打斷。他靠到雪車外，用手帕掩住嘴巴，往雪橇上吐了一口鮮紅口水。

「你的健康狀況如何，溫格先生？」

巴克的聲音平板，彷彿從未學會語言的音樂性，只能採納一種音調。這份單調讓溫格憶起在教室裡的年輕歲月，他和朋友被教導要大聲誦讀尚未熟悉的語言，他們當時並不懂語言本身的意義。有時候，那個男人的舌頭好像沒辦法講出正確的聲音，因而被迫打住話，只得選擇另一個字眼。

「你為何這麼關心這點？」

巴克抬頭看向溫格，他們的目光首次熱切交會。巴克的瞳孔如此之大，如此之黑，虹膜的顏色因此變得難以判斷。

「我為何不該對另一個人類表達關懷，溫格先生？」

「因為你是個怪物，約翰尼斯。」

巴克保持沉默，眼神沒轉開，他點點頭。溫格覺得手臂和胸膛起了雞皮疙瘩。

「世界造就今日的我。如果你說的是真的，那我們該如何看待這個世界？但我想除了同情外，還有其他必須關心你健康的理由。大限將至。」

「所以你知道我是誰？」

「當《號外郵報》首先發布於拉德湖發現屍體的新聞時，我讀到你的名字，然後做了調查。我興致盎然地探查你的法律職涯，你總是堅守你的理想，總是質問被告，允許他們在法庭前滔滔抗辯，讓每個人都聽見他的陳述。我得問你，溫格先生，在所有已經發生的事和你目前已知我所做過的事後，你是否仍舊相信，像我這樣的怪物理應得到相同的權利。」

「法律之前，人人平等。不管你多罪不可赦，你還是有權利。」

「你可願意允許我以自己的步調，先行告訴你我的故事？我會和盤托出。你儘管問問題，我會盡己所能地回答。這樣可好，溫格先生？我不知道你能給我多少時間。」

「我自己也不知道。我猜我們會知道的。」

「先是開場白，如果你允許的話。」

巴克閉上眼睛，深吸口氣。空氣離開肺部後，從兩個鼻孔冒出兩團羽毛般的蒸汽。他開始訴說。

「我家族素有將長子以古斯塔夫二世國王（注1）之名命名的傳統。我們因古斯塔夫二世國王的戰爭而發跡，就像許多人一樣。一百五十年前，我們奪走德國選帝侯（注2）在廢墟中的土地，盡全力抓住北方雄獅的尾巴。我們渾身浴血，為榮譽奮戰，受封為伯爵，財庫在掠奪來的金子重量重壓下變得家財萬貫。我們在祖先的地產上興建鳥歌莊園，清理樹林、開墾土地。我父親是一長串古斯塔夫．阿道夫．巴克的最後一位，眼看父子血脈相傳就要中斷。」

「我記得小時候看過你父親。他坐在御前會議裡，直到古斯塔夫國王獨攬大權。他是位偉大的人。」

巴克再次直視溫格，眼神難以理解。

「據說，偉大的男人是由他們克服的挑戰所創造，沒人會否認我父親曾面對許多挑戰。在我們祖先於戰場發跡和他之間隔了五代，每個人都花錢如流水，因此我父親只繼承到債務。他後來學到沒有資本，即便是貴族出身也沒什麼用處，他決心恢復巴克家族的昔日輝煌。他有很長一段時間都是單身漢，我們從來就不是個可以以相貌自傲的家族，我父親出生時，似乎集所有家族的醜陋特徵之大成。他的眼睛鼓脹、馬鈴薯般的鼻子彌補了沒有下巴的缺憾、臉色憔悴、身子瘦長，有著凹陷的太陽穴和稀疏的頭髮。他上天下地，費盡力氣才為自己找到新娘，那是場政治婚姻。在我出生前，離鳥歌莊

注1 古斯塔夫．阿道夫二世國王（一五九四～一六三二年），唯一被國會封為「大帝」的國王，人稱「北方雄獅」。奠定瑞典的新教地位，戰術高超。

注2 Prince-electors，德國歷史上的特殊制度，指德意志諸侯中七位有權選舉神聖羅馬帝國皇帝的諸侯，此制度始於十三世紀中期，一八〇六年遭拿破崙解散。

園不遠處，有一片更大片的土地屬於維德家族。當時，維德家族已瀕臨絕跡。盧卡斯．維德（Lukas Vide）這位大族長只有一個女兒，而他和妻子太過老邁，無法再生出繼承人。家族沒有其他旁支，有的只是完好無缺的龐大財富。巴克家族手頭拮据，我們的鄰居卻富得流油。有一晚，我父親騎馬去找盧卡斯．維德，向他女兒求婚，那是場如暴風雨般的會面。」

「為什麼這樣說？」

「他有個女兒叫瑪麗亞．維德（Maria Vide），溫格先生。在這一帶，大家都知道她是處女瑪麗亞，她是個白癡。在超過三十年前出生時，是腳先出來，那是個難產。醫生救了她的命，但她從未恢復智力。她得被餵食，而且從來沒下過床。她白天瞪著沒人看得見的東西，而如果她無神的眼睛後方的腦袋真的有在思索，她也沒讓任何人知道。當我父親向她求婚時，盧卡斯不能相信自己的耳朵。他在盛怒下本來要趕走客人，但古斯塔夫．阿道夫．巴克堅持立場，列舉他提議的合理優點。透過這場純粹是形式的婚姻，他可以繼承維德的土地，像維德家族般細心管理它們，就算只能再維持一代，也足以允諾維德土地上的佃農一個未來。以此方式，財產就不會落入國王之手，他們都知道那個下場是土地會被轉賣給陌生人，而珠寶和飾品會被伯爵的情婦買走。古斯塔夫．阿道夫發誓提供瑪麗亞她父母給她的悉心照顧，而後兩者的人生就快走到盡頭。過一會兒後，盧卡斯覺得我父親的求婚邏輯無懈可擊。他們握手成交，四肢無力的處女瑪麗亞於是被扛到教堂，不吭一聲的完成婚禮，只有最親近的親戚出席。嫁妝豐厚，並承諾等盧卡斯死後會有更多金錢入帳。古斯塔夫．阿道夫以這種方式拯救了他的祖產，他找人替我母親作畫，但畫家畫的不是她的真實模樣，而是她該有的樣子，背景則是鳥歌莊園的牧園風光。真是諷刺。」

巴克打住話。他說越多話，言語就越流暢，偶爾出現的口吃就沒那麼明顯。

「所以你就能了解，當處女瑪麗亞的肚子不能再用鳥歌莊園所有的被子遮掩時，醜聞鬧得沸沸揚揚。在盧卡斯的同意下，這原本僅是場形式上的婚姻，不會圓房。現在他們被迫從薩拉送產婆和醫生過來接生，因此我出生了，成了古斯塔夫·阿道夫·巴克曾進入半死妻子的臥室、玷污她無法移動的身體的活生生證據。傳說盧卡斯在得知消息時中風。古斯塔夫·阿道夫到岳父的臥榻旁探病，以巧舌如簧的言語安慰了他，說未來兩家的合併家產這下得到保障，發生過的事應該當成是好消息。盧卡斯當然不希望孫子死去，他又活了幾年，隱居起來悔恨不已。他們彼此沒再說過話。在他死後，房地產併入我們的家族，歸於鳥歌莊園名下。古斯塔夫·阿道夫的計畫全部成真。多虧他，我含著金湯匙出生，衣食無虞。」

金屬雪橇嘎嘎刮過慘白的冰封大地，拉長語調的低吟和巴克的聲音一樣平板。日光的角度在改變，從淡黃轉暗，變成深紅。

「溫格先生，如果他想養育出怪物，那他的確很成功，從小就教會怪物如何痛恨。我父親經常痛打我，因為他是個位高權重的人，能對所有人運用權勢，連對自己兒子也不例外。當我年紀增長時，我學會辨別暗藏在他痛揍下的各種理由。他常常是為了某些暫時挫折而在我身上發洩怒氣，但他心情好時也會揍我。我後來了解他一定是認為若想教出乖巧順從的小孩，就應該實行打罵教育。他一定也有在坐下來時無法忍住淚水的兒時記憶，而在某種程度上，他認為自己的大器晚成都該歸功於這類教養。他常突然問我問題，用這種方式來測試我，而我則因為害怕給錯答案，就開始結結巴巴，這讓他更為光火，結果我的口吃變得更為嚴重。你應該聽得出來，這已經是我沒辦法擺脫的障礙，被怪物養育的怪物。我沒有生養小孩，這讓我足堪安慰。在這一長串可追溯自天地渾沌時的壞蛋中，我會是最後一位，即使這點在我的墓誌銘中只能成為一個註腳，也應該視為一種祝福。」

巴克暫時打住話，對自己點點頭。

「我的父親，夜晚當他醉醺醺而安靜的宅邸似乎在哀求孩子的哭聲時，他也會對我做別的事。」

溫格看不出巴克的表情有任何變化，或那只是路旁的樹影在捉弄他。

「於是我像小孩般轉而在過於軟弱、無法保護自己的動物身上尋求報復。在池塘裡玩耍的青蛙、狗和雞。牠們學會像我害怕我父親一樣，懼怕我的憤怒。」

很快地，太陽消失。溫格感覺到寒冷增強，另一個冬夜就要降臨。隨著每分鐘的過去，在他們越來越接近的斯德哥爾摩中，城市會向乞丐索命，強迫史瓦伯和他的同事徒勞地在冰封的土地上挖掘，直到他們放棄，將屍體堆疊起來等待春天。

巴克從肩膀撥掉紛飛雪花，調整雙腿周遭的皮毛。

「離斯德哥爾摩還有一段距離，讓我來講故事的核心。」

51

男孩成長的過程太過孤單，以致於連「孤單」兩個字都失去意義。他總是為人群所簇擁，但實際上活在另一個世界、另一個階級，是一長串貴族的最後一位繼承人。他的父親常離開斯德哥爾摩，宅邸裡只剩下他是貴族，地位超然。每當他循著笑聲到僕人的住處，發現小孩在跟彼此玩耍時，小孩們會立刻安靜下來。他們會將目光轉向地面，立刻被派去幹活，免得小主人覺得礙事，而父母則咕噥著種種藉口，趕快離開。儘管孩子們沒有明顯顯露，他還是感覺得到他們的敵意。他後來變得習慣空蕩蕩的房間。

他有源源不絕的家教老師，教導他需要知道的知識，他們讓他對未來保持一定程度的無知，而教導方式也從來不帶任何感情。他們像他父親一樣打他，並遵照後者的指示，認為體罰有助於塑造個性。鳥歌莊園是個陰鬱的地方，很少人能忍受此地超過一年。他對家教老師而言，只是賺夠錢後轉赴他地討生活的必要之惡，沒有一個例外。不久後，小男孩開始清除池塘裡的青蛙，讓所有小動物都害怕他的腳步聲。

他慢慢意識到母親的存在。鳥歌莊園沒有大到可以無限期隱藏箇中秘密。有一層樓他不准去，有個房間他不准進入。粥會被端入那個房間，然後端出空碗。他們將她關在那裡，而就像他父親第一次將她帶來此地時一樣，她毫無知覺和意識。他開始展開調查。有一串生鏽的鑰匙掛在櫥櫃的釘子上，因時間過久而遭人淡忘，為蜘蛛網所覆蓋。他趁晚上一一試過鑰匙，從倉庫拿油脂來抹，鎖的每個抗議聲都讓他驚恐萬分。在試過幾次後，他找到正確的鑰匙。

在白色天篷下，她躺在被單中動也不動。他慢慢走過地板，如此一來木板才不會嘰嘎響起，而他是生平第一次得以如此近距離看清她的臉龐——那是張很像他的臉。他將一隻手放在毯子上，感覺她癱軟的軀體傳來的溫暖。他直接走進她視線內時，她眼神空洞。他在她身旁躺下，蜷縮起身子挨近她，她的存在讓他感到慰藉，於是每晚都來找她。

她慢慢起了變化，原本他不在時她都躺著不動，然後變得開始緩緩移動。他望進她的眼睛，她閃過認出他的眼神。她想將手舉到他臉上，隨著一個個夜晚流逝，她的手挨得越來越近。他的臉頰很快就會感覺到母親的溫柔撫觸。在每個黎明，當他撫平毯子離開時，都認為下次回來時母親會輕輕撫摸他。

她花了好幾個星期，最後終於成功時，她的手彎曲得像尖銳的爪子，長長的指甲劃過那張像透他父親的臉，儘管也像她自己的。她喉嚨深處發出低沉的嘶嘶聲，他因震驚和恐懼而哭出來，倉皇跑出房間。那些劃傷傷口很深，他得對如何受傷的原因撒謊。

他一直沒再回去，直到聽見木板在晚上呻吟，察覺她一定是從床上站起身，彷彿他們的會面喚醒她內心深處的某些情愫。剛開始時，他從鑰匙孔偷窺。當他終於鼓起勇氣再次轉動鑰匙時，發覺只要他保持距離，她根本不會注意到自己。他晚上靠著牆壁坐在地板上，曙光乍現時就離開，那是在她的僕人將她領回床上、把棉被塞好的前半個小時。那對僕人是從娘家陪她過來的老夫婦。午夜來臨時，她又再度開始走動。

她花了將近一年才有辦法在黎明前慢慢走到窗前。一旦到了那裡，她夜夜執行相同的儀式。她慢慢舉起手朝向在窗玻璃上彈跳的長腳蚊，牠們徒勞地想得到那份看得到卻無法得到的自由。她的緩慢和耐心使她成為可怕的獵人。她的手握成杯狀，用拇指和食指一個個捏住弱小的身軀。她將牠們舉近臉，耐心地拉掉翅膀和每隻腿，小心翼翼地不要扼殺仍在瘦弱軀體裡顫抖的生命。

男孩看見她嘴唇蠕動，了悟到她在扯碎牠們時還對著牠們低語。他冒險湊近些，直到聽見她低吟父親的名字。那是她唯一唾手可得的報復。男孩內心翻滾著五味雜陳的強烈感情。他隔夜沒有回去，獨留她自己去展開報復。

那個冬季稍晚，他母親因發燒而死。殘廢的長腳蚊仍舊成排地躺在窗台上，最後一個還在顫動，而那是在瑪麗亞・維德入土為安後數日。男孩沒有因她而感到悲傷。

當冰雪開始在春天融化時，古斯塔夫・阿道夫・巴克的靴跟在斯德哥爾摩街道的鵝卵石上滑了一跤，摔斷了股骨。御醫親自照料傷口，將骨頭重新拉直，但每個人都知道春季的空氣會帶來疾病。傷口不大，但腐爛後開始流膿。他的父親臥病在床，壞疽挖掘進入更深的骨髓，腳指先紅腫起來，然後變成慘白，最後變黑。三月，男孩第一次被叫到城市裡，到父親的臨終病榻邊。古斯塔夫・阿道夫病得太重，無法移動。腿部承受劇痛，但現在要截肢為時已晚。他的身軀過於龐大，無法用馬車運送，而腐爛開始經由變黑的血管擴散到骨盆和鼠蹊部。

男孩被唐突地帶到臥室，一籃籃的花香不再能掩蓋腐肉的惡臭。僕人搬了一張椅子進來，讓男孩在父親旁邊守夜。成堆的毯子和床單隨著每個嘎嘎作響的呼吸聲震動前，他有很長一段時間只是安靜和敬畏地坐著。他父親臉色慘白、大汗淋漓，目光憂慮困惑。由於牧師有其他要事，父子經常單獨相處。很久以後，他才找到勇氣站起來，舉起父親的手。他感覺不到手中有任何力量，可以在毯子上隨意揮舞著父親的手，而後者此時只能發出微弱的嗚咽。他將被子拉開，露出古斯塔夫・阿道夫・巴克的臉，那是張又大又紅、恐懼不已的臉。他將小小的白手按在父親的嘴上，用食指捏緊鼻孔。他如此輕易就能停止呼吸的氣流讓他頗為訝異。無助的牙齒從各個角度試圖啃咬他的手。父親的軀體在被單下顫動，膚色轉藍，眼睛看起來好像要彈出眼窩。男孩重複相同的伎倆，但沒有勇氣按得夠久，總是放鬆手，讓父親重新開始吸氣，那是個發出咕嚕聲、又長又深的吸氣。古斯塔夫・阿道夫・巴克在某天晚上孤獨死去，女僕用柔軟的手臂攬住男孩細瘦的肩膀，將他的咯咯輕笑誤以為是啜泣，還用手帕抹掉他歡欣鼓舞的眼淚。

他的父親在教堂的石板下安息，那是他祖先埋葬的地方，唱詩班前的榮譽廳牆面上裝飾著祖先用過的武器，而教堂就位於巴克家族的故鄉，離鳥歌莊園不遠。夏初某晚，男孩保持清醒等到整棟宅邸入睡，走出大門，穿越庭院，經過路邊的菩提樹林。他臥室裡的黑暗是恐懼的來源，但相反的，這裡的黑暗則有著不同的秩序，彷彿一位朋友般保護他，撫平他的情緒。

片刻後，他抵達教堂，發現前門沒鎖，裡面空無一人。他摸索著走過石板，直到指尖拼出父親的名字。他打開及膝馬褲的鈕釦，蹲下時讓褲子滑落。隔早，領唱的人會發現一小陀糞便，上面盤繞著嗡嗡作響的蒼蠅，排泄物直接抹過古斯塔夫・阿道夫・巴克墓碑上的名字。他從未對任何人透露，逕自將地板清理乾淨，在餘生中都堅信是惡魔本人行過沉睡的地域，並在半路經過這裡，為更緊急的要事而匆匆趕往南方的大城市。

但對那個男孩而言，勝利感很快就消逝。他睡得很不安穩，為噩夢所苦。於噩夢中，父親在臥室外的走廊上越來越接近的腳步聲不斷重複咚咚迴響。他遲早也會了解某個永遠猜不透的道理。那就是世間有比遭到痛揍更糟糕的事，而孤獨就是其中之一。

52

星期一下午，麥可・卡戴爾的雙手緊握住白色陶杯，用來取暖。這是自從他從鳥歌莊園爬上雪車，在北方廣場（Northern Square）下車，蹣跚地穿越橋樑走回家梳洗和無法成功入眠後，第一次再見到溫格。

「所以你在這一路上有從那男人那問出什麼嗎？」

溫格嚴肅地點點頭。

「問出了一些內情。他現在在睡覺。我不確定會不會舉行審判。直到那之前，我會將他關押在卡斯頓法院（Kastenhof）的北方監獄暫時匿名，先不登記。我們不知道烏霍姆什麼時候會上任，但我希望盡可能安靜地處理此案，直到我的偵訊結束、審判能夠開始為止。我和獄警很熟，能匿名來去。」

自從他們回到斯德哥爾摩，在海關大樓分道揚鑣後，已經過了好幾個小時。然而對卡戴爾而言，寒冷強風好像仍在抓攫雙頰。

「可別認為我沒對肚子沒中槍、沒被餵狗這兩件事感到感激，但他為何如此輕易就投降？在我們吃過那麼多苦頭後，他反而那麼順服，感覺起來像是有其他打算。」

「我希望能得到那個問題和其他問題的答案。」

「你下一步要怎麼走？」

「我要去卡斯頓法院和巴克談談。我明天會在同一時間在此和你碰面。」

卡戴爾扭曲著臉，滿懷厭惡，獨自喝下手上的飲料。他聽別人說過，當人需要保持思路清醒時，咖啡能有效驅逐身體的疲憊，所以他決定忍受那份苦味，看能不能奏效。他用手肘擠過廣場上那群更為熱中的咖啡愛好者。斯德哥爾摩常常讓卡戴爾覺得惱火，但就這麼一次，他對能再見到這座城市感到感激莫名。每次想起鳥歌莊園的棚屋，耳際就會傳來死神的低語，而那是他從來未曾想像過的恐懼。那不但超乎他的想像，還與戰爭的偶爾混亂形成尖銳對比，而且那種混亂是從每個方向無差別地襲來。他睡得比以前更少，也更不想睡，掛在他身側的重量不但讓他分心，也使他開心不已。那是他從維克爾那拿來的錢包，還未數過裡面有多少銅板，但從重量判斷，所有從克里斯多佛・布利克斯那騙來的錢應該都在，還外加利息。卡戴爾很少身懷如此鉅款，甚至鮮少有機會為此感到良心不安。他通常對寶藏屬於尋獲的人此項鐵則沒多做思考，但這次有所不同。這些銅板屬於某人。

新鮮空氣刮擦著喉嚨和鼻子，儘管吸氣會刺痛卻提醒他最近差點失去的性命有多寶貴。他身負重任，而在皚皚雪地裡每走一步，便覺得更拉開他的新目的和自己、野獸瑪格努斯、約翰尼斯・巴克的卡賓槍，以及鳥歌莊園的恐怖之間的距離。巴克現在歸溫格處理，他的思緒轉向布利克斯的信。布隆告訴他，一位年輕女孩將信件留在英德貝杜門前，註明收件人是瑟西爾・溫格。而維克爾曾經提過，布利克斯在身後留下一位年輕寡婦。

卡戴爾換了及膝馬褲，原本那條被尿浸濕後凍硬，所以只得換上唯一的另一件及膝馬褲，後者則是他在就任守夜人時，上級發給他的制服，但他實在很不喜歡穿制服。其他房客沒有熱水可以分享，他只好在庭院裡用雪草草為身體擦個澡。有些少年利用這個毫無防備的時刻，用雪球轟炸他。他爆發出一大串咒罵，震得建築物的百葉窗鉸鍊嘎嘎作響。現在他活動過筋骨後，身軀開始恢復溫暖，心情也轉好。他沿著西街往前走，轉向右爬上山丘，直到抵達斯德哥爾摩大教堂。

建築的龐大內部空間沒比外面溫暖多少。據說牧師因感冒病倒在家，但在卡戴爾的堅持下，一位凍壞的司鐸終於出現，被他說服去查教會記錄。是的，約翰．克里斯多佛．布利克斯曾在近期宣布結婚，他的名字旁邊劃了個叉，註明已經死亡。一枚銅板被放在司鐸發抖不已的手中後，他突然對這個奇異事件冒出更多記憶。

那位年輕人在訂婚後不久於一場意外中死去，新娘已經懷孕。司鐸表情淡定，翻個白眼。孩子在婚禮後不久就出生，而年輕父母透過孕育生命來展現年輕熱情實屬常態。他和同事很同情那位年輕女子，堅稱婚禮已在布利克斯死前執行。透過這種方式，未出生的孩子不會被貼上私生子的標籤，而女孩也不會被嘲諷為妓女，反而是得到母親的地位。司鐸對自己點點頭，他知道他們打破神聖婚姻的規矩，但看不出上帝有任何反對的理由。

「寡婦的名字是？」

「羅薇莎．烏利卡．布利克斯，在圖利普出生。她父親經營一家叫做『惡棍』的酒館。」

「就神職人員來說，你的消息相當靈通。」

司鐸微笑起來，又翻了個白眼。

「這是個貧窮的教區，在聖餐儀式後，聖杯裡的酒常一滴也不剩，我們這些神職人員被迫得在其他地方找自己的聖酒。」

沿著卡戴爾的來時路要彎去酒館路途不遠。惡棍是個大小適中的酒館，好幾排倒過來的酒桶充作桌子。一位有著水汪汪眼睛的年長男人過來招呼他，他原本要將馬克酒杯倒放在抹布上晾乾，見到他後暫時先放在一旁。

「抱歉，我們還沒開始營業，也沒有熱食。如果你想用餐，只有冷盤。」

「沒關係，我不是來這裡用餐的。我在找羅薇莎·烏利卡。你知道她在哪嗎？」

老闆的眼睛骨溜溜地上下打量他，滿臉警戒。

「羅薇莎是我女兒。」

「她在家嗎？」

卡勒·圖利普搖搖頭。

「剛好不在。她是個勤勞的年輕女人，這在年輕一代裡並不常見。想到我的生意佔據她大部分時間，就很心痛。要是你不在水井邊，那就是在市場能找到她。如果你不想久等，我建議你改天再來。」

卡戴爾不知道該說什麼，他踩掉靴子上的雪花。

「你要我替你傳口信給她嗎？」

卡戴爾遲疑一下，手在外套裡掂掂錢包的重量。

「不用了，這個口信得親自傳達。我改天再來。」

「非常感謝，希望你下次運氣好些。」

53

春天溫暖地像夏末時節。白雪現在積得很厚，那些宣稱能讀出關節疼痛模式和惡兆的預言家很久以前就說過，這會是記憶中最糟糕的冬天。

安娜．史提納．卡那普相信這個說法。夜晚已經開始奪走那些因酒醉或貧窮而昏睡在戶外的人的性命，而冰凍的土地堅實，無法埋葬他們，只能等到天氣好轉。凍僵的屍體在墓園的雪橇上疊放起來裝滿後，剩下的屍體就會被包上裹屍布，存放在建築物外面。安娜在從魚市回返的路上，看見雅各教堂的雪堤，凍僵的手和腳從雪的覆蓋下直挺挺伸出。在雪堆頂端，寒霜將一具屍體的藍黑色臉孔刮除乾淨，頑皮的貧民區孩童則將一根破陶製煙斗塞進屍體嘴中，在上頭撒尿做標記。

安娜在白天回應羅薇莎的名字，惡棍的工作佔據她所有時間。她每天很早就開始工作，學會迅速穿好衣服，招呼挑糞工人，後者清空酒館廁所下的便桶，將內容物用馬車運走。在注意到其他人如何利用花人的漫不經心，沒提供服務就收取每週費用後，這便成為她自願負起責任的許多工作之一。她提水提到廣場裡的水井幫浦結凍的季節為止，用雪清洗盤子和酒杯，從碼頭的運木筏扛柴薪上山，早晚都打掃地板，需要時則進行擦洗。這些勞動能舒緩她在與卡勒．圖利普的藍綠色眼眸交會時所感受到的良心譴責。每次他看到她，溫柔地將一隻手放在她越來越大的肚子上時，那張臉的眼睛和皺紋就揚起轉為笑顏。她知道他已經把自己當作女兒，也希望她把他當成父親。

在夢中，她不再被紅公雞所苦苦糾纏，但未來仍不肯給她一絲平靜。醒來時，儘管房間通風涼爽，毯子還是被汗水浸濕，那簡直像是她的孩子在她體內點燃灰燼，讓身體在寒冷中持續發熱。隨著一天天過去，她變得越來越胖。她無法入眠時，就點燃蠟燭，在面向巷子的窗戶的彎曲玻璃裡，細看自己的倒影。她想像自己的臉因現在的食物充足和在體內發芽的生命，逐漸變得豐腴。別人已經很難認出那位在感化院裡挨餓的皮包骨女孩，但這樣的改變還是不夠，甚至連克里斯多佛·布利克斯——現在她姓他的姓氏——為她做的都還是遠遠不夠。

斯德哥爾摩小得可怕，每個人都擠在同一條街道、同一個地方。安娜離開惡棍時，總是用圍巾將一頭紅髮包住，並讓圍巾前端垂掛到額頭上。她總待在閘門北方，遠離提斯特和費雪獵尋罪人的地盤，但橋中之城也有守夜人，而每次她瞥見藍制服和白皮帶時，胸脯裡的心臟就會漏跳一拍。

同樣場景在她的夢中不斷重複上演：她在惡棍主廳後方的食品儲藏室忙著幹活，在走回來跨過門檻時，與他四目交接，她懷中的東西剎時全掉落地上，但她卻沒有聽見聲音。彼得森就杵在那，靠在木桶旁，臉上有抹諷刺的獰笑。他對她鞠躬，叫出她的真實姓名。她僵立在原地，彼得森大搖大擺走過來，拉近他們之間的距離，執起她的手。

「小姐，我想妳還欠我一支舞。」

那些她開始當成朋友的酒館顧客指指點點、竊竊私語，而卡勒在了解到她的欺瞞後，崩潰啜泣。彼得森在她手腕綁上繩子，彷彿那是情意綿綿的印記，領著她走出酒館到街上的馬車前，準備帶她回返最終的歸屬，就是感化院和史卡。愛利克大師在那裡等待著，她將被迫在庭院裡跳舞，等繞完足夠的圈圈後，就會抹殺自己的存在，只剩下人性的碎片。她將會失去腹中的孩子。她的身體在希望拯救自己性命的情況下，會驅逐所有過多的負擔，將還未成形的胎兒變成水井旁碎石上的一塊紅色污漬，而她還得一再走過那裡，讓恐懼和瘋狂將她據為己有。

下午，安娜提著用花人的錢買好的雜貨回到惡棍酒館：兩隻用陷阱逮到的新鮮兔子，冬天的毛皮尚未剝除；幾條在冰上用棒子打死的魚，還有麵包。太陽已西沉到地平線下，巷弄裡旋轉的皚皚雪花迫使幾位仍留在戶外的人沿著建築物周邊，在強風中疾疾行走，趕忙替自己找個可遮蔽的屋頂。卡勒在火爐上煮了些香料酒，在旁邊替她留了一杯。他擁抱她，用大手搓揉她的肩膀，讓她暖和起來。

「有個男人來找妳。」

「他有說他想要什麼嗎？」

「沒有。但他說會再回來。」

「他長什麼樣子？」

「他是個大個子，滿臉橫肉。妳認識他嗎？」

安娜在他溫柔和充滿疑問的目光下搖搖頭。

「哦，他穿著制服，像個守夜人。」

那句話像一巴掌般甩在她臉上，她得轉開身子，免得他看見血液湧上雙頰。

她並不安全，什麼都沒有。她剛得到的新名字和新世界是建立在其他人的善意上。守夜人會回返，他們知道她這張臉屬於安娜．史提納．卡那普，而非羅薇莎．烏利卡．布利克斯。鐵錚錚的事實將推翻她的謊言，噩夢將會應驗。她在剛開始時想擺脫掉的孩子，現在變成體內溫柔的源頭，倘若他們找到她，這孩子會在能呼吸第一口氣前就注定死亡。

黑夜降臨，她坐在房間裡，仔細審視窗戶上的倒影，詛咒蒼白的五官。安娜在剩餘的夜晚中，用手臂抱住自己細瘦的肩膀，坐在吱嘎作響的凳子上前後搖晃身軀，迷失在思緒裡，想著如何用最好的方式擺脫掉瑪潔．卡那普給她的這張臉。

54

瑟西爾．溫格將毛呢寬領巾緊緊綁在脖子上，保護外套和脖子之間露出來的縫隙，免得沾到落雪。他離開橋中之城，身在皇家鑄幣廠。走過木材廠旁邊冰凍的木橋，頂著強風穿越聖靈島上的皇家馬廄和派伯拉宅邸，在屠宰場橋上繼續與強風掙扎。在他右邊，從湧出的湖水中，北橋半完成的石頭橋墩聳立著，橋墩周遭都被冰架團團勒住。未完成的地基尾端徒勞地摸索著，想尋求拱門的支持，但它們還來不及組合起來。

下級法庭建築以百年前在此地經營地窖酒館的釀酒商之名，命名為卡斯頓法院，端坐在北方廣場的一側。他走過五級階梯直抵入口，在那，華麗的砂岩雕刻著皇家花押縮寫字母。門口的人認出溫格。他直呼值勤警衛的名字，旋即被帶往監獄，走過一道走廊，其中有一排門通往圍起來的牢房，房裡完全仰賴細窄的窗戶縫隙提供光源。房間內只有零星幾件家具：一張不夠高到足以隱藏夜壺的床、一個五斗櫃和一張凳子。

約翰尼斯．巴克坐在光源黯淡的牢房中。溫格來訪時，他從茫然瞪著前方的冥想中悠然醒轉。門在他們身後砰地栓上，守衛的靴子踩在石板上的咚咚腳步聲慢慢遠離。

溫格對他點頭打招呼。

「早安。你有所需的一切嗎？食物、毯子、菸草？」

「我什麼都不需要。我從不抽煙。魚和豬肉已經足夠。我也不在意寒冷。」

巴克身上的某種特質讓溫格聯想到蜘蛛，在蜘蛛網中耐心地一動也不動，如嘲笑昆蟲般地被動等待。一盤剩下的食物擺在五斗櫃上：粥以及看起來像水煮的梭子魚。巴克揉搓眼睛，溫格在凳子上坐下。

「你知道嗎，溫格，我還比你年輕幾歲，儘管我們看起來好像是在同年出生。或許人生以我們的經歷刻畫自己的臉，或許我採取的行動讓自己提早老邁。我們說到哪呢？噢，第二幕中間。我正開始準備離開這個國家。」

床旁水壺裡的水表面結成一層冰。巴克用食指敲破冰，替自己倒了一杯水。他清清喉嚨喝下，稍微停住片刻，彷彿是在找尋故事說到哪裡，然後再度開始滔滔述說。

男孩不久後變成年輕男人，但沒有父母可依靠的他注定在許多方面仍舊像個孩子。烏歌莊園由受託人董事會監管，後者是一群斯德哥爾摩的嚴厲仕紳，曾協助古斯塔夫．阿道夫．巴克處理事務，而年輕男人只能透過信件認識他們，由於信件書寫風格非常正式，內容反而過於晦澀、不易讀懂。每年兩次，董事會會派一位代理人往烏歌莊園視察產業管理，並確保年輕男人的教育仍舊依據他父親的意願繼續執行。

在他十七歲生日那天，收到內容出於意料之外的公報：根據古斯塔夫．阿道夫．巴克的最後遺囑條款，董事會預備了一筆歐洲大陸教育之旅的基金，其中特定路線已經規劃好，並附上銀行家的地址，後者早知他會來臨，已準備好在遵照他父親的指示下，將現有貨幣的旅行基金換成公證匯票。他的旅程將從海路開始，由斯德哥爾摩前往塔林（注），然後往南去巴黎、佛羅倫斯和羅馬。這是他第二次離開鳥歌莊園，看著陰鬱的建築消失在菩提樹林盡頭之後。

他在巴黎改變行程表。他讀過這個城市，它是小說和故事的場景，思想家和空想家的家鄉。他長久以來就想親眼見到巴黎，並發現藝術還不足以形容其現實景況。這裡的空氣中瀰漫著某種氛圍，人們在咖啡館和餐館中高談闊論，討論人類的條件和人權，奴隸制度一致遭到譴責。許多人更為激進，將奴隸的服從與君主統治下的人民命運相比擬。他在這些美麗的理想下，瞥見和抓到他比任何人都要熟悉的情愫：恐懼。

恍若是透過第六感，他早已察覺到自己被無情地跟在恐懼後頭的嗜血和暴力所環繞。當該離開的日子逼近時，他發現自己不想離開這個城市。大難即將臨頭，不管它是什麼，他都想親眼見證。在最初的幾個月裡，他醒著的時候都在巴黎街道上或公共廣場裡閒晃。他重溫自己從書上和家庭教師的鞭打中學到的語言，很快就變得越來越熟練。他送了幾封信回家，確保能從法國銀行家那裡得到貸款，然後在拉丁區租間房間。

到處都是朝氣勃勃的活力和人民運動，城市裡反叛的氣息沸騰，去年的歉收更是助長不滿。五月

注 Reval，現今為愛沙尼亞的塔林。

初召開了將近兩百年以來的第一次三級會議。國民會議成立，攻陷巴士底獄。到了一七八九年夏季，巴黎由城市議會和新成立的國民衛隊實行自治。在法國其他地方，農民擺脫壓迫的枷鎖，封建領主被迫逃亡或放棄他們古老的權力。他處於風暴中心，是一位被動但熱忱的觀察者。八月，國民會議發布新的人權和公民權宣言，內容很快就散布到城市廣場和聚會所。他看到國王路易十六（注1）親自在杜樂麗宮（Tuileries Palace）的露台向民眾演講。國王不再是年輕人，而是壯年男子，儘管如此仍舊威風凜凜。國王讚美新憲法，那是舊體制接受新時代的象徵。在接下來的幾個月裡，城市似乎在新秩序下逐步穩定，但他感覺到那股脆弱。他在默默等待時機，在那年剩餘的時間內繼續留在巴黎，次年也如法炮製。

巴克深知培養深仇大恨需要恐懼，就像火焰需要燃料，他感覺得到四周的恐懼漸增。或許這比任何事物讓巴黎感覺起來像家，像鳥歌莊園從未變成的家。在這裡他並非特例：每個人都感到害怕，許多人像他一樣充滿恨意——而在他們之中，巴克覺得自己高人一等。他們才剛開始認識那些他打從有記憶以來就深藏的情感。儘管相信人民權力日增的信念是以國王為代價，這份憂慮仍舊擴散至革命份子的所有階級。許多人在每道影子裡都看到敵人，在巴黎城牆內外皆然。馬拉（注2）這位煽動者寫了論調尖銳的小冊，倡導激進的手段：為了大眾好，應該整肅猶太人，清除掉他們破壞的一切。現在街坊有句諺語——為達目的，不擇手段。

年輕男人在他人生中首次感覺到自己是他所了解事物的部分，首次為和他一樣的人所環繞。他感覺到巨大的死亡逼近，而群眾都沒預見到死神正在等待時機。他抱著極大的期待等待它的降臨，激切地想觀看它會以何種形式現身。

一七九一年十二月，一場樓梯間的騷動將他驚醒。男人們穿著自製的國民衛隊制服，後者有象徵新國旗的色彩，他們破門而入。他遭到密告檢舉，卻從不知道是誰密報他。有人為尋求雅各賓派的支持而出賣他？或許是他的銀行家或房東？身為外國貴族，他輕易就成為懷疑目標。他們說他是間諜，將他帶到聖日爾曼德佩修道院（Abbey of Saint-Germain-des-Prés），那裡很離他的住處很近，然後他們告訴他，他會在那接受偵訊。

然而偵訊從未執行。他被安置在軍隊監獄地牢的牢房，就在老聖本鐸修道院地下深處，沒有窗戶或任何光源。剛開始時，他耐心等待，盡可能準備好抗辯說詞。一個守衛拿來麵包和水，有時還有其他一點食物，但從未露臉。一只碗從門縫下推入，沒有人回答任何問題，他被獨自留在那裡任由腐爛。也許革命份子間的階級已經改變，所以逮捕他的命令遭到遺忘。地牢完全漆黑，伸手不見五指。隨著時間演變，他變得不確定自己的眼睛是張開著還是閉著，或他的身體是在哪結束，而黑暗又是從何處開始。他只能安靜地坐在闃闇中。

他後來知道自己並非孤單一人，不可能存在的事物在那裡反而變得清晰可見。他相信已死的父親

注1 Louis XVI（一七五四年～一七九三年），為法國歷史上唯一被送上斷頭台處決的君主，其配偶為瑪麗・安東妮皇后。

注2 Marat（一七四三～一七九三年），法國著名活動家和政論家。

曾來拜訪他。他摸索著去床邊睡覺時，他母親——耐心等待著他的母親——匍匐著慢慢爬向他，以鬼魅般的手耙抓他的臉。他為了保護自己而全力反抗。時間以這種方式流逝，而他沒有可以測量的方法。

他從沉睡中被可怕的聲音驚醒，很快便察覺那是人類憤怒的高喊。他的門被砰地撞開，剎時湧進刺眼光線，他不得不用雙手遮住臉。無數個拳頭抓住他，將他身體舉高。他被扛到教堂前面的庭院，數百名觀眾在那聚集圍觀，下階層老百姓、革命份子和國民衛隊都聚集在此，而聖日爾曼德佩修道院的囚犯在光天化日下全被拖到庭院來。

他看見大批群眾擺動，到處都有頭從群眾中探出來，在砰然一聲後又沉到群眾當中。剛開始時，他被眼前景象搞得非常困惑，然後發現群眾正將囚犯踐踏致死。十幾個男人同時踩到一位被害者身上，抓著彼此的肩膀和腰以求平衡，然後彎腰和打直膝蓋做出上下跳動。囚犯的身體很快便承受不住，胸膛啪得裂開，頭骨被踩平，力量之大，使得眼球彈出滾過鵝卵石地面。在這片血腥的混亂下，沒有人能再分辨哪個身體部分原屬於哪裡。

越來越多人湧進庭院，直到恐慌爆發，扛著他出去的男人不得不放開他，才能擺脫其他人的魔掌。他在相互交戰的腿所形成的樹林間爬行，直到抵達籬笆。他看見兩塊木板間有著非常窄的縫隙，然後連自己都大吃一驚，他的身體竟然瘦得可以輕易鑽過去。

他以這種方式重獲自由。在木板的另一邊，不再有障礙將他和其他聚集在教堂周遭的乞丐區隔開來。他在塞納河（Seine）畔將自己洗淨，他認不得自己的倒影。不久後，他聽說一個廣為流傳的謠言，說被囚禁的外國人人數已經多到足以威脅巴黎公社，憤怒的暴民遭到煽動，鼓起膽子自行伸張正義。聖日爾曼德佩修道院只是許多這類場景中的一個例子。

在監禁期間，他等待已久的死神終於來到巴黎。他穿越城市時，看見堆得老高的屍體，他的手竟然搆不到最上面。數千人遭到大屠殺，混亂君臨天下。他在塞納河的另一邊，看見喝醉酒的男人強迫女人走到屍體堆上面跳舞和唱歌讚美共和國，當她拒絕時，刺刀會刺穿她的身體。現在是一七九二年九月，到處是繽紛秋葉。幾天前，國王被迫在皇宮被攻陷時逃離杜樂麗宮，但他現在跟家人一起被抓。人們在街道上唱著《一切都會好的》（*Ça Ira*），他從革命的第一年就學會這個曲調，但現在歌詞已被修改。他們以前會唱關於被壓迫者的正義，現在的歌詞卻是傳頌在燈柱上吊死貴族。所有人都得在帽子上配戴代表革命的三色帽章，那幾個顏色原本應該象徵自由、平等、博愛。他在出巴黎的半路上經過八角廣場，那裡原本是路易十五廣場，現在中央則屹立著一個奇怪的東西，就放在一個底座旁。那個底座上原本矗立著國王父親的騎馬英姿雕像，如今赫然轉變成他看到的第一個斷頭臺。劊子手沒辦法處理革命所需的大量斬首，所以有人為此發明一個機器。他拍手笑到不能自己，乾燥的嘴唇皸裂開來。

他赤著腳在北方遊蕩，他的外表引發驚慌，但沒人理會他。他沒有任何值錢之物。他在法蘭德斯（Flanders）找到幾位瑞典同胞，後者相信他的家世背景，借了他一點錢，他承諾會以三倍酬勞償還，然後他經由羅斯托克（注）返家，在那買了去卡爾斯克魯納的船的艙位。那年年底，他在暌違幾年後回

注 Rostock，位於現今德國北部。

到家鄉，外表變得非常老邁。

巴克回到光線中，眼睛似乎什麼也看不見，彷彿他的凝視往內轉向自己的回憶，從過去中拉出失去的意象。

「就是在那時我認識了丹尼爾・戴佛。當時我在尋找雪車載我回斯德哥爾摩，然後轉回鳥歌莊園，那是我剩下的唯一的家。我在路邊旅店找車伕，他剛巧就在那，也買了雪車上的座位，我們在旅程中開始攀談起來。你也知道，馬兒奮力往前邁進時，時間過得有多緩慢、多不舒適。你從未見過生氣蓬勃的他，溫格先生。我很遺憾你在拉德湖發現的遺體遠不足以和生前的他相比。他本人有某種光芒，彷彿他的靈魂從體內閃爍發光，讓他成為在世界上照耀他人的提燈。他的大眼是清澈的藍眸，有點往上揚，五官則形成完美的對稱。眼眸中同時閃著頑皮和無辜的光輝，既大膽又謙卑，就像父母不忍責罵或痛打的那種深受眷顧的孩子。我們剛認識時，他留著一頭長長的金色秀髮，用絲質緞帶在頸部束起，但時間一久，常常鬆脫在肩膀上。他微笑時露出兩排貝齒，上面一排完全平整，但在下面一排裡有顆牙齒稍微歪斜，彷若他的造物者擔心自己塑造之物會過度完美。他的身體瘦長勻稱，穿著量身定做、襯托身體完美比例的華服。他有演奏家的手，手指纖細修長，甚至連他的味道都很迷人，隱隱約約的花朵香味，而其他人則得灑大量香水來掩蓋體臭。

「跟他共度的時間就這樣飛逝，如此之快，我甚至希望時間能變得久一點。丹尼爾魅力十足、非常機敏，很健談又容易相處。他坐得離我很近，我說到他覺得有趣的事時，他會爆出大笑，手按在我膝蓋上，彷彿情不自禁。」

他打住話，再替自己倒了些水。

「你必須了解，溫格先生，我從未有過朋友。我的孤獨感比那更為深沉。我不記得有任何人注意到我，或出於純粹好奇而問我問題，所以我對丹尼爾猝不及防。我……毫無招架餘地。」

他將冷水一口喝光。

「我們抵達目的地時，丹尼爾提議在接下來幾天內擔任我的斯德哥爾摩導遊，但旅行把我累壞了，需要休息。他熟悉這個我只曾短暫見過的城市，而在其繁華的漩渦中，我只會迅速迷失。我沒有理由拒絕他的提議。」

他對自己點點頭。

「讓我告訴你某個特定夜晚的事，溫格先生。那晚有場化裝舞會，儘管不到一年前國王就是在這樣的場合裡遭到暗殺。男人們似乎以這種突兀對比為樂，他們不是那種會悼念古斯塔夫國王的人。他們全都戴著面具，但衣服卻洩漏了高貴出身和富裕背景。我和丹尼爾都不屬於這個圈子，但在丹尼爾設法為我們買到面具後，沒人注意到我們是陌生人，尤其因為舞會上有大量美酒。夜漸深沉，男士們繼續去進行其他消遣，我們也被拉著前往，結果抵達一棟單獨屹立的房子，它就位於穀物船才會走的水岸邊。一位皮膚黝黑的僕人上前歡迎我們，我們立即被領進裝飾繁複的房間。

「在那等待我們的是可怕的景象，溫格先生。我喝多了酒，剛開始看到早些沒注意到的面具時，對它們的栩栩如生十分訝異。有鼓起腫瘤變形的臉，扭曲成陌生形狀的頭，將穿戴者轉化成跛子和畸形的戲服。但很快地，我發現這些可憐蟲根本沒戴面具，那就是他們真實的形體，他們屬於供男士們娛樂和消遣的妓院。片刻後，無數個女人抵達，只在赤裸的身上披著薄紗。男人們很快便鬆開皮帶，任由衣服滑落地上。不久後，房間就陷入一片酒池肉林，男男女女以各種方式交媾。畸形跛子則在其間提供任何所需的服務，這場景令我噁心不已。我扯下面具時，丹尼爾讀出我臉上的表情。『我以為……令尊……』他這樣對我說，而直到很久以後我才明白他話中的含意。我們轉身離開。我認為沒有理由再拖延離開這座城市的日期，並做了必要準備。我請丹尼爾陪我去鳥歌莊園，因為我沒有僕人，而他的需求不大。」

「在那之後發生了什麼事，約翰尼斯？你發現他寫的信嗎？」

「我知道他在寫信，溫格先生，但我不覺得奇怪。我花了一陣子才想通他在寫給誰，以及為何而寫。他寫給利傑斯帕爾的信是以密碼寫成——這你一定知道——但他先用一般文字寫下，再根據密碼本翻譯成密碼。他一定是在沒有先檢查有無灰燼的情況下，打開臥室裡的石爐。那晚很冷，我晚些打開石爐以確保到早上都會有足夠的暖氣。灰燼中有一張捏皺的紙，他的初始版本。我忍不住讀了。」

「結果你的結論是？」

「丹尼爾．戴佛是個淘金男，溫格先生。他只想討好警察總監利傑斯帕爾，以求進一步平步青雲。我猜測，有人告訴他我即將抵達卡爾斯克魯納的情報，也許是從我在法蘭德斯認識的瑞典人那聽說的。他的密探任務就是調查港口，仔細觀察想從法國將革命散播到北方的可疑人物。他假設我是個參與革命的雅各賓派，現在要回到家鄉去散播這類思想，那是他為何跟我去鳥歌莊園的原因。他希望我會對他傾吐推翻君主制的計畫，那麼他就會得到破獲陰謀的榮譽。」

「你在讀了信後做了什麼？」

「我想起我母親。她扯掉長腳蚊的四肢，以此代替我父親，而丹尼爾不正像一隻長腳蚊般笨拙地飛入我的房子嗎？他不是理應得到相同的命運？我花了好幾個小時思考如何辦到此事。我母親將獵物放在窗台上任牠們慢慢死去，我需要為丹尼爾準備一個夠大的窗台，然後我想到基賽館，我們曾身處裸體的半人和畸形形體之中，直到那時我才察覺那個拜訪是特意安排。我記得丹尼爾不小心說出的話，突然對它的意義恍然大悟。他帶我去那，是因為他知道我父親是那裡的常客。丹尼爾猜想我也有相同的嗜好。在他心裡，一定想像著尊貴的古斯塔夫・阿道夫・巴克帶著長子去斯德哥爾摩，將廣受他的階級紳士歡迎的肉體歡愉介紹給他。我無法用言語形容這想法讓我感到多麼噁心，因此讓他在像我父親那類人的陪伴下在基賽館等死，對他而言，那是最恰當的結局。他們那種圈子會敞開雙臂歡迎丹尼爾，我會將他塑造成畸形人物。」

他瞇著眼睛看天花板透過來的狹窄光線，天光變微弱了。

「我不需要告訴你後來發生的事，溫格先生。你現在不知道的僅是些實際細節。我得為這類安排親自去斯德哥爾摩，並得確保丹尼爾不會在我回家前離開鳥歌莊園。我的第一站是受託人董事會，他們以為我早已死去。我跟他們要了一大筆錢，保證不會再踏入他們的門檻。我四處探詢，找到猶太人杜利茲，我現在付得起他的服務，透過他找到外科醫生學徒克里斯多佛・布利克斯，買了他的債務和性命。我從法國回來時，瑪格努斯是鳥歌莊園的唯一居民。牠是半野蠻的獵犬，記得我的氣味，並將它與餵食聯想在一起。我將牠綁在棚屋裡，而我也沒讓牠失望。」

溫格沉默了一會兒後才開口。

「你知道布利克斯寫下自己的所作所為，而那些信是讓我們追蹤到你的目擊紀錄。布利克斯扮演完他的角色後，發生了什麼事？」

「布利克斯連看到自己的影子都會發抖，為了自救，他願意做任何事。在他完成我要求的所有事後，我讓他自行逃進森林脫困。」

「如果你現在就準備好招認一切，為何要等到我們找到你，約翰尼斯？你早先為什麼不直接來找我？」

「我沒有犯罪證據，溫格先生，對我而言，最重要的事是我的自白不會被駁回。我在《號外郵報》裡讀到，你主導偵辦拉德湖屍體的案子，我確定你會找到我，因我犯下的罪行而逮捕我。」

惶惶不安導致溫格在問他一直想問的問題前，猶豫了一下。

「你現在為何招供，約翰尼斯？你的目的是什麼？」

巴克直盯著溫格的眼睛。在黯淡光線中，他大而黑的瞳孔在溫格看來，好像是沒有盡頭的兩潭深井，裡面只有憤怒的空蕩。

「我看過世界，開過眼界了，溫格先生。人類是愛撒謊的害獸，一群嗜血的狼，在權力掙扎中只想把對方撕成碎片。被奴隸的人不比他們的主子好到哪去，反而更軟弱。無辜的人只因為缺乏能力而擺脫罪責。在巴黎變成大屠殺的屠宰場前，每個人都高談著自由、平等、博愛，紛紛討論人權，現在在這也可以聽到同樣的聲音。我看見人權宣言一旦在斷頭臺使人們身首異處時，便束縛了被剝削的那些人。在這，市民和農夫也準備好要對貴族起義，而貴族是他們世世代代的壓迫者。你還記得嗎，溫格先生，一位貴族軍官在今年年初劃傷了一位商人後，城市警衛隊得將激動的暴民從城堡大門前驅離？革命那時近在眼前，現在仍是。我是這王國最顯赫家族之一的最後子孫，一位御前會議成員的長子。我會在下級法院挺身而出，招認我對丹尼爾所犯罪行的細節，而他是位平民，你會不容置疑地證明我的罪。人民將會起來反抗，高喊著要復仇。而在你將我判處極刑前，我早已觸發革命。就在我們說話的這當口，巴黎的街道上奔流著紅色鮮血，斷頭臺的刀子每天得磨利好幾次，才能解決沉重的負擔。我希望斯德哥爾摩也發生同樣的場景，排水溝的水流會變得鮮紅。我們之中存活的人越少越好，讓橋中之城因屍體而窒息吧，讓墓園被淹沒，讓四處只剩烏鴉。」

他咯咯輕笑起來。

「還有你，溫格先生。在狼的世界裡，你是例外。你是一個更為優秀的男人，卻出生在錯誤的時代。其他人只尋求私利，而你卻高舉正義和理性的大纛。我在《號外郵報》讀到你的名字，當我知道你是誰時，一切都豁然開朗。天意將你帶到我旅程結束的地方。你以總讓被告陳述他們的故事聞名，而我會訴說我的故事。至於之後會發生的事，你要負的責任將和我一樣多。」

55

瑟西爾．溫格沉睡了數小時後於星期二早晨醒來，房間冷冽，他的床單沉重無比，他仍舊因睡意而昏昏沉沉。起初他納悶是誰替自己蓋上一張未見過的毯子。那是條深栗色的毯子，不是他的白毯。當腦袋清醒後，他發覺自己搞錯了。那毯子是因沾了鮮血而染紅，血液則隨時間凝結而化為暗色外殼。他晚上開始咳嗽，無法停止，下巴和喉嚨都有紅色硬痂，肌膚慘白到近乎透明。他咳掉了多少血？

他把手指舉高到眼前，它們蒼白如骨，沒有感覺，就像腿一樣。他以不穩的腳步踉蹌下床，打破水壺裡的冰，將水倒入碗內。他將壺裡剩餘的水直接喝掉，極度的口渴反映流失體液的嚴重性，不免令人驚恐。得花點時間才能將一切清理乾淨。他的皮膚刺痛，準備就緒後，勉強挺著虛弱的身子迅速穿上衣服，走下樓去廚房，派一位女僕的兒子去為他叫馬車，載他回橋中之城的麥可．卡戴爾那裡。

現煮咖啡的蒸汽往上飄向小交易所的天花板橫樑。現在是清晨，好奇的早鳥、醉鬼和懊悔的人相互交談，後者在藉由一杯馬克杯的咖啡恢復生氣後，出發穿越巷子迷宮去上班。儘管溫格遲到了，他發現自己還是比卡戴爾早到。他沒有抱怨，只是靜靜等待，迷失在自己的思緒裡，直到卡戴爾壯碩的體型在入口投下陰影。他咚咚跺掉鞋子上的雪，像濕透的狗般猛力搖晃身軀。

「很抱歉。我剛才碰到我們親愛的朋友布隆，他正在黑衣修士巷裡蹣跚地從一棟建築走到另一棟。他說話如此毫無條理，我的良心無法允許自己放任他不管。我將他拖到他在英德貝杜的辦公室，好讓他在那睡到神智清醒，而不會凍死街頭。」

「他在慶祝什麼？」

「我想是正好相反。他口齒不清，難以聽懂，但我想他昨天收到一封有關烏霍姆的信，說他正從西方帶著整隊隨從過來，準備就任警察總監的新職位，搬進諾林的老房間，他明天就會抵達。布隆也許古怪，但他內心深處潛藏著正直的原則。他並不期待為詐欺犯工作，所以只能喝得爛醉。你呢，有查到什麼嗎？」

「約翰尼斯．巴克已經告訴我，怪物是如何創造而成的故事。我看過這類案例，尚．麥可，但鮮少如此條理清晰，鮮少看到受害者如何變成加害者的轉變過程，但我們還未結案，他故事裡有諸多說不通的矛盾。在再次探視他之前，我必須釐清某些疑點。」

卡戴爾的手掂著木拳的重量，心中閃過所有自己處理過的扭打和所造成的毀滅。他比任何人都清楚，溫格說的是事實。

「尚．麥可，我必須請你幫個忙。」

「你知道你只要開口就好。」

「在烏霍姆就任前，我需要多一點時間。至少一天。」

卡戴爾搔搔前額，一臉大惑不解。

「你是怕烏霍姆就任後會橫生枝節嗎?」

「我猜他會選擇障礙最少的那條道路,並解除諾林給予我的所有權力,宣布調查結束。他一旦知曉巴克的存在,就會釋放巴克,讓他重獲自由。不能發生這種事,巴克太危險了。」

「但即使是貴為警察總監,他還是有權限的吧?你為何不採取斷然措施,讓巴克馬上受審?烏霍姆要是想阻止審判,就會像個專制君主。」

溫格回望卡戴爾的眼神裡充滿敬意。

「我原本希望在正式逮捕他,和將他在下級法院的名單中登記有案在身前,能全盤了解其犯案動機。在這之後,我才能決定最好的審判對策是什麼。因此,尚·麥可,我需要再一天的時間。如果你能幫我這個忙,那我們就有希望。」

「希望?什麼希望?」

「我不想對你隱瞞任何事,但現在分秒必爭。目前我只能要求你要有耐心。」

「你倒是說說看,一個微不足道又剛愎自用的守夜人,是要如何阻止斯德哥爾摩的警察總監上任?」

「我不知道,尚·麥可,我在這方面幫不上忙。目前巴克的案子耗盡我所有資源,沒辦法再留任何資源給你。」

卡戴爾又搔搔頭,做個鬼臉,然後他坐著沒說話。他的手指重複敲著桌面,那是一種沒聽過的軍隊行進節奏。整整一分鐘後,他抬起頭和溫格四目交接。

「如果你需要我幫這個忙,我會想辦法的。就一天。」

他在長椅上轉身，揮舞木頭手臂。

「女孩！拿走這些馬克杯，給我點白蘭地。麥可．卡戴爾需要些東西幫助他思考，越快越好。」

溫格離開卡戴爾，穿過巷子朝焦土而去，半蹲著逆風前進。他將手帕按在嘴上，試圖讓呼吸變得淺促平緩。他慢慢重新恢復對身體的控制力，在穿越廣場前，攫起一把白雪揉搓他的臉。

56

安娜．史提納曾走上山丘到老廣場和市場好幾次，路上總會在神父街街角看到一位乞丐。他總是坐在兩塊木頭綁成的木凳上，膝蓋以上則展示著用來乞討的畸形身軀。他的雙手扭曲變形，走過的人不是停下腳步目瞪口呆，就是快步走到排水溝，不願靠近細看。

那不是火災造成的傷害，而像是有某樣東西將他的肌肉融化成蠟，重塑成古怪的新形狀，然後凝固。手指的組織看起來好像融化流掉，只剩下沒有指甲的指尖和一層薄到不足以蓋住骨頭的皮膚。手掌和手背上有奇怪的圖案，凹陷又鼓起。皮膚沒有顏色，平滑得幾乎像新生兒。

她會對他問那個問題的，但她發現乞丐並沒有整天坐在那，她得枯等，而在天氣寒冷到令人難以忍受時，她試圖跺步驅趕身體的寒意。他最後在腋下夾個小標語出現，雙手用布包紮起來。她給他時間擺設攤位坐下，他溫柔地拆開布，露出傷痕累累的手，供其他人和落雪觀賞。她看見他的手如同記憶中的模樣時，呼吸變得急促。她走近，拿出早餐省下來的麵包。他對這份慷慨困惑地眨眨眼，在看見是誰給他時，更是驚訝。

「上帝祝福妳，我的孩子，但我做了什麼值得這份禮物？」

「告訴我，你的手出了什麼事？」

他幾乎是鬆口氣，微笑起來。

「那是個我說了很多次的故事。很多時候我的報酬還得不到這點麵包。你去過克拉拉湖嗎，女孩？」

她點點頭。

「那妳一定聞過某種特定的味道，那不是來自水裡腐爛的東西，或是陸地上的垃圾。我在那的一間工廠裡當學徒。他們製造肥皂，有給窮人在聖誕節洗澡用的，也有給貴族女人在早上盥洗用的。製造方式都一樣，不同處在於香味的差異。但在變香之前有股臭味，那是來自動物屍體，你得融化牠們取得油脂。後者再與其他元素混合，靜置固定，在你能數到十之前，肥皂便會變得清澈得可以使用。我是位年輕用功的學徒，在混合鉀鹼和石灰時太過投入，結果劑量變得太強，白色粉末噴到我雙手上，當下我想都沒想，連忙將手伸到水裡清洗乾淨。我聽到師傅大叫著警告我，但為時已晚。那就好像是我把雙手放入沸騰的油中，白粉在水中滋滋燃燒，妳瞧，將皮膚吞噬殆盡。這就是我怎麼會變成妳今天看到的模樣。他們可憐我，自那之後讓我掃地，但我力不從心，賺的錢不夠過活。」

安娜慢慢消化這些字眼，暗自思索著。

「那感覺如何？」

他放聲大笑。

「感覺起來像事先偷偷淺嚐一下地獄的滋味，而我一定會下地獄的，小女孩。」

他看見她還不滿足時，便改以更嚴肅的腔調繼續說。

「我從未有過更慘烈的經驗。我師傅將我手上的羊毛衣料扳開，拂掉變成一團發泡物的白粉時，感覺起來像皮膚從手上活生生被剝離。他叫人拿檸檬過來，說檸檬汁會舒緩疼痛，也許他是對的，但疼痛持續了好幾天，彷若我使盡力氣擠壓熱煤塊。」

他回憶時吐口口水。他抬頭看，好心情消失殆盡。

「嗯，妳還想問別的事嗎？我現在全回想起來了，我不認為這點麵包值得這些故事。」

「你能再製造那種白粉嗎？那種燃燒肌膚的白粉？我會付你錢。」

他們花不到半個小時就離開橋中之城，也許那是地勢造成的幻覺，但在安娜看來，克拉拉湖畔的建築彷彿歪斜著俯向湖面，好像沼澤地已無法承受房子的重量。他們得等到太陽下山，大家收工。工人們一個個或一小群一小群離開工作坊外結冰的地面。她可以聽見有著畸形手的男人低聲數著工人的數字，直到確定每個人都離開為止。他憂慮地環顧四望，然後比個手勢要她跟上。

他們繞過建築朝土地的那一面，滑下湖畔到結冰處。房子在靠湖的那一側以樁子支撐，屋腳高到普通人可以彎腰或從底下爬過。乞丐成功抵達上面的木板，在腳丫不斷滑跤時輕聲咒罵。但他找到要找的洞，洞大到足以讓手和手臂穿過去拉門閂。暗門下有一堆結凍的垃圾，安娜猜想在每早掃地時，這門會打開，浮渣會被整個傾倒入湖中。她的同伴用手勢要她噤聲，他輕輕打開門抬頭看，另一隻空出來的手則摀住嘴，這樣他吐出來的蒸汽才不會被看見。他靜站半晌後才將自己拉上地板，安娜則等他做出手勢後跟上。

57

卡戴爾揮舞健康的那隻手臂好讓血液流至凍僵的指尖，並在原地跳上跳下以保持溫暖。他已經在低矮房子外的庭院裡等了超過半個小時。拒絕讓來路不明的男人跨過門檻的女僕——尤其是像卡戴爾這種男人——逼他在外面等到女主人整裝就緒。當他要求女僕給點驅寒的東西時，她大聲哼了一聲，當著他的面砰地甩上門。他受夠這樣枯等了，每次抬頭看卡塔琳娜教區的時鐘——他將一隻腳丫踩在砧板上保持平衡後，就可以從磚瓦屋頂的脊線上看到——他都相信時鐘已經結冰，指針不再動了。終於，那扇門再次打開，女僕悶悶不樂的圓臉在縫隙間出現。

「如果你想的話，現在可以進來前廳喝杯熱啤酒。我的女主人會馬上見你。」

喝點熱酒的點子足以讓卡戴爾趕走任何報復的念頭。他從肩膀上拍掉雪花，在走進屋內時小心跺跺靴子。房子飄盪著現烤麵包的香味，外套和圍巾掛起來後，他感覺到火爐的熱氣開始融化凍僵的襯衫，他嘆了口感激萬分的氣。

房子的女主人在廚房後一間照明頗差的房間內等候。佛洛曼寡婦（Widow Fröman）從裙襬到無邊帽仍舊是一身黑，儘管她先生已過世數年之久。她一定快六十歲了。在他印象中，這對夫妻沒有小孩，致使她對逝去丈夫的哀傷在這房裡盤旋，久久不去。儘管房間大小適中，坐在火爐旁的寡婦卻令人畏懼，她的背挺得像撥火棒。卡戴爾在她冷峻的臉上沒看到任何自怨自艾的跡象，只有一種沉靜的威嚴。她的表情告訴這個令人傷心的世界，她準備好挺身以同樣的方法回應。卡戴爾那個從不對砲兵軍官彎下一吋的脖子，現在卻自動對著地板低下頭，然後他清清喉嚨。

「日安。」

他有種佛洛曼太太不用移動眼光，就能從頭到腳看透他的感覺，而她也能一眼讀到所需要知道的一切。她靜默片刻後才回答。

「他們告訴我你叫卡戴爾，是位守夜人。我想像不出你會有什麼事要和我討論。你現在會在這裡，而不是被趕出門的唯一理由，是因為我的人生極度缺乏驚喜。所以，你為什麼來找我？」

卡戴爾感到原本非常冰冷的耳朵突然因熱氣而發熱起來，他不舒服地蠕動身軀。他察覺自己誤判老女人的堅定凝視。她其實是位瞎子。他的眼睛適應黑暗後，看見對方的眼睛覆蓋著一層乳白色薄膜。他不自由主地打哆嗦，試圖找尋正確字眼。

「很抱歉我不請自來，我非常遺憾您丈夫的英年早逝……」

她舉起手，他立刻住嘴。

「噓，守夜人。喜鵲在呱呱鳴叫，而不是試圖唱小夜曲時最為稱職。亞納・佛洛曼是卡塔琳娜教區牧師——希望他安息——已經逝世好幾年了，儘管他的屍體一定是泡滿白蘭地，任何敢挖得靠近他棺材一呎之內的蟲子必定當場死亡。我仍為此感到哀傷是因為個性始然，而不是為了我們神聖的牧師。打開天窗說亮話吧，守夜人，你最好不要畏首畏尾，直接說明你的來意。」

卡戴爾點頭後才記起她看不見。他在內心搜尋勇氣，很意外地發現它其實存在。

「在我看來，佛洛曼牧師生前如此顯赫，您在此卻過得很拮据。」

他看見她對此話的反應是有點畏縮，然後再重新恢復鎮定後非常滿意，於是他快快講下去。

「告訴我，您也許認得烏霍姆這個姓氏？馬格諾是他的名字。」

他感覺到室內剎時起了變化，就像從破裂的玻璃刮來一陣穿堂風般清晰有感。她回答時嘲諷的尖酸暗示全都消失。

「是的。我記得馬格諾．烏霍姆。」

「據說烏霍姆幾年前捲走教會的寡婦基金潛逃挪威，也許這包括了在您丈夫過世後能對您有所幫助的錢，佛洛曼太太。」

卡戴爾原本納悶，已經坐得那麼直的人是否可以坐得更挺直，但發現如果有人辦得到，非佛洛曼太太莫屬。

「你不需要提醒我烏霍姆是誰，或他做過什麼好事。我很清楚。」

「我確定一定有人和您遭受相同的遭遇，佛洛曼太太，她們也一定還記得烏霍姆的名字。多虧他的所作所為，她們的兒孫可能被剝奪了衣食無虞的童年。我想您應該知道她們全體的名字。」

「的確。」

「告訴我，佛洛曼太太，作為一位敬畏上帝的男人的妻子那麼多年，您可還記得『以眼還眼，以牙還牙』這個聖經諺語？」

佛洛曼太太的嘴唇往後拉，露出一排尖牙。他一會兒後才察覺她是在微笑。

58

北方廣場杳無一人，白雪形成的毯子覆蓋其上。廣場中央屹立著古斯塔夫・阿道夫二世的雕像，彷彿尚未完成，仍舊包裹和隱藏在結凍的布幔之下，等待著已遲到兩年的揭幕儀式。據說那會是王國裡的第一座騎馬雕像。溫格在它跟前駐足，研究那沒有形狀的模樣，一個鬼魅般的輪廓在廣場上方威脅似的若隱若現，宛如它屬於約翰尼斯・巴克想在橋中之城放手任其肆虐的死神。溫格的右手邊是索菲亞・阿爾貝蒂娜公主（注）皇宮，左手邊則是歌劇院，建築幾乎一模一樣，一棟被蒼白的早晨陽光照亮，另一棟則留在陰影中。他又徘徊了半晌，目光在兩者間快速游移，然後轉身走過監獄大門。他抵達正確的門時，有人替他開了門。溫格在踏過門檻時被迫得靠著門柱穩定一下自己。那不是約翰尼斯・巴克的牢房。

這間牢房只在幾扇門遠處，除了住客不同外，和巴克的牢房無任何區別。在門被拉開時，囚犯身子往後靠，溫格悠然進房。

「老天爺，你是怎麼回事？你看起來像個幽魂，和活著的骷髏沒有兩樣。你嚇壞我了。難道是死神找上我了嗎？」

「你不必怕我。恰好相反，我名叫瑟西爾・溫格，代表警方。那是說，以某種方式來說，儘管這次我來找你時沒有得到他們的授權。」

「我以前看過你。你那張蒼白的臉曾走過我門前，每次我都以為是顆骷髏頭飄過。」

「我可以坐下來嗎？我的腿不像以前那麼有力了。」

那個原本匆匆爬上位於牢房遠端角落床上的男人聳聳肩。溫格在凳子上坐下，它與巴克床邊的那張如出一轍。他更仔細瞧了瞧被判處極刑的男人，那是一位長相普通的平凡男子，隱沒在一天未刮的鬍渣之下。他穿著儉樸的亞麻襯衫，沾上在牢房裡度日的髒污，磨損的皮製及膝馬褲沒在膝蓋處繫緊，他包著毯子和棕色外套。溫格等到喘過氣來後才又開口說話。

「你叫羅倫茲．約翰森（Lorentz Johansson），是吧？」

「那不是祕密。」

「你的職業是？」

「我是桶子工人。」

「明天車子會來載你去漢莫比的絞刑架。」

那男人嘆口氣，聳聳肩。

「沒錯。賀斯大師會砍掉我的頭，我只能希望他今晚能清醒到將刀子磨利，明天能腦袋清楚的一刀就命中目標。」

「牧師來過了嗎？」

注 Pricess Sofia Albertina（一七五三～一八二九年），瑞典國王阿道夫．腓特烈的女兒，終身未婚，最後擔任女修道院院長。

「是的，他來早了。該死，他穿得很華麗。你不用比我聰明也猜得到他在星期五晚上有更愉快的事可做，只是半路順道繞來這裡。他才剛將我罪惡的靈魂交給來世沒多久後就匆匆離去。我聽到他在經過我窗下時哼著歌，他要去皇家花園。」

「你想告訴我，你為何淪落至此嗎？」

「這不是公開的祕密嗎？我還能說什麼？」

「我想聽你自己說，麻煩你。」

約翰森再次聳肩。

「當然可以。我的故事很短，牢裡的時間倒也過得很慢。我殺了我的妻子，溫格先生，就是這麼簡單。我們的婚姻隨著時間流逝，越來越不快樂。那晚我喝了一點酒，我們倆又開始吵那個老是吵不完的架，然後我失去理智。」

「你有小孩嗎？」

「全在一歲前夭折。」

溫格點點頭，若有所思。

「我認為謀殺犯中可區分出預謀犯案和一時失去理智的差別。羅倫茲・約翰森，你對這點有何看法？」

「我不懂你的意思。」

「我認為一個在既定情境中犯罪的人，在另一種情境下不一定會這麼做。如果你妻子是你素未謀面的陌生人，你還會殺害她嗎？」

「那樣的話，我為何要殺害她？如果當初她夠聰明，嫁了一個更好的男人，她今天就還會活著，我也會像鳥兒一般自由。」

「你後悔嗎？」

約翰森想了一下。

「她是個令人痛恨的女人，溫格先生，總是吵來吵去、爭論不休。我隨著時日變得越來越憎恨她，但我也愛她。然而我後悔犯下此案並無法改變任何事實，我會在斷頭臺和賀斯大師磨不利的鋼鐵間為我的罪行付出代價，就這麼簡單。如果我的死能讓她起死回生，我會很快樂，但世界不是依照這種法則運轉的。」

溫格盯著約翰森良久。

「你很會做桶子嗎，羅倫茲．約翰森？」

「我是最棒的工匠之一。再一年就要變成市民了，或不到一年。」

「倘若你能在單身和死亡間做選擇，你會選哪個？」

59

肥皂工廠安靜無聲，一切靜止，黑暗滿溢著一種不盡然是腐敗，更像是種甜得發膩的嗆味。安娜感到那股原本慣於熙熙攘攘的地方，突然被棄置時輕易展現的不安氛圍。她的眼睛慢慢適應黑暗，乞丐輕鬆地在桶子和水桶間移動。木頭牆壁蓋法簡易，拼湊粗糙，安娜可以從身後瞥見落日的最後紅色餘暉。她聽見他在幢幢影子間移動，身形或隱或現。她跟著他走過房間到一間滿是燒瓶的儲藏室，他在那裡止步，挑了兩個燒瓶，將它們拿到一張污漬處處的桌子上，在那又找到一個漏斗和小瓶子。他伸手去拿掛在掛勾上的粗皮手套套上，從兩個燒瓶裡取出粉末。他封住瓶子，然後轉身。

「妳看過我的手，聽過我的故事。我不需提醒妳那些粉末有多危險吧。要像對待裝瓶的撒旦般，小心處理這個。」

他將瓶子遞給她，但在她伸出手時，又縮回去。

「要付我的錢呢？」

安娜伸手到裙子的襯裡找一塊布，她用那塊布包了所有從惡棍酒客那賺來的小費。她在右手掌上慢慢將小包打開，這樣他就能看到所有銅板。他嘆口氣，搖搖頭。

「那並不多。妳不知道要將一磅木頭燒成灰需要多少柴薪嗎？還有載木頭車伕、人員和將木頭拖上這裡砍好準備進火爐燒的人，總共耗費的勞力嗎？那點錢還不夠支付所有的勞力。」

「我還有這個。」

安娜遞出一個瓶子，裡面裝滿收集自酒客杯底的強勁白蘭地。乞丐大笑。

「我不會拒絕好酒，但我可以用妳想買的東西賣到很多錢，再用那些錢買好幾瓶妳現在拿著的酒。」

他打住話思考起來。她看不清他的臉，無法讀出他在想什麼。

「妳究竟要那些粉末做什麼？」

她遲疑了，但也厭倦謊言和佯裝，看不出說出實話有什麼損失。

「我要自己毀容，這樣就沒人能再認得我。」

她感覺到他的驚詫，他片刻後才又開口。

「但我的女孩，妳為什麼要那樣做？」

「那是個很長的故事，而且那不關你的事，你只要知道這攸關生死就好。」

她想道，不只攸關我的生死。乞丐開始在地板上前後踱步，他的呼吸變快，不斷揉搓畸形的手。最後他停下腳步，再次轉向她。

「妳很美，我的女孩，虛擲這樣的美貌是違背自然，而且還是靠著我的協助。妳所有的錢不夠付我要給的東西。讓我展現對妳美貌的最後一次欣賞，然後我們就扯平了。那裡有幾堆麻布，雖然不多，但可以當我們今晚的床。」

安娜整個人猛然僵住，沉默使乞丐不安，將重心從一腳換到另一腳。她感覺到他的羞恥心還不夠強烈到可以克服飢渴色欲。

「我真的不是那種男人，妳懂的，但在這種情況下……」

她伸出手。

「在我給你費用前，你至少會先把我的貨品給我吧？」

他聳聳肩，將瓶子遞給她。她掂掂重量，重量微不足道，卻有如此殘忍的力量。她打開軟木塞聞聞，沒有味道。她點點頭，達成交易。乞丐開始將麻布袋鋪在地板上，準備他們倆的床，她站著沒動。他覺得滿意後示意她已經準備好，邀請她躺下。她搖搖頭。

「你先，我要在上面。」

他回應她一個色咪咪的微笑，鬆開及膝馬褲，仰躺在麻布袋上，扯掉外套，將襯衫拉過頭脫下。他的身體瘦骨嶙峋，渾身髒兮兮。他舉起畸形的手，做出擁抱的歡迎姿勢，她猛然將瓶子朝下，把粉末倒得他一身都是。他的驚訝很快轉為憤怒，接著發出嘲諷的大笑。

「我不是跟妳說過，粉末要調水才會造成傷害，妳這愚蠢的小妓女？妳這樣只會提高我要收的費用而已。」

她拔出白蘭地酒瓶的蓋子，將酒倒在他身上。房間立刻瀰漫著肌肉灼傷的強烈味道，臭氣燻天的白色煙霧從他身上騰騰升起，胸膛、腹部和臉的皮膚冒起大小泡泡，扭曲成怪異的嶄新形狀。她不知道他在自己的尖叫之外，是否有聽到她的低語，但她還是說了。

「這只是你先行品嚐將要下的地獄滋味。」

她離開他，走原路回去。她搖搖小瓶粉末，確定剩下的還夠。

60

惡棍酒館後方的內庭空蕩無人。剛下的雪仍舊是雪白，而非暗黃，彷彿只要等通往外屋的路徑不再需要時，就可以轉為深黃。安娜將最上端的雪塞進碗裡時，細雪窸窣作響，然後她在火爐上將雪融化。她將水倒到粉末上，混合物在碗裡沸騰了一會兒，房間裡滿是嗆鼻怪味，但後來就安定下來。這液體為何能在平凡的外表下擁有這類可怕力量，實在難以理解。

她從廚房拿來一塊肉，那是從掛在天花板上的乾火腿切下來的一小條肉。她將它丟進碗裡，結果沒讓她失望。那塊肉開始像貓兒般嘶嘶作響，看不見的牙齒和利爪從四面八方攻擊那塊肉，拉了又扯，吞噬著它又沒洩漏是消失去哪。它冒著煙和泡泡，等煙霧消散後，彷彿什麼事都沒發生過。那塊肉消失得毫無痕跡。

但安娜仍舊遲疑。她傾身向前，液體表面的另一邊形成一個上下顛倒的世界，另一個和她一模一樣的女孩回瞪著她。安娜的呼吸讓液體表面輕輕掀起漣漪，扭曲了倒影。她閉上眼睛，深吸口氣。

* * *

寒冷的空氣撕扯麥可·卡戴爾的脖子和鼻子，但他很高興能離開佛洛曼寡婦那個發霉的房間。那場會面比他預期得還要成功，現在一切都啟動了。她聽到馬格諾·烏霍姆和他要返回斯德哥爾摩的消息後，馬上年輕了好幾歲，舊恨點燃了她的生命之火，刺激她的嗜血精力。卡戴爾才剛離開房子，女僕和小廝就衝過他身邊，跑過冰冷的雪地，並像他一樣在逃離佛洛曼太太看不見的凝視後，鬆口大氣。他需要一些白蘭地將寡婦的影像沖出腦海，於是在抵達閘門前於廣場小歇片刻。他在那坐了一個小時左右，決定去看看橋中之城能否提供更好的美酒。他審視可供選擇的酒館時，想起一項未完成的任務，便左轉入五金廣場，朝惡棍酒館走去。

卡戴爾一上前，馬上就看到卡勒·圖利普露出認出他的眼神，後者舉起雙手以示抱歉。卡戴爾在帽沿下搔搔自己，一臉悶悶不樂。

「羅薇莎·烏利卡小姐還是不在嗎？」

圖利普點點頭。

「沒錯，就是這樣，我只能說我很遺憾。你能坐下來喝一杯，好緩和這份失望嗎？」

有事不對勁，卡戴爾瞇起眼睛。

「我看顧客要開始上門了，如果女孩在幫你工作，我不懂她怎麼會不在酒館裡？」

「她……羅薇莎不舒服，她發燒回家，我不忍心把她從房間裡叫出來。」

「噢，所以她現在在家，對吧？也許我的運氣會比你好。」

卡戴爾開始走向櫃台後的樓梯。

「你瘋了嗎，男人？你不可以不請自入。你喝醉了，我從這裡就聞得到你的酒氣。馬上離開，不然我叫警察過來把你抓到牢房裡去冷靜冷靜。」

卡戴爾像推開一群蚊子般，輕鬆將他推開。

「別擋我的路，該死！」

安娜聽到樓梯傳來的騷動，聽到卡勒．圖利普的無效抗議，察覺到遲疑已經讓機會溜出她的手。現在一切都完了。她原本努力掙來和唾手可得的機會一去不復返。她想尖叫，但嘴唇只能逸出一聲嗚咽。

她用顫抖的雙手舉起碗，躲在緊閉的門後，準備在守夜人跨過門檻時，將整個石灰水倒到他身上。

卡戴爾擁有自己也不確定如何擁有的第六感，那可能是在他活在死神陰影下的那些年間所獲得的某種能力。儘管他醉醺醺，腦海中如一片茫茫迷霧，仍舊感覺得到逐漸逼近的危險，一看見角落有個黑影，立即本能彎下腰，將木頭義肢架在臉前面。碗在義肢上打破，他聽到衣服和木頭的嘶嘶聲，出於純粹的求生本能，便將衣服快速從身上扯下，撕開縫線，好在他速度夠快。

翻騰蒸汽讓他眼眶泛淚。他沒有任何痛感，相信自己毫髮無傷。他站在那眨著眼，困惑地想搞清發生了什麼事時，一個纖細的身影從他伸出的右臂下鑽過，衝下樓梯。卡戴爾在追逐中第二次將圖利普推開。

安娜不知道為什麼，但她轉左而非往右，結果進入廚房，那裡小小的窗戶無法供她逃脫。這裡只有另一種逃走的方式，她在廚房遠遠的角落裡等他，而他沒有讓她等太久。

卡戴爾繞過角落，看見她的臉，那種表情他太熟悉了。他在戰爭中見過無數這種表情，深深烙印在他記憶中。有些人在希望變得太過痛苦、存活機率變得渺茫時會露出這種表情。那時他們反而是自願放棄，投入死神懷抱。也許他們在最後時刻體會過一點點滿足感，曾感到自己重新恢復對命運的控制，而他們付出的代價是性命。

那女孩用雙手握著一把刀。他大喊時她置若罔聞。卡戴爾看見她把刀峰轉向自己的咽喉，緊閉眼睛，將刀用力刺向赤裸的皮膚。

61

「你今天來得很晚，已經是晚上了。你看起來臉色好蒼白，溫格先生。」

「我最近睡不好。」

「我最不想做的事是危害你的健康。你要不要叫警衛拿毯子和一些咖啡過來？」

溫格揮手表示不必，那動作稍微有點費力。他在凳子上坐下，和牢房裡的約翰尼斯．巴克相伴。

「從我上次來訪後，達成了三件事，約翰尼斯。第一是我確定你沒有告訴我所有的事實。」

巴克瞇起眼睛，但在等待答案時沒有吭聲。

「你故事裡的幾個細節在我聽來不像是真的。你說是在知道我的名字後，你才察覺你的自白會有什麼樣的效果。那時你的罪行已成既成事實。丹尼爾殘缺不全，溘然死去。這讓我追查你為何以這種方式對待他的理由，我的本能告訴我，你有個人動機，而讓他飽受折磨是你的目標。這類仇恨的種子一定是在其他感情裡播的種。」

巴克以嘶聲回答。

「那又有什麼差別？覆水難收。」

溫格搖搖頭。

「我的野心是了解所辦罪案的動機。我在我們最後一次會面時聽到的話，讓現在的我能更了解你，約翰尼斯。我帶著滿腹疑問出發前往焦地，就這麼巧，我最後查到一位車伕，他記得去年春天曾從卡爾斯克魯納載兩位年輕男人到斯德哥爾摩。他的故事在細節上和你的有根本上的不同。你們沒有分擔車資，約翰尼斯，你付了兩個人的費用。那位車伕告訴我，他聽到你們之間的親暱對話，而兩位剛認識的人不可能那麼快就如此親近。當他抵達斯德哥爾摩時，你先下車，他看見丹尼爾握住你的手，並牽著你離開。」

巴克選擇閉上眼睛，不肯和溫格四目相交。

「我相信你的教養方式塑造了你，約翰尼斯，就像整天從事工藝的手會長繭一樣。我想你的孩提時代逼你型塑出一層厚厚的殼，我也相信丹尼爾改變了那些。我猜你曾在很短的一段時間內，轉變成不像你現今描述得如此栩栩如生的怪物，而這也注定了丹尼爾．戴佛的命運。」

巴克沒有回應。

「還有另外一件事，約翰尼斯，我不知道你自己知不知道。當你講到丹尼爾時，你不會口吃。」

巴克轉向他。

「你想說什麼？」

「那是愛嗎，約翰尼斯？你愛他嗎？」

「那會讓你驚訝嗎？倘若一個怪物發現自己內心深藏著這類感情的話？儘管他的人生已經過了如此多的時間？」

「不，一點也不。」

「你愛過人嗎，溫格先生？」

「有的。」

「那麼或許你就能了解，對一個從不知道其存在的人而言，愛情是什麼滋味了。我不是個特別的人，不像你，世界從未有理由對我展現情感。我過往的人生讓我完全有理由來回應人類展示給我的相同嫌惡——直到，那是說，我以為丹尼爾回應我愛情為止。」

他頓時打住話。

「丹尼爾如此隨和，如此親切，最小的事物都會讓他爆笑出聲。對我而言，他是個陌生的精靈，從更高的領域下到凡間，來祝福我們這些平凡的人類。有時候，當我們彼此傾吐祕密時，他會緊緊握住我的手，彷彿那是世界上最自然的事。他會用雙手溫柔地握住我的手，有時候會按在他胸膛，我可以感覺到他的心跳。」

巴克的嘴扭曲成苦臉。他轉身，好像要在黑影裡尋求慰藉。

「我們從斯德哥爾摩回到鳥歌莊園，當時樹上繽紛繁花盛開，宅邸老舊殘破。在我自法國傳來的消息斷絕後，那些受託人可沒浪費任何時間就奪走我的遺產，將宅邸用木板封起來，但大自然以樹葉做成的花圈和香花花束來熱烈歡迎我們回家。在食品儲藏室裡還有足以飽腹的存貨，灌木長滿豐盛的莓果。丹尼爾和我形影不離，總是處於最佳心情，至少曾有一度是如此。」

「直到你發現他的信。」

「是的。結果原來那全都是要騙取我信任的詭計，用來促進他自身的利益。如果他確認了任何一項懷疑，便會毫不猶豫地將我出賣給利傑斯帕爾。」

巴克深吸了口氣，溫格瞥見他在面臨痛苦記憶時展現的那股強大自制，不禁打個冷顫。巴克張開眼睛，轉身再次面對溫格。

「你是個聰明的人，我真傻，竟然以為我能對你隱瞞任何事。現在你知道我的祕密了。出於羞恥，我選擇靜默不語。不是為了愛，而是出自我竟然那麼容易受騙的羞恥。但我的意圖仍舊不變，當你讓我在審判中暢所欲言時，斯德哥爾摩會發生一場大屠殺，使第一場（注）在相較之下黯然失色。這點不會改變。」

「我提到自從我們上一次會面後，我完成了三項成就。也許第二項可以改變你的意圖。」

溫格搜尋外套口袋，拿出薄薄的一捆紙。他將紙打開，伸到巴克面前。巴克的五官滿是疑問，讓紙掛在他們之間。

「這是什麼？」

「我和車伕談過後，回到英德貝杜的儲藏室。在那，我朋友和我找到一些信，它們指引我們找到鳥歌莊園。那些信是丹尼爾寫的，而且都沒有拆封。我想知道信的內容，花了許多時間嘗試破解密碼，最後我成功了。」

「我已經知道他對雅各賓陰謀的瘋狂幻想。這封信又會造成什麼不同？」

「首先是日期。你在鳥歌莊園的灰燼中發現的信不是他最後寫的信。我昨晚讀了他寄自鳥歌莊園的最後一封信。就是這封。」

一道幽暗陰影閃過巴克的臉龐，他打個哆嗦，好似剛有人走過他的墳墓。

「這裡未曾提及任何陰謀，丹尼爾正式提出辭呈。他寫說，你沒做所有你被懷疑的事，你是無辜的。他寫說，他已經找到彼此相知相惜的愛情。這就是他寫的信，我附上他的密碼本和草稿，你自己好好讀一讀。」

如骨頭般慘白的手伸出，將信小心翼翼地從溫格手中攫走，彷彿最輕微的接觸都會讓紙張分解成細碎塵土。在牢房的黑暗中，約翰尼斯．巴克的淚水潺潺流下顫抖的紙張，將墨水變成黑色細流。溫格等著聽聞靈魂被撕成碎片的哀嚎，卻只聽見低聲啜泣。他轉身讓時間慢慢流逝，然後才又開始說。

「只要你有耐心確認事實，你原本是可以得到快樂的，約翰尼斯。你愛丹尼爾，他也愛你。一條無辜的生命卻以如此可怕的方式結束。在那些你口口聲聲說你如此痛恨、只想為他們帶來毀滅的人之中，有其他像他的人，他們都像丹尼爾一樣，值得得到生命和快樂。這就將我們帶到我說的第三項成就了，我有個提議。」

注 指一五二〇年丹麥軍隊進入斯德哥爾摩進行大屠殺的慘案。

62

安娜．史提納．卡那普驚訝於死亡根本毫無感覺，她張開眼睛時，發現自己還活著。她的雙臂仍舊交叉顫抖，試圖將刀插進咽喉，但卡戴爾——體型壯碩卻沒料到速度如此之快——用右手握住刀峰，用力抓到指關節泛白。他因用力而頻頻喘氣，但無法將刀子從她手中搶走。他咬著牙說話。

「看在老天的份上，妳把刀子丟掉好嗎？我沒有要傷害妳。我是來談克里斯多佛．布利克斯的事的。」

她顫抖的肌肉頓時失去所有力氣，鬆開刀子。卡戴爾讓刀子掉落地上，握拳止血。

安娜洗乾淨他的手和用破布包紮傷口時，他告訴她他的故事，她則告訴他她的。卡戴爾靜靜聽著，胸膛裡的心臟扭緊。

「老天，我的女孩，我從來沒為放棄守夜人的職務而如此開心過。」

他轉頭吐口口水。

「那克里斯多佛．布利克斯呢？他在自殺前騙了妳，妳仍舊在生他的氣嗎？」

安娜搖搖頭。

「剛開始時我是的。他曾承諾要幫我解決這個在違背我意志下受孕的胎兒，我也以為那是他最想做的事。我開始喝他的藥汁時，孩子很安靜，動都沒動，現在我每天都感覺得到胎動。我原本覺得不可能在愛孩子的同時又恨他的父親，但我現在更了解母性了。每次我的意志開始動搖，便會發現自己將雙手按在肚子上尋找它的心跳。他救了孩子一命，也救了我一命。現在的我只有感激，很遺憾他不能在這讓我當面感謝他。」

卡戴爾若有所思地點點頭。

「妳說的我幾乎一無所知，但很高興布利克斯在如此悲劇性的人生接近尾聲時，仍能有所成就。我從未見過他，但他寫的信打動了我。沒有他的話，我和我朋友將無法破案，我們也該感謝他。」

「你今天為何來此？你有什麼事找我？他只是我名義上的丈夫，但除了我剛告訴你的，我對克里斯多佛・布利克斯幾乎毫無所知。他是在違背我的意願下，大力協助過我的陌生人。」

「我帶來遲來的結婚禮物。布利克斯在牌戲中被騙了一筆可觀的錢，那是他壞運連連的開端。我剛巧碰上其中一個騙子，在給他適當的懲罰後拿回債款。布利克斯想給妳和妳的孩子一個未來，因此這些錢屬於妳。」

卡戴爾舉高從外套口袋拿出的錢包，希望克里斯多佛・布利克斯——無論他現在在哪，不管是天堂或地獄——都能看見此刻的他，並知道他和溫格欠他的債已經還清。他將錢包放在她身前的桌上，沉甸甸的重量讓木頭震動了一下。她用顫抖的手指打開它，倒抽口大氣。卡戴爾不由得微笑。

「超過一百塔勒。這筆錢應該能給未出生的孩子最好的人生開端，錢會是妳的保障。守夜人可以來這指控一個孤立無援的女孩，但不能指控一位富有的寡婦。不要再穿得像僕人了，給全世界看見妳已經有所不同，那是妳能給自己和孩子的最佳保護。」

鮮血仍從他被劃傷的手上滴下，但卡戴爾感覺到另一個更久遠、更深的傷口在內心悄悄癒合。當約翰．西傑恩溺斃的景象下次再出現在他夢中糾纏時，當他感覺到**英伯格號**的錨壓在失去的手臂上的重量時，當恐懼的利爪爬上喉嚨想剝奪他的呼吸時，女孩此刻這張臉帶來的記憶，會是他所需要的慰藉，他的救贖。

安娜曾對自己發誓不再掉淚，此時卻感覺到溫熱的淚水流下臉頰。

「你會再來嗎？」

卡戴爾咬住下唇，思考答案。

「那要看我下次進來時，妳會不會再把女巫的酒潑到我身上而定，還有妳父親的白蘭地有多貴。但首先，我必須先解決一兩件事。」

63

麥可．卡戴爾的眼光遊移過漢堡酒館的人群時已是午後，他看見瑟西爾．溫格坐在結霜窗戶旁的椅子上，比以前還要弱不禁風，臉色像外面的冰雪一樣慘白。溫格將手帕按在嘴上。外面寒風刺骨，但酒館裡面的爐火劈啪作響。酒館裡的每吋空間都擠滿了人，因此變得更為溫暖。卡戴爾將橡木義肢擋在前面開路，擠到桌旁。他嘆口大氣，癱坐在溫格對面，為雙腿不用再承受身體重量而鬆口氣。卡戴爾發現溫格已經有只杯子時，不禁咧嘴而笑，揮手為自己點了潘趣酒。卡戴爾興致高昂。

「今天人很多，但我猜這是意料中的事。他們剛在山丘上處決一位殺妻凶手，人們來此使用凶手用過的酒杯喝酒，討個好運。我聽到他們在門口的談話。他們說，沒人看過馬汀．賀斯像今天這麼醉過，在他把斷頭臺上的可憐混球搞得一團亂後，他應該保不住職位。有這麼多地方可去，我不懂你為什麼單單挑上在漢堡酒館碰面。你知道，我將卡爾．約翰撈出湖的那晚就是坐在這裡嗎？現在那感覺恍如隔世。」

卡戴爾吹吹溫熱的酒，然後猛地一口灌下，嗆得他得打住話。他笑得合不攏嘴，在嘴中咬嚼的菸草眼看著就快掉出來。

「你應該去看看的，佛洛曼太太糾集了大概二十位寡婦、她們的成年孩子和好多個孫子，全都曾在某個時刻被我們即將上任的警察總監侵吞過養老基金，而差點被逼破產。我們全上了車，駛過冰地到賀西安小島的奧肯山丘，布隆說烏霍姆計畫在過海關前的最後一晚在那過夜。你知道我上過戰場，但我發誓從未見過更嗜血的軍人。我們在夜闌人靜時出發，趕在任何人起床前抵達。當馬格諾・烏霍姆——我也許還可以加上這句，醜得像隻蟾蜍——走出前門準備離開時，他們已經把馬兒嚇跑，還拆掉馬車車輪。他們讓他平安穿越庭院，走到一半時他才發現苗頭不對。也真夠絕！佛洛曼太太聞到糞便，並察覺它還沒結冰。她對準他的臉發射第一發糞便子彈，隨後在眾人齊發下，他的假髮掉了。佛洛曼太太雖然眼盲，卻不礙事。我得說烏霍姆穿得很隆重，有貂毛衣領，大腿上還掛著懷錶，但他短跑衝刺成功，我都沒料到他身手會那麼矯捷——從頭到腳全身覆蓋著糞便——以毫釐之差安全躲在旅店門後，但那裡可沒有逃脫路線。女人和她們的孩子們包圍住整棟房子，不讓人進出。圍城持續到快深夜，後來有人想方設法傳送訊息，驚動城市警衛隊趕來救駕。所以我可以驕傲地說，達成任務。

「是的，尚・麥可，謝謝你所做的一切。你做的比我期待得更好。」

嗯，你在這多出來的一天內，完成了你希望辦到的事嗎？」

「所以這段對話算是結束了？」

「是的。」

卡戴爾往後靠坐，揉揉惺忪的雙眼。

「我們那樁案件的答案是心碎嗎？」

「那是最古老的動機。約翰尼斯最初對我說的自白所言不虛。他被養育成怪物，也順理成章地成為怪物，但愛能治癒仇恨。在丹尼爾・戴佛的陪伴下，他重新恢復人性，直到他發現那份愛是個謊言，然後怪物回返，比以前更為猙獰。」

他們倆安靜地坐了一會兒。溫格先開口。

「你現在要做什麼，尚．麥可？」

「我還有事情未了，夠我忙到一七九四年。我還有帳要跟薩奇夫人算，如果我找得到她的話。我還想和一些人好好談談。如果奴隸賣主杜利茲有晚被木頭聲音吵醒，我一點也不會意外。倘若我哪天心血來潮，歐墨尼德斯會對一個曾將木棍卡在警察總監車輪裡的人而言，應該是個合理的挑戰。」

他喝光續杯的酒。

「那是說，只要我別被白蘭地分心的話。我找到一個喜歡的酒館，而且可以賒帳，叫做惡棍。你呢，巴克的審判將如何進行？」

溫格沒有回答。卡戴爾憂慮地注意到他的呼吸又淺又快，臉兩側的臉頰凹陷彷若空洞，眼睛深陷頭顱之中。他整個人似乎有一點改變了。卡戴爾覺得背脊發涼。

「你不一樣了，不是因為你的病。發生了什麼事？有事不對勁。」

溫格的回話如此小聲，卡戴爾得靠過去才聽得到他的呢喃。

「我回顧我的一生時，尚．麥可，我看見以因果編織而成的繩子。我年輕時堅守的理想為我的行動開路，在我生病後想緩解妻子的折磨時也是如此。為了減緩自己的痛苦，我去找諾林，和他要工作。他幫了我很大的忙，所以輪到他要我回報時，我完全無法拒絕。然後我們因卡爾．約翰的屍體而相識，你和我，我們開始循著將我們帶至現在的路上邁進。」

他按捺住一個咳嗽。卡戴爾的身子越過桌面。

「人生就像朝相反方向的兩條路，一條遵循感性，一條遵循理性，我的道路則屬於後者。約翰尼斯知道我的名字和名聲，假定我會毫無區別地繼續沿著理性之路前進，和以前如出一轍。倘若我沒下決心要打破這輩子遵循的模式，我確定他的詭計會成功。」

卡戴爾在繼續聽下去前絕望地搖搖頭。

「告訴我你做了什麼？」

「我讓約翰尼斯看我們在利傑斯帕爾信件中發現的丹尼爾．戴佛的信。丹尼爾在信中提出辭呈，表示他已心有所屬。約翰尼斯殺了一位無辜的人，怪物發現自己良知尚存，他知道自己應該受到懲罰，而那些導致他想毀滅我們整個種族的思想則缺乏基礎。我提供他能力所及的安排，在約翰尼斯隔壁的牢房裡關著一位叫羅倫茲．約翰森的囚犯，他因殺害妻子而被判死刑，預定今早要被帶到絞刑架。你知道，約翰尼斯的名字不在逮捕名冊上，我在帶他到卡斯頓法院的監獄時曾確保此事，因此他還無法受審。昨晚，我提議讓約翰尼斯代替約翰森上斷頭臺，他接受了。我典當了懷錶，將僅剩的最後幾枚銅板給了獄卒，請他幫我，並要他發誓永遠不會洩漏。當囚車來時，我們將約翰尼斯放上車，送他去代替約翰森受死。」

「丹尼爾．戴佛的信是以密碼寫成，你是怎麼破解內容的？」

「我沒有。」

卡戴爾得往後靠才能吸進點空氣。溫格繼續說。

「我用你給我的時間捏造了一份密碼表，讓丹尼爾的信說出約翰尼斯需要讀到的話語，這樣他才會接受我的提議。那並不容易，尚．麥可，它耗費了我許多精力，但我辦到了。我只需要將信件的日期往後推。我不是個厲害的偽造者，但那個細節太微不足道，約翰尼斯根本沒注意到筆跡是否有任何不同之處。」

溫格慢慢將杯子推過桌面，裡面的白蘭地滿得快溢出來。

「你眼前的這個杯子就是約翰尼斯今早前往行刑場時喝的杯子，給每位走出城牆的死刑犯喝的訣別酒。他就在離我們現在坐的地方不到十步遠處喝光酒。我當時人在這，他看見我在人群裡，然後我們眼神交會，我只在他的眼中找到感激。藉由我的謊言，我讓他看到這世界並不是他如此痛恨的地獄。他信任我，但現在他也無法知道了，事實上我剛證明了我們物種的墮落正如他所想的那般，是個慣例。我用我的信件殺了他，尚．麥可，我用它們使他身首異處。當囚車朝斯康司關卡前進時，他轉頭看了我最後一眼，接著消失在我視線之外。諾斯特倫太太用釘子在玻璃杯上刻上名字，註明約翰森的死亡日期和名字，儘管真正的約翰森正坐在駛往挪威的馬車裡，他將以他母親的姓氏去那邊的釀酒廠工作。這杯子屬於約翰尼斯．巴克。現在我問你，尚．麥可，你還願意為我的健康敬最後一杯嗎？」

卡戴爾安靜地坐了半晌，然後伸出用破布包紮的手，越過桌面。他舉起那個以草率的筆畫蝕刻的小杯子，一口乾盡。他的手不斷發抖。酒刺痛他的喉嚨，讓他吐氣時嘶嘶作響。溫格則在旁靜靜觀察他。

「你早些時候問過我孩子的事，問說那是我的，還是下士的。我還是不知道，但我衷心希望那是他的孩子。」

溫格站起身，將全身重量靠在椅背上，接著開始走向門口。他還沒走到半路前，卡戴爾便以繃緊到幾乎破裂的聲音對他大叫。

「你有次曾告訴我，你是如何站在深淵前，又是如何在握成杯狀的手所小心維護的火焰裡找到慰藉。現在你眼前只剩黑暗了嗎？」

溫格回頭微笑以對，那個微笑滿是哀傷，但毫無悔恨，其中有勝利的欣喜，也有失敗的遺憾。夜晚無聲的降臨，昏沉暮色掩過斯德哥爾摩——今年的最後幾次夜色之一。夜晚在駐守於海岸邊的砲台上冉冉升起，爬上皇宮高牆和教堂鐘樓的尖塔。夜晚翻越洶湧海浪，朝碼頭區和橋中之城奔騰而去，流過波橫閘門，往更遠處推進。陰影作為回應，在這座城市的巷弄內悄聲翻滾騰起。

隨著每小時的流逝，陣陣狂烈的咳嗽現在更常襲擊溫格，他無法再按捺住咳嗽的衝動，眼前也沒有理由如此。當他在昏暗火光照射中對卡戴爾報以微笑時，緩緩露出牙齒染滿鮮血的血盆大口。

（全書完）

名詞對照表

A

Abbey of Saint-Germain-des-Prés　聖日爾曼德佩修道院
Åbo　土庫
Aeschylus　艾斯奇勒斯
Ågren　艾根
Ahlstedt　阿斯特德
Ahlstedt's manor　阿斯特德莊園
ale　愛爾啤酒
Alm　阿姆
Alma Gustafsdotter　愛瑪・古斯塔夫多特
Amphion　阿非恩號
Anckarström　安卡斯特魯
Anders Fris　安德斯・佛萊
Anders Petter　安德斯・彼得
Anna Maria Lenngren　安娜・瑪麗亞・倫格倫
Anna Stina Knapp　安娜・史提納・卡那普
Ansgar's Mound　安斯嘎土墩
aquavit　阿夸維特酒
Arabian coffee　阿拉比卡咖啡
Armfelt　安斐特
Arne Fröman　亞納・佛洛曼
arrack　亞力酒
Årsta Bay　鄂斯塔灣
Artillery Yard　砲兵場
Arvidsson　阿威德森
Axesmith's Alley　斧匠巷

B

Badin　巴丁
Bagge's Row　巴格羅巷
Balk　巴克家族
Baltic　波羅的海
Barfud　巴法德
Bastille　巴士底獄
Bear's Copse　熊森林
Benedictine monastery　聖本鐸修道院
Benedictius　班尼迪修斯
Bengt Neander　班特・奈德
Beurling　波林
Bible　《聖經》
Birdsong　鳥歌莊園
Blackfriar's Lane　黑衣修士巷
Blasius Point　布拉悉修斯點
Blue Lock　藍閘門
bluecoats　藍制服
Bog Hill　沼澤山丘
Bridge of Sighs　嘆息橋
Brunke's Ridge　布魯克山脊
burgundy　勃艮地
butterfl ies of the night　夜晚蝴蝶

C

Ça Ira　〈一切都會好的〉
Captain Ahlström　阿斯特倫上尉
Captain Street　艦長街

Captain Virgin　維金船長
Carl Gustaf af Leopold　卡爾・古斯塔・阿夫・列奧波
Carl Gustaf Block　卡爾・古斯塔夫・布洛克
Carl Michael Bellman　卡爾・麥可・貝爾曼
Carlberg　卡爾伯
Carlén　卡倫
Carpenter's Garden　木匠花園
Carstern Norström（Vikare）　卡斯頓・諾斯特倫姆（維克爾）
Castle Hill　城堡山丘
Cats' Bay　貓灣
Cat's Rump Tollgate　貓屁股關卡
Cecil Winge　瑟西爾・溫格
Cederhielm　瑟德里姆
Cellar Alley　地窖巷
Cellar Hamburg　漢堡酒館
Chamber of Police　皇家警察局
Chapman　查普曼
Children's Lea　孩童牧地
China　中國
City-between-the-Bridges　橋中之城
Claes von der Ecken　克拉・馮・德・艾肯
Clemens Montell　克萊門・蒙特爾
Count Enecrona　恩克隆納伯爵
Count Spens　史潘伯爵
Courage　勇氣號
Custom House　海關大樓

D

daler　塔勒
Daniel Devall　丹尼爾・戴佛
Danish Bay　丹麥灣
Danto　丹托
Danziger　但澤金啤酒
David Jansson　大衛・傑森
de Geer　德格爾
debtors' prison　負債人監獄
Dieter Schwalbe　狄特・史瓦伯
Drottningholm Palace　卓寧霍姆宮
Duke Charles　查理公爵
Duke Karl　卡爾公爵
Dülitz　杜利茲

E

East Street　東街
Efraim Jansson　艾佛萊・傑森
eight-sided fort　八角堡壘
eight-sided square　八角廣場
Ekman　鄂克曼
Elias Lysander　艾利亞斯・萊桑德
Ell　厄爾
Elsa Fredrika　愛莎・佛德利卡
Elsa Johanna　愛莎・喬安娜
Emmanuel Hoffman　愛曼紐・霍夫曼
Eumenides　歐墨尼德斯會
England　英格蘭
Exchange　交易所
Extra Post　《號外郵報》

F

Falk　法克

farthing 法尋
Ferk's Close 佛克巷
Finspång 芬斯蓬
Fireworker's Street 煙火商街
Fischer 費雪
Flanders 法蘭德斯
Flies' Meet 蒼蠅場
Florence 佛羅倫斯
Franciskus Church 方濟各教堂
Fraustadt 弗拉斯塔特
Fredrik Church 腓特烈教堂
Fredrikshald 佛瑞里克沙
Fredrikshamn 腓特烈港

G

Garden Street 花園街
Gertrud Church 葛楚德教堂
Gilded Bay 鍍金灣
Gillis Tosse 吉利斯・托瑟
golden path 黃金大道
Golden Peace 金色和平酒館
Golden Sun inn 金陽旅店
Goose Alley 鵝巷
Gothic Lane 歌德巷
Gudmundsdotter 古德穆朵特
Gulf of Finland 芬蘭灣
Gustaf Adolf Reuterholm 古斯塔夫・阿道夫・羅伊特霍爾姆
Gustav 古斯塔夫
Gustav Adolf Balk 古斯塔夫・阿道夫・巴克
Gustav Adolf Sundberg 古斯塔夫・阿道夫・桑伯格
Gustav Wasa 《古斯塔夫・瓦薩》

H

Haga 哈加
Hall of Nobles 上議院
Hammarby 漢莫比
Hammarby Hill 漢莫比丘
Hammarby Lake 漢莫比湖
Hans Björkman 漢斯・畢喬曼
Hans Gedda 漢斯・葛塔
Hawker's Street 小販街
Headsman's Hill 赫曼山丘
Hedvig Eleonora 海德維格・埃萊奧諾拉
Hedvig Eleonora Church 海德維格・埃萊奧諾拉教堂
Helsinki 赫爾辛基
Henric Stubbe（Stubby） 亨利克・史塔伯（壯漢）
Hessian Islet 賀西安小島
Hoffbro 霍夫布羅
Hogland 霍格蘭
Holmberg 洪伯格
Horn's Street 角街
Horn's Tollgate 角關卡

I

Indebetou House 英德貝杜宅邸
India 印度
Ingeborg 英伯格號
Ironmonger's Square 五金廣場
Isak Reinhold Blom 伊薩克・萊霍・布隆
Island of Hangö 漢哥島
Islet of the Holy Ghost 聖靈島

J

Jacobin 雅各賓派
Jakob Church 雅各教堂

Magnus　瑪格努斯
Magnus Ullholm　馬格諾・烏霍姆
Maja Knapp　瑪潔・卡那普
Måns Kuling　曼斯・庫林
Marat　馬拉
Maria (Ewe)　瑪麗亞（母羊）
Maria Church　馬利亞教堂
Maria Vide　瑪麗亞・維德
Marie Antoinette　瑪麗・安東妮
Marseillaise　〈馬賽進行曲〉
Mårten Höss（Master）　馬汀・賀斯（大師）
Mason's Pass　梅森隘口
Master Erik　愛利克大師
Matthew　《馬太福音》
Merchant's Street　商人街
Michaelmas autumn market　麥可瑪斯秋季市場
Miller's Hill　米勒山丘
Modée　莫德

N

Nana　娜娜
Narva　納爾瓦
Natanael Lundström　納塔納爾・倫德斯特倫
New Bridge　新橋
New Street　新街
Nikolai Church　尼可來教堂
Nils Henric Aschan Liljensparre（The Arse）　尼爾・亨利克・阿斯罕・利傑斯帕爾（大屁股）
Nilsson　尼森
North Bridge　北橋
Northern Gaol　北方監獄
Northern Square　北方廣場
Northern Tollgate　北方關卡
Norway　挪威
Nystedt　尼斯特

O

Oakenhill　奧肯山丘
Occam's Razor　奧卡姆剃刀定律
Odin　奧丁
Ödman　奧曼
Öland　鄂蘭
old Hallquist　老霍奇特
Olof af Acrel　歐洛夫・阿夫・阿克雷
Olof Boman　歐羅夫・波曼
Olof Myra　歐洛夫・米拉
Olof Roselius　歐洛夫・羅賽流斯
Orpheus quarter　奧非斯區
Ovid　奧維德

P

Paris　巴黎
Parsley Pass　荷蘭芹巷
Pelican　佩利根
Per Brahe　派伯拉
Perdition　墜落地獄（酒館名）
Petter Pettersson　彼得・彼得森
Pharisees　法利賽人
pharo　法羅
Pieter de Vries　彼得・德・佛利
Place Louis XV　路易十五廣場
Plautus　普勞圖斯
Polhem　波橫
Polhem's Lock　波橫閘門
Pomona quarter　波摩納宿舍

Southern Isle's heights　南島高地
Southern Square　南方廣場
Spens manor　史潘莊園
Stablemaster's Inn　馬廄主人旅店
Stadsholmen　城島
Stairs of the Master of Revenue　稅務署長階梯
Stockholm　斯德哥爾摩
Stockholm Cathedral　斯德哥爾摩大教堂
Stockholm Post　《斯德哥爾摩郵報》
Strängnäs　斯特蘭奈斯市
Sveaborg Fort　芬蘭堡
Svensksund　斯溫斯克松德
Swedish Pomerania　瑞屬波美拉尼亞

T

Tailor's Alley　裁縫巷
Te Deum　〈感恩頌歌〉
Terra Nova　新地
Terra Nova　新世界（酒館名）
Tessin's tower　特辛塔
Teuchler　圖勒
the Bear　熊藥房
the City Guard corps（Corpses）城市警衛隊
The Fatherland　祖國號
the Flag　旗幟（咖啡館名）
the Flower of Finland　芬蘭之花
The Necessity of Religion for the Welfare of Society　《宗教對社會福利的必要性》
Thomas Thorild　湯姆斯・托里勒
Tokay　托卡伊
Tuileries Palace　杜樂麗宮
typhus　斑疹傷寒
Tyst　提斯特

U

Ulla　烏拉
Uppsala　烏普薩拉大學

V

Väsby　韋斯比
Viborg　維堡
Vide　維德家族
Vladislav　瓦拉迪斯拉夫號
Voltaire　伏爾泰
von Torken　馮・托金

W

Wallin　瓦林
Walpurgis　五朔節
Watchman　守夜人
Weinås　威納
West Street　西街
Widow Beck　貝克寡婦
Widow Fröman　佛洛曼寡婦
Widow Norström　諾斯特倫寡婦
Widow Pihl　菲爾寡婦
Windy Courtyard　疾風廣場
Winter Tollgate　冬季關卡
Workhouse Bridge　感化院橋

BEST嚴選 128

狼與守夜人

原著書名／The Wolf and the Watchman
作　　者／尼可拉斯・納歐達（Niklas Natt och Dag）
譯　　者／廖素珊
企畫選書人／王雪莉
責任編輯／陳玟萱、王雪莉
版權行政暨數位業務專員／陳玉鈴
資深版權專員／許儀盈
行銷企畫／陳姿億
行銷業務經理／李振東
總編輯／王雪莉
發行人／何飛鵬
法律顧問／元禾法律事務所　王子文律師
出版／奇幻基地出版
城邦文化事業股份有限公司
台北市 104 民生東路二段 141 號 8 樓
電話：(02)25007008　傳眞：(02)25027676
網址：www.ffoundation.com.tw
e-mail：ffoundation@cite.com.tw
發行／英屬蓋曼群島商家庭傳媒股份有限公司城邦分公司
台北市 104 民生東路二段 141 號 11 樓
書虫客服服務專線：(02)25007718・(02)25007719
24 小時傳眞服務：(02)25170999・(02)25001991
服務時間：週一至週五 09:30-12:00・13:30-17:00
郵撥帳號：19863813　戶名：書虫股份有限公司
讀者服務信箱 e-mail：service@readingclub.com.tw
歡迎光臨城邦讀書花園　網址：www.cite.com.tw
香港發行所／城邦（香港）出版集團有限公司
香港灣仔駱克道 193 號東超商業中心 1 樓
電話：(852) 2508-6231　傳眞：(852) 2578-9337
e-mail：hkcite@biznetvigator.com
馬新發行所／城邦（馬新）出版集團
【Cite(M)Sdn. Bhd】
41, Jalan Radin Anum, Bandar Baru Sri Petaling,
57000 Kuala Lumpur, Malaysia.
Tel: (603) 90578822　Fax:(603) 90576622
email:cite@cite.com.my

封面設計／朱陳毅
排　　版／極翔企業有限公司
印　　刷／高典印刷有限公司
■ 2021 年（民 110）4 月 29 日初版

售價／ 450 元

國家圖書館出版品預行編目資料

狼與守夜人 / 尼可拉斯・納歐達（Niklas Natt och Dag）作 ; 廖素珊譯 -- 初版 . -- 臺北市 : 奇幻基地出版 , 城邦文化事業股份有限公司出版 : 英屬蓋曼群島商家庭傳媒股份有限公司城邦分公司發行 , 民 110.04
面 : 公分 . -（Best 嚴選 ; 128）
譯自 : The Wolf and the Watchman
ISBN 978-986-99766-9-5 (平裝).
881.357　　110003534

ISBN 978-986-99766-9-5
Printed in Taiwan.

廣　告　回　函
北區郵政管理登記證
台北廣字第000791號
郵資已付，免貼郵票

104台北市民生東路二段141號11樓

英屬蓋曼群島商家庭傳媒股份有限公司城邦分公司 收

請沿虛線對摺，謝謝

奇幻基地

每個人都有一本奇幻文學的啓蒙書

奇幻基地粉絲團：http://www.facebook.com/ffoundation

書號：1HB128　　書名：狼與守夜人

奇幻基地 20 週年 · 幻魂不滅，淬鍊傳奇

集點好禮瘋狂送，開書即有獎！購書禮金、6 個月免費新書大放送！

活動期間，購買奇幻基地作品，剪下回函卡右下角點數，
集滿兩點以上，寄回本公司即可兌換獎品&參加抽獎！

參加辦法與集點兌換說明：

活動時間：2021 年 3 月起至 2021 年 12 月 1 日（以郵戳為憑）

抽獎日：2021 年 5 月 31 日、2021 年 12 月 31 日，共抽兩次

奇幻基地 2021 年 3 月至 2021 年 12 月出版之新書，每本書回函卡右下角都有一點活動點數，剪下新書點數集滿兩點，黏貼並寄回活動回函，即可參加抽獎！單張回函集滿五點，還可以另外免費兌換「奇幻龍」書檔乙個！

【集點處】（點數與回函卡皆影印無效）

1	2	3	4	5
6	7	8	9	10

活動獎項說明：

★ **「基地締造者獎 · 給未來的讀者」抽獎禮**：中獎後 6 個月每月提供免費當月新書一本。（共 6 個名額，兩次抽獎日各抽 3 名）

★ **「無垠書城 · 戰隊嚴選」抽獎禮**：中獎後獲得戰隊嚴選覆面書一本，隨書附贈編輯手寫信一份。（共 10 個名額，兩次抽獎日各抽 5 名）

★ **「燦軍之魂 · 資深山迷獎」抽獎禮**：布蘭登．山德森「無垠祕典限量精裝布紋燙金筆記本」。
抽獎資格：集滿兩點，並挑戰「山迷究極問答」活動，全對者即有抽獎資格（共 10 個名額，兩次抽獎日各抽 5 名），若有公開或抄襲答案者視同放棄抽獎資格，活動詳情請見奇幻基地 FB 及 IG 公告！

特別說明：

1. 請以正楷書寫回函卡資料，若字跡潦草無法辨識，視同棄權。
2. 活動贈品限寄台澎金馬。

當您同意報名本活動時，您同意【奇幻基地】（城邦文化事業股份有限公司）及城邦媒體出版集團（包括英屬蓋曼群島商家庭傳媒股份有限公司城邦分公司、書虫股份有限公司、墨刻出版股份有限公司、城邦原創股份有限公司），於營運期間及地區內，為提供訂購、行銷、客戶管理或其他合於營業登記項目或章程所定業務需要之目的，以電郵、傳真、電話、簡訊或其他通知公告方式利用您所提供之資料（資料類別 C001、C011 等各項類別相關資料）。利用對象亦可能包括相關服務的協力機構。如您有依個資法第三條或其他需要協助之處，得致電本公司（(02) 2500-7718）。

個人資料：

姓名：＿＿＿＿＿＿＿＿＿＿ 性別：□男 □女

地址：＿＿＿＿＿＿＿＿＿＿＿＿＿＿＿ Email：＿＿＿＿＿＿＿＿＿＿

想對奇幻基地說的話或是建議：＿＿＿＿＿＿＿＿＿＿＿＿＿＿＿＿＿＿＿＿

＿＿＿＿＿＿＿＿＿＿＿＿＿＿＿＿＿＿＿＿＿＿＿＿＿＿＿＿＿＿＿＿＿＿＿＿

FB 粉絲團　　戰隊 IG 日常

奇幻基地 20 週年慶．城邦讀書花園 2021/12/31 前樂享獨家獻禮！
立即掃描 QRCODE 可享 50 元購書金、250 元折價券、6 折購書優惠！
注意事項與活動詳情請見：https://www.cite.com.tw/z/L2U48/

讀書花園

請剪下右側點數，貼於集點處，集滿兩點即可參加抽獎

1p 2021

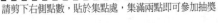